ANNEGRET HELD

DAS VERKEHRTE UND DAS RICHTIGE

ROMAN

eichborn

Dieser Titel ist auch als E-Book erschienen

Die Bastei Lübbe AG verfolgt eine nachhaltige Buchproduktion. Wir verwenden Papiere aus nachhaltiger Forstwirtschaft und verzichten darauf, Bücher einzeln in Folie zu verpacken. Wir stellen unsere Bücher in Deutschland und Europa (EU) her und arbeiten mit den Druckereien kontinuierlich an einer positiven Ökobilanz.

FSC
www.fsc.org
MIX
Papier aus verantwortungsvollen Quellen
FSC® C014496

Eichborn Verlag in der Bastei Lübbe AG

Originalausgabe

Lektorat: Doris Engelke, Frankfurt
Umschlaggestaltung: U1berlin / Patrizia Di Stefano nach einem Konzept von network! unter Verwendung von Motiven von © Fotograzia / Getty Images, © View7 / photocase und © MrVitkin / shutterstock.com
Satz: Dörlemann Satz, Lemförde
Gesetzt aus der Bembo
Druck und Einband: GGP Media GmbH, Pößneck

Printed in Germany
ISBN 978-3-8479-0654-4

5 4 3 2 1

Sie finden uns im Internet unter eichborn.de
Bitte beachten Sie auch luebbe.de

Meinem wunderbaren Kind

Es ist nun über dreißig Jahre her.

Alle sind froh, dass Gras darüber gewachsen ist.

Da komme ich daher und grabe es wieder aus. Ohne Not!

Es geht keinen was an. Es bricht ja nur aus mir heraus wie aus einem mit den Jahren morsch gewordenen Verschlag in meiner Seele. Trotzdem hätte ich das Gerümpel nicht beachten müssen.

Doch da hat ausgerechnet mein Kind mich danach gefragt. Für sie schreibe ich das alles auf. Herrgott noch mal.

Ja, der Herrgott hat auch mitgespielt. In dieser Geschichte hing er an jeder Wand, er und all die Erzengel oder auch ein niederer Engel. Manchmal glaubte ich sie zu sehen wie eine Erscheinung, aber vielleicht war es auch nur der Schnaps. Der Schnaps hat auch mitgespielt, wie immer, wenn es um Scholmerbach geht. In Scholmerbach hat es gespielt. Da auch.

Ich werde schon ganz übelst missgestimmt, wenn es um diesen alten Kram geht. Es war kein Ruhmesblatt in meinem Leben. Und was die Leute sagen, wenn ich ankomme mit dem alten Mist. Aber die Geschichte bricht aus dem Verschlag und will heraus mit aller Gewalt. Es gibt nur wieder Zirkus. Aber mir ist auch bald alles wurschtegal.

Schloss Helga: »Und da habe ich mir geschworen: Ab fünfzig geht mir alles am A… vorbei.«

An Schloss Helga kann man sich ein Beispiel nehmen, denn sie kannte das Leben, sie war Feuerwehrfrau und stand an der Kirmes immer in der Wurstbude. Die Feuerwehr hat auch mitgespielt, ja, die auch.

Meine Mutter hat nicht mitgespielt. Sie wollte damit nichts zu tun haben, aber auch gar nichts. Denn sie ist sehr katholisch. Dabei hat die katholische Kirche auch mitgespielt. Die Orgel. Sie spielte unendlich schön in meiner Geschichte. Mit Theodora an den Tasten. Wir sangen immer: »Oh du Himmelskönigin«, und unsere Himmelskönigin war Theodora auf ihrem mächtigen Thronsessel unter den gewaltigen Orgelpfeifen, die das Kirchenschiff mit Klängen erfüllte, die waren nicht von dieser Welt. Theodora hat gewaltig mitgespielt; aus ihren Händen quollen Gesänge, sie umtönten und umdröhnten die Erinnerung mit Herrlichkeit, in allen Kirchenliedern sangen sie von der Herrlichkeit. Eigentlich … eigentlich war die Geschichte auch herrlich, ich hatte es bloß vergessen.

Es ist wirklich lange her.

Wir schrieben das Jahr 1987.

Ich war Polizeibeamtin des Landes Hessen, und ich hatte eine Mütze und einen Schlagstock und eine Handfeuerwaffe mit 9 mm, die genug Durchschlagskraft hatte, um einem flüchtenden Fahrzeug den Reifen zu durchschießen. Ich trug ein senfgelbes Hemd und einen grünen Schlips und Handschellen und ein Ersatzmagazin und mein Reizstoffsprühgerät und eine ABC-Schutzmaske.

Ich war fünfundzwanzig Jahre alt.

Jede Nacht fuhr ich mit meinem Kollegen durch das verbrecherische Darmstadt und nahm Schläger in der Stadtschenke fest oder besoffene Huren vom Straßenstrich, sammelte aus dem Seniorenheim entlaufene Alte wieder auf oder warf mich zwischen prügelnde Ehepaare oder sortierte tonnenweise Blechmüll von den Straßen. Eigentlich hatte ich immer in Frankfurt Streife fahren wollen, mein Herz schrie nach Frankfurt, aber ich war nun mal in Darmstadt gelandet, und das war Schicksal und das musste ich nun aushalten. Immerhin hatte Darmstadt einen großen Puff Richtung Pfungstadt, und den durfte ich mehrere Male durchsuchen. Ich liebte es, überall hinzugeraten, wo ein normaler Mensch nicht hindurfte, und ich konnte nicht genug davon kriegen, meine Nase in Verderben, Sünde und Verbrechen zu stecken.

Die Sünde roch nach Lukiluft und abgestandenem Sekt und mit Fell bedeckten Freierbetten, sie roch nach Zigaretten und Schnaps und Sperma und Parfüm und manchmal auch nach Blut.

Die langen Nächte fallen mir ein, die Schlaflosigkeit, die trüben Tage mit Knochenschmerzen wie verkaterte Tage ohne Suff, die Qual in den Klamotten. Der steife Polizeikragen mit dem würgenden grünen Schlips, die doppelseitig gestrickte gemütliche Polizeijacke; ich erinnere mich an Kartoffelpufferbraten in der Nachtschicht mit der dicken Knarre an der Seite, die schwer war und immer drückte. Das Fiepen des Funkgerätes und der ewig quasselnde Funk in der Ferne.

Ich war noch von allem zu beeindrucken. Schläger und Messerstecher. Frisch verprügelte Frauen. Erbrechende Jungs auf den Revieren. Alles machte mir Eindruck.

Alles schrieb ich nieder. Ich kam nicht nach mit Schreiben.

In meiner Beamtenbude im Reihenhaus von Eberstadt hatte ich einen wackeligen Tisch in einer kleinen Küche mit Efeuranken ums hohe Fenster. Dort breitete ich meine Tagebücher und Notizblätter aus, und was auf der Polizeidienststelle nur ein kleiner dürrer Eintrag mit Stempel im Tätigkeitsbuch war, wurde in meinen Spiralheften zu atemberaubenden Geschichten von Leidenschaft, Lust und Verbrechen. Ich wäre vielleicht noch ewig Streife gefahren, noch ewig.

Wäre da nicht der vermaledeite Funk gewesen, dieser schreckliche Funk, der mir das Leben schwer machte.

Es war vielmehr eine einzige männliche Stimme unter den vielen, die durch den Äther drangen, um Fahrraddiebstähle zu überprüfen oder eine Trunkenheitsfahrt, sie drangen von irgendwoher in den kleinen Innenraum meines Streifenwagens, und nur die eine Stimme trennte die schnöde, verderbte, darmstädtische Nacht von der grenzenlosen Süße des Universums. Diese Stimme war überirdisch, besonnen, dunkel, und ich liebte sie so sehr, dass ich Verbrecher laufen und verzankte Huren am Wegrand stehen ließ. Wenn SEINE Stimme erklang, wurde ich in den Grundfesten meiner Seele erschüttert, alles klirrte in mir wie altes Geschirr in der Vitrine, meine Hände sanken und meine Schultern sanken und mein Herz sank, während die Stimme des Universums ein Kennzeichen durchgab oder einen Namen buchstabierte: Konrad Otto Siegfried Ludwig Otto Wilhelm

Siegfried Konrad Ida: Koslowski, geboren am 28.07.1948 in Schwanemünde. – Negativ.

Wenn er die Fahndung durchgab nach einem gelben Audi, fand ich niemals einen Audi, sondern gab ihm einen grünen Mercedes durch; die wunderbarste Stimme der Welt ließ mich schwermütig werden und arbeitsunfähig. Einst hatte die Stimme mir Liebesworte ins Ohr geflüstert und mich Ännchen genannt, einst waren wir gemeinsam Streife gefahren, und bei jedem Kuss hatten die Anhaltekelle gestört und das Funkgerät und die Schreibkladde, die Knarren und die Handschellen und der Sicherheitsgurt und die Handbremse, alles und alles war im Weg gewesen, wenn unsere glühenden Herzen zueinander drangen, und besonders seine Frau.

Ich musste ihn vergessen. Ich konnte ihn nicht vergessen. Er hörte nie auf, Kennzeichen durchzugeben, und die Kennzeichen aus dem Sternenhimmel drangen in mein Herz und das Herz sank, bis es stillstand, und auf jeder Streifenfahrt starb ich hundertmal.

Heinz war meine große Liebe und würde es immer sein.

Ich konnte keine Streife mehr fahren, es ging nicht mehr; sollten doch die Huren alleine über den Straßenstrich stolpern, sollten sich doch alle Autos zu Schrott fahren, sollten die Eheleute von Darmstadt sich den Schädel einschlagen … ich konnte ihnen nicht mehr helfen, solange die Stimme des Universums mich halb umbrachte im einsamen Dunkel des nachtschwarzen Darmstadt, nur ab und zu erhellt von dem blinkenden Blaulicht auf unserem Dach.

Wenn ich das Verbrechen von Darmstadt nicht mehr ertragen konnte, wenn ich der allgegenwärtigen Stimme aus dem Orbit entfliehen wollte, dann musste ich heim in mein Dorf.

Ich ließ die Uniform und alles, was ich nicht so besonders liebte, in der verqualmten Beamtenbude, warf meine Reisetasche in meinen orangen R4 mit Hakelschaltung und fuhr die hundertdreizehn Kilometer erst über die Autobahn und dann über endlose Landstraßen hügelab, hügelauf durch Weizenfelder und Mais und Wiesen und leuchtend gelben Raps, hier ein Dorf und da ein Dorf. Ich brauchte jeden Meter, um immer mehr und mehr von mir zurückzulassen, das mir krank und unglücklich erschien, und jeder Birnbaum am Wegrand ließ mich glücklicher werden, bis ich endlich Scholmerbach im Tal liegen sah.

Das Dorf, in dem ich geboren bin, wurde geschützt von einem hohen Buchenwald, der es ein wenig zu umarmen schien, dann öffnete sich das Tal mit Wiesen und vielerlei Büschen, einem Schafspferch, und dann lag da Scholmerbach der See. Von den Hügeln herabzufahren war wie ein Rausch, jedes Mal ging meine Seele auf, bei jedem alten Haus, jedem Birnbaum, jedem Huhn, das ich in einem Garten sah, dem Metzger, der Bushaltestelle, dem tröpfelnden Brunnen mit seinem rostigen Hahn, beim Kappesgarten und der Schneidmühle, wo die Zimmerleute mit nacktem Oberkörper sägten und hämmerten.

Dann war ich wieder daheim. Einmal Scholmerbach. Immer Scholmerbach. Die Nächte in Darmstadt waren kahl und kalt und voller Verzweifelter, die Nächte in

Scholmerbach waren warm und voller Sterne und liebevoll durchsoffen.

Ich war sehr, sehr gerne betrunken.

Ich fuhr also nach Hause zu meinen Eltern und den Geschwistern, die dort noch lebten, und wir aßen Brot mit Quark und Marmelade oder Zwetschgenkraut oder Käse und Gewürzgurken und tranken Kaffee oder Bouillon.

Meine Mutter war gemütlich, sie warf einfach Brettchen auf den Tisch und der Käse war noch im Pergament eingewickelt, wir hatten keinerlei überflüssige Dekorationen, die Wurst kam vom Metzgersch Freddi aus dem Dorf und das Brot vom freundlichen Nanni aus der Bäckerei. Ich fand das großartig, und ich hätte keinerlei gehäkelte Serviettenringe oder farblich abgestimmtes Service gewollt. Unsere Tassen waren von allen Sorten, mal mit verblassenden Rosen und mal mit einem Snoopy bemalt oder mit roten und grünen Karos.

Wir waren auch nicht besonders angezogen, irgendein Pulli mit irgendeiner Strickjacke, und die Jeans durften meine Mutter nicht drücken. Die Haare hingen mal so oder mal so um den Kopf, auch das war nicht besonders wichtig, außer man ging raus oder in die Kirche.

In Scholmerbach gab es auch Verbrechen, aber sie waren wie Gute-Nacht-Geschichten, so niedlich, so ganz ohne Schrecken, sie passten zum Quark und zum Käse im zerknüllten Papier. Meine Mutter erzählte sie genüsslich. Die beim Otto-Versand hochverschuldete Marlene brauchte dringend Geld und wollte Prospekte austragen vom Kaufhaus Schwinn, dem Toom Baumarkt und Möbel Franz gleichzeitig. Aber als die Pakete kamen, waren es so viele, da ist sie einfach mitten in der Nacht mit dem Auto zum Silbersee gefahren und hat mithilfe von Tante Marga die Pakete dort versenkt.

Die vom Geiz befallene Hennegickels Berta war gesehen worden, wie sie nachts um vier heimlich aus dem Haus schlich, um in anderen Gärten Erbsen zu stehlen und sich damit Suppe zu kochen. Die alte Mehlbachs Minna hat schon wieder einen Mann durch eine Zeitungsanzeige angelockt, und man hat sie im schwarzen Korsett auf dem Balkon stehen sehen! Mit siebzig Jahren!

Ich bin niemals heimgekommen, ohne mit neuen Geschichten belohnt zu werden. Das ganze Jahr hindurch rauschte und brummte es. Mein Dorf war wie ein Kirmeskarussell, mit scheppernden, bunten Wagen, und ich musste immer, immer heim. Wo die Dornschlehen blühten und die Brennnesseln brannten, wo der Kappesgarten leuchtete und die Sägen vom Zimmerplatz durch den Himmel dröhnten, da vergaß ich alles Böse dieser Welt und sogar die Stimme aus dem Universum, die im fernen Darmstadt unaufhörlich sinnlosen Buchstabensalat durch den Äther funkte.

An irgendeinem Abend im Juli 1987 ging ich in meinem Dorf Scholmerbach zu Honiels an die Theke, wo Fußballerbilder und Pokale hingen und Vereinssparfächer und Stammtischglocken auf dem Tresen standen und Aschenbecher und Schnapsgläser. Man brauchte sich nicht groß zu verabreden, irgendeiner war immer da, einer von der Feuerwehr oder eine von den Fleischwurstweibern oder von den Schlümpfen oder vom Karnevalsclub.

Anja hinter der Theke war frisch verheiratet mit dem Wirt und räumte aufgekratzt überschäumende Biergläser hin und her, während ihre glänzenden, schwarzen Locken wippten.

Sie war die Einzige, die echte Locken hatte; ich selbst hatte einen Stufenschnitt mit Dauerwelle, und Petra vom Musikverein hatte auch einen Stufenschnitt und Dauerwelle, und dann kamen meine Freundinnen Silvia, Biggi und Ria, und auch sie hatten einen Stufenschnitt mit Dauerwelle. Die Fußballer in der Ecke trugen Minipli und sahen alle aus wie Rudi Völler. Es gab damals keine lockenlosen Menschen in Deutschland.

In der einen Ecke der Theke sprachen sie über den Ausflug vom Kolpingverein, und in der anderen sprachen sie über den neuen evangelischen Pfarrer von Linnen und was er für ein feiner Kerl sei und wie besonders, da käme ja unser katholischer vorne und hinten nicht mit. Und dann sprachen alle vom bevorstehenden Festumzug anlässlich der Fünfzig-Jahr-Feier der Freiwilligen Feuerwehr Scholmerbach und den fünfundzwanzig Jahren des Musikvereins Scholmerbach.

Ria, Biggi und Silvia prosteten uns zu. Wir waren leidenschaftliche Thekenpflanzen und schwankten und blühten auf, wenn der Bierstrom golden ins Glas sprudelte, Prost war unser Lieblingswort.

Da schälte sich mein Schicksal aus dem Dunst der Rothändle-Wolken in Form des betrunkenen Schloss Egon, untermalt von der Musikbox, die sang: »Die rote Sonne von Barbados« von den Flippers. Egon war bei der Feuerwehr, und auch er hatte sich von seiner Tochter Gritt Dauerwellen machen lassen müssen, daheim in der Küche. Sie war Friseuse. Sie war verantwortlich für all die Rudi Völlers in unserem Dorf und für jeden Vokuhila, mit dem die Männer von Rot-Weiß-Scholmerbach am Sonntag auf dem Fußballplatz herumliefen.

»Wir haben fünfzig Jahre Freiwillige Feuerwehr Scholmerbach!«

Er sagte es mit solch einem Stolz, dass der heilige Florian förmlich in der Wirtschaft stand, mit Lanze, Banner und Eimer. Die Löckchen lagen wie ein ziselierter, dunkler Heiligenschein um seinen Kopf, aber Egon war kein Heiliger, er hatte vor lauter Bier und Gelächter schon einen ganz roten Kopf, und seine Augen glänzten vor schierem Vergnügen an allem, was er sah; wir liebten Egon auch.

»Da machen wir einen Parademarsch!«

Einen Parademarsch.

»Und ihr sollt vorneweg gehen! Als Ehrenjungfern!«

»In unserem Dorf gibt es die schönsten Mädchen, die schönsten Mädchen weit und breit!«, fiel der Sheriff ein, mit seinen silberweißen Haaren, Sheriff-Haaren, wie aus Bonanza. Er war unser Bürgermeister, und er spendierte uns gleich eine Runde Apfelkorn. Bloß Biggi wollte immer einen Batida de Côco.

»Ehrenjungfern! Was?«

Wir lachten schallend.

Die Siebzigerjahre waren vorbei, und die sexuelle Befreiung hatte auch vor unserem Dorf nicht haltgemacht. Wir hatten sogar einen Beatschuppen und eine Dorfdisco, wo wir uns trafen, um Lady Bump zu tanzen. Wir fühlten uns im Großen und Ganzen noch anständig, aber uns Ehrenjungfern zu nennen – das ging einfach nicht.

»Na ja«, meinte Egon. Er wollte uns nicht zu nahe treten.

»Festdamen«, sagte der Sheriff. »Festdamen kann man das nennen.«

Auch darüber prusteten wir los.

»Hier die Weiber«, sagte Egon, »die Weiber können euch allen ein Gewand nähen. Hauptsache, ihr seid schön!«

»Unsere Mädchen sind die schönsten von allen Dörfern ringsumher«, sagte der Sheriff. In der Ecke saßen die Frauen, die sowohl zu den Schlümpfen gehörten, weil sie mal an Fasching als Schlümpfe auf »Vater Abraham« getanzt hatten, als auch zu den Fleischwurstweibern, die sich immer donnerstags trafen, wenn es beim Metzger frische Fleischwurst gab, die sie noch warm aßen mit einem Doppelkorn dazu. Im Dorf ging es vor allem um viel Spaß. Spaß zu machen aus dem allerletzten Mist, das war die große Kunst meiner Heimat.

In Wahrheit war mir nicht lustig zumute, denn was ich in den Grüften meiner Seele verbarg, war meine zerbrochene Liebe zu Heinz, das heißt: Zerbrochen war sie nicht, aber doch zerrissen, vielleicht auch nur unterbrochen, wie eine schlechte Verbindung am Telefon.

»Na ja, egal, was soll's« sagte ich mir und kippte den Apfelkorn vom Sheriff.

Die fünfzig freiwilligen Jahre der Feuerwehrleute schwebten durch den Honiels und verwoben sich auf seltsame Weise mit den fünfundzwanzig freiwilligen Jahren des Musikvereins Scholmerbach, der gleichfalls prächtig feiern wollte, und es hätte mich nicht gewundert, wenn auch die freiwilligen Fußballer und die Freiwilligen vom

Karnevalsclub und der Liederkranz Harmonia einen Jahrestag zu feiern hätten. Auf jeden Fall wollten alle mitmachen bei dem großen Tag, die Schlümpfe und die Kirmesjugend und einfach alle.

»Wir haben einen Festausschuss«, sagte jetzt Kirschheim, der Feuerwehrhauptmann. »Der plant den ganzen Kommers.«

»Was heißt eigentlich Kommers in dem Zusammenhang?«, fragte Ria und wir prosteten.

»Weißt du«, sagte Silvie.»Von uns ist aber wirklich keine eine J…«

»Pscht«, warf Biggi ein.

»Zuerst kommt die große Parade«, sagte der Kirschheim. »Da kommen sie von überall her! Die Feuerwehren, die Musikvereine und ihr am Anfang.«

Die Pracht der Parade geisterte bereits durch die Wirtschaft und verströmte einen Glanz, den roten Glanz der Feuerwehrwagen und den goldenen von Posaunen und Trompeten; wir hörten schon die Marschmusik und sahen die Fackeln leuchten zum Zapfenstreich.

»Und ihr werdet als Festdamen den Zug anführen!«, sagte der Kirschey. »Sucht also bitte zwölf Mädchen zusammen. Oder acht oder zwölf oder fuffzehn. Lasst euch schöne, prachtvolle Kleider nähen, die könnt ihr selber aussuchen, Geld spielt keine Rolle!«

Es ist gut, wenn man manchmal nicht weiß, wohin alles führt.

Denn mich sollte der prächtige Festzug der Feuerwehren und Musikanten samt Pauken und Fanfaren geradewegs ins Verderben führen. Glorreich war die Parade und glorreich der Schlamassel, in den ich hocherhobenen Hauptes auf meinen hohen Hacken hineingestelzt bin.

Na ja, Verderben oder vielleicht auch mein Glück.

Ansichtssache.

Ja, und so hatte alles angefangen.

Ich hatte eine neue Aufgabe, und es war eine schöne Aufgabe für ein verwundetes Herz. Ich sollte also zwölf hübsche Mädchen finden, im Dorf gab es nur hübsche Mädchen, wir hatten frische Luft getrunken und frische Beeren aus den Wäldern gegessen, natürlich waren wir alle schön mit unseren unbeschreiblichen Locken. Die eine von uns hatte lange Beine und die andere kurze Beine, und eine hatte krumme Beine und eine andere dicke Beine. Dafür hatte sie schwarzes, glänzendes Haar, eine andere vielleicht schiefe Zähne, aber einen Gang wie eine Waldelfe, und eine hatte ein ordentliches Hinterteil, aber dafür schöne Augen, und eine duftete wie der Sommer und lispelte dafür. Was soll ich sagen, wir waren unglaublich schön, eine schöner als die andere … Honiels Ria, Bennos Maria, Dappersch Christina, Alfonsos Ingrid, Tankstellens Judith, Idas Monika, Deisse Friedericke, Kirschheims Susanne, Bongos Bärbel, Schmidtpauls Alexa, Boonesse Nikki, Zirfasse Carmen, Kolle Silvia, Schreinergerdas Biggi.

Es waren die Achtzigerjahre, und aus irgendeinem Grund fanden wir Gold schön, mit Schulterpolstern, es musste Gold sein zur Feier des Tages; mit goldenen Schultern wollten wir den Festzug anführen und an den

Leuten vorüberziehen, dass ihnen die Augen übergingen, blenden wollten wir all die Scharen, die die Straßen säumten, sie sollten ins Schwärmen kommen an diesem herrlichen Sommertag im August.

Ich musste nur noch dreimal Streife fahren, und dann trafen wir uns zum Kleidernähen beim Becherfranz, dem Trompeter, einige Fleischwurstweiber waren auch da und auch zwei Schlümpfe. Ihre Männer waren wahlweise im Musikverein oder bei der Feuerwehr, und sie konnten alle gut nähen. Die Weiber hatten die Lippen voller Stecknadeln oder Zigaretten, und sie glänzten von Wacholder, und wir tranken auch Wacholder und mussten schrecklich lachen dabei; der Wacholder war ekelhaft, die Fleischwurstweiber einzigartig, schon rollten sie Bahnen um Bahnen, Ballen um Ballen goldglitzernden Stoff aus, wir waren so besessen davon, golden zu sein und schwarz, war es denn die Möglichkeit?

Doch war es ja nur mein Unglück um Heinz, meine große Liebe, dass ich mich umso heftiger in Gold und Glanz wickelte, die Haare nur umso höher toupierte, die Schulterpolster bis zum Halse zog, um nicht zu ertrinken in meinem Kummer. Vielleicht ist die einzige Antwort auf allen Liebeskummer dieser Welt ein Nachmittag mit Schlümpfen und Fleischwurstweibern oder ein Sommer in meinem Dorf. Ich glaubte, mein Dorf konnte alles heilen, einfach alles. Es war ein Wunder, dass die Kleider trotz unserer betrunkenen Anproberei schließlich saßen wie eine Eins, es waren Wunder-Gold-Wacholder-Kleider, die uns so schön machten, dass Hofmanns Monikas Mutter Ida anfing zu weinen, als sie Monika darin sah.

Ich ersoff in meinem Geheimnis.

Niemand durfte wissen, niemand, dass ich einen verheirateten Mann als Liebhaber hatte, der mich verlassen hatte für seine eigene Frau; ich wollte es nicht glauben. Ich dachte immer noch, er habe sich geirrt, da er mir doch offenbart hatte, was an ihr so langweilig war, die ewigen Dreiviertelhosen, so unattraktiv, die Leopardenmokassins, ganz allgemein war sie ihm gegenüber so verständnislos. Tatsächlich hatte er diesen Satz benutzt: »Meine Frau versteht mich nicht mehr.« Da wollte ich mich eigentlich gar nicht zu ihm hinreißen lassen. Wer so einen Satz sagt, verdient den Stoß von der Bettkante.

Dabei hatte es gewiss nicht an der Bettkante angefangen, sondern im Streifenwagen. Er war mein Praktikant gewesen. Der Kripo-Durchläufer auf der Schutzpolizeistation. Ich durfte nicht mehr dran denken. Schließlich war ich jetzt in Scholmerbach, um ihn zu vergessen.

»Prost«, sagte ich und trank noch einen Wacholder. Da kam mir wieder in den Sinn, wie ich mit Heinz nachts um vier Marmelade geholt hatte. Erdbeermarmelade von Scholmerbach. Auf dem Revier war keine mehr gewesen, und wir mussten immer was essen, wir hatten ständig Hunger. Da ist er einfach mitgekommen und in meine Wohnung hineingestiefelt, sah alle meine Bücher und das aufgeschlagene Notizbuch und die gemalten Bilder meiner Freunde.

»Oh«, sagte er. »Du machst dir viel Gedanken. Was liest du denn da? Tucholsky. Die Gesamtausgabe. Respekt.«

»Na ja«, sagte ich. »Ich habe immer Angst, dass man als Bulle verblöden könnte.«

»Du bist kein Bulle«, sagte Heinz andächtig. »Du bist eine Bullette. Eine Bullette, die zu Höherem geboren ist.«

Da war ich vermutlich schon verloren. Wieso musste ich hier bei den Fleischwurstweibern bloß daran denken? Wieso dachte ich an diesen Anfang mit Heinz, wo es doch jetzt zu Ende war? Nun lebte er wieder daheim bei seiner alten Schachtel. Pappschachtel. Ich war gemein. Die stumme Gemeinheit der Verlierer.

Am besten, ich trank noch einen Wacholder. Ich musste ihn einfach vergessen. Unmöglich.

Von den Fleischwurstweibern beim Becherhans waren Ria, Biggi, Silvie und ich, angeschossen von den Schnäpsen, übergangslos um den Scholmerbacher See getrudelt und am Linner Ufer auf dem Fischfest gelandet. Es gab immer was zu feiern. Egal wo. Immer traf man Leute. Im Zelt auf der Bühne spielte unsere Lieblingsband Troja wie besessen, und Wimmi legte sich mit der Elektrogitarre fast aufs Kreuz, und Elmar am Mischpult wippte mit dem Kopf, während er bedächtig die Schieber hin- und herschob und sein langes, einsames Zöpfchen sich blond über die Schulter kringelte. Manche Leute tanzten nur, andere tranken nur, andere aßen Fisch und aßen und tranken und mussten bald wieder heim. Der Abend wurde dunkel und immer dunkler; meine gähnende Trauer schien sich zu spiegeln in einer glänzenden, immer leerer werdenden Fläche zwischen der Theke und der Tanzfläche. Ria und Silvie hatten irgendwelche alten

Berufsschulfreunde getroffen, Biggi war schon gegangen. Ich hätte auch schon gehen sollen. Ich wurde von Wacholder immer sehr schnell betrunken, so rasch, als hätte man mir den Saft aus den Adern gelassen und sie mit Spiritus gefüllt. So torkelte ich herum und suchte Anschluss oder auch nicht. Nein, es ging mir nicht gut, es war mein Geheimnis, das mich herumschlingern ließ, verloren und ohne jegliche Orientierung. Was machte ich bloß hier? Die Musik hatte gewechselt, sie war mir zu laut, es war so dunkel im Riesenzelt, der Boden wurde schlammig von den Fischfestgästen und schimmerte auf in schmutzigen Lachen unter der Lichtorgel.

Ich sollte nach Hause gehen. Man muss wissen, wenn man genug hat.

Aber wenn ich genug hatte, ging ich niemals heim.

An der Theke noch ein versprengter Trupp verheirateter Leute Mitte dreißig; ich hatte sie nicht recht wahrgenommen, war nicht so meine soziale Anknüpfungsrunde. Die hatten alle, was sie brauchten, eine Frau, einen Job, ein Auto, die Urlaube, die Kinder ... was sollte man mit denen reden? Nur Thea schien aus der Gruppe herauszutrudeln, irgendwie gelangweilt, sie rauchte und blies Wolken in den Fischfesthimmel, unschlüssig musterten wir uns, qualmend und wankend, bis Thea endlich sagte:

»Na, wie geht's?«

»Ach, na ja ...«

Thea, unsere Dorfschöne, war verheiratet mit dem stellvertretenden Geschäftsführer der Knochschiefelwerke, Bleche und Aluminium. Gymnastiklehrerin mit Aerobic-Kursen auf dem Sportplatz. Mutter. Sie war wie von einem anderen Planeten, dem Planeten der Etablierten. Aber im Dorf musste man mit jedem reden, das gehörte sich so. Immerhin hatten wir beide Dauerwelle und Stufenschnitt und Jeans, ihre Beine waren viel länger als meine, sie hatte einfach ein sehr hohes Stockmaß, und egal was sie anhatte, lange Hosen, kurze Hosen, lila Leggins, die Männer sahen ihr hinterher. Wenn wir an Karneval in der Sektbar standen, musste sie ständig irgendwelche Arme von ihrem Körper räumen; sie verleitete die Männer förmlich zu Ungehörigkeiten, auf jeden Fall war sie die Sektbarkönigin, und es war gut, dass ihr Mann das nicht immer so merkte. Auf Thea konnte man irgendwie nicht eifersüchtig sein, sie war so selbstverständlich schön wie eine Dorfhecke oder ein Fliederbusch. Vielleicht auch, weil ihr Vater in der Kirche so viele Marienlieder gespielt hatte, es blüht der Blumen eine, auf ewig grüner Au, wie diese blühet keine, so weit der Himmel blau. Thea war wie ein Marienlied mit Aerobic-Stulpen.

Inzwischen spielte Thea selber die Orgel, Marienlieder und Beerdigungslieder und Kommunionslieder. Es war einfach immer so, saß man in der Kirche und schaute nach oben, da saß sie und spielte »Wunderschön prächtige, hohe und mächtige«.

Wir hatten also beide braune Haare und Stufenschnitt und einen dichterischen Hang von unseren Vätern. Mein Vater reimte über die Schönheit der Struthecke, er hatte früher den Karnevalsprinzen gemacht und war Büttenredner. Und Theas Vater hatte Lieder geschrieben und Gedichte über die Liebe oder den schönen Wald. Er hatte am Waldrand ein Schild hingestellt:

»Der Wald ist ein Segen, wo Gott ihn auch schuf, den Wald zu pflegen sei jedem Behuf!«

Thea und ich waren beide Dorfdichtertöchter.

Qualmend und überdrüssig standen wir in der feuchten Dunkelheit auf dem Fischfest herum.

»Scheinst ja nicht gerade begeistert zu sein vom Fischfest.«

»Ich, na ja, ich …« Da war es so weit. Übergangslos liefen mir einfach die Worte aus dem Mund wie verbrannte Suppe. »Ich habe rumgeknutscht mit einem verheirateten Mann und … ich habe … es war Ehebruch.«

Thea drehte sich mir zu. Ihr Augen wurden riesig. Grau und blau, ich sehe es noch wie heute, sie leuchteten, wie sie immer leuchteten, denn ihr Lidstrich war phosphorfarben, ihre Wimpern waren von der Wimpernzange gebogen und schwärzer als die verbrannten Streichhölzer auf dem Fischzeltboden. Ich vergesse das niemals, wie ihre Augen aufgingen, als hätte man etwas hineingetropft, als könnte sie fortan im Dunkeln sehen. Theas Augen waren klarer als meine, die trübe vor Betrunkenheit schwammen. Da sagte sie:

»Ich auch!«

Wir starrten uns an, erschrocken und ungläubig, und hatten nun beide Augen groß wie Untertassen. Das Geheimnis, mit einem Paukenschlag aus uns herausgehauen, so dass wir gelähmt und benommen dastanden wie Mondmenschen.

Jetzt waren wir nicht mehr nur Dorfdichtertöchter. Wir waren auch beide Ehebrecherinnen.

»Du musst mich besuchen kommen«, hatte Thea gesagt nach einer langen, fassungslosen Weile. »Vielleicht mal Kaffee trinken oder so …«

Und so war es gekommen. Von diesem Augenblick an waren wir Blutsschwestern.

Wir waren Dorfdichtertöchter, Betrügerinnen und Blutsschwestern.

Es dauerte noch bis zum großen Festumzug, und es half alles nichts, ich musste wieder nach Darmstadt.

Mein ewiger Dienst, meine endlosen Streifenfahrten, Darmstadt bei Nacht. Kasinostraße, eingehauene Köpfe, Stadtschenke, Zechprellerei, Hawaiibar, Beischlafdiebstahl, Heidelberger Straße, brennende Mülltonne, Zweibrücker Straße, Randale im Männerwohnheim.

Ich schrieb alles auf, an meinem kleinen Küchentisch, der immerzu wackelte.

Und ich schrieb es noch schlimmer, als es war, ich notierte die Gerüche dazu (verschmorter Topf bei Hausmeister Seelbach, Frau Seelbach hatte Kohlrabi gekocht, bevor …), die Geräusche (das Trommeln des Einsatzleiters auf dem Funktisch), die Formen (die sich rosenförmig mit gelblich sprudelnden Bläschen ausbreitende Bierlache, die unter dem Wachtisch hervorquoll), die Poesie (»Frau Wachtmeister, du bist so schön, aber ich verlange meinen Diebstahl zurück«).

Mein Kaffee schmeckte mir nicht so recht, denn als ich das letzte Mal die Scholmerbacher Freundinnen zu mir in die Stadt eingeladen hatte, hatte Birgit meine Kaffeemaschine auf der heißen Herdplatte zerschmolzen, und jetzt war die Maschine ganz schief und alles schmeckte nach Plastik. Ich saß vor dem Nachtdienst in der Küche und nach dem Frühdienst in der Küche und überhaupt immer nur in der Küche.

Dann zog ich wieder mein senfgelbes Hemd an und hängte mir den grünen Schlips um, meine Lippen waren bemalt, und es graute mir vor der nächsten Schicht. Wenn die Nächte so lang waren wie in diesem endlosen Sommer, dann schien die Stimme aus dem Orbit öfter zu funken, und sie präsentierte ein ganzes Arsenal von Triebtätern und Pennerschlägern und Drogendelikten. Wäre er nur nicht so erfolgreich gewesen, ein so besessener Kommissar. Er fegte die Stadt leer, war ständig auf der Suche nach immer neuen Schurken und Missetaten, nichts war vor ihm sicher. Ich gebe zu, auch ich hatte diesen Virus, diese Neugier, die Unterwelt zu betreten, zu sehen, was es in Scholmerbach nicht zu sehen gab; meine Neugierde war unstillbar.

Zum Dank spuckte mir eine Rauschgiftsüchtige ordentlich in die frischen Dauerwellen. Eine betrunkene Wohnsitzlose riss mir ein Büschel Haare aus. Und der Lanzeitarbeitslose Hinnerk Wedelstein urinierte mir im Streifenwagen auf den Rücksitz. Aber das war alles nicht schlimm, überhaupt nicht schlimm. Wirklich schlimm war nur die überirdische Stimme:

»Hier Heiner zwei-fünf, überprüfen Sie mal ein Kennzeichen – Dora Anton – Wilhelm Berta – Eins-Vier-Sieben … Ende!«

Niemals sagte die Stimme: »Hallo Ännchen, ich weiß, in welchem Streifenwagen du sitzt, es tut mir leid, ich bereue alles, ich werde nie aufhören, dich zu lieben!«

Stattdessen immer nur Halunken, Missetäter und Kennzeichen, und jeder Anton, jede Berta, jeder Cäsar, Dora, Emil, Friedrich, Gustav, Heinrich … sie alle spazierten durch mein Gehirn und ließen mich erschauern. Es wurde nicht besser. Ich konnte dem Funk nicht entrinnen. Ich konnte ihn ja nicht ausmachen. »Ich muss hier weg«, sagte ich laut.

»Wos?«, sagte mein Streifenpartner Zimbo aus seinem Tran heraus.

»Es tut mir leid.«

»Bei mir brauchst du dich für nichts zu entschuldigen.«

Dann döste er wieder ein.

»Da fährt einer bei Rot über die Ampel«, sagte ich schwach.

»Ist doch egal«, brummte Zimbo. Wir waren eine Traumbesetzung. Die Stadt war sicher wie nie. Er würde mir fehlen. Der Funk fiepte eintönig vor sich hin, erzählte nur hin und wieder von einer Ordnungswidrigkeit, streifte ein Vergehen, wartete lustlos mit einer Schlägerei auf in anderen Revierbereichen.

»Haben hier den Tatverdächtigen Richard Lewandowsky, ich buchstabiere: Ludwig-Emil-Wilhelm-Anton-Norbert-Dora-Wilhelm-Siegfried-Konrad-Ypsilon, geboren am 13.11.1949 in Siegburg …«

Die Stimme aus dem Äther brachte mich um. Ludwig-Emil-Wilhelm-Anton-Norbert wollten mich umbringen. Ich war ihnen nicht gewachsen. Es waren nicht nur diese fünf, es waren sechsundzwanzig an der Zahl, und ich war machtlos ihnen gegenüber, machtlos mit meiner schweren Waffe, den Handschellen und dem Schlagstock an meiner Seite.

Drei Tage vor dem großen Fest.

Mein R4 schien sich zu freuen, als ich ihn belud mit meinen Klamotten für Scholmerbach, den alten Jeans und den Sommerkleidern, mit den hohen Pumps und dem Haarspray Ultrastrong. Ich verließ Darmstadt und das Reihenhaus wie einen öden Traum, um in die Pracht und Herrlichkeit meines Dorfes zurückzukehren, wo ich wieder aufblühte wie die Himbeeren unter dem Hollerbusch. Ich hielt am ersten Haus unter dem alten Wasserbasseng mit den Kastanien, ich war eingeladen, eingeladen bei Thea zum Kaffeetrinken.

Ich rieb mir die feuchten Hände, klingelte und war mir nicht mehr sicher, ob die Einladung ernst gemeint war.

Auch Thea schien ein wenig unschlüssig, als sie mir in einer pinken Jogginghose mit Sternchen die Tür aufmachte. Sie wusste nicht genau, wohin mit ihren Kindern, und kochte dann einen Kaffee, den wir beide in hohen Kaffeebechern hinaufschleppten in ihr Schreibzimmer. Thea hatte ein eigenes Schreibzimmer, was mich schwer beeindruckte. Niemand durfte hinein, nur ich, und ich durfte hinein, weil ich ein Geheimnis hatte und weil auch Thea ein Geheimnis hatte: Das hatte die geheime Tür geöffnet.

»Gibt es was Neues im Dorf?«, fragte ich schüchtern.

»Hennegickels Berta ist gesehen worden, wie sie das Waschwasser aus der Waschmaschine aufgefangen hat, um es noch mal als Putzwasser zu nehmen.«

»Ah.«

An der Wand sah man Thea in einem Bilderrahmen schwarz-weiß tanzen, die Hand an einer Ballettstange und den Blick ganz ernst in die Ferne gerichtet. Sie war einmal in Köln gewesen und hatte Tanzen gelernt, und sie war heimgekommen und hatte ihre Bücher mitgebracht, die zahllosen Bücher, Gabriel Garcia Marquez, Erich Fromm, Pablo Neruda … Da standen sie im Schreibzimmer in der Bücherwand, doch kein Buch war so wichtig wie die Bücher im verschlossenen Glasschrank, Theas tausend Tagebücher.

»Und?«, fragte Thea. »Hast du ihn noch mal gesehen?«

»Nein, nur gehört, und ich fühle mich schrecklich.«

Thea verstand das.

Ihre Augen schienen alles, was ich nun erzählte, aufzunehmen, denn immer, wenn sie etwas begriff oder meine Geschichte eine neue Wendung nahm, wurden sie größer, heller und der schwarze Wimpernkranz weitete sich. Vielleicht war es auch wegen der Qualmwolken, in die wir uns nun einhüllten; der Aschenbecher auf der selbstgehäkelten Filetdecke quoll bald über, wir rauchten und tranken Kaffee und dann Wein. Wir mussten einander schnell unsere Sünden beichten, die vielen Sünden, bevor der Mann heimkam. Unsere Sünden wurden auf einmal kostbar; wie Schätze boten wir sie einander an.

»Ich habe schon mal den Jürgen vom Klempnerheinz geknutscht«, flüsterte Thea.

»O Gott, nein, ich auch!«, flüsterte ich. Irgendeine Kirmes, irgendein Karneval. Wir beide schlossen die Augen und schauderten. Der Jürgen vom Klempnerheinz! Er war noch nicht mal schön. Was war in uns gefahren? Und im selben Augenblick wollten wir vor Lachen sterben. Als wären wir vierzehn Jahre alt, aber ich war fünfundzwanzig und sie achtunddreißig. Wir prusteten und lachten so sehr, dass uns das Wasser aus den Augen kam und durch die Finger lief, die wir vor Scham und Vergnügen vors Gesicht hielten; ich dachte, ich kippe um und falle aufs Klavier.

Wir verliebten uns in unsere Geheimnisse, und je schlechter und scheeler sie waren, umso besser. Wir gruben aus, was auszugraben war und noch nie ein Mensch gehört hatte. Ich war nicht mehr so schlimm mit meinem Heinz im Streifenwagen. Auch Thea hatte keinen Heiligenschein verdient. Und sie schloss mit den Worten:

»Ich hätte niemals heiraten dürfen.«

Erschüttert und benommen blieben wir sitzen, während das Gesagte im Raume stand und die Qualmwolken tanzten. Wir fühlten uns liederlich und erlöst von den Fehltritten unserer Leben, nur weil die andere es auch schon mal gemacht hatte. Natürlich war unser ganzes Dorf kein Kind von Traurigkeit. Von all deinen Küssen darf ich nichts mehr wissen. Niemand wollte genau wissen, was in den langen trunkenen Sommernächten geschah, wenn niemand heimging und die Sterne so schön funkelten.

»Jetzt ist auch noch der Festzug«, sagte ich. »Da soll ich als Ehrenjungfer gehen!«

Und schon wieder prusteten wir vor Lachen.

Wir fühlten uns amüsiert und schuldig und schlecht, alles in einem. Aber mit Thea gemeinsam schlecht zu sein war eine Ehre und berührte mich zutiefst.

»Kommst du am Samstag zur Parade?«

»Natürlich!«, sagte Thea. »Was glaubst du denn?«

Doch bis dahin schworen wir, unsere Geheimnisse zu bewahren und niemandem etwas zu erzählen, bis wir auf dem Festzug in neue Geheimnisse und Verstrickungen geraten sollten. Sie brannten innerlich so heftig, dass nur noch die Feuerwehr selber uns löschen konnte, während die Musik dazu spielte … mindestens das »Preußens Gloria«.

Am 26. Juni 1987 war es so weit.

Früh am Morgen war die Sonne an einem prächtig blauen Himmel aufgegangen, und hinter dem Feuerwehrhaus stand das Feuerwehrauto, mit Blumen geschmückt wie ein metallener feuerroter Pfingstochse, gewienert und poliert, und am Ortseingang warteten als Überraschung die Oldtimer der Feuerwehren aus dem ganzen Westerwald auf die Parade, und einer war karminrot und einer rubinrot und einer purpurrot und einer zinnoberrot.

Bald schon strömten sie herbei, die Blaskapellen und Liederkränze aus dem ganzen Land, in Trachten und in Uniformen, mit Löschgeräten und Musikinstrumenten in endlosen Karawanen. Es kamen auch der Karnevalsclub, der Gesangsverein, der Sportverein, der Segelclub, der Dorfverschönerungsverein, die Fleischwurstweiber und die restlichen drei Einwohner meines Dorfes.

Schloss Egon stand am Ortsschild und meinte, das Wetter sei so schön, weil Gott ein Feuerwehrmann sei, aber der Musikverein hatte auch einen Egon und der meinte, Gott sei ein Musikant. Der erste Wagen der Parade war ein altmodischer Feuerwehrwagen, gezogen von zwei prächtig geschmückten Gäulen, und darauf saßen die Ehrengäste Honiels Franz, Dorfsheriff Silberlocke und unser ältester Mitbürger, der Alwis Wissemichel.

Dann kamen wir.

Wir waren zwölf, wir trugen goldene Kleider und alle waren wir schön. Wir glitzerten und prangten auf unseren schwarzen Pumps, wir strahlten unter der Sonne und blendeten die Menschen am Straßenrand, wir blendeten das Feuerwehrauto, wir waren selbst geblendet von unserem eigenen Glanz. Wir hatten ganz vergessen, dass es um die Feuerwehr ging und auch um die Blasmusiker, die sich mit glänzend polierten Trompeten hinter uns aufgestellt hatten – die singenden und klingenden Musikanten von Scholmerbach.

Um genau zwei Uhr Nachmittag ertönte die Fanfare.

Infernalisch schlug hinter uns der Egon auf die Pauke, und der Erzherzog-Albrecht-Marsch erklang. Da hoben wir unsere Lackpumps mit den Riemchen und Sternchen und marschierten los, strahlend und funkelnd, stolz über Teer und Split und Graswurzeln, der tosenden Menge entgegen, die jubelnd die Straßen säumte, schon seit dem Morgen. Die Sonne schien uns in unseren schimmernden Gewändern aufzubacken, wir erhitzten uns unter den lackgestählten Dauerwellenungetümen und den Spenzerjäckchen und den schwarzen Strümpfen. Doch schritten wir erhaben weiter, und überall winkten und applaudierten sie und die Schulkinder hopsten und riefen:

»Parademarsch, Parademarsch, der Lehrer hat ein Loch im A…!«

Wir blickten huldvoll, als wir am Busbahnhof, dem Taubenweg und der Tankstelle vorbeischritten, und nickten mal hier und mal da, die Hände an den Blumensträußen, die Abstände zwischen uns gerieten mal länger und mal kürzer, wie bei einer menschlichen Ziehharmonika. Doch machte das alles nichts, denn wir sahen unser Funkeln sich widerspiegeln in den Augen der Leute, und so fühlten wir uns wundervoll und vollkommen würdig in unserer vom Dorfsheriff gepriesenen Schönheit. Schließlich spürten wir die Kraft der uns folgenden Triumphwagen mit den umjubelten Musikanten aus unserem Dorf, wir hörten die Musik der fünfundzwanzig Jahre, wir lauschten den Feuerwehren mit ihren altmodischen Hupen, die lauthals ihre ausgeleierten Signaltöne freudig in die Menge donnerten wie Triumphsalven, wir hörten den alten Magirus Deutz aus Stockhausen, den Hanomag aus Steinefrenz und den Metz aus Wällershofen. Löschzug um Löschzug zog durch unser Dorf, als sollte das halbe Jahrhundert brennen. Scholmerbach hatte nicht Straßen genug, und wir verloren den riesigen Lindwurm der Parade hinter uns, doch hörten wir sie, die Spielmannszüge und Mandolinenvereine, ein unablässiges Pfeifen und Trommeln und Flöten und Trompeten, ganz Scholmerbach war ein einziges singendes klingendes Tschingderassassa.

Gott sei Dank reichte man uns hier und da einen Schnaps, wo wir doch sonst nichts zu trinken hatten an diesem warmen Sommertag. Wir schafften es am Kappesgarten und der Schneidmühle vorbei durch unser aus allen Nähten platzendes Dorf, bis wir zwischen Losbuden, Karussell, Autoscooter und Wurstwagen am Festzelt landeten. Da stand es vor uns und öffnete sich so gewaltig und war brechend voll, wie an einer Mörderkirmes.

Wir schritten unter den gewaltigen Klängen vom Königsmarsch in die sengende Hitze hinein, direkt auf die Bühne, wo wir zwischen mannshohen Blumengebinden auf die herannahende Feuerwehr und die Musikanten von Scholmerbach warteten. Hinter uns ging eine gewaltige Stoffsonne auf aus gelb und blau drapierten Streifen, auf denen stand in Gold: »50 Jahre Feuerwehrverein und 25 Jahre Musikverein Scholmerbach«.

Mannshoch waren auch das Wappen der Feuerwehr mit Spitzhacken, Feuerrad, Flammen und einem roten Kreuz darauf und auf der anderen Seite für die Musikanten eine silberne Lyra, so hoch wie ein Garagentor. Und mannshoch war die gesamte linke Zelthälfte mit der Aufschrift: »Mering, Hirschberger und Co, Heizung und Sanitär«.

Ich kriegte einen Kreislaufzusammenbruch, den ich aber keinesfalls zugeben wollte, hielt mich mühsam aufrecht in meinen wackeligen Wildlederpumps und lächelte ohnmächtig vor mich hin, und der Kirschei und der Krämer nahmen die Parade ab, und wir stierten als Teil des Bühnenschmuckes vor uns hin, während Halbs, Langenhahn, Stockum Püschen, Enspel, Rotenhain, Gemünden, Girkenroth und Guckheim einmarschierten. Sämtliche Männer und Frauen rissen sich sofort die Uniformjacken vom Leib und die Schlipse von den Hälsen und schrien nach Bier.

Immer mehr und mehr Vereine kamen herein, wahrscheinlich waren auch noch der Hunsrück und die Eifel da, und alle mit einem einzigartigen Durst.

Ich schielte zu einem Tisch vor der Bühne, auf dem »Festdamen« stand. Und auf dem Tisch stand eine Flasche Wein mit Gläsern für uns alle. Ach, dieser Durst, dieser ungeheuerliche Durst, ich war ausgetrocknet wie ein vergessener Halm nach der Heuernte. Kaum waren endlich die letzten Takte verklungen und wir in Zweierreihen von der Bühne gewackelt, stürzte ich mich an unseren Tisch, nahm die Weinflasche und trank und trank und trank. Es kam nicht mehr auf uns an. Mission erfüllt.

Während sturzbachartig die goldene Flut meine Speiseröhre hinunterrauschte, floss sie auch wieder hinauf durch die Blutbahnen und durch die Nervenstränge und verwandelte meinen Körper in eine bewegungsunfähige Gliederpuppe. In unbeschreiblicher Geschwindigkeit war ich völlig betrunken und völlig zerschmettert in meinem goldenen Gewand über der Biertischgarnitur. Unsere Aufgabe war erledigt, ich war erledigt. Auch meine Mitjungfern verloren die Fasson, und die Schulterpolster hingen uns auf dem Rücken oder unter den Achseln, unsere kunstvoll toupierten Haare verrutschten und gerieten in Schräglage.

Hinter uns am Nachbartisch landete der »Liederkranz Harmonia« mit der zwinkernden Thea. Den Liederkranz nannten wir immer Gesangsverein Halbe Lunge. Sie alle trugen schwarze lange Röcke und fliederfarbene Blusen und silberne Schärpen. Thea sah wieder mal umwerfend aus, und sie hatte eine Anmut, wie man sie nur haben kann, wenn man in einem albernen Chorkleid aus achtzig Prozent Polyester in einem Bierzelt sitzt.

Dabei hatte der Abend erst angefangen, und eine übermäßig lange Schlange hatte sich angestellt, um auf der Bühne der Feuerwehr und dem Sportverein zu gratulieren; es gab reichlich Fußballer im Westerwald, Rot-weiß-Podem, Grünweiß-Ellingen, Blauweiß Hellersberg, sie kamen und überreichten feierlich einen Zinnteller. Dann tanzte die Volkstanzgruppe als Geschenk »Im Rosengarten, da will ich warten«. Dann kam der Landrat und hielt eine Rede und schenkte einen Zinnteller. Dann schenkten der Dorfverschönerungsverein und der Männerchor Winnen und der Liederkranz Harmonia je einen Zinnteller.

»Gleich soll auch der neue Pfarrer aus Lemberg kommen!«, flüsterte Thea. »Den musst du dir ansehen! Ein toller Mann!«

»Ach«, sagte ich.

»Doch, ich habe den schon mal gesehen, der ist toll!«, flüsterte Silvia.

»Ich kann jetzt schon nicht mehr«, sagte ich.

»Ach komm«, sagte Ria. »Ist doch lustig. Wie guckst du überhaupt aus der Wäsche?«

»Ich weiß auch nicht.«

»Trauerst du immer noch um deinen Schimanski?«

»Ach, ich bin nur besoffen. Da kommt einem manchmal sowas hoch.«

»Komm«, sagte Ria. »Andere Mütter haben auch schöne Söhne.«

»Ach ...«, sagte ich. Mein Blick glitt durch den Saal, und einer nach dem anderen kam herein, und unter all diesen unzähligen Menschen sah ich keinen, keinen einzigen schönen Sohn. Ich vertrug den Wein einfach nicht.

»Weißt du was?«, rief Ria. »Ich habe einen Studienplatz in Heidelberg! Völkerkunde! Ethnologie!«

»Ach was!«, rief ich. »In Heidelberg? Ich komme mit. Ich schmeiße meinen Job!«

Sie hatte es nicht gehört. Ich aber war erleuchtet von diesem Gedanken! In einem Augenblick hatte sich mir die Zukunft gezeigt! Idas Monika zündete sich gerade eine Zigarette an, Biggi warf aus Versehen den Aschenbecher um, ich rülpste von dem Wein.

Auf der Bühne überreichte Dorfsheriff Silberlocke den Vereinen feierlich einen Zinnteller. Thea erhob sich mit ihren Tischnachbarn, und dann schritten sie nach vorne in ihren schwarzen Röcken. Die Halbe Lunge ging auf die Bühne und sang »Freude schöner Götterfunken«.

Ich goss mir noch einen Wein ein.

»Das ist doch alles eine vollkommen reaktionäre Kacke«, sagte Matthias, der mit seinen langen Haaren aufrecht dastand, die Hände in den Hosentaschen. Er war Achtundsechziger und zu Besuch daheim. Es hieß, er verdiente in München Geld als Statist für den Jesus.

»Hä?«, fragte ich geistig unvorbereitet.

»Heute Nacht machen die auch noch Zapfenstreich«, sagte Matthias. »Wie im Dritten Reich. Ist doch gruselig.«

Ich war schlecht informiert. Was wollten sie machen? Um mich drehte sich alles.

»Wenn die da stehen mit ihren Pechfackeln und Uniformen – das beschwört doch geradezu die Vergangenheit, da wird mir schlecht.«

»Oje, also … ich … ich trage im Dienst auch eine Uniform«, brabbelte ich. Aber er hatte recht, Uniformen überall, wohin ich auch sah, tatsächlich, und heute, ganze Garnisonen, nun, da ich einer Uniform entfliehen wollte, sah ich sie wie in einem Spiegelkabinett tausendfach präsentiert.

»Das ist auch nicht mehr normal«, nickte ich.

»Nichts gelernt aus der Vergangenheit!«, sagte Matthias. »Alles paramilitärisch.«

Ich konnte Matthias' geistigem Pfad nicht weiter folgen.

»Sie wollen doch bloß Jubiläum feiern«, sagte ich schwach und unpositioniert.

Nun trat der Vorsitzende des Kreismusikverbandes auf und sagte:

»Musik gibt den Menschen Freude! Menschen brauchen Freude! Musik löst die Menschen vom Alltag!« Dann verlieh er die Ehrenplakette des Landes und überreichte einen Zinnteller.

»Siehst du, das ist wie eine Ordensverleihung. Die alten Riten, die alten Symbole«, sagte Jesus-Matthias.

»Ach komm«, sagte Dabbersch Kristina. »Ist doch nicht so schlimm.«

»Also, den Zapfenstreich heute Abend finde ich schon bedenklich«, sagte Thea, die sich nach ihrem Auftritt wieder setzte. »Das erinnert doch an die Nazis, da fehlen nur noch die Fahnen mit …«

»Das meinen sie doch nicht so«, sagte Kristina.

Nun war oben die Geistlichkeit dran. Unser katholischer Pfarrer Weide kam in seinem zerknitterten Anzug auf die Bühne geschlurft, blickte ein wenig in die Runde, sagte »Gott zur Ehr, dem nächsten zur Wehr«, überreichte einen Zinnteller und schlurfte freundlich lächelnd wieder herunter.

Feuerwehrhauptmann Kirschheim ging ans Pult und sagte:

»Begrüßen Sie nun mit uns den neuen evangelischen

Pfarrer Ulli-Dieter Aschbrenner, der eigens aus dem Dekanat Lemberg angereist ist, um einige Grußworte vorzutragen!«

»Mein Gott«, hörte ich Thea hinter mir sagen. »Da ist er. Er ist so wunderbar.«

Ich hatte nie von ihm gehört. Ich fuhr schließlich die ganze Zeit Streife in einer Stadt mit wenig Kirche und Gott. Da kriegte ich hier nicht alles mit. Alle anderen kannten ihn offenbar schon, denn die Leute fingen an zu raunen und stießen sich an.

Im Bierzelt wurde es still, und ein einzelner Jubelruf drang hinauf.

»Den solltest du mal predigen hören«, flüsterte Thea.

Vorne war ein Mann aufgestanden mit knatterschwarzem Haar, er verbeugte sich leicht, schloss den Knopf seines Anzugs so besonnen, als müsste er beim Knopfschließen in eine kurze Andacht gehen, und schritt dann zur Bühne. Die letzte Stufe sprang er unversehens. Ein schwungvoller, athletischer Bühnenpfarrer. Sehr aufrecht, o Gott, stand er nun vor den dicken blauen und gelben Streifen der aufgehenden Stoffsonne unter dem goldenen Buchstaben F von Feuerwehr – und dann packte er das Pult, als wolle er es in den Saal werfen.

Mir blieb die Spucke weg.

»Verdammt«, sagte ich. »Das ist wirklich … ein schöner Sohn.«

»Verehrte Festgäste«, sagte er. »Ich halte es mit unserer Telefonzelle: Fasse dich kurz!«

Und dass immerhin zwölf Evangelische in dieser Gemeinde seien, die doch mal den Ausflug nach Lemberg unternehmen sollten in die schöne Stiftskirche, wo er sie begrüßen wollte. Dass sie alle ein großartiges Fest feiern sollten. Und dass so ein Fest natürlich Geld kostet. Darum nun habe das Dekanat dem schnöden Mammon dieser Welt ein wenig entwendet, um es der Feuerwehr und dem Musikverein in diesem Umschlag zu überreichen. Ein rauschendes Fest! Fertig!

Mann, das hatte gesessen. Peng. Wieso war dieser Pfarrer so schön wie ein Schlagersänger? Das war doch nicht nötig. Alles, was an einem Mann schöner ist als an einem Affen, sei überflüssig, hatte meine Oma gesagt. An Pfarrer Ulli-Dieter Aschbrenner war alles überflüssig.

»Hast du seine Augen gesehen?«, fragte Thea. »Das ist doch ein glühender Feuerteufel!«

»Bestimmt ist er verheiratet und hat zwei Kinder«, sagte ich, die es gewohnt war, zu spät zu kommen, wenn die Liebe vergeben wurde. »Scheiße«, sagte ich.

Die Unerreichbarkeit des schönen Sohnes auf der Feuerwehrbühne und überhaupt aller schönen Söhne entmutigte mich auf einmal sehr. Nichts klappte in meinem Leben und vorgeführt zu kriegen, was man nicht haben kann, war doch erniedrigend. Irgendwie hatte der blöde Pfarrer mich verstört. Ich ließ es mir nicht anmerken und plauderte artig und qualmend nach allen Seiten unter meiner turmhohen Dauerwelle.

Der Bergmannschor der Grube Alexandria trat auf mit hohen Kappen und brennenden Fackeln und sang: »Lieb Schätzelein: Ich fahre in den finsteren Schacht, bei der Nacht, und da denk' ich dein. Glückauf, Glückauf.«

Gratulant um Gratulant redeten das Publikum in eine bleierne Lähmung hinein, ein sich betrinkendes Publikum, das unter der Last der Wünsche und Zinnteller auf der Bühne in die Breite ging, in haltloses Flüstern, das mehr und mehr zu dreistem Geschwätz und allmählichem Schwadronieren wurde, so dass die Redner auf der Bühne kämpften wie gegen das Rauschen der Meere im Sturm, und sie fuchtelten und dröhnten und sagten wieder und wieder: »Aber meine Damen, meine Herren, ich muss doch sehr bitten!«

Darum hatte ich zunächst nicht mitgekriegt, wie der Peter Holpers vom Festausschuss an unseren Tisch gekommen war. Doch dann sagte er:

»Hört mal, ihr Festdamen, könntet ihr euch mal um die zwei Pfarrer da kümmern? Den evangelischen und den katholischen? Die sitzen da ganz allein!«

Ich sah mich aufspringen und den Wein umwerfen:

»Ich! Ich! Ich!«

Und das Schicksal nahm seinen Lauf.

Peter Holpers vom Festausschuss hatte keine Ahnung, was er angerichtet hatte. Ria ging mit mir, und sie wollte sich um den Katholischen kümmern und ich mich um den Evangelischen, und ich weiß nicht mehr, wie ich auf den Wildlederpumps durch das Zelt getorkelt bin, und ich weiß nicht mehr, was wir uns auf dem Weg dahin zugeflüstert haben; ich weiß nur, dass die Geistlichkeiten entzückt waren, als wir uns an ihrem Tisch niederließen. Sobald Herr Pfarrer Ulli-Dieter Aschbrenner den Kopf zu mir drehte und ich in seine Feuerteufel-Augen sah, zischte und brannte und funkelte es, und das gesamte Festzelt voller Musikanten und Feuerwehrleute war eine tosende Geräuschkulisse, um das Knistern und Brennen zu übertönen, und ich fragte:

»Sind Sie verheiratet und haben Sie zwei Kinder?«

»Ich bin verheiratet und habe drei Kinder.«

Ach, ich ewige Idiotin auf der Ersatzbank. Nichts gewonnen und schon zerronnen. Und doch war es mir nicht möglich, diesem Blick aus den schwarzen Augen auszuweichen, der so intensiv war, dass er alles aus meinem Gehirn laserte, was vorher noch halbwegs denken konnte.

Ria sprach mit ihrem Pfarrer etwas Lustiges, und immer, wenn sie einen Satz beendete, nickte und wippte sie mit den Stirnlocken, und wenn das Wippen beim Pfarrer Weide angekommen war, dann lachte und kicherte er wie Ernie aus der Sesamstraße und sein runder Bauch im weißen Hemd wackelte.

Aschbrenner sprach mit mir, beide sprachen wir aufeinander ein, wir landeten sofort beim Thema Zölibat, richtig, Sinnlosigkeit des Zölibats, wir waren in das Gespräch hineingerasselt ohne einen gescheiten Anfang, ohne Sinn und Plan. Ich sehe noch, wie er sich ins Zeug legt, die Arme hebt, um etwas zu untermalen, an das ich mich nicht erinnere. Ich sehe ihn reden mit Leib und Seele.

Ria und Pfarrer Weide sprachen über den Ausflug der Messdiener nach Rüdesheim und den Bazar für Afrika vom Kolpingverein. Aschbrenner und ich sprachen zwei Gläser Wein lang.

Dann sagte er mit einer großen Selbstverständlichkeit:

»So, ich muss jetzt gehen, morgen habe ich wieder einen Gottesdienst und meine Familie wartet auf mich.«

»Es ist ja auch eine lange Veranstaltung«, sagte ich, und mein Herz sank unter die Bretter des Festzeltbodens.

Auf der Bühne hatten sie begonnen, Musikanten und Feuerwehrleute für besondere Verdienste zu ehren, und dann ehrten sie die Ehrengäste und dann die ältesten Mitglieder und dann die Vorsitzenden befreundeter Vereine und sie ehrten und ehrten, bis keiner im Saal mehr ohne eine Ehrenplakette mit Schleifchen an der Brust war. Die Männer wurden bei uns geehrt. Die Frauen wurden vergoldet. So wie ich.

All mein Gold und alle Dauerwellen halfen mir nicht in meiner Schmach und meinem jähen glühenden Schmerz, weil ich wieder ein Prachtexemplar der männlichen Gattung fortlassen musste, und ich brannte innerlich so sehr, dass sich alle Feuerwehrleute hätten auf mich stürzen müssen. Aber sie sahen es nicht. Niemand sah es, und das war gut.

Aschbrenner war schon aufgestanden, da drehte er sich plötzlich zu mir um.

»Möchten Sie einmal nach Lemberg kommen?«, fragte er. »Wir haben dort ein Altarbild aus dem 12. Jahrhundert freigelegt. Vielleicht … nächsten Dienstag? So um zehn? Also, wenn das zu früh ist … Ich bin halt ein Frühaufsteher, aber um elf ginge auch, ich bin ohnehin den ganzen Vormittag da.«

»Wie bitte?«, sagte ich verdattert. Was? Nein, das ging nicht.

Ich sollte ihn besuchen? Hatte ich recht gehört? Ihn besuchen und Salz und Cayennepfeffer in meine offenen Wunden streuen! Beim Anblick eines Mannes, der geeignet gewesen wäre, den Altar von Heinz zu zerschmettern, und der doch unerreichbar war, von Kirchenwänden und Kreuzen und dem Sakrament der Ehe eingemauert, nein, bitte nein. Altarbild ging nicht. Stiftskirche ging nicht. Lemberg ging nicht. Nein, dachte ich. Auf keinen Fall!

»Ich … äh … ich überlege …«, sagte ich und nickte aus Versehen.

Pfarrer Ulli-Dieter Aschbrenner sah noch einmal auf die Biertischdecke, nickte dann Pfarrer Weide und Ria zu, klopfte auf die Bank und war verschwunden. Die Familie wartete schon. Das Zelt wurde dunkel wie die finstere Nacht, die Feuerwehrleute zündeten die Fackeln an, und ein Hauch von Reichsparteitag zog durch das Dorfzelt. Sie sangen:

»Ich bete an die Macht der Liebe.«

Verschwommen sah ich Jesus-Matthias an der Theke lehnen und hörte ihn sagen:

»Reaktionäre Kacke.«

Dann kam die Nationalhymne.

Und durch die wogenden Körper ergriffener, verschwitzter und tränenfeuchter Leute rief Thea mir zu:

»Wie gruselig, und das bei unserer Vergangenheit!«

»Thea!«, rief ich und fasste sie am Arm. »Der evangelische Pfarrer hat mich eingeladen! Er will mir sein Altarbild zeigen!«

Die hellen Augen drehten sich riesig zu mir hin.

»Er hat dich eingeladen!?«, flüsterte sie.

»Ich weiß nicht, ob ich gehen soll; das kann ich doch nicht machen!«

Die Musik spielte »… blüh im Glanze dieses Glückes, blühe, deutsches Vaterland«.

Thea lauschte der Musik, und der Widerschein des Feuers malte sich auf ihrem Gesicht. Dann, ohne mich anzusehen, flüsterte sie:

»Geh hin, Anna! Geh hin!«

Und Schloss Egon stand vor der Bühne, umringt und erhellt vom Pechfackelglanz, erschöpft und glücklich und mit feuchter Stirn, sagte er zu allen Menschen im Zelt:

»Das war ein wunderbares Fest, ein großes Fest; und davon werden sie noch reden in hundert Jahren, und das ist der große

– ZAPFENSTREICH!«

Überall erzählten sie noch tagelang von dieser rauschenden Feier mit dem prächtigen Umzug und wie krank man war hinterher. Das ganze Dorf war ausgetanzt und ausgefeiert, als ich in meinem kleinen R4 wieder die Straßen herauffuhr. Selbst die Apfelbäume und Birnbäume am Wegesrand sahen mitgenommen aus; es war kein Hund auf der Straße, und die Kühe hatten sich in den Schatten gelegt.

Der Erzherzog-Albrecht-Marsch verfolgte mich überall, er schellte und rasselte und stampfte, bis ich meinen Wagen auf die Autobahn lenkte und unter der Talbrücke der schöne alte Kirchturm von Lemberg auftauchte … Lemberg, in dem ich übermorgen den unsinnig schönen Pfarrer besuchen sollte! In mir verstummte der Erzherzog-Albrecht-Marsch und ich wusste nicht mehr, wie mir geschah. Es war, als ob die Kirchenglocken von Lemberg anfingen zu läuten, und das Läuten war wie eine Sirene, und seine Glocken wurden zu einem Lockruf, der mich anzog, um mich dann an seinen tausendjährigen Wänden zerschellen zu lassen, ich schwebte im Geiste um das Kirchenschiff und spürte den Schiffbruch voraus. Ich durfte niemals, niemals nach Lemberg fahren! Es würde außerdem eine Schande sein, an einer evangelischen Kirche zu zerschellen; ich war doch katholisch und goldene, verspielte Kirchen gewöhnt! Meine Väter hatten noch Mist vor evangelische Kirchen gekarrt, wenn diese Gottesdienst hatten!

Es wäre ein Leichtes gewesen, jetzt abzubiegen und ein wenig am Lembach spazieren zu gehen, aber nein, Lemberg war verboten, ich durfte nicht hin, niemals, das schwor ich mir.

Evangelische Kirchen waren sowieso nicht schön, sie waren eingerichtet wie Parkgaragen. Da gab es nichts zu sehen. Altarbild. Pff. Das war eine Lüge. Aber die Kirche von Lemberg war älter als evangelisch und katholisch. Da haben sie vielleicht noch Bilder an die Wände gemalt, was wusste ich denn schon?

Egal, ich musste Lemberg Lemberg sein lassen, auch wenn dort der tollste Pfarrer vom Erdball hauste.

»Geh hin«, hörte ich Thea sagen, und es klang wie Glockenläuten.

Alle waren verrückt geworden. Das lag nur an dem schrecklichen Musikvereinsfeuerwehrfest.

Wir sollten in unserem Dorf endgültig mal den Schnaps sein lassen.

Ich musste zum Dienst. Streifefahren heute Abend im kurzärmeligen Hemd, bei vierzig Grad im Polizeiwagen; es war besser, in der Nacht zu fahren, als am Tage.

Ich kehrte zurück in die Reihenhaussiedlung, duschte, flocht mir für die Nachtschicht einen Zopf und zog die Uniform an.

Es gab viel zu tun und die Nacht war lang.

Und so war ich wieder in der städtischen Realität und fuhr abermals mit meinem Kollegen Dieter durch das verbrecherische Darmstadt. Wir nahmen Schläger in der Stadtschenke fest und eine betrunkene Hure am Straßenstrich, und wir warfen uns zwischen die prügelnden Kerle im Männerwohnheim.

Überall schrien die Leute: »Der hat mich verhauen! – Der hat mich beschissen! Der hat mich beklaut!«

Zwischendurch plumpsten wir wieder auf die Sitze im Streifenwagen und zündeten uns Zigaretten an, ich bemalte mir überflüssigerweise die Lippen. Ich kriegte es nicht richtig mit, als Dieter seine Zigarette aus dem Fenster warf, aber die Kippe flog in den Nachtwind, und der Nachtwind warf die Kippe zurück in Dieters Hemdsärmel. Da schrie dann auch mein Kollege:

»Hilfe!!! Mir brennt der Kittel, mir brennt der Kittel!«

Er sprang aus dem Wagen und schlug um sich und tanzte einen Schuhplattler in Uniform, und die Mütze fiel ihm vom Kopf. Hier konnte man immer was erleben. Tatsächlich hatte der Zigarettenstummel ein schönes Loch in seine Jacke gebrannt, und ich starb fast vor Lachen. Ich lachte noch, als uns der Funk zum Marienhospital beorderte, weil dort ein Exhibitionist durch die Frauenklinik wanderte und die frisch an den Eierstöcken operierten Frauen erschreckte.

Wir mussten den Hinterausgang bewachen, während die Kollegen vom Nachbarrevier die Flure durchsuchten, standen in der lauen Sommernacht vor der angelehnten Tür, begutachteten Dieters verbrannten Jackenärmel und überlegten, ob der noch mal zu flicken wäre.

Da meinte Dieter:

»Ach, weißt du, wir hätten ja auch mal hinter der Tür gucken sollen, hehe.« Und er griff hinter die Tür und schrie schon wieder wie am Spieß.

Er hatte in weiches, warmes Fleisch gepackt, der Sittlichkeitstäter hatte die ganze Zeit hinter uns gestanden. Wir waren so erschrocken, dass die Festnahme völlig unbeholfen verlief, dabei war der Mann nur ein schmales Kerlchen in Jeans und weitem Blouson. In einem atemberaubenden Gewurschtel von mangelnder Eleganz legten wir ihm die Handschellen an, die nicht mal richtig einrasten wollten, aber gut, wir hatten ihn. Und so waren wir auch ein wenig stolz, den Täter präsentieren zu können, und erzählten keinem, wie wir geschrien und so ungeschickt herumgemengt hatten.

Der Dienst war auch schön. Und lustig. Eigentlich liebte ich das Streifefahren. Es war ein guter Beruf. Man war anerkannt. Verdiente Geld. So einen Beruf konnte man doch nicht einfach an den Nagel hängen. Ich musste es mir noch mal überlegen. Solange ich wunderbare Kollegen hatte, wie den lustigen Dieter oder den unehrgeizigen Zimbo … ich mochte sie so sehr! Jeder andere Job war langweiliger. Ich musste mich damit zufriedengeben und fertig.

Da ficpte es auf einmal hinter dem Schaltknüppel, und ein Lämpchen leuchtete blau auf, es fiepte und rauschte, und dann hörte ich:

»Hier Heiner 7/2, Verstoß gegen das Betäubungsmittelgesetz, bitte überprüfen Sie mal Kosslowski: Konrad-Otto-Siegfried-Siegfried…«

Verdammt! Der vermaledeite Funk! Erinnerte mich

wieder und wieder an diesen schrecklichen Kerl, der sich unsterblich in meiner Seele eingenistet hatte. Nichts konnte ihn von dort verjagen, nicht mal auflösen konnte ich ihn, diesen kleinen Dämon! Ich wurde und wurde nicht unempfindlich, mir wuchs kein dickeres Fell, ich hatte kein Schloss und keinen Riegel, um seine Stimme abzuwehren; sie traf sofort in mein Herz und löschte das Licht darin aus.

Wütend fuhr ich mit Dieter die Streife zu Ende und räumte den Streifenwagen aus.

Es musste was passieren. Jetzt. Auch bei mir war schließlich mal Zapfenstreich!

Ich musste den Teufel mit dem Beelzebub austreiben.

Vielleicht konnte ich den Teufel mit dem Feuerteufel austreiben!

Ich konnte den Pfarrer Ulli-Dieter Aschbrenner mal besuchen und mir das Altarbild anschauen. Warum nicht? Was sollte schon passieren? In der geheiligten Kirche, mit Mauern so stark wie der Felsen, in den sie gehauen war, so alt wie das Jahrtausend und so groß wie der Glitzerberg über Scholmerbach? Wenn Gott selber da wohnte und uns durchleuchtete bis auf das Skelett nach jedem verborgenen, verlogenen und sündigen Gedanken? Das konnte nicht schiefgehen.

Ich würde den schönen Pfarrer besuchen.

Fertig. Aus. Amen.

So nahte der Dienstag heran. Wir waren verabredet, morgens um zehn.

Schon wieder war es ein strahlend schöner Tag. Gut, dachte ich mir. Ein Tag, um Landstraßen zu fahren. Es konnte doch gar nichts geschehen, warum nur klopfte mein Herz so sehr? Es war so früh, zu früh, um etwas anzustellen, zu früh für irgendwelche Verderbtheiten, alles spukte nur in meinem Kopf herum, sogar die saftigen Farben dieses Tages, landfarben, voll blühender Felder und einem wahrlich irre blauen Morgen und am Wegesrand die wie von einem Besessenen frisch geschrubbten Bäume, ich rede wieder Unsinn, wer schrubbt denn an Bäumen herum, aber ich erinnere diese leuchtenden Farben, als führe ich mit dem orangen Renault durch ein Poesiealbum.

Die Straße durch das alte Lemberg mit seinen Fachwerkhäusern war so kurvenreich, als hätte sie es sich unentwegt anders überlegt; ich begann zu kriechen, fuhr an einem Wirtshaus und an einem Fenstermacher vorbei, und dann … musste es hier irgendwo sein. Da fand ich die steinalte Kirche, weiß und schwer, ich hatte sie noch nie besichtigt, obwohl sie aussah, als dass sich das lohnen könnte. Sie musste seit dem 12. Jahrhundert ordentlich gewachsen sein, wie der Panzer einer Schildkröte, und nun zierte sie Lemberg mit lauter mächtigen Kastanienbäumen im Hof.

Ich fuhr mein in alberner Farbe glänzendes Auto unter ihre Zweige und stellte den Motor ab. Der Pfarrer hatte mich bislang nur vergoldet gesehen, und heute, dachte ich, tut es ein Jeansrock mit Blütenbluse. Zu der Bluse hatte ich auch noch eine Blüten-Latzhose, aber ich wollte nicht übertreiben.

Das Pfarrhaus stand gegenüber, groß und ockerfarbig,

mit Vorsprüngen und Erkern und einer altmodisch braunen Tür mit Türklopfer in Löwenform. Sollte ich wirklich? Ich hatte sie doch nicht mehr alle. Schon nahm ich den Löwen am Eisenring und schlug seinen Kopf auf die Pforte.

»Meine Güte!« So oder so ähnlich öffnete mir Pfarrer Aschbrenner die Tür, noch heute wird mir ganz schlecht, wenn ich mich selber sehe, wie ich da stand, eingeladen zwar, aber nicht rechtens erschienen.

Aschbrenner hatte eine Pfeife in der Hand und war ganz maskuliner Teufelskerl oder so, in dunklem T-Shirt und schwarzer Jeans, er hätte im Fernsehen den Sandokan spielen können oder Dschingis-Khan, irgendwas mit Khan. Er roch nach Tabak und Geschirrspülmittel.

»Haben Sie's gefunden! Na, sehr schön!«

Er begrüßte mich und zeigte irgendwie grinsend auf die Kirche gegenüber und dass dort das Altarbild sei und dass wir ja nur rübergehen müssten, aber er müsse noch rasch einige Tassen abspülen, ich sollte doch hereinkommen. Dann stand ich in seiner kunterbunten Küche, wo er über einen Laster stieg und einen Stoffgaul zur Seite schob, dann heißes Wasser in einige Kaffeebecher laufen ließ, um mir schließlich einen halbvollen Becher mit schwarzer Brühe in die Hand zu drücken. Lässig, so trainiert, sein Haar so schwarz, dass es glänzte, und kurz, kürzer, als sein Bart lang war, jetzt fiel mir der Bart überhaupt erst auf, das war vielleicht so Theologen-Mode, Israel-Trip-Schnitt, oder er eiferte einem Propheten nach. Er sah gewissermaßen eher nach dem Alten als nach dem Neuen Testament aus, aber in Jeans und T-Shirt.

Interessant sah er aus. Punktum. Und ich war in dem

Alter, wo man gerne interessante Leute trifft, sich unterhält bis in die Nacht, um die tiefen Gründe des Lebens auszuloten. Diskutieren war ganz groß, in der Welt herumreisen auch, mit anderen Kulturen feiern, all so was war der Grund. Ich suche noch immer nach Gründen, warum ich da war, nachdem ich als volltrunkene Goldhenne an der Fünfzig-Jahr-Feier an seinem Tisch gelandet war.

In Wahrheit wollte auch ich gerne so einen Mann mit solchen Muskeln im T-Shirt, der von einem Kirchenbild sprach, als sei es ein Heidenspaß, und der mit einer Hand grinsend Kaffeebecher wusch, überhaupt einen, der so grinste; ich würde vielleicht darüber wegkommen, dass es meinen Heinz nicht mehr gab, nicht mehr und nie mehr, diese ewige Wunde in meinem Herzen. Einigermaßen verdattert ging ich mit ihm hinüber, kurz angeleuchtet von der warmen Sommersonne und dann absorbiert vom kühlen Dunkel in den weihevollen alten Mauern der Stiftskirche – da zeigte er mir jenseits des großen Mittelschiffs eine Wand mit bunten Flecken. Ich war ja selten in einer evangelischen Kirche gewesen, wo sie doch so ungemütlich waren wie ein Neubau vorm Richtfest, wenn ich es verglich mit der Heimeligkeit unserer Kirche und dem prächtigen Anblick von Thea an ihrer Orgel, die dort saß wie auf einem goldenen Thron, wie eine Königin, die Orgelkönigin.

»Da!«, sagte er stolz, als hätte er selbst das Altarbild im Seitenflügel vor siebenhundertundweißwieviel Jahren gemalt und selbst wiederentdeckt und selbst saubergepinselt, Steinchen für Steinchen, ein kostbarer christlicher Schatz.

Doch wenn ich mich erinnern soll, sehe ich nur verblasste, ineinander schwärende bunte Mauerwolken. Wenn man mir heute die Wand mit dem Bildnis zeigen würde, wenn einer fragen würde: War es das Abendmahl?, dann würde ich sagen, ja, okay, das Abendmahl, und wenn einer fragen würde: War es das Jüngste Gericht?, dann würde ich sagen, ja, bestimmt, das war es, und wenn er fragen würde: War es die Auferstehung?, dann würde ich sagen, gut, meinetwegen, es war die Auferstehung.

Pfarrer Aschbrenner erzählte mit blitzenden, schwarzen Augen von der Freilegung und dem Experten für Restaurierung, und er benutzte Worte wie Ikonografie, Bildfalz und Säulenpredella, und die Intensität seines Blickes war mit einem Mal derart übermächtig, dass mir ein wenig schlecht wurde. Ich spürte den plötzlichen Drang, wieder zu meinem Auto zu kommen. Ich musste aus dieser Kirche raus, irgendwie hier weg; meine Güte, wo stand meine unschuldige Karre? Ich hatte das Altarbild gesehen, und es war sehr schön, und nun sollte ich schleunigst verschwinden!

»Herzlichen Dank, Herr Pfarrer, das ist ein tolles Bild, wirklich toll! Nach so einer langen Zeit so ein Bild«, und weil mir nichts anderes einfiel: »Herzlichen Glückwunsch!«

Und dass ich jetzt wegmüsste.

»Aber kommen Sie doch noch einen Augenblick mit nach oben!«

Was oben? Wo oben?

Unters Dachjuchhee. Er habe unterm Dachjuchhee sein Büro eingerichtet, sagte Herr Aschbrenner. Da gehe er immer hin, schon morgens um sechs, er sei ein Frühaufsteher, da habe er seine Ruhe und könne Predigten vorbereiten. Das liebte er, diese morgendliche Stunde. Ah. Schon drehte er sich um und winkte mir und ging voran, ich kam aus der Nummer nicht raus und folgte ihm übertölpelt. Und während ich mich noch zu meinem armen Renault umdrehte, sah ich im Hof die spielenden Kinder und zu allem Überfluss seine Frau mit einem hochvollen Wäschekorb vorübergehen. Da hatte ich genug! Was sollte ich in dieser wunderbaren und glücklichen Familie, sie war von einer herzbrecherischen Schönheit; ich musste weg, ich hatte hier nicht das Geringste verloren!

Der Pfarrer wollte aber noch einen Cognac mit mir trinken, einen Cognac am helllichten Morgen, ich erinnere mich, dass man das damals so machte, Männer tranken einen Cognac am Morgen zu gewissen Anlässen, auch bei der Polizei, wenn man mal beim Staatsanwalt vorbeikam, Remy Martin gab es da, und man schwenkte ihn und genoss den Brand, den Brand der Wichtigkeit; das heißt, ich genoss ihn nicht, ich habe auch selten einen bekommen. Ich wollte nicht morgens wichtig sein durch ein abscheuliches Gesöff, auch jetzt nicht, nachdem man an der wäscheschleppenden Ehefrau vorbeiging. Sie wusch und schleppte, ich genoss Cognac mit dem Herrn Gemahl. Allein weil mir vor Verdatterung keine Ausrede einfiel, bin ich dem Vertreter der evangelischen Kirche über die von Holzspielzeug übersäte Treppe hinterhergestolpert, bis wir über endlos knarrenden Stufen in der Dachstube landeten.

Begeistert zeigte mir der Pfarrer unter der Schräge seinen blätterübersäten Schreibtisch, das war die Predigt für den nächsten Sonntag, er arbeitete an einer Predigt über die biblische Batseba, Frau des Urija, Geliebte des Königs David, feministisch betrachtet. Pfarrer Aschbrenner war nämlich auch noch Feminist.

Und darüber strahlte er, alles an Ulli-Dieter Aschbrenner strahlte, die Freude brach aus ihm heraus, er war freudestrotzend, er funkelte vor Vergnügen, er lief geistig über, trunken über seine eigene Predigt über Batseba, so sollte er von seiner Kanzel herab berauscht und selig seine Erkenntnisse wohlformuliert und vollmundig über die Menschen gießen.

Er schwenkte jetzt den Cognac, und das Bildnis seiner unverwüstlichen Kraft und Schönheit wurde leicht getrübt, spazierten doch lauter alte Männer vor meinem inneren Auge umher, die räuspernd und rauchend und mit Uhr an der Weste ihren Cognac tranken, Scharlachberg Meisterbrand, Maria Cron, Dujardin. Der bräunliche Edelschnaps war Aschbrenners Anfang vom Ende, das wusste niemand in diesem Augenblick. Niemand außer dem Cognac selber. Ich wollte keinen trinken, da nahm Aschbrenner einen lauwarmen Kaffee aus einer ausgebrodelten und verkrusteten Maschine und kippte ihn mir samt Cognac in die Tasse, und ich nippte mich tapfer hindurch.

»Also, Sie sind Polizeibeamtin?«, fragte er.

»Ja«, nickte ich. »Ich fahre Streife. Frankfurt und Darmstadt.«

»Da haben Sie sicher schon viel Elend gesehen.«

»Ja. Sie aber sicher auch.«

»Ja, manchmal wird man zu jemandem gerufen, in seiner dunkelsten Stunde.«

An der Wand hing ein himmelblaues Plakat voller Wolken, mit Reißbrettstiften an der Raufasertapete befestigt, und darauf stand:

»Seit ich Gott erkannt habe, ist nichts Wahres und nichts Falsches mehr in mein Herz eingedrungen.« Weisheit der Sufi.

»Ich kenne die Sufi«, sagte ich. »Also, vom Rucksack-Urlaub in der Türkei. Da habe ich so einen tanzenden Derwisch gekauft, in Konya. Der steht auf meinem Schreibtisch.«

Damit endete meine Kenntnis vom Sufismus.

»Die Sufi haben mich immer fasziniert. Bescheidenheit und Disziplin. Es war eigentlich ein alter Freund, der mich darauf gebracht hatte, wir hatten so einen Orientfimmel, da hat mich der Sufismus gepackt. Eigentlich ist er daran schuld, dass ich Pfarrer geworden bin.«

»Ah.«

Der Cognac bekam mir nicht. Vor mir verschwammen die Predigt von Batseba und der Kalender aus dem Kibbuz von Israel, die Love- und Peace-Zeichen auf lila Tüchern unter der Dachschräge, das Altarbild vom Jüngsten Gericht tanzte, und durch alles und jedes schienen Aschbrenners gewaltiges Strahlen und das Funkeln und Leuchten seiner schwarzbraunen Augen, seiner Backen, Ohren und T-Shirt-Nähte und schmissen mich wie eine goldene Abrissbirne vollkommen aus meiner Mitte.

Wir faselten noch ein wenig vom Tod. Ich von meinen Polizeileichen. Er von seinen Beerdigungen. Mitten im Leben sind wir vom Tod umgeben. Er fragte ein wenig nach Darmstadt und wo ich da wohne. Irgend so was.

»Ja«, sagte er dann, mit einem Mal ein wenig nachdenklich, wenn auch nicht schlechter gelaunt als vorhin. »War schön, dass Sie da waren, dass das geklappt hat!«

»Ich gehe dann mal«, sagte ich.

»Ja, dann bringe ich Sie noch nach unten.«

Freiheit. Ich war der Falle entronnen! Gottlob! Weg von KinderKücheKirche! Schon auf der Treppe schickte ich meinem R4 einen Liebesbrief und dass er bloß nicht ohne mich wegfahren sollte! Als die Haustür aufging, sprang ich erlöst ins Freie und freute mich so sehr, dass ich mich übermütig zu dem Herrn Pfarrer umdrehte und dann diesen einen Satz sagte. Es war der Satz, den ich mir gerne in den Mund zurückgestopft hätte, den ich über Jahre absichtlich vergaß, den Thea aber für mich aufgehoben hatte, um mich später daran zu erinnern und in rot glühende Scham zu tauchen:

»So hast du das gesagt!«

»Nein, habe ich nicht! Das habe ich nicht gesagt!«

»Doch! Das hast du gesagt!«

Und der Satz, den ich von mir gegeben hatte, war folgender:

»Wissen Sie, das eine will ich Ihnen sagen: Wenn Sie nicht Pfarrer wären und wenn Sie nicht verheiratet wären, dann hätte ich Sie ja beinahe angebaggert.«

Dann schmiss ich mich in meinen Renault und dampfte auf vier Zylindern hocherhobenen Hauptes davon, während ich ihn im Hof stehen sah, wie vom Donner gerührt, unter seinem Kastanienbaum.

Ich fuhr fort, hügelrauf und hügelrunter, an Kirschbäumen vorbei und an Apfelbäumen und Birnbäumen, es leuchtete mir immerzu hinterher, der blitzblaue Himmel, die gleißenden Kornfelder … es war ein Landleuchten, eine nahezu bedrohliche Farbenpracht. Doch wurde ich allmählich ruhiger. Es war schön, wie lang eine Landstraße war, und ich weiß nicht, warum ich eine so lange Straße brauchte, um wieder zu mir zu kommen. Ich hatte ja nichts verbrochen, nichts, gottlob.

So fuhr ich zurück zu meinen richtigen Verbrechern.

Nachtschicht.

Gerichtsmedizinisches Institut.

Frau Liebig ist nicht freiwillig mit uns gekommen. Ganz im Gegenteil.

Sie hatte sich so gegen uns gewehrt, getreten, um sich gehauen und sich verdreht, dass sie nun beinahe verkehrt herum in ihrer Jeansjacke hing.

»Sie müssen in dieses Plastikpöttchen pinkeln. Sie sind des Drogenmissbrauchs verdächtig, und deshalb müssen Sie das jetzt machen. Bitte hier hinein!«

Wir bewachten die Toilettentür im fahlen Licht des langen Ganges, während Frau Liebig ihr Glück versuchte oder auch nicht. Man hatte sie in einer Wohnung aufgegriffen, in die sie eingestiegen war, um dort sinnlos herumzutaumeln und die Porzellansammlung in der Vitrine zu zertrümmern.

»Vielleicht hat sie schlechterdings nicht alle Tassen im Schrank«, sagte Dieter. Ich zuckte die Schultern. Nach gefühlt einer halben Stunde kam sie endlich wieder heraus.

»Oh – Sie haben ja das Pöttchen vollgemacht!«, rief ich erfreut, wie eine Mutter vor dem Töpfchen ihres Kindes.

»Mhm«, nickte sie, und dann hielt sie das Plastikfläschlein hoch wie eine Trophäe, die wir erobern sollten. Dieter packte sie am Arm, und schon ging das Gerangel, Geschubse und Gehaue wieder los, Dieter und die Dame flogen und wälzten sich über die Bank vom Wartesaal. Ich hatte keine Lust, mich noch mal mit ihr herumzukloppen, und schrie:

»Geben Sie mir das Pöttchen!!!«

Mit Dieter zu rangeln und sich in seinen Armen zu winden, schien ihr zu gefallen, jedenfalls strahlte sie, und dann schrie sie:

»Da hast du's!«

Und sie warf mir ihr nicht richtig zugeschraubtes Pinkelfläschlein mit Karacho an den Kopf.

Heute, sagte ich mir.

Heute ist der Tag, an dem ich dem Chef meine Kündigung überreiche.

Dann hielt ich meine Dauerwelle unter den Wasserhahn der Gerichtsmedizin.

»Sehr geehrter Herr Polizeipräsident des Landes Hessens«, schrieb ich.

»Ich bin leider nach wenigen Jahren bereits amtsmüde und finde die Uniform außerdem figurungünstig; vielleicht kann ich mir auch einfach nicht vorstellen, sie zu tragen ein Leben lang. Und daher möchte ich Sie bitten, mir die Ausbildungskosten nicht abzuziehen, wenn ich in diesem Herbst den schweren Gang zur Polizeiuniformausgabestelle gehen muss, um Ihnen sämtliche Hemden, Hosen, Mützen und Ausrüstungsgegenstände zurückzubringen. Es tut mir von Herzen leid, aber ich kann auch einfach Ihren Funk nicht mehr hören.

Mit freundlichen Grüßen,

Ihre Polizeihauptwachtmeisterin a.D.

Anna Henns.«

Und weil ich schon so schön dabei war, schrieb ich gleich den nächsten Brief:

»Liebe Heidelberger Universität,

ich habe es mir überlegt, ich möchte doch mit meiner Freundin Ria bei Ihnen studieren. Leider bin ich nicht mehr die Jüngste, sondern bereits 25 Jahre alt, aber vielleicht gibt es da noch eine Lücke in Ihrem Karteikasten, in die Sie mich hineinstopfen können. Es kann gerne Völkerkunde sein oder so, da ich mich nun seit sechs Jahren mit allen möglichen Völkern herumschlage und mich auch theoretisch dafür interessiere.

Mit freundlichen Grüßen,

Anna Henns.«

Und danach saß ich tagelang zwischen den Schichten in meiner verqualmten Reihenhausbude am Rande der Stadt an meinem wackeligen Tisch mit Resopalplatte und spähte alle Stunden in den Briefkasten, ob mir der Polizeipräsident geantwortet hätte. Und wenn ja – ob ich es denn schaffen konnte, mich noch in Heidelberg einzuschreiben, der schönsten Universitätsstadt, die ich je gesehen hatte, die ich kaum wagte zu betreten vor Ehrfurcht, vor Liebe zu den schönen Künsten und der Welt des ewigen Wissens? Ich glaubte kaum, dass ich mich fähig und würdig erweisen könnte zu diesen akademischen Weihen. Meine Ehrerbietung war überproportional größer als die vernünftige Einsicht, dass doch Bildung in Deutschland jedem offenstehen sollte, der sich darum bemüht. Ich weiß auch nicht, warum ich es als normal und angemessen empfand, mich täglich mit Säufern, Schlägern und Hurenböcken zu befassen – nicht aber die heiligen Hallen einer Universität zu betreten. Ich hatte Angst vor der eigenen Courage, und doch rannte ich jeden Morgen in meiner bequemen, grünen Turnhose aus dem Polizeisport zum Briefkasten und räumte ihn leer auf der Suche nach einem Brief mit dem ehrwürdigen Logo der Ruprecht-Karls-Universität mit seinem kleinen Petrus mit dem Schlüssel darauf. Ich hoffte auch auf den Brief vom Polizeipräsidenten mit dem steifen, weiß und rot gestreiften Löwen, der auf einem strahlenden Stern sitzend die Pranken hebt – in dem er mir mit dürren und doch bedauernden Worten mitteilt, wie sehr er mich als Bedienstete seines Landes vermissen werde, aber ich dürfe zum 1. Oktober des Jahres 1987 gehen.

Im Briefkasten waren aber kein Petrus und kein Löwe. Stattdessen fischte ich eines Morgens einen Brief mit dem Wahrzeichen einer evangelischen Stiftskirche heraus, die auf blauen Wellen schwebte. Darunter der blaue Stempel »Dekanat Lemberg«.

Und in klein: »Aus wiederverwendetem Altpapier«.

Ich hatte auf einen Brief gewartet, der mein Leben ändert. Aber doch nicht aus Lemberg. Bitte keine neuerlichen Schwierigkeiten. Ich hatte genug davon. Ich schlurfte zurück in meine kleine Küche. Sollte ich den Brief öffnen? Na ja, nun war er ja schon mal da. Ich nahm ein Messer aus der Schublade und schlitzte ihn auf.

»Liebe Frau Henns,

oder vielleicht lasse ich das förmliche Sie doch weg und gehe zum Du über? Meine Predigt über ›Batseba‹ habe ich am Sonntag vorgetragen, und sie wurde in der Gemeinde sehr gut angenommen.

Vielleicht haben Sie (hast Du) Lust, sie einmal zu lesen?

Liebe Grüße aus Lemberg

Pfarrer Ulli-Dieter Aschbrenner«

Eine Predigt, dachte ich verdattert. Na ja, eine Predigt, kann ja nichts schaden, wann kriegt man schon mal so was! Ich sank benommen auf meinen wackeligen Stuhl, sah auf den Efeu am Küchenfenster und holte mir noch einen Kaffee aus der halb zerschmolzenen Filtermaschine. Batseba. Schöner Name. Die Geliebte des Königs David.

Der Durchschlag mit blauviolett durchtränkter Schrift aus seiner Matrize zeigte den einen oder anderen holprigen Buchstaben, der aus der Reihe tanzte. »Batseba – feministisch gelesen« – von einem Mann. Jetzt, wo er so weit weg war, fand ich es schön, dass sich da mal jemand ganz andere Gedanken machte. Er beschäftigte sich mit geistigen Inhalten. Für geistige Inhalte war ich empfänglich, für alte Geschichten sowieso, auch für Gott und wie man sich ihm nähern konnte. Vorm Einschlafen betete ich immer … also manchmal … und dann träumte ich mir eine Menge Dinge zusammen, die tröstlich waren oder bunt, beim Einschlafen geriet mir vielerlei durcheinander, ich verwechselte Eingebungen, Gespenster, Wunschträume und Visionen; man verbringt endlose Stunden im halbgaren Zustand, wenn man Schichtdienst macht.

In dieser Predigt ging es aber um sehr weltliche Angelegenheiten, Ehebruch, Feldherren, Kriege, den Tod des Erstgeborenen. Ich hatte ja noch nie eine Predigt in der Hand gehalten, und bei denen vom Pfarrer Weide schlief ich immer ein. Also las ich:

»Verehrte Gemeindemitglieder!

Ein König, der sich verliebt in eine Frau, die er beim Baden sieht!

Ein König, der einer Frau befehlen kann, komm zu mir und lege dich an meine Seite, gleichwohl sie verheiratet ist mit einem anderen, dem Feldherrn Urija!

Es ist König David, der sich nimmt, was er haben will, die schöne Batseba! Und? Hat man sie gefragt? Batseba, hat man dich gefragt, ob du die Ehe mit Urija, deinem Mann, brechen wolltest? Davon in der Bibel kein Wort!

Nachdem König David den Urija im Krieg hat töten lassen, gebar Batseba dem König viele Söhne! Sie gebar den Schima, den Schobab, Natan und Salomon. Und ich frage:

Wo sind deine Töchter, Batseba? Wie sind ihre Namen?«

Oha. Konnte ich mir gut vorstellen, wie der Pfarrer Aschbrenner da loslegte mit seinen glühenden Augen. Thea hatte es ja gesagt: Du musst den mal predigen hören! Ein feministischer Pfarrer, der so männlich war wie der Freibeuter der Meere, Captain Blake! Bestimmt hatte er »Wenn du geredet hättest, Desdemona!« gelesen. Und tatsächlich musste ich ihm recht geben, man musste mal die Frauen aus sämtlichen Testamenten ausgraben und ihnen eine Stimme geben; es war ganz recht, dass sich so ein Schwerenöter für sie ins Zeug legte!

Die Frauenbewegung! Das war doch MEIN Thema! Warum wohl hatte ich mir einen Männerberuf ausgesucht; auch ich verspürte ja den Drang der Pionierinnen, wir mussten kämpfen für unseren Stellenwert in der Gesellschaft! Ich las weiter. Es kam in der Predigt sehr oft das Wort Ehebruch vor, Ehebruch hier und Ehebruch da. Nicht, dass König David den Aschbrenner auf eine Idee gebracht hatte!

Ich schmierte mir ein Butterbrot mit Scholmerbacher Erdbeermarmelade.

Meine Zukunft war weiter ungewiss. Ruprecht Karl hatte sich nicht gemeldet. Der Polizeipräsident hatte sich nicht gemeldet. Und König David in all seiner Pracht war auch keine Lösung.

Die Mission »Beelzebub durch Feuerteufel ersetzen« war gescheitert.

Ich musste hier weg. Die Ruprecht-Karls-Universität

war beschlossene Sache. Mochte sich der Polizeipräsident, genannt PP, auf den Kopf stellen. Ich würde meine Siebensachen packen und mit Ria in eine WG ziehen. Ab nach Heidelberg! Fortan sollte die gesamte Schönheit geistiger Welten in meinen Kopf und in meine zukünftigen Tage ziehen. Ich war bereit, mein Leben zu ändern, aufgeregt, etwas Neues zu beginnen.

Dem Revierleiter tat es leid.

Er redete lange mit mir, ernst und nachdenklich.

»Nun, wo man dich endlich brauchen kann. Nun, wo du nicht mehr anfängst zu weinen, wenn du ein Opfer siehst. Nun, wo sich deine Ausbildung anfängt zu rentieren! Überlege es dir doch!«

Er tat mir leid, ich tat mir leid, ich trauerte um die beschissenen Nächte auf der Station.

Die letzten Tage auf dem Revier waren quälend und schleppend. Zu wissen, dass ich gehe und sie zurücklasse mit den miefigen Nächten und aufreibenden Schlechtigkeiten dieser Welt. Sollte die Nacht mit all ihren körperlosen Stimmen weiterhin vom Funk durchzogen sein, ich würde sie nicht mehr hören, ich würde mit Kommilitonen und einer Flasche Rotwein auf dem Balkon stehen und wir würden uns unterhalten über … äh … Platon oder … Echnaton … oder … Ich hatte die abstrusesten Vorstellungen davon, was in meinen Geist einziehen könnte, Hauptsache etwas Neues und etwas Kluges und etwas Gelehrtes. Ich war mental ausgehungert.

Durchhalten also, noch einmal die alte, doppelseitig

gestrickte Jacke anziehen, noch einmal Hemd bügeln, noch einmal mit quälenden Knochenschmerzen im ewigen Kampf gegen Nacht oder Tag durch die Straßen ziehen. Und es sah aus, als wollte die Stadt mich nicht kampflos ziehen lassen, als wollte sie mir den Abschied richtig schwer machen, mich für den Abschied strafen!

Jede nächtliche Ruhestörung, jeder Zechpreller war willkommen, jeder Nachbar, der sich ärgerte, weil im Hausflur die Fußmatte ausgeschüttelt wurde, jede Frau, die nicht schlafen konnte, weil über ihr eine Badewanne rauschte, alles und jedes war recht, um herauszustürzen aus diesem Wagen und zu fliehen vor dieser Stimme.

Es begann zu brennen in diesen heißen Augustnächten, zunächst ein vergessenes Papier auf einem Spielplatz, dann ein Papierkorb an einer Trinkhalle, dann Dieters Uniformärmel, ein vergessener Grill nach der Gartenparty; es brannte in den Lauben der Schrebergärten, der ganze August brannte.

In einer schweren und wolkenschwangeren Nacht brannte dann ein Haus im Alleenweg, ich erinnere mich an die feuersprühenden gleißend hellen Balken, an Tausende Funken, die tanzten heller als die Sterne am Augusthimmel.

Ich kam schon an wie gelähmt vor der Aussichtslosigkeit angesichts des brennenden Hauses. Jemand warf aus dem obersten Stock Sessel, Fernseher und Stehlampen hinaus, während sich eine Feuerleiter auf ihn zubewegte, überall rannten Leute herum, die Feuerwehr mit ihren Schläuchen, und einer schrie, da ist noch einer drin, da unten, im Erdgeschoss, der alte Mann, den muss man doch da rausholen! Ich wünschte mir so sehr die

Feuerwehr von Scholmerbach, sie würde helfen, sie war so tüchtig, aber dieses Haus brannte lichterloh, die alte Bruchbude.

»Da ist doch noch einer drin!«, schrie eine Alte wieder und wieder, also kämpften mein Kollege Fiedschi und ich uns in das brennende Haus hinein, in das schon verqualmte Treppenhaus, und wollten die Tür aufbrechen, hinter der wir glaubten, den Alten zu finden, wir warfen uns dagegen, wir bretterten und schlugen und hebelten, doch der darin wohnte, hatte einen Heizkörper vor die Tür gestellt, er hatte sich verbarrikadiert, er wollte verbrennen. Schon schluckten wir Rauch und fiel Glut von herunterstürzenden Geländerpfosten, mir wurde schwindelig. Ich stürzte raus, Fiedschi hinterher, wir hatten nichts und niemand retten können. Der darin war, musste sterben, in diesem Augenblick.

Auf einmal begann es zu regnen, der Himmel und die Feuerwehren gossen und sprühten mit Schläuchen und Wolkenbrüchen, und immer noch loderten die Flammen hell ins Firmament, das Haus schaffte es, trotz Regen weiterzubrennen.

Es war eine lange Nacht, eine furchtbar lange Nacht, und ich hätte mit verbrennen können, ersticken, ich war so nahe dran gewesen, und mir war so elend, der Tote darin, unser stolpernder schlechter Rettungsversuch, er war abgekratzt hinter einer Mauer. Ich war unendlich schlecht drauf, der Regen, der Ruß, der Mann, den sie endlich an uns vorbeischleppten aus den Trümmern eines ersaufenden Hauses, während es vom Himmel herunter auf den von Hitze geplatzten Leichnam schiffte.

Als ich in der Frühe nach Hause kam, nass und schwarz und bleich und schmutzig, und stank, wie man nach Brand und Löscharbeiten nur stinken kann, taumelte ich in die Wohnung und nahm die Polizeimütze ab und der Rauch und der Regen hatten meine Frisur nicht nur verschmutzt und durchnässt, die Kappe hatte mir auch einen lächerlichen Kranz ins Haar hineingedrückt. Rußspuren im Gesicht. Im Spiegel sah ich eine Figur wie aus einem Horrorkabinett. Wer war diese Irre?

In Zeitlupe zog ich die Schuhe aus, warf die Uniformjacke in die Ecke, taumelte in meine kleine Küche und fiel auf den quietschenden Rohrstuhl. Der Dienst hatte länger gedauert, die vielen Protokolle und dann noch eine Schnapsleiche während der Übergabe. Es war schon hell, elendiglich hell; wie ich die Helligkeit nach dem Nachtdienst hasste, sie verdarb mir den Schlaf. Ich war so fertig, dass ich sogar die kostenlose Stadtteilzeitung las, die Werbung von Möbel Flamme, den Bericht über die Erweiterung der Bücherei und das Sommerfest in der Pfarrgemeinde St. Marien. Ich konnte nicht mal mehr aufstehen und stinkendnass ins Bett taumeln, ich musste hier sitzen bleiben für immer.

Da klingelte es. Oh nein, bitte nein, dachte ich. Ich wollte auf keinen Fall nach dem Nachtdienst in irgendwas hineingezogen werden, das schon zum Tag gehörte, ich wollte einfach wieder Nacht haben, ich wollte Schwärze und erlöschen in meinen Kissen und verschwinden, bevor mich einer sah. Aber es klingelte noch mal und noch mal. Verdammt. Wütend raffte ich mich auf und hob meinen bleiernen Leib, um die Tür zu öffnen. Ich traute meinen Augen nicht.

Hä?!

Da stand Pfarrer Ulli-Dieter Aschbrenner.

Doch, er war es, in all seiner Pracht, aufrecht und strahlend in schwarzer Jeans und T-Shirt, und er funkelte von einem Ohr zum anderen. Sein Gebiss war zum Nüsseknacken und seine unzähligen weißen Zähne blendeten mich und unter seinem Jerusalem-Bart sah man Grübchen in seinen Wangen.

»Guten Morgen!«

»Guten … Morgen …«

Was machte der bekloppte Pfarrer vor meiner Tür?

»Ich dachte mir, ich weiß nicht, ich hatte das Gefühl, ich müsste mal vorbeikommen.«

»Oh … ah …«

»Ich wollte dich gerne sehen.«

»Also da kommen Sie oder du von Lemberg …?«

»Ich habe meiner Frau gesagt, ich teile die Krankenkommunion aus.«

»In DARMSTADT?«

»Ich bin ein schneller Fahrer.«

Ich brachte kein Wort heraus. Nach all den Gestalten der vergangenen Nacht, den Zechprellern, Brandopfern und Schnapsleichen nun dieser Gottesdiener! Ich war bleich und müde und schmutzig und krank.

Er aber sah mich an wie die Königin der Nacht.

Seine Blindheit machte mich fassungslos.

Ich gestehe, dass ich wehrlos war. Zu schwach. Zu taumelig. Zu stinkend. Es war die Blindheit, die mich in die Knie zwang. Wie er mich ansah, als hätte er niemals im Leben eine Schönere gesehen. Vor Hilflosigkeit ließ ich mich in seine Arme reißen oder fiel ihm einfach entgegen. Ich fiel in diese mordsmäßigen Arme hinein, in seine Lebenskraft, in seinen Unverstand; nie hatte Gott einen schöneren Pfarrer erschaffen, einen Berserker, den Bock zum Gärtner gemacht, wir taumelten in meine Bude, stürzten über den Garderobenständer mit all seinen Uniformteilen, dann sanken wir nieder mitten in dem winzigen Flur, wir stanken bald beide, ich schwärzte den Pfarrer mit meinem Ruß. Hatte ich die Nacht im brennenden Haus verbracht, so war ich jetzt in den Händen eines Feuerteufels, und ich brannte aus der Erbärmlichkeit wieder auf, aus meiner blutleeren Hülle heraus, der Pfarrer wälzte mich dramatisch ins Leben zurück.

Es war eine Krankenkommunion.

Und die Krankenkommunion dauerte lange, sehr lange.

Und wer von euch ohne Sünde ist, der werfe den ersten Stein.

»Mein Gott«, sagte Thea.

Thea an der Orgel. Vor diesen gigantischen Pfeifen unserer übergroßen Kirche, letztens noch im Festzelt und in der Sektbar, heute vor den Seligen und den Sakramenten, unlängst betrunken auf der Kirmes und heute entrückt unterm Kirchenfirmament, ein ewiges Kirchweihfest, die dünnen Strahlen durch die bläulich roten Kirchenfenster malten sich auf ihren Händen und verwandelten sich dort in blässlich verfärbte Kringel. Das ist Unsinn, niemals konnte der Schein der sakralen

Fenster hinauf auf die Empore leuchten und durch die Balustrade brechen. Es war dunkel da oben und nur Theas Gesicht war erhellt von dem winzigen, warmen Lämpchen, ihre Hände waren vielleicht erschrocken von den mächtigen Tönen, die ihre Finger erzeugten, den Tönen der größenwahnsinnigen Orgel in unserem kleinen Dorf, am besten spielte sie immer: »Großer Gott, wir loben dich«.

»Wie war es denn?«, fragte sie flüsternd, im Schutz und Schein der katholischen Kirche.

»Ich weiß nicht, ich bin ihm entgegengefallen und wir sind hingefallen, und dann ist mir Hören und Sehen vergangen, o Gott, Thea, es ist passiert! Ich konnte überhaupt nicht mehr an Heinz denken! Er hat mir den Heinz aus dem Herzen getrieben, vielleicht … für eine Weile.«

»Mein Gott«, sagte Thea, und ihren Fingern entwichen zwei Orgeltöne, die klangen wie »Maria hilf«.

»Ich habe gesündigt, in Gedanken, Worten und Werken.«

»Manchmal«, sagte Thea, »ist es einfach stärker; das war bestimmt aufregend.«

»Ja, ich konnte nicht widerstehen.«

»Ich habe ich dir doch gesagt, dass er ein glühender Feuerteufel ist!«

»Ja, ich weiß einfach nicht, warum er überhaupt … ich meine trotzdem … wie konnte er das machen? Wieso ist er gekommen?«

»Weil du das zu ihm gesagt hast!«

»Was habe ich denn gesagt?!«

»›Das eine will ich Ihnen sagen, wenn Sie kein Pfarrer

wären und keine Kinder hätten, dann hätte ich Sie jetzt angebaggert‹!«

»Ach nee.« Das habe ich nicht gesagt. Niemals habe ich das gesagt.

»Ja, da sind bei ihm sämtliche Dämme gebrochen und Schleusen aufgegangen.«

Es war gut und es war schrecklich, wieder in Scholmerbach zu sein. Die Felder lagen so friedlich, der Glitzerberg mit seinen Bäumen wie ausgebrochene Kammzinken, Alfonso auf seinem Trecker, die reifen Äpfel und Birnen an den Bäumen. Wie sollte ich jemals in aller Unschuld wieder Erdbeermarmelade essen, nachdem ich soo …

»Ich fühle mich furchtbar!«

»Ich bin doch auch nicht besser«, flüsterte Thea. Ihre Finger senkten sich auf die Tasten, und ihr langes Bein in der Röhrenjeans mit Perlchensandalen trat auf ein Pedal, dass die Orgelpfeifen seufzten.

»Was übst du eigentlich?«

»Ach, ich wollte ein neues Taufled spielen: ›Kind, du bist uns anvertraut‹.«

Es klang ein wenig wie »Wir sind nur Gast auf Erden«.

»Wieso willst du denn ein neues Lied spielen? Spiel doch einfach: ›Fest soll mein Taufbund immer stehen‹, so wie immer.«

»Weißt du, es gibt Leute, die spielen unvergleichlich, und so möchte ich auch spielen können. Es gibt da einen Meister seines Fachs.«

Es gab nur einen Meister der Orgel weit und breit. Jo Hembach. Er war mit uns in Wällershofen auf die Schule gegangen. Wenn er Orgel spielte, dann hob sich das Kirchenschiff und schien im Firmament zu bersten. Manchmal trat er hier auf, wenn ein besonderes Fest war, aber meist spielte er in Wällershofen oder Lemberg oder sogar mal im Kölner Dom. Ja, wer so spielen konnte. Aber Thea traute ich alles zu.

»Du spielst viel besser als er, du musst nur üben!«

»Pff«, machte Thea. »Ich kann bloß die einfachen Sachen, Karnevalslieder, René Kollo! Das kann ich. Aber er macht jetzt auch einen Chor und ich werde mitsingen; ich war schon mal zur Probe.«

Jetzt flüsterte Thea erst recht, und es trat ein Glanz in ihre Augen, der mir seltsam vorkam. Er kam nicht vom Weihwasser und nicht von der Flamme im Tabernakel und nicht von der goldenen Krone auf dem Haupt der Muttergottes.

Es sah aus, als ob Thea ein neues Geheimnis ausbrütete, nachdem ich ihr meines gestanden hatte – als müsste sie mich mit einem Geheimnis überbieten. Unsere Geheimnisse überschlugen sich, sie brachten unsere Augen zum Glänzen, und wir konnten nicht genug davon kriegen, und wir würden uns aufs Neue schuldig fühlen, und so würden wir eines Tages in der Hölle landen und glücklich darin herumschmoren.

Thea und ich. Meine Blutsschwester.

Ich fuhr nach Darmstadt zurück, und auf dem Beifahrersitz lag Theas »Das goldene Notizbuch« von Doris Lessing. Einige Seiten hatte ich schon gelesen. Ich fand es atemberaubend. Auch ich wollte mich politisch engagieren, auch ich wollte tausend Tagebücher schreiben, auch ich wollte mein Leben wütend aufzeichnen wie Doris Lessing, so intensiv; sie schrieb sogar, wie sie auf der Toilette menstruierte, auch ich wollte wild und verkehrt lieben. Zu Letzterem hatte ich zweifelsohne das Zeug. Sämtliche fehlgeleiteten Gefühle von Lessing waren doch in Wahrheit die meinen, nur schöner beschrieben, ja, weihevoll, erhaben, wir waren nicht allein!

Thea hatte mir das »Goldene Notizbuch« gegeben, und dafür gab ich ihr »Die Farbe Lila« und erhielt »Le und die Knotenmänner«, wofür ich ihr »Die Scham ist vorbei« gab und die »Weise Wunde Menstruation« erhielt. Alle Frauenbuchreihen von Fischer bis Rowohlt und auch die *Emma* zogen ein in unsere Regale und füllten unsere Herzen mit Verständnis für Fehltritte und Frauenliebe, Abtreibung und die Befreiung aus deutschen Heiratsgefängnissen.

Erlösend war das. Inspirierend. Auf einmal war das Verkehrte das Richtige, das Verdammte das Gelobte, ich hatte so viele Schwestern, Tausende von Schwestern! Wir gingen in Männerberufe, und wir gründeten Frauencafés und Frauenbuchläden und verlangten in Schwimmbädern eine Frauensauna! Was die Siebzigerjahre angezettelt hatten, das erledigten wir in den Achtzigerjahren, und zwar gründlich. Nicht umsonst hatte ich eine Pistole und ließ die Jungens tanzen!

Allerdings nicht mehr lange, musste ich gestehen. Dann war mein Auftritt hier zu Ende.

Ich parkte meinen Wagen um die Ecke und wollte in meine grüne Küche und weiter Doris Lessing lesen.

Doch als ich meine Taschen ins Haus schleppte, fand

ich am Briefkasten einen Brief. Er war aus Lemberg. Der Herr Pfarrer hatte mir das »Hohe Lied der Liebe« von König Salomon in meine verqualmte Reihenhausbude geschickt.

Das Hohe Lied war vermutlich der Klassiker unter Theologen, die eine Frau rumkriegen wollten. Aber er hatte mich ja schon rumgekriegt.

Wie sollte das denn weitergehen? Das Hohe Lied der Liebe. Ich las nur: … Geliebter … Küsse deines Mundes … wie eine Zyperntraube, flüssige Myrrhe von deinen Lippen, Lippen wie Lilien, Augen wie Tauben an Wasserbächen, tropfender Honig, Zähne in Milch gebadet …

Von den süßlichen Düften, die aus den Zeilen stiegen, wurde mir ein wenig schwül. Aber hier, da waren auch noch ein paar persönliche Zeilen von ihm:

»Liebe Anna,

vielleicht stößt Du beim Durchlesen auf Zeilen, die sich mit unserer Wirklichkeit decken? Jedenfalls danke ich Gott für das Geschenk der Begegnung mit Dir,

Ulli-Dieter.«

Oje. O Gott. Was hatte ich nur angestellt. Ein myrrhetropfender Ulli-Dieter.

Was sollte ich denn darauf antworten? Außer o Gott fiel mir einfach nichts ein, und ich plumpste wie erschlagen auf den Stuhl vor meinem wackeligen Tisch.

Ein letztes Mal den Streifenwagen tanken. Ein letzter Hausfriedensbruch. Einmal noch über den Straßenstrich fahren und der vom Alkohol aufgedunsenen Bordsteinschwalbe Ursula Lebewohl sagen, ihr noch einmal in die mit viel Kajal ummalten Augen blicken. Noch einen streitenden Säufer aus dem Männerwohnheim schleppen. Noch einen Parksünder. Noch einen Strafzettel schreiben.

Und einmal noch hörte ich Heiner-Emil-Ida-Norbert-Zeppelin. Und einmal noch fuhr er mit seinem Zivilfahrzeug langsam an mir vorbei. Mir blieb beinahe das Herz stehen; mein Herz war eine Mördergrube, trotzig hielt ich die Hand an der Knarre. Ich könnte ihn ja zum Schluss noch über den Haufen schießen. Wenn nicht ich, dann sollte ihn auch keine andere haben!

Doch während er mir noch einmal winkte, mit seinem traurigen Blick aus den grauen Augen, knetete ich zum Trotz in der anderen Hand den Brief, der mich vielleicht doch aus dem Elend herausziehen konnte, in diesen belämmerten Abschiedstagen, als der bekloppte Pfarrer mir das Lied von Salomon schickte. Und obwohl es doch schrecklich war, dass er mir so was schickte, und obwohl es nur wieder ein bläulicher Durchschlag von der Matrize war, die er hundertfach in die ganze Gemeinde verschickte, so war es doch auch schön, das alte Lied, und so erhaben, und jemand hatte mir seine Liebe gestanden.

Da verschwand Heinz für immer hinter der Umzäunung des Polizeipräsidiums.

Nick Knatterton. So hatte ich ihn immer genannt.

Ich blieb stehen, während mein Herz noch einmal auf und nieder brannte.

Nick Knatterton war fort.

Aber König Salomon wartete auf mich.

Das Lied der Lieder, von Salomon. Oh, dass er mich tränkte mit Küssen seines Mundes!

Deine Liebe ist süßer als Wein, der Duft deiner Salben ist süß, darum haben die Jungfrauen dich gern.

Niemals hätte ich geglaubt, dass es so schwer sein würde, die Uniform zurückzugeben. Sie wog so schwer wie mein halbes Leben. All die Hemden, in denen ich geatmet und gefroren oder mich geängstigt hatte. Das Wappen meines Bundeslandes, das man mir auf die Schultern gestickt hatte, mit dem ich mein Land präsentierte, das ich geschworen hatte, zu schützen und zu verteidigen. Mit jedem Schlips, jeder Hose mit eingenähter Schlagstocktasche, jedem Springerstiefel, der Schutzmaske, den Handschellen, den Patronen aus dem Ersatzmagazin verlor ich an Wichtigkeit und Bedeutung. Ich war freiwillig gegangen, und doch fühlte ich mich wie verstoßen und rausgeworfen.

Ich war für nichts und niemanden mehr zuständig. Niemand zählte mehr auf mich. Niemand mehr vertraute mir sein Leben an.

Ich fühlte mich wie Audrey Hepburn im »Leben einer Nonne«, wenn sie ihre Nonnentracht zurückgibt und mit zerrupftem kurzem Haar dasteht, während ein fahles Licht durch die kleine Fensterscheibe fällt. Ich war nicht zerrupft, aber doch geplündert, ich war befreit und gleichzeitig beraubt. Irgendetwas hatte ich am Streifefahren geliebt, die Nächte, die endlosen Stunden, die Abstrusitäten und alle meine Nachtgestalten.

Ich ging davon mit dem Gefühl von dreiundfünfzigprozentiger Richtigkeit.

Eine ganze Weile war ich wie der Blumenstock im Treppenhaus der Beamtenwohnung, mal wurde er gegossen und dann wieder vergessen, versuchte ein wenig Licht zu bekommen durch die Glasbausteine, dann ging er wieder ein und wurde beim nächsten Mal regelrecht ersäuft.

Ohne meine Uniform begann ich hemmungslos zu verwahrlosen.

Das Verschwinden sämtlicher Bügelfalten an meinem Leib führte zu einer Art Auflösung. Meine Freundin Ria aus Scholmerbach und ich, wir trafen uns in Heidelberg, um Wohnungen anzuschauen. Wir trugen beide Birkenstocksandalen und geblümte Latzhosen und bereiteten uns vor auf unser Studentenleben, das wir lustig und verlottert führen wollten. Weg mit den einschnürenden Jeans und hinein in Opa-Klamotten mit Herrenunterwäsche von Woolworth; graue, langärmelige Unterhemden trugen wir wie Sweatshirts, ich fühlte mich noch ein wenig verkleidet und verirrte mich ab und zu in mein enges Jeanskleid oder glänzende Blusen mit Schulterpolstern und halbhohen Pumps.

Als wir dann in der Vorstadt von Heidelberg eine Wohnung gefunden hatten, bemalten und tapezierten wir sie freudestrahlend altrosa und hängten allen Trödel an die Wände, den wir auf den Speichern unserer Eltern gefunden hatten: Engel aus Gips, die auf Blumen saßen, Spiegelchen mit Goldrand, selbstgemalte Bildchen vom Dorflehrer Schwella, verschnörkelte Uhren, die nicht mehr liefen … wir mochten allen Nippes und Plunder. Bald verzierten ethnologische Motive unsere Wände, Stabpuppen aus Java, Kalender aus Nicaragua, geknüpfte Bänder der Indianer und viele Bücherregale mit Märchen der Völker und den Büchern von Frau in der Gesellschaft, Frauenoffensive und Rowohlt Neue Frau.

Während ich das vierbändige Polizeistrafrecht mit Loseblattsammlung, die Waffenkunde, das BGB und das Strafgesetzbuch in den Keller räumte, wurde mein Leben bunter. Wir hatten die Achtziger, in Studentenkreisen war die Ökobewegung sehr aktiv, wir aßen Müsli, dann wieder Ravioli, wir aßen eine Menge Nudeln mit Tomatensoße, tranken furchtbar viel billigen Wein und saßen stolz auf dem Balkon über dem Plusmarkt, wo wir wohnten.

Ja, und da lag immer noch der Brief von König Salomon.

Die biblischen Liebesworte in den Weinbergen von Engedi, all der Honig, die Feigen und Granatäpfel, schwarze Locken wie Rispen und glänzende Ketten um deinen Hals.

Ich war nicht imstande, den Brief zu beantworten. Ich konnte ihn aber auch nicht liegen lassen.

Warum nur habe ich ihn eines Tages beantwortet?

Nur wegen Doris Lessing! Wegen Thea! Wegen der jähen Liebe zu den fehlgeleiteten Gefühlen, wegen Rowohlt Neue Frau. Man musste irgendwie verkehrt lieben, es musste alles ganz falsch sein, und was sich falsch anfühlte, war genau das Richtige. Man musste sich von den katholischen Schuldgefühlen befreien! Sie hinterfragen! Unmöglichkeit war angesagt. Ich antwortete also aus Verwirrung und Hilflosigkeit und wegen der Pracht und Herrlichkeit eines ganzen Testamentes.

Oder so!

Ich traf den schönen Priester wieder.

Es war an einem schönen, goldenen Oktobertag auf einer Lichtung in den Wäldern bei Linnen und Scholmerbach, und um den Verrat noch größer zu machen, beging ich ihn in den Feldern meiner Kindheit, irgendwo hinter einem Kriegsgräberdenkmal.

Ich schalt mich, weil ich so töricht war, so zerrissen in meiner Sündhaftigkeit.

Doch als ich das Auto hörte, am Waldweg, und ihn sah, wie er heraussprang, so strahlend, so voller Freude, so kraftvoll, da dachte ich: Er ist prächtig, König Salomon sah prächtig aus. Sein Haar glänzte blauschwarz, seine Augen funkelten, und er sprang durch die Brombeerbüsche mit einer so gewaltigen Freude, dass mir wieder einfiel, welche Zeile im Hohen Lied er auf der blässlichen Matrize angestrichen hatte:

»Horch! Mein Geliebter! / Sieh da, er kommt.

Er springt über die Berge, hüpft über die Hügel. Der Gazelle gleicht mein Geliebter, / dem jungen Hirsch!

Er hatte nicht angestrichen:

»Dreh dich um, Sulamith! Dreh dich um, dreh dich um, dass wir dich anschauen, wie schön sind deine Schritte in den Sandalen,/ du Edelgeborene!«

Mein Gott, ich war ja auch nicht Sulamith. Aber so wie Aschbrenner nun durch das Unterholz brach, mit seinen braunen Armen in dem ärmellosen Shirt, war er ein Hirsch, ein Hirsch in der Brunft. Er passte gut in diesen Wald aus Buchen und Fichten und auf das Feengras, in Hemd und Turnschuhen und knielanger Jeans, es duftete überall nach Harz und Farn und wildem Klee.

»Ich habe immer deinen Namen sagen müssen, unentwegt, seit Tagen habe ich immer nur deinen Namen auf den Lippen …«

»Ich nicht«, flüsterte ich stumm, »ich nicht!« Aber schon hatte er etwas anderes auf seinen Lippen, nämlich meinen Mund und dann alles, was sonst noch zu mir gehörte. Das Sonnenlicht hob die Zeit und die übrige Welt auf; gegen die Sonne auf warmer Haut mit kräftigen Muskeln ist schwer was zu machen, wenn Vogelgesang und Fliegen und Hummeln einen umsurren. Ich schalt mich wieder, dass ich gekommen war, und meine Schlechtigkeit stieß vorübergehend scheel von innen an meine Rippenbögen, und dann … küsste ich mir die Lippen wund.

Ach, es war schön! Sollten sie mich doch totschlagen! Aber wenn sie uns sahen, wenn uns einer sah, dann war alles aus, sein Amt, mein Scholmerbach, ich würde besudelt sein und seine Kinder würden … das durfte ich nicht denken! Nicht denken!

Ich spürte, wie die Hecken um uns herum brannten und die Bäume wie Fackeln loderten angesichts der ungeheuerlichen Missetat. König Salomon war nichts entgegenzusetzen, einfach nichts, ich hatte mich in die Gefahr begeben und drohte, darin umzukommen, während er mich an sich riss und wir über die Wurzeln stolperten in das sommertrockene Gestrüpp, in die Ameisenhaufen und Dornschlehen hinein auf das weiche, mit Nadeln durchsetzte Bett der Rehe. Es war kein Hohes Lied, es war ein Wald- und Moos- und Erdenlied mit Disteln und Tannennadeln, so gottverboten, dass es schmerzte, und doch war es schön und ich konnte nicht anders, ich konnte mir nicht helfen, es war herrlich, es war prächtig auf dieser verzauberten Waldlichtung mit König Salomon, dafür wollte ich getrost in der Hölle schmoren!

Sünde und Verderbnis.

Ich gestand es im Suff. Am ersten Abend auf unserem Studentenbalkon war mein schwerwiegendes Geheimnis bereits aus mir herausgeflutscht, als wollte es in die Nacht hinaus und auf der Markise vom Plusmarkt landen und dort ruhen für immer. Die Wohnung, die wir uns gesucht hatten, war ausgerechnet im »Pfaffengrund«.

»Bist du noch zu retten?«, schrie Ria. »Du bist ja nicht bei Trost!«

Wir waren so betrunken vom Wein aus den Kellern unserer Väter von Scholmerbach.

»Na ja, weißt du, das war ja nur wegen dem Feuerwehrfest, als wir uns um die Pfarrer kümmern sollten, du um den katholischen und ich um den evangelischen.«

»Du solltest dich kümmern, aber doch nicht SO! Hättest du an dem Abend bloß den katholischen genommen!«

Wir sahen unter uns die Autos auf dem Parkplatz dösen und dahinter die Haltestelle, an der alle halbe Stunde der 63er Bus hielt.

»Wir«, sagte ich, »wir dürfen nicht in den Schranken bürgerlicher Moral denken, kein Mensch gehört dem anderen, die Ehe ist nur ein verlogenes Konstrukt!«

»Blabla«, sagte Ria. »Der hat doch Frau und Kinder! Bloß, weil der den Verstand verloren hat, musst du doch nicht auch noch den Verstand verlieren!«

»Na ja«, versuchte ich mich zu verteidigen, »Simone de Beauvoir hat gesagt …«

Mir fiel partout nicht mehr ein, was Simone de Beauvoir gesagt hatte. Viel, nehme ich mal an.

»Simone de Beauvoir war niemals in Scholmerbach, und du kannst dich da nie wieder blicken lassen, wenn das rauskommt!«

»War ja nur zweimal«, sagte ich kleinlaut. »Kann denn Liebe Sünde sein?«

»Liebe!«, sagte Ria. »Das muss aber auch als Entschuldigung für alles herhalten!«

Sie stampfte mit ihren nackten Füßen in den Birkenstock auf, so eindrucksvoll, wie das Stampfen eines Birkenstockfußes eben sein kann.

Es wurde auch nicht besser, als Heidi Binder sich zu uns gesellte. Sie sollte fortan im dritten Zimmer wohnen, denn für uns zwei war die Wohnung zu teuer. Ria und Heidi hatten je ein schmales Zimmer bekommen und ich das große, das ich bald schon mit Yucca-Palmen, Asparagus und Zimmerlinden füllte.

Heidi war sehr schüchtern und sprang immer beiseite, wenn eine von uns ihr entgegenkam.

»Entschuldigung, ich wollte nicht stören«, sagte Heidi.

»Kein Problem«, sagte ich und versank gerade in Problemen. »Wir haben uns nur ausgetauscht über unser erstes Seminar: Inzucht weltweit!«

»Oh«, sagte Heidi scheu. »Ich studiere ja Medizin … da kann man vielleicht auch mal ein Opfer von Inzucht vor sich haben.«

»Wir verlaufen uns immer noch an der Uni, bis man mal weiß, wo die Hauptveranstaltungen sind, wo die Kurse und wo die Mensa, ist ja alles so riesig.«

»Ja«, sagte Heidi, »alles unheimlich groß.«

Eine Medizinstudentin in der WG zu haben konnte nicht schaden. Man wusste nie, was noch kam. Heidi hatte kurze, aschblonde Haare, ganz uneitel, wie aus der Pfarrbücherei, und natürlich trug auch sie Birkenstock. So sah sie klug und bescheiden aus und wie eine sehr fleißige Studentin. Als sie später die Wohnung wieder verließ, hatte sie langes Haar und zwei Liebhaber, zwischen denen sie sich nicht entscheiden konnte.

Ich aber befand mich nun zwischen zwei Affären mit verheirateten Männern, von denen der eine mich verlassen hatte und der andere unbedingt von mir verlassen werden musste.

»Das geht so nicht weiter, Anna!«, schimpfte Ria, und Heidi nickte, als hätte sie irgendwas kapiert.

Ulli-Dieter Aschbrenner war verheiratet und hatte Kinder und eine Frau mit viel Wäsche, mit sehr viel Wäsche. Punkt. Aus. Ende.

Da half das gesamte Regal Rowohlt Neue Frau nicht. Ria hatte vollkommen recht, das ging so nicht. Wie tief wollte ich mich noch in biblische Schuld verstricken, nur wegen ein wenig Wald und Sonnenschein und feuchten Küssen, das war unmöglich!

Hätte ich bloß auf meine Oma gehört, dann hätte ich einen Kerl wie den Aschbrenner sofort in den Kappes geschossen!

Ich wollte alles wiedergutmachen. Ich würde mir das Gehirn aus den Ohren heraus studieren; es sollten nur noch erhabenes Geistesgut, philosophische Lehren, läuternde Gedanken in mich einkehren, von mir aus beginnend mit der Inzucht im Voralpenland bis über den Äquator und jenseits von Timbuktu. Ich wollte in der Vorlesung immer in der ersten Reihe sitzen, ich wollte alles mitschreiben, jedes Wort, das der Professor von sich gab, ich würde mich des Klappsitzes im Hörsaal würdig erweisen, den ich ergattert hatte!

Ich konnte es noch immer nicht fassen, dass ich hier war, dass ich mich hatte einschreiben dürfen, dass es mir gelungen war, in dieser ehrwürdigen alten Stadt mit seinem herrlichen Schloss über dem Neckar ein Plätzchen zu finden.

»Auf der Terrasse hochgewölbtem Bogen war eine Zeit sein Kommen und sein Gehen«, so stand es eingemeißelt in den Arkaden vor dem Schlosstor, Marianne von Willemer hatte es gedichtet, als sie Goethe nachtrauerte. Dieses gemauerte Tor aus rotem Stein sollte für Herrn Pfarrer Aschbrenner verschlossen bleiben. Vernagelt und verrammelt. In dieses neue Leben nahm ich ihn nicht mit.

Ich las keine Frauenbücher mehr. Ich las nur noch über die Verwandtenehe, Blutschande und Vielweiberei der Weltgeschichte.

Dadurch wollte ich zur Vernunft kommen.

Nach der ersten Vorlesung kamen Ria und ich mit stolzgeschwellter Brust und vor neuem Wissen funkelndem Gehirn nach Hause und warfen unsere abgeschabten Ledertaschen in die Ecke. Wir waren so glücklich, dass wir den Saal gefunden hatten, den Professor Krollzig als liebenswürdigen Alten in Cordjacke kennengelernt, den »Handapparat« verstanden hatten, dass wir es also geschafft hatten, aus Scholmerbach mit seinem Brennnesselsumpf, Kappesgarten und Glitzerberg hierherzugelangen, nach Heidelberg! Das war ein Wunder, ein wahres Wunder!

Und trunken vor Begeisterung kochten wir uns Jasmintee und aßen Butterkekse vom Plusmarkt und konnten nicht aufhören zu reden über die Kommilitonen, die steile Sitzordnung in dem riesigen Saal, die Schmierereien auf den Bänken, als sei man in der Schule! Wir hatten noch mal neu angefangen! Ria, die vorher im Büro gewesen war, und ich, die ehemalige Bullette. Es war wunderbar!

Da klingelte infernalisch das im Flur angeschraubte, gräulich weiße Telefon mit seiner spiralförmigen Schnur, die man nur mit Anstrengung unter die nächste Tür ziehen konnte und die einem jedes Geheimnis mit Macht entriss.

»Vielleicht meine Mutter«, sagte Ria und ging aufgekratzt in den Flur.

Dann wurde ihr Blick plötzlich sehr ernst und konzentriert. Schließlich ließ sie den Hörer sinken und hielt die Muschel zu:

»Da ist dein verrückter Pfarrer am Telefon!«

Ich wedelte verneinend mit beiden Händen:

»Ich bin nicht daaaa!«

Ria nahm den Hörer und sagte:

»Ach nein, sie ist doch nicht da. Nein, ich hatte gedacht, sie sei da, aber sie ist doch nicht da! Oder … nein. Nein, bestimmt kommt sie wieder. Ja, wann, weiß ich auch nicht. Na ja, bald bestimmt.«

Sie legte auf und sagte:

»Mensch, ich kann doch nicht lügen! Das nächste Mal gehst du selber dran!«

»Nein«, sagte ich. »Ich will nicht. Das gibt nur Scherereien. Weißt du, er ist sehr … ausdrucksstark.«

»Ja, wenn der jede Woche predigt! Und eine ganze Gemeinde überzeugen kann! Dann hat der doch leichtes Spiel mit so einem dummen Suppenhuhn wie dir!«

»Na ja, so war es ja nicht, also, ich hatte da auch meinen Teil …«

»Ist ja jetzt auch egal. Wollen wir Spaghetti kochen?«

Wenig später zerquetschte Ria eine Tube Tomatenmark in einem Topf mit Butter und rührte in einem anderen Mehl mit Wasser an. Da klingelte es wieder. Wir ließen es klingeln.

»Ich weiß nicht«, sagte ich.

»Das kannst du nicht!«

Ich konnte es. Aber ich sagte es nicht. Warum nur sagte ich es nicht? Meine Lippen waren schwerfällig wie die einer Betrunkenen:

»Mal sehen … ja … wer weiß … gewiss, vielleicht.«

Dieses Telefonat kam zu keinem ordentlichen Ende. Nur zu einer Lautmalerei, als hätte ich meine Muttersprache verloren. Irgendwann haben wir aufgelegt und er war glücklich und ich war durcheinander. Immer, wenn ich glaubte, festen Boden unter den Füßen zu haben, verwandelte Ulli-Dieter ihn in einen fliegenden Teppich.

Am besten, ich holte mir eine dieser geklauten Flaschen Wein aus Scholmerbach, setzte mich mit Heidi und Ria auf den Balkon, und wir betrachteten den Kastanienbaum über der Bushaltestelle und sahen ein ums andere Mal den 63er Bus um die Ecke biegen …

Thea. Thea in Scholmerbach musste mir helfen, ich musste nach Hause fahren, dringend!

Nur Thea konnte mich von meinen ewigen Gewissensqualen befreien und mir einen guten Rat geben. Sie hatte, wie ich, schon vieles falsch gemacht, und bei ihr fühlte ich mich gut aufgehoben, und niemand, der so viele Sünden auf dem Kerbholz hatte, sah so schön aus wie Thea. Vielleicht weil sie diese Haltung hatte, wie auf einem Thronsessel, so aufrecht. Selbst wenn sie schuldbewusst aus der Wäsche guckte, hatte sie doch Haltung. Es waren die hundert Jahre rhythmische Sportgymnastik, sie ging, als würde sie sich in einem ewigen Rhönrad drehen, als liefe sie wie selbstverständlich an einer endlosen Ballettstange entlang.

In Scholmerbach hielten wir uns gewöhnlich nicht so gerade. Wir waren rechte Berserker oder wahlweise betrunkene Thekenschlingpflanzen; im Grunde nahmen wir Theas Haltung nur ein, wenn wir in der Kirche saßen und jemand heiratete oder Marienlieder gespielt wurden. Maria Himmelskönigin. Wir hatten unsere eigene Himmelskönigin, und das war Thea an der Orgel.

Ich war stolz und glücklich, sie am Freitag wiederzusehen und bei ihr zu sitzen im Turmzimmer ohne Turm. Theas Geburtshaus war voller Erker und Türmchen gewesen, die ihr Vater an das Haus dranzumauern beliebt hatte. Nun sah ich sie immer noch in runden oder eckigen Kemenaten sitzen, dabei war es nur ihr Schreibzimmer mit den vielen Tagebüchern. Ja, ich glaube, sie hatte tausend Tagebücher vollgeschrieben, so voll war ihr Herz, und nun durfte ich etwas abbekommen von ihren Geheimnissen.

Ringelnatz fiel ihr aus der Hand auf den Tisch mit der Filethäkelei und dem noch leeren Aschenbecher, sofort fingen wir an zu rauchen, damit er recht bald voll wurde. Ich blätterte ein wenig im Ringelnatz und las:

»Ein männlicher Briefmark erlebte
Was Schönes, bevor er klebte.
Er war von einer Prinzessin beleckt.
Da war die Liebe in ihm erweckt.
Er wollte sie wiederküssen,
Da hat er verreisen müssen.

So liebte er sie vergebens.
Das ist die Tragik des Lebens.«

»Ha«, sagte ich. »Das ist sehr schön.«

»Habe ich von Jo!«, flüsterte sie.

»Von Jo Hermbach? Dem Kirchenmusiker?«

»Hat der mir gegeben! Nach der Chorprobe!«

Thea sah aus, als stehe der Geist von Jo an der Wand, und sie starrte ihn an wie eine Opiumsüchtige. Ich wollte das Buch schließen, doch dann sah ich die Widmung in steiler Handschrift in schwarzer Tinte:

»Nie bist du ohne Nebendir …

Jo«

»Was hat denn das zu bedeuten?«, fragte ich.

Niemals hätte ihr Mann, der stellvertretende Geschäftsführer der Knochschiefelwerke, ihr einen Ringelnatz geschenkt, niemals gesagt: »Nie bist du ohne Nebendir.«

»Nichts, er hat es mir nur geschenkt!«

»Hm.«

»Wir haben so wunderbar gesungen«, sagte Thea. »Den Canto Generale! Mit Texten von Pablo Neruda! Weißt du, er liest auch Pablo Neruda, er liest … alles!«

Sie holte eine neumodische Diskette hervor und steckte sie in die Stereoanlage.

Der stellvertretende Geschäftsführer hieß mit Vornamen Bernd und war auf seine Weise treusorgend. In seinem neuen Haus mit beheizbaren Fußböden und großen Balkonen, dem großzügig geschnittenen, offenen Haus erklangen auf einmal Trommeln und Pfeifen und Vogelsang wie im chilenischen Urwald.

Gewaltig erklang die Musik von Mikos Theodorakis mit dem Chor der Anacondas, Kolibris und dem Condor, dem König der Mörder auf Raubtierschwingen. Niemals hatte ich etwas so Schönes und Ehrfurchtgebietendes gehört, nie eine leidenschaftlichere Stimme vernommen als die von Arja Saijonmaa in den Libertadores!

»Das singst du?«, flüsterte ich voller Staunen.

»Nein, nein, ich singe nicht das Solo. Das singt Marina Käsethal aus der Druckerei von Wällershofen. Ich singe schön im Chor.«

Wie schade! Ich stellte mir Thea als lateinamerikanische Schönheit vor mit aufreizendem Gesang, peitschendem Haar und einem langen Gewand, die singend ihre Wut gegen die Herrschenden herausschrie.

Völlig benommen lauschten wir dem Canto Generale, der aufwühlenden Klage der lateinamerikanischen Völker gegen die Anaconda, Coca-Cola, gegen Ford und United Fruits; wie erschütterte mich dieser Gesang. Hatte nicht Ulli-Dieter Aschbrenner Verse von Pablo Neruda an seiner Wand hängen: »Ich bekenne, ich habe gelebt«?

Plötzlich sah ich ihn mit seinem schwarzen Bart und glühenden Augen durch den chilenischen Regenwald taumeln, mit einer Machete, um Salvador Allende zu befreien … richtig, der unheilige Pfarrer sah aus wie ein Revolutionskämpfer der sozialistischen Partei auf Kuba oder Chile oder in Argentinien.

Natürlich musste er alle Regeln sprengen, alle Fesseln, alle bürgerliche Moral, und darin war er großartig, Che Guevara persönlich! Was sollte dieser Mann in einem evangelischen Dekanat mit Pfarrbüro?

Berauscht von Nerudas Versen, Mikis Theodorakis' gewaltigem Werk und dem Gesang von Arja Saijonmaa, die bestimmt aussah wie Thea mit ihren dunklen Locken und ihrer unauslöschlichen Sehnsucht nach einem Nebendir, musste ich mich unausweichlich mitverlieben, die zerstörerische Moral sprengen, leidenschaftlich sein!

»Wie geht es denn Ulli-Dieter?«, fragte Thea.

»Ich, äh, ich weiß nicht, er will mich unbedingt wiedersehen.«

»Und? Siehst du ihn wieder?«

»Vielleicht. Ja!«

Der chilenische Urwald hatte mich verführt, zurückgerissen in Lug und Trug, und Thea, meine Blutsschwester, war eine prächtige Gefährtin; vielleicht musste ich weiterbetrügen, um unseren Rausch aufrechtzuerhalten und um Thea nicht alleine zu lassen in ihrem Dschungel voll Kobras, Boas und Anacondas.

Als ich Scholmerbach wieder verließ, war es, als ob ich auch mein Dorf ein wenig betrog. Ich ließ die Brennnesselfelder und den Bach und Honiels, unsere Wirtschaft, zurück, als müsste ich irgendwo was Besseres finden. Bleib doch, wo du hingehörst. Aber Gott sei Dank war ja Ria in Heidelberg, also hatte ich von Scholmerbach etwas mitgenommen, einen ganzen Menschen.

So kam ich von einem kleinen Dorf nach Heidelberg mit all seinen Lichtern und Pflastern und Gassen. Schon am Montag mühte ich mich wieder durch die engen Gassen und fühlte mich unter den fürchterlich vielen Studenten alleine und verloren. Man kam kaum durch, so viele waren unterwegs, mit ihren Tornistern, Studienblöcken und Gitarrenkoffern. Heidelberg barst von Studenten und Touristen, es quoll über, man musste auf die Fahrbahn treten, um sich zu überholen oder auszuweichen. Ich fühlte mich schuldig, als Studentin Heidelberg mit zu verstopfen, wo mir doch eigentlich an einem Studium nie viel gelegen hatte; ich hatte ja in meiner Jugend geschworen, die Welt im O-Ton zu erleben: soziale Missstände, die Welt der Straße, die Welt von unten, von der Seite der Underdogs, da, wo es wehtut. In Heidelberg tat nichts weh. Hier war der überlaufene, elfenbeinerne Turm.

Seltsam verirrt und herumgeschubst erblickte ich in einer Gasse ein Schaufenster, und darin stand klein und mit blauem Gewand und einem blinkenden Heiligenschein Maria Muttergottes. Scholmerbach! Die Muttergottes war Scholmerbach, in ihrer kleinen Ecke in der Kirche und mit den spärlich brennenden Kerzlein zu ihren Füßen. Schon als Kind hatte ich ihr rotes Gewand bewundert und die zierlichen bloßen Füße, mit denen sie eine Schlange zertrat. Maria stand hier einträchtig zwischen einem Buddha und einem tanzenden Shiva im Feuerrad, der seinerseits einen Dämon zertrat. Wie angewurzelt blieb ich stehen. Was war das für ein seltsamer Laden? Über dem Schaufenster prangte der Name »Lichtblick«.

Nun ja, als zukünftige Völkerkundlerin und auch privat steckte ich ja einigermaßen tief drin im Thema Religion, und ich liebte Marienfiguren, unsere Liebfrauenkirche daheim, die Wallfahrten. Ja, ich war immer gerne Wallfahrten gegangen, das schöne Gebetsgemurmel und unsere hohen Gesänge mit viel »Oho Maria, hilf!«.

Sei es, dass ich dem Gedränge der Gassen entfliehen wollte, sei es, dass die Muttergottes so unschuldig war und ich mich gerade so schuldig fühlte, jedenfalls wurde ich von dem Laden unwiderstehlich angezogen, und mit einem elfenhaften Plingpling aus tausend Glöckchen landete ich mitten im mystisch violett schimmernden Verkaufsraum mit vielen Kristallen und einer schwülen Wolke von Patschuli.

Misstrauisch sah ich mich um, wo war ich denn hier gelandet? Handelte es sich um einen dieser Esoterikläden mit dem seltsamen Krempel verstörter Irrer für Weltentrückte, die sich im Drogenrausch oder in seltsamer Verzückung einen zurechtsponnen? Ich sah viele silber- und bronzefarbene Pendel, Kristalle und Pyramiden und Engelsfiguren und Tarotkarten; tatsächlich, es war einer dieser bekloppten Krempelläden! Ich fühlte mich natürlich haushoch überlegen und bedauerte diese Verrückten im Geiste. Gleichzeitig musste ich dauernd alles anfassen, diese nach Zimt und Moschus schwül duftenden Trödelherrlichkeiten, niedlich geschmückten Elefantengötter und Elfen aus Kristall. Ich musste einfach alles in die Hand nehmen und daran riechen.

Ich nahm Tarotkarten aus der Packung und las jede Karte, ich vertiefte mich in Bücher über Wiedergeburt und Astralreisen, Heilkräuterwissen und Nahtoderfahrungen, dazwischen lag ein Buch von Elisabeth Kübler-Ross: »Interviews mit Sterbenden«. Dann holte ich mir das »Leben nach dem Tod« von Raymond A. Moody.

Unmerklich rutschte ich in die Welt der Toten, sie faszinierte mich, ich konnte nicht aufhören. »Am Ende Eures Lebens seht Ihr ein Licht, das fragt Euch: Wie viel habt Ihr geliebt? Wie viel habt Ihr gelernt? Alle anderen Fragen verblassen.«

Da stand ein tanzender Derwisch aus Konya. Die Lehren des Sufismus. Ulli-Dieter. Scholmerbach und Lemberg, die Völkerkunde und der Religionsunterricht tanzten blinkend und schwül und duftend vor meiner Nase herum. Schließlich entschied ich mich für ein Werk über den Sufismus, bezahlte und ging meiner Wege durch die schmalen Gassen zur Ruprecht-Karls-Universität zu Heidelberg.

»Ich habe gut und böse gekannt,
Sünde und Tugend, Recht und Unrecht;
und am Ende erkannte ich,
dass ich in allem bin
und alles in mir ist.«
Hazrat Inayat Khan
(1882–1927), eigentlich Hazrat Pir-o-Murshid Inayat Khan, indischer Sufi-Meister

Hazrat Inayat Khan hatte recht. Die Lösung war nicht, gut zu sein. Die Lösung war gut UND schlecht zu sein. Thea und ich hatten alles richtig gemacht. Man musste das Leben trinken wie einen Kelch.

»Zünde dein Leben an, und suche die, die deine Flammen nähren.«

Rumi. Sufi-Mystiker aus Afghanistan und einer der wichtigsten persischen Dichter des Mittelalters.

Die Sprüche der Sufi vermischten sich mit den Lehren von Rowohlts Neue Frau, und diese wieder ähnelten in bestürzender Weise allem, was ich las in dem Handapparat von Professor Krollzig: Im Himalaya, in Butan oder im Kongo, überall gab es Polyandrie, Frauen nahmen sich Männer, einen nach dem anderen, es war alles nur nicht zwingend; die Heirat war kein Weltgesetz, sondern ein kulturell aufgezwungenes Dingsda, das nicht funktionierte und den Gesetzen der Liebe widersprach.

Ulli-Dieter und ich sollten uns also wiedersehen. Ulli-Dieter war derjenige, der meine Flammen nähren sollte, damit ich am Ende meines Lebens sagen konnte: Ich bekenne, ich habe gelebt.

Er schrieb mir all diese Dinge:

»Siehe, ich sterbe vor Verlangen, nach Umarmung und nach Kuss, sieh, ich sterbe vor Begierde nach des saft'gen Munds Genuss.«

Hafis, persischer Dichter.

Ich gebe zu, dass ich nicht gleichermaßen starb vor Verlangen, ich fühlte mich wie vom Flammenwerfer beschossen, doch ich bemühte mich, mit der allgemeinen Sündhaftigkeit mitzuhalten und meinen dichterischen Vorbildern zu genügen, also schrieb ich ihm zurück, postlagernd, zögerlich. Ich weiß nicht mehr, was ich schrieb, es wird schon ein rechter Zimt gewesen sein, ich möchte es nicht mehr wissen, o Gott, nein, lieber nicht.

Ulli-Dieter sattelte in der Zeit mühelos um von den persischen Dichtern Hafis und Rumi und Hazrat zu Baudelaire und schrieb mir:

»Und lieb nur heißer dich, weil, Schöne, du mich fliehst,
Und weil, Stern meiner Nacht, voll Hohn du
niedersiehst
Und spöttisch lächelnd scheinst die große Kluft zu
weiten,
Die mich getrennt hält von den blauen Ewigkeiten.«

Wir verirrten uns bedenklich in schweren Wolken von dichterischer Schwerenöterei. Gleichzeitig war meine Verwandlung von der Heinz nachlaufenden und in Trauer versinkenden Verlassenen zu einer angebeteten und mit Dichtkunst umworbenen Schönheit doch einigermaßen betörend, schmeichelhaft und verwirrend.

Noch einmal schlug mein katholisches Gewissen zu, und ich las ihm schriftlich die Leviten von wegen Frau und Kindern. Da schrieb er geflissentlich:

»Bei aller Leidenschaft, die ich zu Dir empfinde … und dem Gefühl, das man wohl Sehnsucht nennt – ich wüsste auch kein besseres Wort dafür –, weiß ich, dass da mehr am Werke ist. Es muss mehr sein, da ich ansonsten nicht bereit wäre, mit solcher Leichtigkeit und Freude Risiken einzugehen. Fügung oder Schicksal? Die Antwort bleibt vielleicht offen, so offen wie die Zeit, die wir miteinander verleben dürfen. Ich zähle die Tage bis zu unserem Wiedersehen, und ich sage es Dir: Ich liebe Dich mit der ganzen Kraft meines Herzens.

Ulli-Dieter.«

Ich war verloren. Ich hatte ihm nichts entgegenzusetzen. Meine Dummheit war im Wege. Als er mich fragte, ob ich ihn begleiten wolle zu einem Priesterseminar in der Evangelischen Ausbildungsstätte Waldberlenbach, irgendwo im Hunsrück oder Taunus, da sagte ich Ja. Ich verruchte Abenteurerin!

Es sei ganz leicht, mich einzuschmuggeln, sagte Ulli-Dieter. Da seien öfter mal Pastorinnen oder Referentinnen oder die Damen von der Verwaltung oder Bibliothek. Ich müsste mich nur ganz selbstverständlich benehmen, so, als hätte ich in der Akademie was zu tun, und ihm dann unauffällig folgen. Er wollte mich in sein Zimmer schmuggeln und wir könnten drei herrliche Tage und Nächte haben. Er freute sich so sehr darauf, dass er an nichts anderes denken könnte!

Was auch immer geschah, ich würde genug erleben, um hinterher Thea bei Kaffee, Wein und Zigaretten alles genüsslich zu erzählen, auch wenn mir jetzt schon das Herz bis zum Halse schlug. Ich wollte überhaupt alles aufschreiben, ich war angesteckt von ihren Tagebüchern, wir wollten schreiben, beide, immer nur schreiben, und für das Wesen des Schreibenden ist es wichtig, Schuld und Schande zu erfahren. Niemand kann schreiben wie ein Gott, der nicht gelitten hat wie ein Hund! Ich war bereit, mich in meine eigene Schlechtigkeit zu stürzen, zum Wohle der nachfolgenden Generationen.

Also machte ich mich schön. Ich weiß es noch genau. Ich trug ein enges Jeanskleid und blaue halbhohe Pumps und eine sehr dicke falsche Goldkette, wie sie eben Mode war. Die Haare hatte ich getürmt, über und über mit Locken, so wie in »Flashdance«; alle wollten wir aussehen wie in »Flashdance«, am liebsten mit einem weiten Sweatshirt, das über eine nackte Schulter fiel. Aber im Jeanskleid ging das nicht. Die Lockenfrisur in »Flashdance« war die Sensation gewesen. Genau dieselbe hatte Maria Schneider in dem Bertolucci-Film mit Marlon Brando in Paris getragen. Und so wollte auch ich aussehen, wenn ich in die Evangelische Ausbildungsstätte nach Waldberlenbach fuhr, geschminkt, toupiert und duftend nach Loulou, mit meinem orangen R4, für das verbotenste Abenteuer aller Abenteuer mit einem verheirateten Pfarrer.

»Mein Herz schlägt dabbadabbadabb«, nudelte es aus meinem senderschwachen Radio.

»Vielleicht ist heut' uns're Stunde
Du und ich, ein kurzer Traum vom Glück
Weiter rollt das Leben
Und du drehst die Räder nie zurück.«

Ich bestand nur noch aus Liedern, Sprüchen und Gedichten … Neruda und Ringelnatz und Hafis und Baudelaire … und alles reduzierte sich in meinem Auto zu Cornelia Froboess' Dabbadabbadab, das mir auf einmal passender erschien als alles andere.

Ich traf Ulli-Dieter auf einem Parkplatz irgendwo in dem hügeligen Auf und Ab des Geländes, und wie es weiterging, weiß ich nicht mehr. Also, ich weiß nicht mehr, wie wir in dieser Bildungsanstalt angekommen sind, allein oder zusammen, in einem Auto oder zu Fuß. Jedenfalls tauchten mehrere große, weiße Häuser vor uns auf, von Wald umgeben, immer wieder ein weißes Haus mit vielen Fenstern mit buschigem Grün, alle durch schmale Teerwege miteinander verbunden; es sah beinahe aus wie die Polizeischule, nur ein wenig verwunschener.

Wir taten, als kennten wir uns nicht; er sagte, geh einfach durch! Ich ging völlig ungerührt an einer Art Anmeldung im Torbogen vorbei, weiter zu irgendwelchen Pflanzen im Kübel, die ich ausführlich begutachtete. Ich fühlte mich sofort verbrecherisch. Die vor mir liegenden Sünden waren mir in die Locken gemeißelt und standen in riesigen Lettern quer über meiner Stirn. Überall sah man Priester umherwandeln mit gemessenem Schritt wie Mönche durch die Arkaden eines Wandelganges. Vielleicht waren es gar nicht alles Pfarrer, aber für mich sahen sie aus wie Pfarrer, auch die Frauen. Sie trugen graue Kostüme oder graue Anzüge, Papiere und Akten unter den Armen, die Haare grau, aber gepflegt, nicht anders als die Damen aus der katholischen Pfarrbücherei. Ich hingegen …

Ich sah aus wie der letzte Tango von Paris.

Ulli-Dieter Aschbrenner füllte an der Anmeldung alle möglichen Papiere aus, während ich angestrengt in einen Silberkaktus starrte, als hätte ich so was noch nie gesehen.

Endlich, endlich war er fertig, trug ein leicht unsicheres Siegergrinsen und schritt voran durch eine Metalltür. Ich folgte ihm, um mich in dem Gebäude nun endgültig wieder wie in der Polizeischule zu fühlen. Lange Gänge, hohe Wände, schmucklose Türen, nur dass dahinter nicht Polizist um Polizist hauste, sondern Pfarrer um Pfarrer.

Ich atmete auf, als ich endlich in Ulli-Dieters Zimmer schlüpfte, die Tür fest hinter mir verschloss und dann schweißgebadet an ihr herunterrutschte. Uff. Nie wieder würde ich mich hier heraustrauen.

»Anna!«. rief Ulli-Dieter. »Ach, Anna!«

Und er riss mich in seine Arme und die Arme rochen gut, die Brust roch gut und der Hals, ein wenig nach Tabak, er war ein gestandenes Mannsbild, sehr gestanden, ich klebte an ihm wie vorher an der Tür. Vielleicht roch er auch nach Irisch Moos. Jedenfalls nach Mann. Einen Augenblick lang dachte ich, es ist gut so. Wir haben es gewagt. Man muss mal den Hals in die Schlinge stecken, um zu sehen, wie es ist. Wozu war man schließlich auf der Welt?

Ulli-Dieter drohte mich zu zerquetschen. Sein Bart war weich und kratzte nicht, man sah die Grübchen und die Zähne blitzen.

»Wie habe ich auf diesen Augenblick gewartet«, sagte er. »Du hast mir so gefehlt. Ich habe immer an dich denken müssen, wenn ich eingeschlafen bin, wenn ich aufgewacht bin, ich habe die Tage gezählt …«

Durch das Fenster sah ich unten im Hof die Pastoren mit verschränkten Fingern umherwandern und wahrscheinlich beten und fromme Gedanken denken und wandeln im Namen des Herrn. Kreuzgang. Das war wirklich eine höllische Situation. Aber Gott sei Dank hatte ich mir das ja nicht alleine eingebrockt, und Ulli-Dieter war bei mir und er strahlte und funkelte, als sei in ihm die Mittagssonne aufgegangen, er war ja wirklich gottverboten schön, wie konnte ich das nur vergessen. So viel Baudelaire hatte er mir geschickt: »Sei Flamme du umtost … ein Liebender, der seine Gruft umkost«, … und was für böse Blumen noch dazugehörten. Ich versöhnte mich mit meiner ungehörigen Tat und wollte mich in seinem Arm wiegen, da riss er sich los und stürzte zu seiner Reisetasche und warf sie mit Jacke und all seinen Sachen in einen schmalen Schrank. Er konnte unglaublich schnell sein. Ich erinnerte mich daran, wie er im Pfarrhaus die Küche aufgeräumt hatte. Spannkraft war das. Dann räusperte er sich und sagte, er müsse jetzt auf die Abendveranstaltung und ich sollte doch lesen oder so, er wisse noch nicht, wie lange es dauert.

Von einem Augenblick auf den anderen sah er unbeschreiblich evangelisch aus, so steif, aber mit seinem schwarzen Bart und den schwarzen Augen auch ein wenig wie Rasputin, ja, ein evangelischer Rasputin, ich glaube, er trug auch eine goldene Kette wie ein Zuhälter, nein, so schlimm auch wieder nicht, die Goldkette hatte ja ich an, oder? Vielleicht war er doch ein evangelischer Goldketten-Rasputin.

Zack, war er verschwunden und ich sank ein zweites Mal an der Tür herunter.

Und dann sah ich, auf was ich mich eingelassen hatte.

Ich war alleine in einer Kammer, mit einem Kreuz an der Wand, einem Bett so schmal wie ein Handtuch und einem Regal mit einer Bibel drauf und sonst gar nichts.

Großer Gott, sagte ich und fühlte mich von Gott so verlassen und verstoßen, wie man nur sein kann in einem Haus voll gottgeweihter Menschen. – O Gott, dachte ich, was ist mir nur eingefallen, wie konnte ich nur hier hineingeraten? Sofort bereute ich alles.

Nun, ich war auf eigenen Füßen hierher gegangen. Niemand hatte mich geschlagen, getreten oder hierher geschubst. Hier in dieser Beichtzelle, mit ihrem spärlichen Mobiliar, kein Bild, kein Teppich, nur ein klagendes Kreuz an der Wand, hier war ich gefangen. Ich fiel aufs Bett und starrte an die Decke. Es gab kein Telefon, ich hatte nichts zu lesen, ich war allein mit meinem Kopf. Ich Idiot, schalt ich mich, ich dumme Nuss, ich unbeschreiblich blöde Kuh. Es geschah mir so recht! Ich griff in meine toupierten Locken und konnte es nicht fassen.

Um meine Gedanken nicht mehr hören zu müssen, holte ich die Bibel vom Regal, schlug sie auf und landete sofort im Alten Testament: »… und Abraham nahm ein Weib, die hieß Ketura, die gebar ihm Simran und Joksan, Medan und Midian, Jesbak und Suah, Joksan aber zeugte Saba und Dedan. Die Kinder aber von Dedan waren: die Assuriter, die Letusiter und die Leumiter.«

Und sie gebaren und zeugten und gebaren wieder. Ich blätterte weiter.

Dann kam ich zu der Seite, wo Noah Wein gepflanzt hat und von seinen Söhnen betrunken und mit entblößtem Geschlechtsteil gefunden wird. Das haben sie damals aufgeschrieben, damit man von dem Geschlechtsteil noch Tausende Jahre später lesen konnte. Ich blätterte weiter und schlug die Seite auf, wo die Sklavin Hagar von der Ehefrau des Abraham aus dem Haus geworfen wird, weil sie von ihm schwanger ist. Und dann las ich die Geschichte von König David, wie er die Frau des Nabal zu seiner zweiten Frau nimmt, nachdem der böse

Nabal von Gott so lange geschlagen wurde, bis sein Herz zerbrach. Und schließlich landete ich bei den Sprüchen 5,3–14: Denn die Lippen der fremden Frau sind süß wie Honig, und ihre Kehle ist glatter als Öl, hernach aber ist sie bitter wie Wermut und scharf wie ein zweischneidiges Schwert. Ihre Füße laufen zum Tode hinab; ihre Schritte führen ins Totenreich.

Es war hoffnungslos. Egal, was ich aufschlug. Die ganze Bibel war voller Hurerei und Ehebruch, die Hure Babylon, die Hure Rabat, Maria Magdalena, die Sünderin. Steinigt sie!

Hätte ich das Buch bloß im Regal gelassen. Düstere Wolken der ewigen Verdammnis stiegen aus ihm auf und verfinsterten mein Gemüt. In Gedanken steinigte ich mich selber schon und malte mir aus, wie ich geteert und gefedert über den Dorfplatz gejagt wurde.

Diese Gedanken marterten meine Seele, und es war, als zögen sie mich in einem schwarzen Strudel in das Büßerbett; ich konnte nicht mehr unterscheiden, was nun meine dunklen Gedanken und was meine Schuldgefühle und was meine Dämonen waren, sie fuhren in mir Karussell, die biblische Verdammnis war mir in die Eingeweide gefahren. Ich glaube, da ist es passiert. Ich hatte eine Art geistigen Dammbruch aus einer anderen Welt – jedenfalls glaubte ich in diesem Augenblick lauter Engel aus dem Nirgendwo schreien zu hören: Geh weg von hier!

Wahrscheinlich war ich zu oft im Lichtblick gewesen mit seinen Tarotkarten und seinem patschuliduftenden Firlefanz. Engel sollten doch sanft und heilend und himmlisch sein. Meine aber trompeteten mit mörderischem Krawall in mein Bewusstsein hinein, ich hörte, wie sie beinahe fluchend in meine Dimension einbrachen und mich ultimativ, ja quasi mit einem Tritt in den Hintern aus dieser Betbude befördern wollten.

So weit war es mit mir gekommen. In einer evangelischen Akademie verlor ich den Verstand in einem Pfarrerbett. Ich hatte mich mit meinem Fehltritt gewaltig übernommen, mein katholisches Gewissen raste und tobte mich in selbstmörderische Fantasien hinein. Hätte ich bloß nicht die Bibel gelesen!

Ich war unheimlich froh, als auf einmal die Tür aufging und Ulli-Dieter hereinkam.

»Ulli-Dieter! Endlich! Puh! Na, da haben wir ja was angestellt!«

Er stellte mir rasch eine Untertasse hin mit ein paar Brotscheiben, Schinkenwurst und Essiggürkchen. Die hatte er vom Abendessen gemopst und wollte gleich wieder verschwinden, damit »es nicht auffällt«.

»Aber Ulli-Dieter«, sagte ich. »Was soll ich denn hier machen? Das ist doch komisch für mich.«

Er nahm mich in die Arme und setzte sein kieferstarkes Siegerlachen auf, und ich sah, wie er sich unter seinem übermäßigen Lachen hilflos verfärbte und sein Lachen entgleiste, als hätte er Maulsperre.

»Es dauert nur noch ein, zwei Stunden! Dann bin ich da! Nur für dich!«

»Okay«, nickte ich überfordert.

Er hielt mich noch einen Augenblick fest, es fiel ihm nichts ein. Es war, als hätte ihn Angst überkommen, die Angst vor der eigenen Courage, die ihm womöglich die Freude an seiner Verrücktheit verderben, Wasser in den

Wein seiner Lust schütten könnte. Hatte er moralische Zweifel gekriegt nach dem Abendgebet mit seinen Glaubensbrüdern?

Ich konnte es nicht ändern, er ging wieder und ich sank zurück auf das Pfarrersbett mit der gruseligen Bibel und dem Kreuz an der Wand. Die Zeit dehnte sich qualvoll und kam dann zum völligen Stillstand, während es draußen anfing zu dämmern.

Es schien, als ob die hellen Gespinste, Engel oder weißliche Flecken, die Gelegenheit nützten, um abermals brachial zu mir durchzudringen, durch diese Wand, die uns von der jenseitigen Welt trennte. Als ich einsam und verdammt auf dem schmalen Pfarrersbett lag, da stiegen sie zu mir herunter. Glaube ich. Ich habe keine Engel gesehen. Ich habe niemanden erkannt. Ich spürte nur etwas wie belebte, helle, absichtsvolle Wolken, die mir telepathisch einen drübergaben: Du musst hier weg.

Es war mir, als würde mir ein Besenstil in die Rippen gedrückt, die unsichtbaren Wolken-Engel wurden aufdringlich, und ich wusste immer noch nicht, ob es Engel waren, sie waren viel zu rabiat! Und ich dachte, ich bilde mir alles nur ein und hätte sie nicht mehr alle.

Ich hielt mich für klüger als diese Geister und erklärte ihnen, dass ich unmöglich sämtliche Pfarrer über den Haufen rennen und in Ballerinas durch den Wald stolpern konnte, um mein Auto zu suchen, Geister oder Engel konnten mir keine Straßenkarte materialisieren und keinen praktischen Ausweg aufzeichnen, ich konnte sie nicht einmal genau verstehen. Und so kam es, wie es kommen musste:

Ulli-Dieter kehrte endlich zurück aus dem Seminar,

und ich war schon ganz lethargisch und ausgeleiert von der Wartetortur, auch die Gewürzgurken hatten mich keineswegs kräftigen können. Matthias hatte eine Flasche Wein mitgebracht, die ich an mich riss und sofort austrank. Wir waren beide geschafft.

Eine Weile saß er mir gegenüber auf dem einzigen Stuhl, den es gab, und er schien Schwierigkeiten zu haben, von dem abendlichen Seminar in die Rolle des abenteuerlichen Liebhabers zu wechseln, oder sagen wir mal so: Die Pfarrerkemenate war einfach kein Erotikschuppen. Vielleicht aus Hilflosigkeit und weil uns nichts anderes einfiel und weil er nun mal da war und ich nun mal da war und es noch galt, die Nacht einzulösen, weil das versprochene Abenteuer doch stattfinden musste, sanken wir zusammen in dieses schmalste aller Betten, um uns zu lieben, und warum auch nicht, nun kam es auch nicht mehr darauf an, liebten wir uns also noch mal, ratlos und verwirrt in der Dunkelheit.

Es war auch schön, oder nicht? Mein schöner Pfarrer, mein prächtiger König Salomon, ein verbotener Ort reizt die Liebe, oder nicht? Ach, ich glaubte aber, nebenan die Pfarrer beten zu hören oder schnarchen, ich fürchtete um jeden Seufzer, der sich uns entrang und uns verraten könnte; ich roch den Weihrauch durch das Schlüsselloch und sah Weihwasser unter der Tür durchsickern.

Es war ein mittelmäßig gelungener Liebesakt, mehr so: ach Gott, na ja. Ich glaube, Ulli-Dieter fühlte sich als großartiger Liebhaber und dachte, dass dies auf mich abfärbte. Es war dann auch gut, als es vorbei war. Wir waren beieinander, wenn auch nicht recht beieinander, und so war es gut genug für diese Nacht.

Am nächsten Morgen schien die Sonne auf das Bett und alles wirkte friedlich und vollkommen unschuldig. Matthias hatte Kaffee heraufgeschmuggelt und frische Brötchen. Es war eine schöne, stille Stunde. Ich sah die schwarzen Härchen auf seinen Armen, die kräftigen Hände, die mir ein Brötchen schmierten, als sei ich ein Kind. Er war nun in sich gekehrt, und wir sprachen nicht viel. Er war ein Mann, um den man eine Frau beneiden konnte. Ich mochte ihn sehr. So still und besonnen, wie er da saß.

Es war der perfekte Moment, um ihn für immer in Erinnerung zu behalten.

Er küsste mich noch einmal und ging, noch immer in sich gekehrt, in das Seminar.

Kein unsanfter Engel brauchte mich mehr in die Rippen zu hauen.

Es war nun ganz einfach, so offensichtlich in diesem hellen Sonnenlicht. So wie ich gestern hereinspaziert war, so würde ich heute wieder herausspazieren. Ich würde einfach gehen. Er würde es merken, wenn ich fort war. Ich hatte meinen Autoschlüssel. Irgendwo die Straße herunter würde ein Parkplatz kommen, irgendwo am Ende des langen, gewundenen Waldweges, vielleicht war ich so dreist und ließ mir an der Pforte eine Wegbeschreibung geben.

Ganz leicht war mir und ich fühlte mich nicht mehr schuldig; ich wusste, dass ich auf dem rechten Weg war, die Engel um mich herum versetzten mich in gute Laune, sie ermutigten mich, sie sangen. Das war tatsächlich der Moment, als ich lernte, die Engel zu hören. Niemand muss mir das glauben, niemand. Ich aber war so fröhlich.

Es war unendlich leicht, die Tür der Pfarrersbude hinter mir zuzuschlagen. Ich ging leichten Herzens und erhobenen Hauptes mit meiner ordentlich heruntergekämmten Locken-Frisur durch die langen Flure und die Treppen herunter, vorbei an den bepflanzten Rondells und über den Hof, ich flog, ich schwebte mit schlafwandlerischer Sicherheit meinem Auto entgegen, und da war schon der Parkplatz und mein oranger Renault 4 leuchtete durch die Tannen. Es roch unbeschreiblich gut nach Harz und Erde.

Als ich einstieg und den Wagen starten wollte mit seiner hakeligen Revolverschaltung, da sah ich auf einmal im Rückspiegel eine völlig aufgelöste Gestalt in schwarzem Hemd und mit schwarzem Vollbart und wildem Gefuchtel den Weg herunterrasen. Es war Ulli-Dieter Aschbrenner, der mich durch das Fenster seines Lehrsaals hatte abhauen sehen. Oh Mann! Verdammt! Den konnte ich jetzt nicht brauchen!

Er riss die Tür auf und warf sich schweißgebadet und außer Atem auf den Beifahrersitz.

»Was machst du? Warum gehst du so einfach? Warum tust du das?«

Eine Art Panik in den Augen oder eine Verwirrung oder Entsetzen, sein Grinsen war verschwunden.

»Ulli-Dieter, ich … eh …«

Er hing vor mir wie eine schwarze Wolke aus Bart und Hemd; die Augen aufgerissen, fuhr er sich immer wieder über die Stirn, geschockt, ängstlich, er wollte mich nicht gehen lassen, so hatte ich ihn noch nie gesehen, so erschüttert oder betrogen oder fassungslos. Damit hatte ich nicht gerechnet.

»Du kannst nicht einfach abhauen, wir können über alles reden, es war doch eine wunderbare Nacht, wir haben … wir können … noch drei Tage! Hatten uns doch alles so schön vorgestellt … kostbare Zeit.«

Er stammelte. Ich sagte irgendwas. Schon hörte ich die Engel wieder drängen, so unangenehm wie am gestrigen Nachmittag. Mach. Setz dich durch. Nicht weich werden. Mir fehlten buchstäblich die Worte, ich hatte nicht geübt. Einfach abhauen wäre so schön gewesen. Nun machte er mir eine Szene in einem Auto, das so wackelig war, dass es davon auseinanderfallen würde. Ich war zum Bersten blöd.

»Es ist … wir können doch so nicht weitermachen. Ich kann nicht was kaputt machen, das ist mir zu gefährlich, es geht nicht nur um dich, es fühlt sich einfach nicht richtig an, es hat sich überhaupt noch nicht richtig angefühlt. Da ist die Frau … und die Kleinen … es geht auch um mein Dorf … wir haben genug Scheiß gemacht.«

»Aber ich habe doch Gefühle für dich … ich liebe dich!«

O Gott, es wurde immer schlimmer; er sollte nicht lieben, er sollte das bleiben lassen, er wusste nicht, wovon er sprach! Ich hätte so gerne den Schlüssel umgedreht und die Revolverschaltung angeschmissen. Warum hatte er mich nur gesehen in seinem vermaledeiten Seminar! Sein »Ich liebe dich« klang wie »Bleib gefälligst hier!«. Und einen Augenblick lang dachte ich, wenn er jetzt wird wie Sandokan oder Dschingis-Khan, wenn er wütet und mich besessen an der Gurgel packt!

Aber das tat er nicht, er war ganz sanft und todtraurig, und er argumentierte noch, brockenweise, immer lahmer werdend: »Es gibt keinen Grund. Es war doch so schön – warum denn … diese gesellschaftlichen Strukturen … nicht meine Heimat … – sie … die Liebe folgt diesen Schranken nicht. Liebe kann nicht falsch sein.«

Mir fehlten nun die Worte, ganz und gar, seine Traurigkeit übertrug sich auf mich …

»Ich muss gehen«, sagte ich nur.

»Für immer?«, fragte er. »Willst du für immer gehen? Und das war's?«

Es war, als hätte ich ihm ein Messer in den Leib gestochen. Ich fühlte mich schon wieder miserabel. Sollte er nun vor mir verbluten? Hätte ich mich doch niemals als besoffene goldene Ehrenjungfer an seinen Tisch gesetzt. Ich konnte nicht antworten.

»Du hörst von mir!«, rief er.

»Das … das ist nicht gut. Es … ich kann nicht so weiter …«

Es war nicht elegant. Ich weiß nicht, wie ich davongekommen bin. Mühsam war es, mit sterbenden Sätzen, Wörtern, die kläglich vor dem Mund krepierten, fadenscheinig, mit Rudern und Entschuldigungen an den falschen Stellen und sinnlosen halbherzigen Umarmungen. Schließlich startete ich den Wagen, legte den Gang ein, und ganz langsam musste sich Ulli-Dieter aus dem kleinen R4 herausschrauben, rückwärts, wie ein großer, schwarzer Krebs. Er blieb zurück, bleich und ohnmächtig, mit hängenden Armen.

Noch lange sah ich ihn im Rückspiegel, wie er da stand, auf der Waldlichtung, mein schöner, unheiliger Pfarrer, der traurige König Salomon.

Ich wollte alles anders machen. Alles besser. Büßen und Beten. Wenn andere einen Buß- und Bettag hatten, dann brauchte ich ein Buß- und Betjahr.

Fortan wollte ich nur noch fleißig studieren. Meine Hausarbeiten schreiben über die sororalen Strukturen im alten China. Mein Geld zusammenhalten. Mein Zimmer aufräumen und die Blumen gießen und klaglos Bad und Küche putzen. Alles gut machen. Einfach nur alles gut machen und meinem Gewissen folgen. Lesen und schreiben und in mich gehen.

Denn es war Herbst geworden und die Tage waren kurz und nass und dunkel. In unserer Küche mit der grünen Spüle hatten wir einen Kürbis auf die Fensterbank gestellt, Heidi backte Nusskuchen, und wir saßen nicht mehr auf dem Balkon, sondern in der kleinen Küche zusammen. Ria traf sich mit irgendeinem Rainer, und Heidi hatte den Medizinstudenten Ruprecht, und sie übten Blutabnehmen und Lunge abklopfen und hauten sich gegenseitig auf die Kniescheiben, um die Reflexe zu testen. Ich würde fortan keusch und spartanisch und mit gut aufgeräumter Seele leben. Ich war geläutert. Ria lobte mich. Ich war ein besserer Mensch geworden.

Da kam auf einmal ein Brief von Thea. Thea, die doch sonst ihr Inneres nur in ein Tagebuch schrieb! Es war ein Brief aus recyceltem Altpapier mit einem Regenbogen drauf, ein Regenbogen auf grauem Papier, schöner konnte es gar nicht sein, umweltbewusst und doch hoffnungsfroh und bunt. Ich liebte den Brief, noch bevor ich ihn gelesen hatte. Dafür musste ich in ein Café gehen! Niemand sollte sehen, wie ich dieses wertvolle Schriftstück aufmachte und las und welches Gesicht ich dabei machte! Ich ging um die Ecke in das Alte-Oma-Café im Pfaffengrund mit Bäckerei, in dem ich mir eine Tasse Kaffee bestellte, denn mein schönes Beamtengehalt, mit dem ich mir einen Kuchen mit Kännchen hätte gönnen können, das war ja nun flöten gegangen. Doch wie schmeckte mir dieser Kaffee und wie sehr genoss ich meinen Platz am runden Tisch zwischen einer ältlichen Dame mit weißer Rundstrickmütze als Perückenersatz und einem Zigarre rauchenden Opa, die Hose über dem rundlichen Leib bis unter die Arme hochgezogen und vor sich ein Herrengedeck mit Kaffee, Bier und Schnaps.

Theas Worte, mit Füllfederhalter geschrieben, so wohlgesetzt, so tagebucherfahren und belesen; es war, als hätte Doris Lessing mir einen Brief geschrieben.

»Anna«, schrieb sie mir, »liebe Anna, ich musste Dir schreiben, denn wenn ich schreibe, kann ich meine Gedanken selber lesen, und mein Herz ist übervoll.«

Der Kirchenmusikant. Herr Ringelnatz. Ich hatte es kommen sehen. Kaum hatte ich meinen Pfarrer in den Sand gesetzt, fing sie was an mit seinem Organisten.

Das Knochschiefelwerk hatte keine Ahnung.

Wie vom Donner gerührt las ich Seite um Seite ihrer schönen Worte in ihrer schönen Schrift. Hatte sie bislang nur hier und da mal heimlich in der Sektbar geknutscht, so war es nun ernst. Kein Feuer, keine Kohle kann brennen so heiß als heimliche Liebe, von der niemand nichts weiß.

Ich als Vertraute von Thea. Der Brief brannte in meiner Hand, und ich hatte noch niemals etwas Schöneres gesehen. Mein Leben war auf einmal eine kostbare

Schatulle für ein Geheimnis, das klang wie der Canto Generale, wie ein sündiges Marienlied, von der Empore gespielt.

Ich musste nach Hause. Thea brauchte mich. Was sollte ich mit diesem dusseligen Studium und den langweiligen zu Tode kopierten Schriften aus dem Handapparat … schwesterliche Heiratsstrukturen im alten China, mein Gott, wir lebten doch hier und jetzt! Mein R4 sprang vor Freude, als ich ihn auf dem Parkplatz zwischen Plusmarkt und 63er Bus anließ, und er machte mir keine Vorhaltungen, dass ich noch keine Winterreifen drauf hatte, wo uns doch schon die Novembernebel entgegenwallten. Der R4 war so leicht, wenn ich damit ins Rutschen geriet, dann würde ich in keinem Graben landen, sondern fliegen, irgendwohin.

Theas Fehltritt mit dem begnadeten Herrscher aller Orgeltöne beflügelte mich, zu dumm, dass ich meinen Pfarrer in die Wüste geschickt hatte! Wie hätten wir uns verschwörerisch unsere Lügen berichten können und unsere Trickserelen, mit funkelnden Augen, vor funkelnden Weinflaschen begierig gestehen. Immerhin, ich fuhr nach Hause und staunte wieder mal, wie sich Gebirge von Dunkelheit über dem Glitzerberg erhoben hatten, wie gewaltige Bäume wie wolkige Riesen unser Dorf umhüllten. Ich tauchte ein in mein nasses, kaltes Zuhause, als zöge ich in das schönste Wunderland, und das war es ja auch.

Kaum hatte ich daheim die Wäsche in den Flur geworfen, guten Tag gesagt, Kaffee getrunken und Brot mit Erdbeermarmelade gegessen, lief ich durch das Dorf. Ich hatte es nicht gemerkt.

Morgen war Allerheiligen.

Vor Allerheiligen im schönsten aller Dörfer ging ich durch die Straßen und liebte den Novembernebel, ich liebte die roten Lichtlein an den Gräbern und die ausgehöhlten Runkelrüben in den Fenstern; es gibt nichts, was man in einem Dorf nicht lieben kann, es war der schönste November von allen, der in seinem Nebel die Tore öffnete zu etwas anderem, zu einer geheimen Welt.

Theas Haus stand an der Straße nach Hellersberg, und dort wartete sie schon auf mich, am dunklen Nachmittag, im Hausflur ihres ungeliebten Neubaus, bezahlt mit der Arbeit bei den Knochschiefelwerken; sie wartete in ihrem lila Jogginganzug mit Sternchen drauf, Jogginghosen mit Überlänge für ihre langen Beine. Kaum war ich in der Tür, hechtete sie praktisch nach oben, wo schon Kaffee stand, auf dem runden Tisch mit dem ewigen Filethäkeldeckchen.

»Du bist ihn los, nicht?«, fragte Thea.

»Ja, und es war schwer. Aber ich konnte das einfach nicht mehr machen. Es tut mir leid.« Ich entschuldigte mich, als sei ich Thea die Geschichte mit dem Pfarrer schuldig geblieben, als hätte ich sie um mein Geheimnis betrogen. »Aber du?«

»O Gott.« Thea bog sich wie ein Schulmädchen und presste die Hände vors Gesicht.

»Er hat einfach nach der Chorprobe auf mich gewartet. Und gefragt, ob er mich mal besuchen darf, ja … und ich habe gesagt: aber sicher!«

Thea glühte wie im Fieber.

Ihre Liebe brannte. Kein Zweifel. Sie brannte höher als die verzweifelten Feuerlein, die ich bei Ulli-Dieter

ausgekommen und konnte mich nur noch mal bekreuzigen zum Dank und aus Reue.

Da sagte Thea zwischen den inzwischen besudelten Kaffeetassen und verklebten Weingläsern an diesem durchrauchten und verquasselten Nachmittag, ich sollte doch morgen mit ihr in die Kirche kommen. Allerheiligen! Sie würde orgeln, und es sei etwas ganz Neues, nämlich ein ökumenischer Gottesdienst mit dem katholischen und dem evangelischen Pfarrer. Danach könnte ich ja wieder nach Heidelberg fahren.

»Moment mal, hast du gesagt der katholische UND der evangelische …?«

Also Pfarrer Weide und Aschbrenner?

»Ja, die zwei«, sagte Thea.

»Bist du noch zu retten??«, fragte ich.

Ich hatte sofort ein zukünftiges Déja-vu, ich sah im Geiste den katholischen und den evangelischen Pastor einträchtig Wein trinken und ich hatte ein goldenes Festgewand an und es war mein letztes Abendmahl.

»O Gott«, sagte ich. »Gott, nee!«

»Das wird bestimmt schön!«, rief Thea wie die Sirene des Odysseus. »Ich spiele extra ein neues Lied!«

Sie war wohl nicht recht bei Trost!

»Thea! Nee! Das kann ich nicht bringen! Ich bin froh, dass ich ihn los bin! Das war schwer genug! Wenn ich mitgehen würde! Ich wäre die letzte, verlogene …«

»Er muss dich doch nicht sehen!«, rief Thea. »Du setzt dich einfach zu mir an die Orgel, oben auf der Empore sieht der dich nicht! Ist doch egaaal!«

Egaaal. Als ob es egal sein könnte, wenn man jemanden wiedersieht, den man gerade erst auf einem Waldparkplatz hat stehenlassen für die Ewigkeit.

»Ich kann nicht«, sagte ich.

Thea und ich waren verschworen und verschwistert und durch die Worte und Geheimnisse und Alkohol aneinander gebunden, und nur weil ich sie so bewunderte und auch mal auf ihrem Himmelsthron sitzen wollte, könnte ich höchstens … aber wirklich nur alleraller-höchstens … neben ihr, praktisch auf dem Fußschemel, im Schutz der Orgelpfeifen … hätten wir bloß nicht diesen billigen süßen Mainzer Domherr getrunken. Der Mainzer Domherr war an allem schuld. Ach, ich wollte nicht hingehen. Oder? Ach was, nur eine Verrückte würde da hingehen. Und bis morgen Abend war ja noch lang, da konnte ich daheim noch stundenlang bei meinen Eltern und Geschwistern sitzen und viele Brote mit Erdbeermarmelade essen. Bis zum Gottesdienst konnte ich es mir wirklich noch mal überlegen.

Sonntagabend um sieben Uhr saß ich mit der Dorfgöttin Thea unter den prächtigen, silberglänzenden Pfeifen der für unser Dorf so unbeschreiblich großmächtigen Orgel, die eine Musik entfaltete, dass es womöglich den Balkon abbrach und wir in die Tiefe stürzten. Thea, wie die Zauberin von Oz, orgelte ein weiteres Schauspiel in mein Leben hinein.

Auf der Empore war nur der alte Pittsches Bauer, und unten im Kirchenschiff sah man wenige Leute, denn ökumenisch war für die Leute irgendwas Komisches, das waren sie nicht gewöhnt. Vielleicht kamen sie auch daheim nicht vom Sofa hoch bei diesem Wetter. So blieben viele Bänke unbesetzt, und die anderen hatten Lücken. Thea hatte das Lämpchen über den Noten angeknipst. Sie senkte den Kopf. Und dann orgelte sie »Ihr Freunde Gottes allzugleich«.

Die Leute sangen kläglich mit.

Ich blinzelte Thea an und duckte mich hinter der Mauer der Empore, damit mich niemand sah als nur der Pietsches Bauer. Mein Herz klopfte. Da geschah es: Die Tür zur Sakristei öffnete sich.

Zwei müde Messdiener von pubertärer Schmächtigkeit und mit ungleichem Schritt betraten den Altarraum, und dann kamen SIE: der katholische Pfarrer und der evangelische Pfarrer, die Gesandten des Herrn und Vertreter Gottes auf Erden, gemessenen Schrittes, gesenkten Hauptes. War ja auch Allerheiligen.

Das pechschwarze Haar von Ulli-Dieter, in einem vor Schwärze glänzenden Gewand, mit einem weißen, krausen Kragen wie auf alten Gemälden oder bei einem Harlekin oder Pierrot, ein Evangelischer, der sich hierher verirrt hatte.

Mit aufrechtem Gang hielt er den Blick gesenkt, und der alttestamentarische Bart lag auf dem Kragen, seine Haltung war vollkommen. Der katholische Pfarrer hingegen schlurfte. Er ging immer, als müsste er ein wenig seufzen und stöhnen dabei oder etwas mit sich ausmachen, und sein lila Totengedenk-Gewand mit blässlichem Goldornament war ein wenig verrutscht und buckelig auf dem Rücken; sein Gesicht war blass, und die Augen drehten sich immer mal zum Himmel, als bräuchte er dringend eine fragwürdige, aber schnelle Hilfe ... und gab dann wieder auf. So schlurften und glitten und schwebten sie zum Altar. Kein Blick in die Gemeinde. Nur Buße und Beten. Nur andächtiges Schweigen. Alles war Kyrie eleison.

Alles war Herr erbarme dich.

Es war gut, dass die Pfarrer nicht in die Gemeinde sahen, denn so sahen sie mich nicht hier oben, und unten im Kirchenschiff waren sowieso nur wenige Leute, hauptsächlich die aufgeschlossenen, gebildeten Vertreter unseres Dorfes, die Ferdinands, die in ihrer Familie schon einen Arzt und einen Professor hervorgebracht hatten, oder Judith, die Kindergartenleiterin, und der Makler und die Medizinreferentin und dann natürlich die frommen Leute, die immer dem Pfarrer zur Hand gingen, Hiltrud Pälzer oder die Frau vom alten Pittches Bauern.

Der mir bestens bekannte Pfarrer Ulli-Dieter Aschbrenner sah so büßerisch aus, als befände er sich in der finstersten Hölle und müsste jede Krankenkommunion nun bei Gott, seinem Herrn abarbeiten, und das schwarze Gewand stand ihm prächtig. Ulli-Dieter Aschbrenner wusste immer, wie prächtig er aussah, und man hätte ihn malen können; man brauchte nur eine Farbe, schwarz für das Haar, die Augen, den Bart. Aschbrenner hatte Klasse, er brachte stumm und beinahe finster einen gewissen Glamour zum Altar, der katholische Pfarrer konnte vorne und hinten nicht mithalten, schnaufte und schniefte und bekreuzigte sich. Hob die Arme und ließ sie kraftlos wieder fallen:

»Gelobseijesukrissus.«

»In Ewigkeit, Amen«, leierte die Gemeinde. Aschbrenner schien unruhig zu werden unter seinem Talar, lange genug hatte er steif ausgehalten wie ein Russisch-Orthodoxer in St. Petersburg, vielleicht machte unser armer Pfarrer ihn nervös. Es war, als braute sich etwas zusammen unter seinen Stoffgeschwadern, ein Grollen, ein Rumpeln, und endlich hob er den Blick, sah drohend in die Runde und sagte:

»Von guten Mächten wunderbar geborgen, erwarten wir getrost, was kommen mag – Gott ist mit uns, am Abend und am Morgen und ganz gewiss an jedem neuen Tag!«

Ich war wie vom Donner gerührt. Spruch meiner Schülerinnentage, Schmuck meiner Mädchenzimmerwand, ewiger Trost durch meine Pubertät. So wie Aschbrenner es durch das Kirchenschiff dröhnte, war es eine evangelische Kampfansage, der Löwe in der Manege des Feindes, oder wollte er uns alle unterwerfen, nach Lemberg schleifen und reformieren? Es hieß, seit er predigte, sei die Kirche wieder voll, es gab neue Kircheneintritte und an Weihnachten wollten sich drei Atheisten bei ihm taufen lassen.

»Siehst du, was er für ein glühender Feuerteufel ist!«, flüsterte Thea vergnügt und stieß mich an.

»Er hat doch überhaupt keine Demut!«, flüsterte ich zurück.

»Doch, eben gerade! Wie die einmarschiert sind! Das war doch tiefe Demut!«

Ich zuckte die Schultern, da leuchtete die Liedanzeige, Thea hätte beinah ihren Einsatz verpasst und spielte nun »Alles meinem Gott zu Ehren«.

Danach war Aschbrenner nicht mehr zu halten. Kaum waren die dünnen und kläglichen Stimmen der Gemeindemitglieder verstummt, schon begann er vorne auf und ab zu tigern, und das Gewand umwehte ihn, und er nahm das Mikrofon, als wollte er ein Lied singen von Black Sabbath. Aber er hielt eine Predigt, dass es nur so krachte. Man hätte meinen können, die trägen, hoch entrückten Kirchenfenster würden bersten, und der Tabernakel wackelte, und Pfarrer Weide ließ sich erst mal auf seinen sakralen, altarweißen Hocker plumpsen. Aschbrenner tobte vor dem Altar.

Irgendwas von Tod und Verderben. Von Grüften. Viel von Grüften und mitten im Leben sind wir vom Tod umgeben. Es war schön anzusehen. Jetzt, wo er so mit sich beschäftigt war und vor lauter aufgefahrenen Toten in Ekstase geriet, überinspiriert und dramatisch, da gefiel er mir auf einmal so sehr … so sehr!

Thea flüsterte vergnügt: »Sieh mal, ist gar nicht so schlimm!«

Gelobt sei der Schatten, der mich verbarg, gepriesen die Schläfrigkeit der Gemeinde und das irrlichternde Funkeln des ewigen Lichtes und das Widerspiel in der Krone der Muttergottes über den brennenden Kerzen, alles lenkte ab von mir und meinem Versteck. Ja, Pfarrer Aschbrenner war wunderbar, und ich blickte auf ihn mit andächtiger Zärtlichkeit.

Gerade als er loslegte: »In Dumpfheit, Irrtum, Sünde immer tiefer versinken wir mit Seele und mit Leib, und Reue, diesen lieben Zeitvertreib, ernähren wir wie Bettler ihr Geziefer!«, da wurde ich so vergnügt und fühlte mich so aufgerufen, dass ich vergaß, mich zu ducken, und leichtsinnig aus meinem Versteck herausrutschte. Bequem lungerte ich auf der Brüstung herum, stützte das Gesicht auf und genoss das Schauspiel.

Da geschah es. Ich Esel. Ich war selber schuld. Mitten in seiner rasputingleichen Höllenpredigt sah Aschbrenner glühend in die Runde, und sein Blick wanderte durch das Kirchenschiff und in den Himmel hinauf, und da – schockschwere Not – erblickte er mich, wie ich über der Balustrade hing. Auf der Stelle vergaß er seine Predigt. Er starrte hinauf, und sein Mund stand offen, und seine Hände in den dramatischen Ärmeln blieben in der Luft hängen. Ich dachte, in diesem einen Augenblick erfährt die ganze Welt, was wir getan haben, in diesem Blick offenbarte sich alles, unser verbrecherisches Tun. Der Blick verriet es, er posaunte es in die ganze Kirche. Ich war wie gelähmt und an die Brüstung gefesselt wie an einen Pranger.

Nach einer Ewigkeit fand er seine Worte wieder und tuckerte weiter in einer unordentlichen Predigt, die irgendwie endete wie ein sterbender Dieselmotor, mit den Worten, dass die Ökumene die Zukunft für uns sei und die Kirche wieder zusammenwachsen müsse. Sein schweres Gewand mit dem monströsen lutherischen Halskragen bewegte sich nicht mehr. In dieser Kirche wussten nur Gott und ich, was unter diesem schwarzen Tuch verborgen war, ich erinnerte mich an jeden Muskel, den Brustkorb, seine Haut, ich hatte seinen Geruch noch in der Nase.

Der katholische Pfarrer sah den Moment gekommen, auch mal was zu sagen, und nuschelte ins Mikrofon:

»Erhebet die Herzen!«

»Wir haben sie beim Herrn!«, sang die Gemeinde.

Ich aber sank leichenblass neben den Bauer Pittchen, der mit seiner Joppe und seiner Pittcheskappe krumm und unbeweglich dasaß, als sei ihm egal, ob die Welt sich weiter drehte oder nicht. Für mich war sie eben stillgestanden. Thea hatte schon wieder die Hände auf den Tasten.

Wäre ich an dieser Stelle doch nur abgehauen, die Wendeltreppe hinunter und hinaus in den nachtschwarzen Novembernebel, der mich gnädig verschluckt hätte. Aber wie gelähmt blieb ich in der Kirchenbank sitzen und ließ die himmlischen Klänge um mich tönen, tapfer versuchte ich, den Gottesdienst durchzustehen. Angesichts meiner lieben und rechtschaffenen Dorfleute und des gekreuzigten Christus, der blutend an der Wand hing, war mein Gewissen rabenschwarz, und ich wollte nur Buße tun und wie meine selige Großmutter Apollonia auf Knien nach Trier rutschen zum Heiligen Rock.

Niemand war glücklicher als ich, als alle Heiligen von Allerheiligen in den Himmel zurückgebetet waren, Thea zum Schlussakkord ansetzte und »Mein Herr ist mein getreuer Hirt« leise verklang.

Ich bekreuzigte mich, sah die Priester sich zum Altar hin verneigen, und dann sollten sie endlich mitsamt ihren Messdienern in der Sakristei verschwinden, damit ich die Kurve kratzen konnte. Doch da fuhr dieser unmögliche Aschbrenner wütend herum wie ein Musketier vor dem entscheidenden Stich, und er starrte abermals zur Empore hoch. Die Gemeinde wiederum starrte ihn an und wagte nicht, die Bänke zu verlassen. Ich kriegte meinen zweiten Herzstillstand. Aschbrenner war alles zuzutrauen. Und tatsächlich dachte er überhaupt nicht daran zu verschwinden.

Er ließ die Messdiener samt Pfarrer Weide alleine in die Sakristei stolpern und sah noch kurz zu uns herauf. Dann setzte er sich in Bewegung und marschierte im Sturmschritt mit wehendem Talar durch den Mittelgang; die Ferdinands vergaßen, die Kniebänke hochzuklappen, und die Medizinreferentin Ursel und Pälzersch Hiltrud fuhren zusammen, als er da an ihnen vorbeirauschte. Alle starrten hinauf auf die Empore und wollten wissen, was der Herr Pfarrer da oben vorhatte – und ich stand oben und starb.

»Der kommt!«, kreischte ich und krallte mich in Theas orgelnden Arm. »Der kommt! Hier hoch!«

Thea versuchte flüsternd zu beschwichtigen, was nicht zu beschwichtigen war, und Gott sei gepriesen, dass wenigstens dem alten Pittchen alles wurschtegal war, aber nach Aschbrenners Marsch würde mir bei allen anderen alles für immer auf der Stirn geschrieben stehen. Wieso konnte ihn keiner aufhalten? Wieso warf sich niemand vor ihn? Ich war verloren!

Schon polterten seine Schritte die Wendeltreppe hinauf, und ich schickte ein Stoßgebet nach oben, dass Aschbrenner auf sein Betbruder-Gewand treten und die Treppe wieder hinunterfallen möge; ja, der Herrgott sollte die ganze Treppe von der Empore herunterreißen, aber der Herrgott war machtlos gegen seinen Diener Aschbrenner, der wie ein Heerführer heraufgedonnert kam, schnurstracks auf mich zukam und mich schmerzhaft am Handgelenk packte mit dem Kreuzfesselgriff meiner vergangenen Beamtentage.

»Ich will dich jetzt sehen!!«

»Wo denn?«, stammelte ich.

»Am alten Wasserbasseng«, zischte Thea. »Am alten Wasserbasseng!«

»Am alten Wasserbasseng!«, flüsterte ich willenlos.

»Okay!«, nickte er und ließ meinen Arm los. »Ich brauche sieben Minuten!«

Dann verschwand er wieder wie der Fürst der Finsternis im Loch der Wendeltreppe. Heilige Maria Mutter Anna. Heiliger Joseph und all seine Brüder. Heiliger Barnabas. Heiliger Stephanus, heiliger Bartholomäus, heilige Veronika, alle Engel und Heiligen. Die Heiligen im Himmel. Ich hörte sie nicht. Kein Engel und kein Heiliger ließen sich blicken. Ich war wie hypnotisiert, willenlos und so töricht wie eine Gans. Nur am Rande kam mir Gedanke: Warum altes Wasserbasseng, wie kam Thea darauf? Es war unausweichlich, es gab auf der Welt nur einen einzigen Ort, der hieß altes Wasserbasseng, und das alte Wasserbasseng wartete auf mich und meine Schlechtigkeit irgendwo in der Schwärze unter uralten Kastanienbäumen.

Ich schüttelte mich. Aber es nützte nichts. Die Leute da unten machten weiter, als wäre nichts gewesen, oder vielleicht dachten sie, na ja, der ist evangelisch, die machen vielleicht seltsame Dinge, oder sie meinten, die Liedanzeige sei kaputt und müsse nachgeguckt werden.

Ich ging hinaus und Thea winkte und zeigte mir, dass sie mir die Daumen drückte, und ich ging zu meinem alten R4, der orange wie ein Halloween-Kürbis durch die Novembernacht schien. Er sprang an, ich legte den Gang ein. Dann fuhr ich am Sägemehlsplatz und am

Tröpfelborn und an der Tankstelle vorbei aus dem Dorf hinaus, bog verräterisch und schuldbeladen rechts ab und stand eine Weile hinter den mächtigen Kastanien, die jedes Jahr ihre stacheligen Früchte auf das allmählich einsinkende, schwarz gemauerte Bassin warfen, das seit hundert Jahren über uns allen trutzte.

Beinahe im gleichen Moment war Aschbrenner da, und sein Auto hielt hinter mir. Da war er, der Unhold, der unselige Mensch, der zu viel Altes Testament gelesen hatte mit all seinen Davids und Urijas und Salomons und deren vielen Ehefrauen. Er war eine Mischung von zu viel Testament und Testosteron. Schon riss er die Wagentür auf, kam durch die Dunkelheit und sprang in mein Auto.

Kramte in seiner Jacke und zündete sich eine Zigarette an. Ich rauchte auch. Wir sprachen nicht. Oder doch. Wenn ja, habe ich es vergessen. Ich sehe noch seinen Glimmstängel im Auto und die Glut, die beim Ziehen größer wurde, er trug auch jetzt einen schwarzen Pullover, stand ihm gut, alles stand ihm verdammt gut. Er kurbelte die Scheibe runter, damit wir nicht im Qualm erstickten, er blies den Rauch aus, männlich, so männlich, und der Rauch wanderte hinaus in die schwärzesten aller Wälder in der Nacht der Toten.

Schließlich hustete er ein wenig, und dann nahm er wieder mein Handgelenk, das ohne Zigarette, und er drehte sich zu mir und ich wusste nicht, ob er traurig war oder wütend, er packte mich fest, so fest, und sah mich an mit diesen funkelnden Augen, ich schwöre es, sie funkelten im Dunkeln; er brannte von innen, und er sagte diesen einzigen Satz, der heute noch in mir glüht:

»Ich will nur eines wissen, nur das eine: Wenn ich kein Pfarrer wäre und keine Frau hätte und keine Kinder, würdest du mich wollen? Ja oder nein?«

Ich konnte nicht antworten. In diesem Augenblick fand ich ihn so aufregend, so verdammt schön, so begehrenswert, dass ich mich vergaß, dass ich alles vergaß, und ich musste ihm diese Zigarette aus dem Mund nehmen und aus dem Fenster werfen und ich musste ihn küssen. Ich musste ihn küssen, sonst wäre ich gestorben, und ich küsste, damit er nicht mehr fragte und weil ich nicht antworten konnte, aber küssen, das konnte ich … und ich konnte ihn umschlingen und er umschlang mich und wieder rutschte ich mit ihm in ein Nirwana, dahin, wo alles egal ist. Die Nacht hat uns geholfen, die Kastanien haben geholfen, meine Freundin Thea hat geholfen, damit das geschah. Es hätte nicht geschehen müssen. Es musste aber doch. Wir liebten uns und wir stießen uns die Ellenbogen und zerbeulten unsere Köpfe und rissen an der Handbremse, und doch hörte und hörte der Rausch nicht auf. Immer tat irgendwo etwas weh, als prügelten wir uns gleichzeitig für das, was wir taten, und doch bereue ich diese Nacht nicht, diese eine bereue ich nicht. Wir ergossen uns ineinander vor den Steinen, Kastanien und Buchenwäldern, so geschah es, so war das. Eine große, hungrige und leidenschaftliche Nacht, in der uns die Toten und alle Heiligen umtanzten.

Dann plötzlich verging der Rausch, so schlagartig wie mit einer Ohrfeige ging er davon, der Leibeshunger war gestillt, jäh kamen wir zur Vernunft. Im gleichen Augenblick mussten wir fliehen aus unserer Blechhütte, dem Liebespalast, der so ramponiert und wackelig auf seinen Reifchen stand wie wir jetzt. Wir flohen vor der Schwüle und dem Dunst, den wir geschaffen hatten.

Es war vorbei. Wir wussten es beide. Standen nun angezogen voreinander und dampften noch, aber die kalte Nässe der Nacht ließ uns zu uns kommen. Wir sprachen nicht viel und schauten verlegen auf den Boden. Dann trat Ulli-Dieter noch einmal auf mich zu, nahm mich in den Arm und schob mir die Fransen aus der Stirn. Mir schwante, dass in diesem Augenblick nach einer Reihe von abstrusen Momenten noch etwas Seltsames kommen konnte, aber ich wäre nicht draufgekommen: Mitten im einsetzenden Regen hob er die Hand, legte sie auf meine Stirn, flüsterte etwas Unverständliches, und dann geschah es.

Er malte mir mit dem Daumen ein Kreuz auf die Stirn. Er segnete mich. Verdammt. Ich konnte es nicht wegwischen. Es war da und ich spürte es noch stundenlang, tagelang wie eine Schmach. Ich war zu erschöpft, um wütend zu werden, um ihn vors Knie zu treten. Hatte er sie denn noch alle?

Wie benommen stand ich im Regen. War es denn möglich, dass Ulli-Dieter Aschbrenner, Herrscher der Bibel und der Testamente, mal eben die gesamten Theologiebücher zu seinen Gunsten ausgeschüttelt und mir großzügig einen Segen für Sünde und Ehebruch daraus gebastelt hatte?

Das sah ihm ähnlich. Was auch immer er gesehen

hat in diesem Augenblick, was und wem auch immer dieser Segen galt, der ihm, so unbeschreiblich unpassend, in den Sinn gekommen war … Da stand ich mit einem Wahnwitz auf der Stirn, so war und blieb es mein schrecklichstes und mein herrlichstes Allerheiligen.

Niemand, niemand außer mir, hatte jemals so ein Allerheiligen.

Heidelberg war wie ein einziges Schloss, das besichtigt werden wollte, eine Hochburg der Gelehrigkeit, und alle, die sich in diesem November 1987 in den Straßen drängten, waren vermummt und hatten nasse Mützen. Alles war selbstgestrickt und dampfte und nässte und quoll noch mehr, all die roten Schals und Strümpfe und Norwegerjacken, wir walkten uns sozusagen durch die Gassen, ich fühlte mich schuldig, weil ich auch noch ein Fahrrad durch das Gedränge schob. Ich konnte mich überhaupt gut schuldig fühlen, ich alter Katholik mit Beichtstuhlvergangenheit. In meiner Hand trug ich das Rezept für die »Pille danach«, das mir der Frauenarzt einigermaßen widerwillig aufgeschrieben hatte. Die Pille schmeckte nach nichts, und doch hatte ich das Gefühl von Erlösung, als sie mir den Schlund herunterrutschte. Unverdient, dachte ich. Unverdiente Erlösung.

Statt nun das Fakultätsgebäude aufzusuchen, betrachtete ich mit japanischen Touristen die Schaufenster voller Käthe-Kruse-Puppen, ich betrachtete sündhaft teure handbemalte Tassen für englischen Tee. Jedes Lädchen strahlte eine Traulichkeit aus mit so vielen schönen Dingen, dass ich alles ewig ansah und nicht glaubte, dass ich irgendwas davon haben dürfte. Meine Freunde schimpften mich für mein ewiges Schuldbewusstsein.

»Nicht schämen!«, zischte Walli im Kino, wenn ich auf dem Weg zur Toilette eine Sitzreihe aufscheuchen musste.

»Nicht fünf Mark in den Klingelbeutel stecken!«, rief Ria und nahm vier Mark fünfzig wieder heraus. »Du musst sparen!«

»Du hast doch keinen umgebracht«, sagte Heidi, wenn wir eine Dokumentation über Naziverbrechen schauten und ich mich schuldig fühlte, als sei ich Joseph Goebbels persönlich.

Nur für die letzte Nacht mit Pfarrer Aschbrenner fühlte ich mich seltsamerweise nicht schuldig, sie war irgendwie außen vor. Als hätte ich mich einfach nochmal mit schwärzlicher Allerheiligensoße besudelt, war dann aber davongefahren durch den nieseligen Regen wie durch eine nachtblaue Waschmaschine und hatte sie hinter mir gelassen. War schon in einem anderen Leben. Nur die kleine orange Pille danach war ein letzter Gruß an sie.

Meine Ökonomie der Schuldgefühle hatte keinerlei Logik. Ich fühlte mich schuldig für Dinge, für die ich nichts konnte, und nicht schuldig, wo ich doch allen Grund dazu hatte; meine Schuldgefühle hatten keinen Sinn und keinen Plan. Ich fühlte mich besser, wenn ich am Lichtblick hielt. Da wartete jede Menge himmlischer Trost im Schaufenster für all meine seelischen Wunden. Ich mochte das Wort Schutzengel und ich mochte das Wort Heilkristalle und ich tappte als eine aufgequollene

Wollmumie in den Laden hinein, um die feinen Glaspyramiden und Rosenquarze umzuwerfen und die Messingpendel von der Stange zu reißen. Ich erzählte keinem Menschen, dass ich bis vor kurzem noch eine Schusswaffe an der Seite getragen und Säufer verkloppt hatte, sondern ließ mich, von Räucherstäbchen benommen, auf ein violettes Kissen nieder und blätterte in einem neuen Tarot-Set von Alistair Crowley. Ich legte mir die Kaiserin und wusste nicht genau, was das bedeutete. Es war aber eine sehr schöne Karte und die grünlich schimmernd gekleidete Dame trug einen Helm mit zwei Hörnern. Als Polizeibeamtin hatte ich auch einen Helm für die zahllosen Demonstrationen gehabt, aber ohne Hörner.

»Was bedeutet denn die ›Kaiserin‹?«, fragte ich die esoterische Buchhändlerin, die ihre Talismane um den Hals trug wie ein Verkaufsständer.

»Mutterschaft«, sagte sie, wie aus der Pistole geschossen.

»Hörnse bloß auf!«, entgegnete ich erschrocken.

Das konnte ja wohl nicht sein. Ich überlegte fieberhaft. Natürlich. Wir waren nicht … ähm … übervorsichtig gewesen … aber ich hatte doch das Pillchen genommen, und weitere Pillen brauchte ich nicht, ich wollte ja fortan keusch bleiben. Es konnte überhaupt nichts passiert sein. Wie hätte denn bei den drei Mal mit Ulli-Dieter groß was sein können? Das konnte nicht sein. Dieser Humbug von Tarot, ich fiel aber auch auf alles rein. Reiß dich zusammen, sagte ich mir. Draußen wartet die Universität! Dein Studium! Versiebe es nicht!

Zur Sicherheit kaufte ich mir noch eine Kerze von Erzengel Michael, die musste helfen!

Und so fuhr ich wieder zur alten, ehrwürdigen Unibibliothek mit ihren großen geschnitzten und vergoldeten Türen und konnte mein Glück kaum fassen, dass sie mich hineinließen. Wie wunderbar, dass ich der Polizei entkommen war und mein Leben sich weiterentwickeln durfte! Wie wunderbar, dass ich allen unglückseligen Verhältnissen entkommen war!

Immer und immer wieder war ich davongekommen. Ich pries mich glücklich und dankbar und war heiter, packte zerschlissene Völkerkundebücher aus der DDR aus, die der Referent zur Verfügung gestellt hatte. Ich arbeitete an einem Referat über die »Traurigen Tropen« von Lévi-Strauss. Dafür kriegte ich eine Drei minus. Auch die Inzucht dieser Welt blieb mir eine Weile treu mit Inzuchttheorien und Inzuchttabus, mit der Vettern- und Geschwisterheirat bei den Völkern oder Königshäusern der Antike und in Dynastien und in Volksstämmen. Ich erfuhr, dass wahrscheinlich die Inzucht zum Untergang des Römischen Reiches geführt hatte! Auch lernte ich fleißig Latein.

Ich notierte mir lateinische Verben in einen grauen Collegeblock aus wiederverwertetem Papier. Cäsar! Männer, die Kriege führten, gähn. Jahrtausend über Jahrtausend. Ich weiß aber, dass wenigstens eine Frau darin vorkam mit dem Satz: Tullia ruft die Dienerin und schmückt Minerva mit einem Kranz. Warum kam ich mir in letzter Zeit bloß so aufgequollen vor? Ich aß zu viel von Heidis selbstgebackenem Sandkuchen, das Mensaessen war auch nicht besser als die Kantine von der

Polizeischule, zu viele Nudeln mit Tomatensoße. Vielleicht aß ich zu viel Brot, denn Brot machte Blähungen, und ich hatte vielleicht einen Furz verquer im Bauch …

Na ja. Vielleicht sollte man sicherheitshalber mal bei diesem Frauenarzt am Kornmarkt vorbeigehen, schließlich hing sein Schild an der Wand, Dr. Bammers. Man konnte sich ja mal untersuchen, einen Termin geben lassen.

Es war noch hell, als ich drei Tage später in sein Wartezimmer schlingerte, und es war dunkel, als ich endlich drankam und mich ins Sprechzimmer begab.

»Wann war denn Ihre letzte Periode?«, fragte der Arzt. Und als hätte ich diese Frage noch niemals gehört, begann ich planlos zu rechnen, dachte nach, zählte die Wochenenden, an denen ich meiner Mutter die Wäsche in die Waschküche geworfen hatte. »Äh … das war … also im Oktober, ganz sicher.«

Der Arzt seufzte.

»Dann machen Sie sich mal frei und legen Sie sich hin«, sagte er mit christlich sanfter Stimme, etwas erschöpft, doch seiner Arbeit ergeben. Sein schon recht erloschenes, an blond erinnerndes Haar lockte sich im Nacken. Er beugte sich über mich, ganz anders als sich der letzte Mann über mich gebeugt hatte, den Rücken rund vom vielen Beugen über die innersten Geheimnisse einer Frau.

»Oh, ich sehe, Ihr Muttermund ist ja ziemlich verkugelt!«

Was bitte?!? Hä?

Was sagte er da? Und noch dazu so, als ob ihn das irgendwie in Entzücken versetzte oder Heiterkeit, als sehe er so was zum ersten Mal. Verkugelt, dachte ich verdattert. Was soll denn das heißen. Was ist bitte schön eine Muttermundkugel?

»Wir machen jetzt mal einen Ultraschall!«

Er hatte doch sagen sollen: ›Alles in Ordnung! Ihre Periode ist im Anmarsch und nur etwas verspätet.‹ Von mir aus auch: ›Sie haben Gonokokken‹ oder ›Candida‹! Egal, aber was hatte sich mein Muttermund zu verkugeln?

Stattdessen strich er mir einen durchsichtigen Glutsch auf den Bauch und ein Bildschirm ging an wie früher bei meiner Oma im Ersten Programm vor dem Testbild, es flimmerte, ein weißer Strich setzte sich in Bewegung wie auf einem Radarschirm, und dann sagte der Arzt freudestrahlend:

»Da ist es!«

»Was?«, frage ich hilflos. »Was ist es?«

Und dann sah ich es selbst: eine Fruchtblase, rund wie eine Christbaumkugel und darin ein Pünktchen, so hell wie der hellste Stern am Firmament und tausendmal heller als die Lampe über dem neumodischen Ultraschallgerät.

»Herzlichen Glückwunsch!«, strahlte der Arzt. »Sie sind schwanger!«

»Äpf«, sagte ich oder so was, zu Tode erschrocken, und konnte doch den Blick nicht von dem Lichtpunkt wenden, der mich aus dieser geheimnisvollen Kiste anstrahlte wie ein kleiner Diamant. Es war, als schaute ich in das Universum hinein und die Summe aller Möglichkeiten hatte sich in diesem winzigen weißen Etwas kristallisiert. Es war gewaltig. Es war absolut. Ich trug das Universum in mir, das Weltall. Ich war eine Göttin. Die Kaiserin!

Und gleichzeitig fühlte ich mich, als hätte ich soeben eine Bratpfanne über den Schädel gekriegt. Ich stieg vorsichtig, sehr vorsichtig vom Stuhl herunter. Ich war fasziniert. Ich war verstört. Ich fühlte mich kostbar. Ich schwebte irgendwo jenseits von Raum und Zeit.

»Ich dachte … ich hätte … wegen dem Eisprung und so«, sagte ich, »und ich hatte doch die Pille danach …?«

»Da haben Sie sich womöglich mit der Einnahme vertan«, sagte der Arzt mit seltsamem Stolz, oder war es ein ›Ätsch‹?

»Oder hatten Sie Durchfall?«

Ich höre noch seine Stimme, aber ich sehe seine Augen nicht mehr. Weißer Kittel und eine Mischung aus Menschenliebe und Schadenfreude.

So, da hatte ich die Bescherung.

Ich weiß noch, wie ich benommen mein Fahrrad durch die schmalen Straßen heimwärts schob, das Vorderrad immer ein wenig schief, spüre noch weiche Püffe von Leuten, hielt an irgendeinem Reformhaus und glaubte, mir Tee kaufen zu müssen oder Rotkäppchensaft. Irgendwas.

Ich schob das Rad immer noch, als ich längst wieder hätte fahren können. Es schien mir auf einmal gefährlich zu sein. Die verschwommenen Ampeln, das rutschige Pflaster, die blendenden Scheinwerfer der Autos. In der Tasche auf dem Gepäckträger waren das Buch für das kleine Latinum (Cäsar), eine Broschüre für werdende Mütter, Rotkäppchensaft und immer noch die Kerze vom Erzengel Michael. Die brauchte ich jetzt dringend. Mein Kopf war voller Novembernebel auf dem langen, langen Weg zum Pfaffengrund.

Ich war also bewohnt, bewohnt von einem Fünkchen, und das Fünkchen war aus den funkelnden Lichtern der Nacht aller Heiligen gesprungen, mitten in meinen Bauch hinein. Das Fünkchen warf mein ganzes Leben über den Haufen. Es schien, als könnte ich niemals in Ruhe mein Dasein ausrichten, so wie ich es mir gedacht hatte, so wie es für mich Sinn machte. Nie wurde ich Herrin meines Lebens. Es fühlte sich an, als überschlüge ich mich dauernd.

In meinem Zimmer lagen überall Broschüren und Ratgeber für werdende Mütter, um mein Bett herum, auf den Titelbildern weichgezeichnete junge Frauen mit braunem Haar und Mittelscheitel, die versonnen auf ihren runden Bauch schauten, und Hefte voller Bilder mit rot gefärbten, klumpigen Zellteilungen, nahezu durchsichtigen Embryonen, die aussahen wie ET, dazu Ernährungsratgeber für die ersten Monate nach Ausbleiben der Regel.

Dazwischen lagen die »Brombeerblüte« von Margaret Mead, »Im Herzen der Revolution« von Ernesto Cardenal und »Mit Engeln durch den Alltag« aus dem Lichtblick.

Vor lauter Büchern kam ich nicht mehr aus dem Bett.

Der Suhrkamp Verlag mischte sich mit dem Silberschnur Verlag und Engelsliteratur mit Ungeborenenliteratur und dazwischen ein wenig Eingeborenenliteratur, und alles wollte ich begierig lesen und versank im Bett unter all den Heften und der Reklame, die mir unentwegt von der Decke rutschten und auf die Erde fielen. Auf dieser Paradiesdecke aus lauter klugen oder tröstlichen oder inspirierenden Gedanken hatte ich auch die Flasche Rotkäppchensaft mit einem klebrigen Löffel.

Plötzlich riss Ria mit einem dreimal um den Hals gewurschtelten Schal die Türe auf und rief:

»Hey, jetzt steh doch mal auf, wir wollten doch noch lern…«

Dann geriet sie ins Stocken, denn ihr Blick fiel auf all die Mutterschaftshefte, dicken Bäuche und durchsichtigen Embryonen, und sie rief entgeistert:

»Was ist das?«

Ria in einer altrosa ausgebeulten Jogginghose; sie hatte einen Stufenschnitt ohne Dauerwelle, sie hatte sich gegen Locken gewehrt, ein Leben lang. Schon als wir gemeinsam zur Kommunion gingen, war ich stolz gewesen auf meine wunderbare Lockenpracht nach unbequemen Wicklern über Nacht, aber Ria hatte beim Lockenmachen um sich getreten und vor Wut noch im Kommunionskleid geheult.

Wir waren Freundinnen, ein Leben lang.

»Hä?! Was hast du denn da? Du wirst doch wohl nicht? Allmächtiger, sag, dass das nicht wahr ist!«

Ich druckste betreten herum. Und so war Ria die Erste, die etwas erfuhr von jenem winzigen Wesen, das sich bei mir einquartiert hatte und meinen Leib zum Schwellen und zum Blühen bringen wollte. Ria war hart im Nehmen. Doch während ich ihr stockend von meinem Besuch bei Dr. Bammers erzählte, schlug sie sich immer auf die Stirn und machte ein Gesicht, als suchte sie nach der nächsten Flasche Wein, weil sie mein Geständnis nicht nüchtern ertrug.

»Du machst aber auch Dinger!«

»Na ja …«, sagte ich entschuldigend.

»Ja und?«, fragte sie. »Was soll denn jetzt werden? Willst du … willst du das Kind denn kriegen?«

Ich zuckte die Schultern. Ich wusste es wirklich nicht.

»Du musst zu Pro Familia gehen. Eine Beratung machen.«

Pro Familia, ein neues Wort. Sie hatte recht. Ich musste zu Pro Familia gehen. Eine Beratung machen. Plötzlich spürte ich eine lähmende Angst, und ich sah und hörte alle wie Ria reden:

›Hast du sie nicht mehr alle? Bist du noch ganz dicht? Ein Kind, in deiner Lage? Kein Geld, keine Arbeit mehr und keinen Mann? Und schlimmer noch: ein Kind von einem verheirateten Mann? Und am schlimmsten: von einem Pfarrer?‹

Ich hörte meine Mutter, meinen Vater, meine Brüder, ich hörte Hommels Hildtrud und Honiels Luzy und Bienese Klärchen und Tankstellens Klara und Forste Tilly und den Gesangsverein und die Kohlrabenmühle und Schweins Lisbett, und alle Menschen, die ich kannte, spazierten an mir vorbei und schrien: »Hast du sie nicht mehr alle?«

Ich sah Ulli-Dieters herzbrecherisch schöne Familie mit Rissen, sah einen Waschkorb aus den Händen fallen und Kinder aufhören zu spielen; die Frau erschien plötzlich aus ihrer undurchsichtigen Wolke, sie wurde deutlich. Mit dunklen Haaren und beherzt zugreifend, sie hatte studiert wie er, eine kluge Frau, ich hatte sie beschissen um alles, was sie hatte, ich war ein Miststück.

Alle würden denken, dass ich ein Miststück bin. Niemand würde etwas hören wollen von Anja Meulenbelt und »Die Scham ist vorbei«. Von der Sprengung des Patriarchats und dem Aufbrechen heuchlerischer und verkrusteter Spießermoral. Sie würden sagen: »Was hast du getan? Du hast eine glückliche Familie zerstört!«

Dass er Pfarrer war, spielte keine Rolle. Ich hätte nichts anfangen dürfen, ich hätte, wenn schon, aufpassen müssen. Ich war ein Flittchen, hirn- und verantwortungslos. Ich musste zu Pro Familia. Es ging nicht anders. Ich hatte mich schuldig gemacht, richtig wirklich schuldig, ich saß da und büßte heftig, und ich hatte mich noch immer nicht gerührt aus meinem Kiefernbett vom Möbulum. Die taiwanesische Stabpuppe schien ein wenig den hölzernen Arm zu schwingen, und ihre kajalummalten Augen mit einem langen Schwalbenschwanz über die Schläfen schien mich zu mustern. Vor dem Fenster wehte kein Wind durch die Kastanie. Ich wusste nicht, wie es weitergehen sollte.

»Jetzt komm, und hopp, steh auf, wir lernen für die Klausur, und du brauchst noch einen Schein in dem Ding mit Kambodscha. Jetzt komm, hier ist noch Linsensuppe. Oh Mann, ich fasse es nicht, sie ist schwanger, … manno, wir wollten doch so schön studieren und das Studentenleben genießen!«

Ria schlug sich nochmals an die Stirn und stöhnte und sank mit himmelwärts gedrehten Augen gegen den Türrahmen.

»Es tut mir so leid«, stotterte ich zerknirscht.

»Egal, steh auf, hopp. Der Abend ist noch lang. Du bist in allem zu langsam. Mit dem Lernen, mit den Scheinen. Wegen dir will ich nicht wieder eine Vorlesung vermasseln. Jetzt auf!«

Ich stand auf und zog mir eine Strickjacke über, schwerfällig und genötigt und doch dankbar für Rias ›Auf‹ und ›Hopp‹, denn ich konnte nicht denken. Überhaupt nicht denken. Ich musste mich einstellen auf all die »Ich fasse es nicht«. Alle würden mich herumschubsen und schimpfen und herumkommandieren, wie es sich gehörte für eine unrühmlich ledige schwanger gewordene Frau.

Aber es gab ja noch Auswege; es gab ja Pro Familia, diese Einrichtung für Mädchen in Situationen wie der meinen. Es gab Frauenbuchläden, es gab Doris Lessing, und es gab Thea. Thea würde mich verstehen. Sie würde alles verstehen. Ich musste ihr schreiben.

Kaum hatte ich mit Ria noch ein wenig unsere Mitschriften aus der Vorlesung verglichen und einen Teller Linsensuppe mit einer vom Brotlaib gemetzelten Scheibe heruntergewürgt, kehrte ich in mein Zimmer zurück und setzte mich spätabends an meinen Schreibtisch.

»Liebe Thea,

das Letzte, was ich von Dir gehört habe, war ›Mein Herr ist mein getreuer Hirt‹.

Wenn Du nur wüsstest, was danach geschehen ist! Wenn Du nur wüsstest!«

Mein Briefpapier war aus dem Lichtblick, recycelt, mit Wolken verziert, leuchtend blauen Wolken, die nun jeden Briefbogen zierten, den ich an Thea schrieb.

»Dein Rat mit dem Wasserbasseng war sehr gut! Niemand hat uns gesehen! Die Nacht war rabenschwarz, und von ferne sah man die Grablichter funkeln. Ich wartete mit klopfendem Herzen.«

Ich wollte alles schön schreiben, so schön, mit wiegenden kostbaren Worten, die Theas Tagebüchern alle Ehre machten, aber dann konnte ich mich nicht mehr bremsen:

»Und nun komme ich vom Arzt und er sagte: Der Muttermund … der Muttermund!«

Ich konnte es noch immer nicht fassen. Nicht in Gedanken. Nicht auf dem silbergrauen – eben war es noch blau – Papier.

»Liebe Thea, was soll ich nur machen?«

Ich legte den Stift zur Seite, schlurfte noch spätabends zu dem gelben Kasten an der Bushaltestelle und warf den Brief ein. Danach ließ ich mich wieder auf mein Büchermeer im Bett fallen, wälzte mich auf der Patchworkdecke und griff nach der Broschüre, die der Doktor mir gegeben hatte:

»Die junge Mutter im werdenden Glück«. Es war eine Fotografie darauf, und ein orange angestrahlter Fötus sah mich an aus seiner Blase mit Augen so schwarz wie die Augen eines Vögelchens, ein wenig verschleiert und stumpf, aber es sah mich an, bis ich endlich müde wurde und benommen die Hand sinken ließ.

Meine schwellende Brust und mein schwellender Bauch ließen mich schlecht schlafen, es schwoll alles und jedes in meine Träume hinein, in die schlechten Träume der bevorstehenden Verdammnis, in die Vertreibung aus Scholmerbach, meinem heißgeliebten Dorf. Was war

Heidelberg schon gegen Scholmerbach? Was waren die Gesänge der Inuit, der Tuareg und der Chan gegen das Lied der Sommernooscht und Bloiteduft von Dorfdichter Alwis aus Scholmerbach?

Ich rutschte und schlingerte in meinem Bett herum, in dem Zimmer, in dem es nie ganz dunkel war, weil vor dem Baumfenster die Jalousie fehlte. Mein Bett aus dem Möbulum tat alles, um mir eine breite Wiege zu bereiten, doch ich träumte beschissene Träume darin und entweihte es mit der Schlechtigkeit, von der mein wachsender Bauch bald Zeugnis ablegen würde.

Wenn ich nun hundertmal aufs Klo musste und mit geschlossenen Augen aus dem Bett glitt, rutschte ich auf den runden Bäuchen meiner Schwangerschaftshefte aus und segelte durch meine Frauen-WG und stieß mich am Regal mit den Frauenbuchreihen, doch ich schaffte es, kaum zurück im Bett, in einen gesunden Schlaf zu fallen.

An einem dieser halbgaren, halbwachen, verschwollenen frühen Morgen ist es dann passiert. Ich erinnere mich genau und es wird mir niemand glauben, aber ich kann ja erzählen, was ich will. Doch als ich eben den schwärenden Albträumen entrutscht war und mich von der Nacht noch grün und blau gestoßen fühlte, sank ich mit offenen Augen zurück in die schweißklammen Kissen … und da sah ich es. Wirklich. Zunächst war es nur das Ahnen eines Schimmers, rechts von mir in Oberschenkelhöhe in der Wand, wo jenseits der Mauer der Kastanienbaum im verblassenden Mondlicht stand. Es war eine Handbreit über der Matratze und sah aus, als sei der Mond durch die Wand gebrochen, nein, der Mond hatte sich hindurchgeschimmert, ohne etwas zu zerbrechen. Doch das Licht war sanfter als der Mond, sanfter als die Sonne, sanfter als eine Martinslaterne, sanfter als der Schein der Erzengelkerze. Es war das sanfteste Licht, das ich je gesehen habe. Und es sprach. Es hatte das Gebaren eines freundlichen älteren Herrn, der sich anständig verbeugt. Ein sich verbeugendes Licht über meinem rechten Bein.

Kann man das glauben?

Nein, aber das schert mich nicht. Ich will nicht mehr lügen. Ich schreibe dies aus Reue vor den verleugneten Lichtern an meinem Wegesrand.

Das Licht verbeugte sich vor meinem Bauch. Ich kann es nicht anders ausdrücken. Es veränderte seine Beschaffenheit, seine Form nicht, aber ich spürte die andächtige Verbeugung vor meinem Bauch und es grüßte das neue Leben in mir. Und es bat mich mit einer alles durchdringenden Intensität, dieses Kind in mir zu gebären.

Vielleicht dauerte es nur einige Augenblicke oder auch viel länger, aber es war so tröstlich, ich fühlte mich so geborgen, dass ich das Licht festhalten wollte. Es sollte immerzu bei mir bleiben, hier in der Wand, und ich würde mein Bett nicht mehr verlassen bis zur Geburt. Ich wollte alles versprechen, Köln und Koblenz, Himmel und Hölle. Doch dann wurde es blasser und verschwand, und ich blieb allein im Halbdunkel zurück. Was war das gewesen? Eine Halluzination in der dritten Schwangerschaftswoche? Gehörte das dazu?

Was immer es war: Meine Albträume waren verschwunden, und ich schlief wieder ein, unendlich getröstet, mit dem Gefühl, eine große Kostbarkeit in mir zu tragen, meine wundersame Kristallkugel, mein schwimmendes Universum mit dem glänzenden, tanzenden Lichtperlchen darin.

Als ich endlich aufstand und in die Küche kam, wo Ria und Heidi wild mit dem Frühstücksgeschirr herumklapperten und zum dritten Mal den winzigen türkischen Kaffeekocher befüllten, fühlte ich mich wunderbar, ganz wunderbar; ich schwebte an den Tisch und setzte mich.

»Na?«, sagte Ria. »Auch schon aus dem Bett gefallen? Es ist halb zehn!«

»Oh«, sagte ich. »Habe komisch geschlafen und viel geträumt.«

»Ich denke, du solltest in die Stadt gehen, vielleicht noch mal beim Arzt vorbei, so früh wie möglich. Wegen, na ja, du weißt schon.«

»Wieso, hast du ein Problem?«, fragte Heidi. Sie wollte mir wohl helfen.

»Nee«, sagte ich saumselig. »Nee, ich habe irgendwie gar kein Problem.«

»Also, wenn du kein Problem hast …!«, rief Ria.

Ich hörte sie kaum. In meiner Aura schien sich Eigentümliches abzuspielen: Wie eine heilende Wunderqualle sandte das leuchtende Zellhäufchen aus meinem Bauch heraus seine eigene Energie, und ich fühlte mich … bereichert. Meine durch katholische Schuld ganz löcherige Aura wurde praktisch von innen nach außen heilend durchströmt, und ich fühlte mich auf eine eigenartige Weise ganz. Ganzer als sonst. Der Lichttraum an meinem

Bett hatte mir eine Lichtinfusion gegeben. Jedenfalls fühlte ich mich so hell und so heilig wie auf einem Bildchen in meinem alten Gebetbuch, schutzengelhell.

»Ich habe auch schrecklich geträumt«, sagte Heidi. »Ich habe geträumt, ich sollte operieren und stand vor dem offenen Bauch und wusste nichts mehr, Herz, Lunge, Niere, Leber, alles war verrutscht, und ich wusste nichts mehr, nicht mal, was ich operieren sollte, es war schrecklich.«

Heidi trug ein grün kariertes Flanellhemd und eine blaue Turnhose und rutschte auf dick gestrickten Strümpfen herum, wir alle trugen weiche und ausgeleierte Klamotten, es war gemütlich, sehr, seeehr gemütlich.

»Willst du nicht mal anrufen, dass du dringend noch einen Termin brauchst?«, fragte Ria. »Und ob du noch … äh … einen Beratungstermin … bei … wo wir gestern gesprochen haben?«

Einen Augenblick lang klang sie mütterlich besorgt. Ich schüttelte den Kopf, holte mir gesundes Müsli aus dem Regal, brockte eine Banane hinein und trank einen Schluck Rotkäppchensaft.

»Ach, das haben wir auch immer getrunken!«, rief Heidi begeistert. »Als Kinder! Schmeckt ein wenig ekelhaft, oder? Darf ich mal probieren?«

»Hier ist Kaffee!«

Ria sah mich zweifelnd an, als ich nur eine Tasse trank statt drei, wie sonst.

Sie machte sich Sorgen. Sie hatte Angst. Sie konnte nicht glauben, dass ich eine vernünftige Entscheidung treffen könnte. Das Land Hessen hatte mir vernünftige Entscheidungen zugetraut und mich ausgestattet mit einer Waffe von 9 mm und der Befugnis, Leute einzusperren und gerichtsfähige Protokolle zu erstellen. Aber meine Freundin Ria hielt mich für einen Schussel und eine Chaotin, in Liebesdingen, in Haushaltsdingen und eigentlich in allem.

Wenn man im selben Dorf groß geworden ist, kann man sich nichts vormachen. Einem fremden Bundesland kann man was vormachen, aber nicht einem Mädchen, das mit dir zur Kommunion gegangen ist und heimlich im Wald die erste Zigarette geraucht hat und hinter dem Kirmeszelt mit dir ins Gras erbrochen hat. Ich las es auf ihrer Stirn:

»Gehe jetzt BITTE zu Pro Familia und zum Arzt und lass dich BERATEN!«

Stattdessen trödelte ich glückselig in der Küche mit der grünen Spüle herum und begann davon zu träumen, wie ich bei blitzblauem Himmel in einer rosa Latzhose auf einem rosa Fahrrad an den Feldern und Bäumen vom Pfaffengrund vorbei nach Heidelberg fuhr. Mein Haar würde wehen, und alle drehten sich um, weil ich so schön war, mit meinem wunderbaren runden Bauch.

»Du bist doch nicht bei Trost«, sagte Ria.

»Was ist denn los?«, fragte Heidi.

»Ich habe einfach unheimlich gut geschlafen«, sagte ich.

»Du bringst dich in die größten Schwierigkeiten!«, schimpfte Ria.

»Und wenn schon«, sagte ich, »egal«, und löffelte noch einen Erdbeerjoghurt.

»Also ich verstehe gar nichts«, sagte Heidi, »aber ich muss ja auch nicht alles wissen.«

Auf dem Weg zur Fakultät der Kulturwissenschaften sah ich die kahlen Bäume am Feldweg, an denen ich im Frühling in der rosa Latzhose vorbeifahren würde, wenn sie blühten. Ich nahm mein eigenes Blühen und Strahlen vorweg, radelte Baum um Baum voran, der Weg war einigermaßen trocken, und es fuhr sich gut.

Das Licht aus der Nacht schien noch in den Tag hinein und hatte offenbar auch Einfluss auf das Wetter. Ich fand Fahrradfahren wirklich wunderbar, obwohl ich dicke Fausthandschuhe tragen musste und der Wind mir ins Gesicht blies. Hier war Heidelberg noch so ländlich, beinahe wie Scholmerbach, nur viel zu flach natürlich; es fehlten die wilden Hügel und Täler mit den ungekämmten Hecken, aber in Heidelberg wohnten die Künste und die Vorlesungen und die Seminare. Im Augenblick hielt ich mich für allmächtig, ich konnte alles sehen, alles lernen und ein Kind bekommen, alles in wundersamer Harmonie. Im Frauenbuchladen gab es am schwarzen Brett Zettel von Hebammen; man konnte anders gebären als noch vor zehn Jahren, beispielsweise im warmen Wasser oder mit afrikanischen Gebärtänzen oder einfach zum Klang der Gitarre. Aber neun Monate waren eine Ewigkeit. Was ich bis dahin tun konnte, wollte ich tun.

Ich hatte in der Morgenstunde versprochen, das Leben in mir auf die Welt zu bringen, und es war ein ehrfürchtiger und heiliger Moment gewesen. Da kam ein Ast in meine Vorderspeichen, und mein Rad fing an zu holpern; ich musste anhalten, und dabei fiel mir die Tasche vom Gepäckträger. Ich riss und zerrte an Zweig und Tasche und dachte, das ist ein Symbol für die Stolpersteine, die es geben wird, und ich muss sie mit Andacht und Liebe aus dem Weg räumen. Andacht und Liebe hielten aber nicht lange, denn ich wurde kurz danach von einem Auto zur Seite gedrängt und ein anderes hupte wie wild. Das Hupen war wie ein Frontalangriff und brachte mich ins Schleudern. Irgendwie versetzte mir das einen Dämpfer, und eine gewisse Unsicherheit machte sich breit. Schon musste ich wieder das Rad durch die verstopfte Plöck schieben, und in diesem engen Nadelöhr zwischen Kaufhausrückseiten und Parkhauseinfahrten fühlte ich mich erst recht bedrängt und gebremst und geschubst. Meine morgendliche Strahlkraft war verloren, ich war noch nicht so recht bereit für die Hindernisse einer fremden Stadt. War ich bewaffnet im Streifendienst mit den Kollegen durch Puffs und Leichenhallen und Drogenhöllen gegangen, so schüchterten mich die Geisteswissenschaften ein.

Ich holte den Zettel aus der Tasche, den Ria mir gegeben hatte:

»Pro Familia, Neckarstr. 79, um die Ecke vom Studentenkarzer, 14.00 Uhr«.

Neckarstraße, na gut. Würde ich schon finden.

Ich schob mein Fahrrad in einen feuchten Laubhaufen und band es an eine Laterne, an der schon drei andere hingen, Krieg der Fahrräder in Heidelberg. Da stand in einem Altbau mit halber Treppe das Schild mit den blauen, tanzenden Männlein – das Logo der Familienhilfsstelle über einem angerosteten Briefkasten.

Im hellen Büro mit Naturholz-Schreibtischen, Yucca-Palmen und Holzspielzeug stellte mir eine Frau Mitte dreißig mit rotem Gesicht und spröden, unbehandelten Naturlocken einen Yogitee hin.

»Ich bin die Barbara. Na, wie kann ich dir helfen?«, fragte sie.

»Na ja, ich … also, ich weiß seit wenigen Tagen, dass ich … ich …«

»Schwanger, ja?«

»Ja.«

»Und da machst du dir jetzt Gedanken, ob …«

Ich nickte. Sie griff in eine Schublade und holte einige Blätter heraus.

»Als Erstes: Du bist kein schlechter Mensch! Und niemand kann dich zwingen, ein Kind auszutragen, wenn du geistig, seelisch und moralisch nicht dazu in der Lage bist. Da übt diese Gesellschaft immer einen ungeheuren Druck auf die werdende Mutter aus, nur um sie hinterher zu verdammen und alleine zu lassen. Wir haben dazu eine eigene Meinung.«

Ich nickte. Ich war ihrer Meinung. Müttervergewaltigung. Damit musste Schluss sein in dieser Gesellschaft.

»Wer ist denn der Kindsvater? Gibt es eine Beziehung zu ihm?«

»Nein. Er ist weg.«

»Ja, war das ein One-Night-Stand?«

»Also das kann man so nicht sagen, Nacht war es schon, aber es war schon mehr als nur …«

»Also, hast du doch noch ein gewisses Gefühl für den Vater des Kindes?«

Ich schluckte. Ich konnte nicht Ja und nicht Nein sagen. Es war wie »Würdest du mich wollen, ja oder nein?«. Nicht einmal mir selber konnte ich diese Frage beantworten, ich bin schwanger geworden, nur um diese Frage nicht beantworten zu müssen.

»Er ist ein kluger Mann und er spricht fünf Sprachen und er sieht phänomenal aus, strunzgesund, also von der Erbmasse her … optimal.«

»Weißt du«, sagte die Yogi-Frau und schaute auf die verregneten Grünanlagen. »Wir sind hier, um das ein wenig auszuloten, um mithilfe dieser Beratung herauszufinden, was das Beste für dich ist. Für DICH, weißt du? Denn du wirst alles tragen müssen, egal, was wir hier entscheiden. Also, wer ist der Kindsvater?«

»Sage ich nicht.«

»Oha, also ist er verheiratet?«

»Ja.«

»Na ja, das kommt vor. Aber wenn du den Kindsvater nicht angibst, steigt dir das Jugendamt auf den Kopf.«

»Ach, das werde ich schon aushalten.«

»Die drohen dir mit Beugehaft! Sieh mal, die latzen eine Menge Geld an dem seiner Stelle. Und wenn dir was passiert, dem Kind geht alles flöten: Ausbildungshilfe, Erbansprüche, selbst wenn eine Erbkrankheit vorliegt, eine seltene Blutgruppe. Also, ich weiß nicht, ob du das Recht hast, so was für das Kind zu entscheiden. Ein Kind will wissen, wer sein Vater ist!«

»Ach … jou … hm …«

»Weiß er denn Bescheid?«

»Nein.«

»Das musst du ihm schon sagen.«

»Hm, ich weiß nicht. Ach nein, besser nicht.«

»Besser doch.«

Barbara in ihrem handgestrickten Pullover streckte die Beine aus und legte eines davon auf den Mülleimer.

»Weißt du, wir haben hier Fälle, da wollte die Mutter

auch den Vater schützen oder die Auseinandersetzung vermeiden. Dabei hat der einen riesigen Baumarkt, fährt dreimal im Jahr in die Karibik, hat einen Geländewagen daheim, und die Mutter lebt von 300 Mark Sozialhilfe. So was wollen wir vermeiden.«

»Er arbeitet aber nicht in einem Baumarkt und hat auch keinen.«

»Ja, was denn sonst?«

»Er, na ja, ähm.« Ich wollte gar nichts sagen. Aber dann quoll es doch aus mir heraus:

»Und wenn er … Also … und wenn er … Pfarrer wäre?«

»Pff«, sagte Frau Barbara und schob sich ein Bonbon in den Mund:

»Die haben wir hier doch stapelweise.«

Ich schwieg in einer Mischung aus Bockigkeit, Einsicht und berechtigter Sorge vor der nahenden Zukunft. Mit Schweigen, dachte ich, kann ich die Gefahr einer Katastrophe einzäunen.

»Für alle Fälle«, sagte Barbara, »solltest du dir beim Arzt eine Bescheinigung für eine Indikation ausstellen lassen. Du bist sehr früh. Da kann man noch gut einen Termin für einen Abbruch bekommen. Bis dahin hast du Zeit zu überlegen. Wir geben dir einen Schein, dass du die Beratung in Anspruch genommen hast und wir hier einen Härtefall annehmen. Am besten machst du einfach kein Drama daraus, erspar dir das. Was dir passiert ist, passiert jeden Tag, überall auf der Welt. Es muss Schluss sein mit diesem weiblichen Schuldbewusstsein. Das sind Dinge, die kann man regeln. Mach dir keinen Kopf.«

Es ging eigentlich nicht um meinen Kopf, sondern um meinen Bauch. Ich sah all das Holzspielzeug herumliegen, mit dem die Kinder der Sozialschwachen spielten ... oder suchten deren Mütter Schutz vor Gewalt ... oder wieso kam man sonst zu Pro Familia? War das meine Zukunft als Alleinerziehende? Ein besserer Sozialfall, immer am Rande der Ausgrenzung? Würde ich einen Stammplatz beim Sozialamt haben? Mir wurde ganz schwummerig. Beinahe dankbar nahm ich den Zettel, der mir die Beratung attestierte. Ich hatte für mich gesorgt, ich hatte mich gekümmert, dank Ria. Der Zettel verschaffte mir Aufschub; bis der Arzt sich mein Anliegen angehört hatte, verging eine gewisse Zeit. Vielleicht hatte ich mich übernommen. Ich hatte mich in jeder Hinsicht und mit all meiner Unausgegorenheit und meinen blöden Büchern und meiner liederlichen Affäre hoffnungslos übernommen. Barbara hatte ganz recht, und ich fühlte, wie sie mir den Rücken stärkte und einen Ausweg bot.

Ich durfte nicht mir nichts, dir nichts zu einem Sozialfall werden, den man beschimpfte, das war verantwortungslos einem Wesen gegenüber, das keine Wahl hatte. Was hatte ich ihm schon zu bieten?? Außerdem spielten meine Hormone verrückt, und ich bekam es plötzlich mit der Angst zu tun. Eine gewaltige Angst setzte sich wie ein schwarzer Kloß auf mein Herz. Ein Schein von der Beratungsstelle und noch einer vom Arzt, und schon konnte ich eine Familientragödie verhindern, mein Scholmerbach behalten und mein Studium zu Ende führen! Was war mir überhaupt eingefallen, einem Kind so was zuzumuten! Wer war ich denn? Ich krallte das Papier von Pro Familia und fühlte mich beschützt, vor mir selbst und vor allen anderen; es gab einen Ausweg, ich konnte all dem entrinnen!

»Sieh es pragmatisch«, sagte Barbara. »Du musst eine vernünftige Entscheidung treffen. Wir unterstützen dich dabei. Letztlich kannst nur du wissen, ob du dich besser fühlst, wenn diese Angelegenheit rasch erledigt wird. Wir helfen dir hinterher, wenn du noch Hilfe brauchst, alles zu verarbeiten, wir sind immer für dich da und haben auch einen Psychologen. Es ist heute alles gar nicht mehr so schlimm, ein rascher Eingriff, aus medizinischer Sicht ein einfaches Verfahren und ungefährlich.«

»Das ist gut«, sagte ich.

Barbara schien zu zögern, als sie mich zur Tür brachte.

»Es sei denn …«

»Was?«

»Es sei denn, du hast schon ein Gefühl zu dem Wesen entwickelt, eine Verbindung hergestellt. Hast du das?«

Ich starrte sie an und schluckte schon wieder.

Das Fünkchen in meinem Leib.

Ich hatte.

Am nächsten Morgen raste ich zum Briefkasten.

Da war er! Ein Schatz aus grauem Papier mit einer glänzenden blauen Taube drauf, die zum Himmel stieg, und die schöne Thea-Schrift in dunkler Tinte. Noch bevor ich ihn hatte öffnen können, liebte ich ihn so sehr, dass er in meiner Hand zu brennen schien. Ich stopfte ihn in mein Hemd, damit ihn niemand sah. Schon der

Blick eines Unbefugten könnte seine Heiligkeit beflecken!

Beinahe vergaß ich, das Fahrrad abzuschließen, setzte, wie gewohnt, einen Kaffee auf und fischte nach den Zigaretten, um am kleinen, wackeligen Tisch jedes Wort zu genießen, das Thea mir geschrieben hatte. Ich zündete die Zigarette an, und machte sie dann rasch wieder aus, obwohl … jetzt auch noch Entzugssymptome? Die eine schadete nun wirklich nicht, wer weiß, was noch wurde und ob überhaupt und so weiter. Also zündete ich sie wieder an, Marlboro, nur um sie in der Hand zu halten, öffnete den Briefumschlag zärtlich und zog die Knie an. Mein Herz klopfte wie verrückt.

»Meine arme Anna …«

Ooh … arm? Ich war an allem selber schuld. Das Mitleid, das Thea mir entgegenbrachte, würde mir so schnell von keinem anderen zuteilwerden.

»Ich habe Deinen Brief mindestens zehnmal gelesen, habe mich regelrecht hineingelesen in diesen Riesenkonflikt, in dem Du Dich befindest. Du hast ihn vor zwei Tagen geschrieben, vielleicht hast Du inzwischen eine Entscheidung getroffen, vielleicht schon einen Termin zum Abbruch gemacht. Wenn es so ist, dann stehe zu Deinem Entschluss, lass Dich nicht beirren von dem, was ich dazu schreibe, denn, Anna, ich kann Dir nicht zu einer Abtreibung raten, auch wenn ich Verständnis dafür habe. Das hat überhaupt nichts mit moralischen oder christlichen Grundsätzen zu tun, das weißt Du hoffentlich.

Ich lese aus jeder Zeile Deines Briefes, dass Du das Kind jetzt schon liebst. Was glaubst Du, wie Du es erst lieben wirst, wenn es geboren ist, nachdem es neun Monate lang in Dir gewachsen ist!

Ich habe dieses Wunder zweimal erlebt, und meine Schwangerschaften waren Wunder, von den Sternstunden der Geburt ganz zu schweigen. Du wolltest immer ein Kind, wenn auch nicht jetzt – aber warum eigentlich nicht jetzt? Nach dem Studium ist die Situation nicht anders als während eines Studiums. Ich sehe die Schwierigkeiten, die auf Dich zukommen, sehr wohl. Es wird alles andere als leicht sein, aber das Leben findet immer einen Weg!

Ach, Anna, ich weiß nicht, ob mein Brief gut ist für Dich, vielleicht verunsichert er Dich total. Aber ich kann Dir nicht gegen meine Überzeugungen raten. Wenn Du meine Meinung wissen willst, kann sie nur ein Plädoyer für das Kind sein. Solltest Du Dich dafür entscheiden, hast Du meine volle Unterstützung, sei es, mit Deiner Mutter zu reden, sei es, das Kind zu nehmen während Deiner Prüfungen oder was auch immer.

Anna, denk an Dich, nicht an Ulli-Dieter, nicht an Deine Mutter, nicht an das Dorf. Und was Du dann entscheidest, ist richtig.

Ich hoffe, wir sehen uns am Freitag!

Deine Thea.«

Alles, was sie schrieb, fand einen Widerhall in mir, und es war, als ob die morgendliche Lichterscheinung aus meinem Zimmer in die Küche gewandert wäre und nochmals aufleuchtete. Selbst Pro Familia hatte festgestellt, dass meine Verbindung zu dem Fünkchen bestand. Ich suchte den Schein, der mir im Falle eines Schwangerschaftsabbruches die gesetzlich vorgeschriebene Beratung attestierte, und zerriss ihn.

Obwohl ich Thea in drei Tagen wiedersehen würde, musste ich noch mal schreiben:

»Liebe Thea,

es hat schon ein Herzchen, das schlägt, ein Herzchen!

Deine Anna«

Als ich wieder nach Scholmerbach fuhr, fiel Schnee, der meinen orangen R4 mit tanzenden Flocken verzierte und mein Dorf in ein Adventskalenderbild verwandelte.

Immer sagten die Leute zu mir, du machst es schöner, als es ist. So schön ist Scholmerbach auch wieder nicht; sieh mal die hässlichen Garagen und die fantasielosen Häuser aus den Sechzigerjahren, guck die verbaute Einfahrt, die Gemeindebaracke; aber das ließ ich nicht gelten.

Es gab schlimmere Dinge, als die Welt schöner zu sehen, als sie war.

Mein Elternhaus war der ganze Stolz der Nachkriegszeit, es sah aus wie ein großes Faller-Häuschen, das man zusammenbasteln konnte, um es neben die Modelleisenbahn zu stellen. Noch nicht abbezahlt, aber es prangte auf einem Hügel unter den mächtigen Buchen, und nur ein einzelner Haselnussbaum reckte seine Zweige in den Hof hinein. Am Samstag wurden der Hof gekehrt und der Wagen gewaschen und im Sommer der Rasen gemäht, man kam nach Hause und warf die Wäsche auf die Kellertreppe. So war das.

Meine Eltern freuten sich so, als ich nach Hause kam. Hätten sie sich doch bloß nicht so gefreut! Die Ahnungslosen! In ihrem katholischen Weltbild würde es bald Risse geben, sehr bald! Schuldig hockte ich mich zu meiner Mutter.

Das Quarkpäckchen mit offenem, verknicktem Deckel, die Erdbeermarmelade, Reste einer Leberwurst im Papier, das Brot vom freundlichen Hanni, ein halber Pfannkuchen von heute Mittag, alles Mögliche lag kreuz und quer auf der abwaschbaren Blumendecke, die nicht recht zur Essecke im Gelsenkirchener Barock passte, die ihrerseits auch nicht ganz zur orangen Esszimmergardine passte. Meine Brüder fläzten sich im Wohnzimmer, und im Fernsehen lief »Herzblatt« mit Rudi Carell.

Als meine Mutter ihre Kinder kriegte, war alles abgesegnet, mit einer prächtigen Hochzeit, auf der der Musikverein spielte, danach kamen Haus und Auto und Kinder. Alles richtig gemacht. Jeden Sonntag gingen sie in die Kirche und auch noch am Herz-Jesu-Freitag. Obwohl Jesus die Vergebung der Sünden predigte und der Sünderin Magdalena die Füße wusch, war ich mir hinsichtlich meiner näheren Zukunft nicht sicher, ob meine Eltern diese Form der Vergebung auch auf mich anwenden würden.

»Hast du denn da in Heidelberg mal einen netten Mann kennengelernt?«, fragte meine Mutter. »Ich meine, du bist ja viel älter als die anderen Studenten.«

»Nee«, sagte ich.

»Na, dann vielleicht einen Professor?« Mama lachte.

Sie fand es gut, dass wir alle einen Beruf lernten und

studierten, das hätte auch sie selbst sich sehnlichst gewünscht. Aber nun sollten wir endlich heiraten. Alle.

»Ja, du musst dir auch mal Mühe geben. Wenn ich dran denke, wie du den Reinhard hättest haben können und den Klaus und den Udo aus Ellingen. Du musst nicht denken, du wärst was Besseres.«

»Nein«, sagte ich.

»Man weiß gar nicht, was los ist«, sagte meine Mutter. »Die einen heiraten zu früh, die anderen gar nicht, und woanders gehen die Ehen auseinander. Sogar das Bienese Lenchen ist auseinander mit ihrem Harald. Die sind wohl alle verrückt geworden. Vom Affen gebissen. Was glauben die denn, was aus ihnen noch wird? Wenn du erst mal geschieden bist, kriegst du nur noch den Abschaum. Niemand will ein abgelecktes Butterstück.«

Ach du Schreck. Mir schwante Fürchterliches. Genau das würde sie zu mir sagen: Du bist ein abgelecktes Butterstück, du wirst nie mehr einen kriegen, höchstens einen Säufer oder einen, der – am allerschlimmsten – geschieden ist.

»Was Gott zusammengefügt hat, darf der Mensch nicht trennen.«

Ich raffte mich von der Essbank hoch und sagte:

»Ich will mal ins Dorf.«

»Es schneit doch.«

»Ja, aber ich will mal gucken.«

»Du bist ein Fegebesen.«

»Ja.«

»Na, dann mach dich fort.«

Ich sagte ihr nicht, wo ich hinging, zu Thea nämlich, einer verheirateten Frau, die nach Meinung meiner

Mutter vermutlich nicht in mein Umfeld passte, aber dass sie die Tochter der frommen Lehrerin war und in der Kirche Orgel spielte, das machte sie wiederum zu einem guten Umgang.

Thea riss die Tür sperrangelweit auf.

»Oje, ich dachte schon, du kommst überhaupt nicht mehr!«

Sie rief ihren Kindern etwas zu, und Bernd war Gott sei Dank auf der Kirchenratssitzung; wir hatten zwei Stunden, vielleicht drei oder mehr, wenn der Kirchenrat in der Wirtschaft versackte.

»Wie geht es? Wie fühlst du dich? Mein Gott, man sieht es dir an! Wie schön du aussiehst, wie wunderschön!«

Sofort fühlte ich mich so schön wie die Königin im Sommernachtstraum oder, zur Jahreszeit passender, die Schneekönigin, aber natürlich war ich auch die behelmte Kaiserin von der Tarotkarte. Theas Worte hatten mich verwandelt, von einem Augenblick zum anderen.

»Na ja, den Umständen entsprechend.«

»Doch, wirklich, du blühst!«

Betreten schaute ich an mir herunter.

»Und du? Was macht … die Musik?«

»Schsch!«, flüsterte Thea, zerrte mich ins Schreibzimmer und schloss die Tür hinter uns.

»Oh, Anna! Wenn du wüsstest!«

Da spürte ich, wie sich die Spirale unserer Geheimnisse wieder weiterdrehte. Wir waren so froh, uns zu sehen, dass wir zu tanzen anfingen, ein ungelenkes Hopsen, wir fielen uns um den Hals und dann erschöpft auf die Rattanstühle.

»Wir haben gesungen«, sagte Thea, im Tonfall von »Ich habe jemanden umgebracht!«.

»Thea, du singst schon dein Leben lang!«

»Aber solche Lieder habe ich nicht gekannt, solche wundersamen Töne; es ist, als ob sich in meiner Seele gerade ein Orchester entfaltet. Ich wusste ja nicht, dass ich je so empfinden könnte!«

Einen Augenblick lang tat Bernd mir leid, der nicht imstande gewesen war, in Thea ein Orchester zu entfalten. Gott sei Dank war er auf der Kirchenratssitzung. Schon wieder das Wort Kirche. Überall erstanden ihre Mauern aufs Neue und wollten uns einsperren.

»Und wenn ihr fertiggesungen habt?«

»Er hat mir wieder etwas geschenkt …«

Thea legte mir ein weiters Buch hin. Diesmal war es Rainer Maria Rilke, die Inselausgabe.

»Komm, du bist müde. Kurze Rast:
Du lächelst in die heißen Fernen,
du lächelst zu den ersten Sternen,
und ich weiß, dass du Schmerzen hast.«

»Ja«, sagte ich. »Schmerzen haben wir allerdings.«

»Aber auch ein solches Glück«, hauchte Thea.

»Also weißt du, Ulli-Dieter hat mir ganz andere Dinge geschrieben. Baudelaire:

›Sei Flamme du umtost – ein Liebender der seine Gruft umkost!‹ Den Rest habe ich vergessen.«

»Oh«, sagte Thea. »Das ist auch … auf seine Weise … umwerfend!«

»Komm, Thea, ein Liebender, der seine Gruft umkost! Ich bin doch keine Gruft! Ich bin das blühende Leben, ich verdoppele mich, ich bin schwanger, Sackzement!«

Thea wurde ernst.

»Wirst du es ihm sagen?«

»Nein, das kann ich nicht. Wenn ich das Kind kriege, dann muss alles geheim bleiben. Du weißt es, Ria weiß es. Ihr würdet nie etwas sagen, ich habe zu euch vollkommenes Vertrauen.«

»Hm.«

Thea wollte gerade eine Flasche Wein aufmachen, da schüttelten wir beide erschrocken den Kopf.

»Lieber nicht, für alle Fälle …«

»Und hast du auch zu rauchen aufgehört?«

Ich nickte schuldbewusst; es ja war nur die halbe Wahrheit, denn ich hatte überall mal an einer Zigarette gezogen, bei Ria und bei jedem, der sich vor mir eine anzündete.

»Ist schwierig, zu rauchen aufzuhören, wenn alles so drunter und drüber ist. Wäre ich verheiratet und nicht gerade dabei, einen Skandal zu produzieren; ich weiß einfach nicht, ob ich stark genug bin.«

»Das bist du«, sagte Thea. »Scher dich doch nicht um das Geschwätz der Leute. Ich habe noch niemals gehört, dass eine Mutter bereut hat, ihr Kind zu kriegen. Du wirst so unendlich glücklich sein darüber!«

Ich erwischte mich dabei, wie meine Hand auf meinem Bauch lag, um das Fünkchen zu beschützen, das in seiner kleinen Wahrsagekugel ruhte. Es war da und war mir anvertraut.

»Da hast du wohl recht, Thea. Ich hatte auch ein übersinnliches Erlebnis.«

»Wie bitte?«

»Ich habe ein Licht gesehen in der Wand, und es hat gesagt, dass ich das Kind kriegen soll.«

»Oje, was Hormone alles mit einem machen.«

»Ich glaube, es war echt. Das Licht war echt, wie ein Schutzengel oder so.«

Thea goss nun sich alleine den Wein ein, und für mich gab es Kamillentee. Der miserabelste Ersatz aller Zeiten für einen ordentlichen Schluck Bier oder Mainzer Domherr.

»Du musst es ihm sagen.«

»Wie bitte?«

»Er hat ein Recht darauf.«

»Ich glaube, du spinnst! Er hat nie ein Kondom und nie … äh …«

»Er wird der Vater sein. Das kannst du ihm nicht vorenthalten; er muss doch darüber nachdenken, wie er seiner Verantwortung gerecht …«

»Auf keinen Fall! Ihr seid alle nicht ganz dicht!«

Jetzt war mir nach einem Schnaps, nach einem Herrengedeck, um es genau zu sagen. Ich würde das hundertprozentig allein hinkriegen, und von mir erfuhr er es nicht, das stand mal fest, ich hatte genug Scherereien. Früher oder später würden es meine Mutter und mein Vater erfahren müssen, ich meine, dass ein Kind unterwegs war, und da würde ich schon Krawall genug kriegen, das gab Fratzengeballer und Arschgetrampel. Entschuldigung.

Denn wenn meine Eltern auch immer in die Kirche gingen, die Vergebung der Sünden stand auf einem völlig anderen Blatt.

»Ich würde es ihm sagen«, meinte Thea. Und dann ging sie zu ihrem Tagebuchschrank und in eine unnachahmlich anmutige Hocke, um das letztgeschriebene Tagebuch herauszuholen.

»Jo ist hier gewesen, zum Kaffee«, und anstatt es mir vorzulesen, sagte sie den Eintrag auswendig auf.

»Es war unschuldig, ganz unschuldig, die Kinder waren dabei, wir haben uns über Musik unterhalten, nur als er ging, da hat er mich gefragt, ob er mich einmal in den Arm nehmen kann, und ich habe Ja gesagt.«

Sie blühte genauso wie ich, das Orchester in ihr spielte den Canto Generale, Pablo Neruda, Rilke und Ringelnatz sangen im Terzett, alles und jedes brachte ihre Seele zum Glühen. Wenn Scholmerbach wüsste, was wir in diesem Schreibzimmer wussten, dann wären alle angesteckt von der glühenden Begeisterung über unsere Sündenfälle, und empören würden sie sich auch, begeistert über die Empörung, Thea und ich würden also allen nur Freude machen. Bloß nicht Bernd und meiner Mutter.

Am Samstag hatte der Schreiner-Benni Geburtstag. Ich war glücklich, meine alte Clique wiederzusehen, meine wahren Freunde aus Scholmerbach. Den Schreiner-Benni natürlich, Olli, Boonesse Vicky, Dapprechter Christina, Hommels Annette, Kolle Silvie, Backesse Birgit, alle, die mit mir als Ehrenjungfern gegangen waren, Gottschicks Thomas, Wehlersch Walli, Hohnersch Freddy. Es war wahre Liebe. Wieso war ich nur so lange fort gewesen? Man braucht keinen Kerl, wenn man eine Clique hat. Vergiss nie die Heimat, wo deine Wiege stand, du findest in der Ferne kein zweites Heimatland. Und weil die Liebe zwischen uns allen so groß war, sagten wir uns, dass wir eigentlich eine Sekte gründen mussten.

Und so beschlossen wir, uns für Bennis Geburtstag als Bhagwanjünger zu verkleiden und ihn damit zu überraschen. Wir wollten Gewänder aus Betttüchern tragen, die Olli, Silvie und Christina letzte Woche in einem alten Kessel blau gefärbt hatten. Auch meine Mutter hatte ein Betttuch gespendet, weil sie in Zukunft nur noch Spannbetttücher benutzen wollte, die kamen gerade in Mode und rutschten nicht mehr dauernd unter der Matratze heraus.

»Wofür braucht ihr das Tuch denn?«

»Wir wollen Bhagwanjünger werden.«

»Bekloppt.«

Die Dapprechter Christina hatte in ihrer Firma ein neumodisches Ding, das nannte man Fotokopierer und war sehr teuer. Sie hatte ein Foto vom Schreiner-Benni genommen und zwanzigmal schwarz-weiß ausgedruckt, ohne dass der Chef es gemerkt hatte. Das kopierte Bild wurde rund ausgeschnitten und auf Bierdeckel geklebt, und die wollten wir uns um die Hälse hängen. Ich freute mich schrecklich auf die Party, es war ein Abend, an dem ich alles vergessen wollte. Alles, was zwischen der letzten Party und dieser Party geschehen war, hatte einfach nicht stattgefunden, es löste sich auf, ich musste Urlaub machen von meinem ganzen Schlamassel. Ich musste nur meine alten Freunde sehen, und alles war wieder gut.

An der Bushaltestelle wartete die Clique schon mit einem Kasten Bier, wir begrüßten uns und fielen uns um die Hälse, wir waren ganz wunderbare Bhagwans in unseren blauen Gewändern. Wir behängten uns mit den Bierdeckeln und sämtlichen Holzperlen- und Karnevalsketten, die wir gefunden hatten. Wir hatten auch jeder ein Körbchen dabei vom Fronleichnamsumzug, das füllten wir mit Sägemehl und hängten es uns ebenfalls um den Hals.

»Aber unser Guru ist ja eigentlich nicht Bhagwan, sondern der Benni Schmidt. Da müssen wir doch ›Schmidtwans‹, heißen!«

»O. k., dann sind wir jetzt die Schmidtwans!«

»Jaaaa! Prost!«

Alle hoben die Bierflaschen, und auch ich setzte die Flasche an die Lippen und tat, als ob ich trinke. Ich hatte niemals nicht getrunken. Ganz im Gegenteil, ich hatte immer alles getrunken und war als Letzte nach Hause gegangen, und von gehen konnte oft keine Rede mehr sein. Wie sollte ich jetzt nur nüchtern durch den Abend kommen? Mit Lügen und Verstellen. Ich konnte ihnen einfach noch nichts sagen. Jedenfalls zogen wir jetzt laut lachend durchs Dorf, streuten Sägemehl aus unseren umgehängten Körbchen, tanzten und sangen immer wieder:

»Hare, hare, hare Benni, Benni, Benni, hare, hare. Peace, flowers, freedom, happiness!«

»Kokolores«, sagten die Leute. »Alles Kappes.« Und wir hätten sie nicht mehr alle auf dem Christbaum.

So zogen wir mit großem Trara in die Werkstatt von Bennis Schreinerei, Familienbesitz seit 1890, und wir liebten die Werkstatt, wir feierten oft dort; auch wenn Benni gar nicht wollte, wir kamen trotzdem, und dann kriegte er zwangsgefeiert. In der Werkstatt lag alles Mögliche herum, Werkzeuge, Holzlatten, Balken, Sägemehl, Böcke, Leimkübel, Sargdeckel, Gitarren zum Selberbauen. Benni baute die schönsten Gitarren, sie hatten einen wunderbaren Klang, dafür war er berühmt. Er baute Gitarren, Fenster, Treppen und Särge, denn was ein echter Dorfschreiner ist, der baut auch die Kisten für die letzte Reise. Der Schreiner-Benni, unser Guru, wusste von nichts, als wir ihn nun überfielen, ihn ohne Gnade auf die Werkbank hieften und ihm ein weißes Betttuch mit Loch drin überwarfen. Wir behängten ihn mit Ketten und bewarfen ihn mit Sägemehl, umtanzten ihn als seine Jünger, huldigten ihm und sangen immer wieder »Hare Benni, hare Krishna, Krishna, Krishna, hare Benni.«

Benni freute sich leider überhaupt nicht, sagte, wir wären alle bescheuert und das sei eine saublöde Idee. Immerhin ließ er sein Gewand an. Zum Trost sagten wir ihm ein Gedicht auf:

»Alle rannten weg vom Guru.
Nur nicht Schmidt. Der ging mit.«

Wir hatten immerzu solche Dinger:

»Alle rannten vom Galgen weg.
Nur nicht Inge. Die hing in der Schlinge.«

Oder:

»Allen stand das Wasser bis zum Hals.
Nur nicht Heiner. Der war kleiner.«

So was fanden wir sehr komisch. Dann wollten wir die Biertische decken und holten uns der Einfachheit halber das Papier zum Einsargen, das war besser als jede Tischdecke, es hatte ein schönes Muster, war wattiert und sehr saugfähig. Wenig später war es vollgetropft mit Bier und Schnapsflecken und Aschekrümeln.

Wir hörten Led Zeppelin oder Status Quo oder Uriah Heep oder ZZ Top, und bald schon tanzten wir auf den Tischen auf den Sargdecken herum.

Christina hatte einen Tropf aus der Apotheke geholt, mit Amaretto gefüllt und an der Decke befestigt, an dem hingen nun alle Leute. Auch ich, denn ich musste ja so tun, als ob. Aber ob ich wollte oder nicht, der ein oder andere Tropfen drang doch in mein Blut; irgendwann vermischten sich mein altes Leben und mein unerprobtes neues Leben; ich vergaß, dass ich doch jetzt viel Verantwortung hatte, und verwechselte die, die ich gestern war, mit der, die morgen sein würde, und trampelte ordentlich auf den Tischen herum. Und obwohl ich die Zigarette nur noch zur Dekoration in der Hand hielt, so zog ich doch daran, kurz und blöd und süchtig, und dann wurde ich betrunken von den Liedern, betrunken von all den Tröpfchen Bier hier, Amaretto da, Sektnebel hier, Puschkin da. Ein winziger neuer Blutkreislauf bildete sich aus meinem Blutkreislauf, und die Blutkreisläufe schienen jeden Tropfen Alkohol dreifach zu registrieren. Vielleicht hatte ich auch dreimal mehr getrunken, als ich mir eingestehen wollte. Vielleicht war es auch die Unterdrückerei all meines Wissens, dass mir gegen Mitternacht elend war, jedenfalls wurde mir irgendwie so schlecht, ich musste mich setzen, dann stand ich wieder auf, dann nuckelte ich an einem Kümmerling, und dann wurde mir wieder schlecht; ich tanzte und wurde müde und wieder lustig, und dann tanzten wir in großen Reigen auf »Was wollen wir trinken, sieben Tage lang, was wollen wir trinken, so ein Durst!«.

Und dann war mir wirklich schlecht. Jedenfalls musste ich mich hinsetzen oder hinlegen. Ich konnte nicht mehr, ich hatte mich überschätzt. Einen Augenblick hockte ich auf einem Hauklotz. Aber es war noch zu früh, ich wollte nicht nach Hause. Inzwischen sangen alle von Stefan Remmler: »Alles hat ein Ende, nur die Wurst hat zwei.«

Ich trudelte umher und geriet auf die Stufen, die hinunter in den Sägemehlskeller gingen. Ich mochte Sägemehl sehr, Sägemehl war weich, Sägemehl war freundlich. Sollte sich mir der Magen umdrehen, dann war ich in dem Sägemehlhaufen an der richtigen Stelle. Ermattet setzte ich mich, und ich kann mich nicht mehr erinnern, wann ich einfach umfiel, aufgefangen vom duftenden, gelben Gold meiner Heimat.

Ich war aber nicht in den Schlaf gesunken, sondern in eine Art Vollnarkose. Über mir feierten sie und tranken den Amarettotropf leer, über mir lagen sie irgendwo in den Ecken und rauchten Gauloises oder knutschten, egal wen … Über mir sang die Münchner Freiheit, und über mir warf irgendwann der ermattete Schreiner Bernard sein blödsinniges Guru-Gewand in die Ecke und ging ins Bett. Sollten sie doch weiterfeiern und ihm das Geschirr zerdeppern und die Wände einreißen. Nach ihm die Sintflut. Und ich schlief und hatte längst vergessen, wer ich war und wo und warum.

Dann erwachte ich mit einem dröhnenden Schlag.

Es waren die Kirchenglocken, am Sonntag früh, und es war, als wollten sie mir den Schädel einschlagen. Noch nie hatte ich die Kirchenglocken so dröhnend laut gehört, und ich begriff, ich war noch immer in der Schreinerei, der Kirchturm war nur zwei Häuser weiter! Ich fühlte mich miserabel! Mutterseelenallein in der dunklen Gruft, die nach Maschinenöl roch, und auf meiner vom Tanzen nassgeschwitzten und wieder getrockneten Haut klebte noch Sägemehl!

Ich fühlte mich, als hätte ich furchtbar gesoffen, aber das hatte ich doch nicht, oder? O Gott, bitte nein! Die erbarmungslosen Glocken des Turmes läuteten mir den Kopf in Trümmer. Es war Tag. Ich wollte mich aus den Sägemehlhaufen herauswühlen, doch als ich mich umdrehte, strangulierte ich mich beinahe mit den Karnevalsketten. Der Anhänger mit Benni an meinem Hals war jämmerlich verknickt und mit Bier besudelt.

Sie hatten mich im Keller einfach vergessen! O Gott, oben war es heller Tag. Wie lange hatte ich geschlafen, gewärmt von den Spänchen vermahlener Bäume meiner Heimat? O Gott. Ich wälzte mich aus meinem Haufen heraus, und überall spürte ich das Sägemehl, im Nacken, in den Haaren, im BH und in der Unterhose, ich musste mich kratzen, und überall stach und piesackte es mich. Was hatte ich da gestern nur veranstaltet? Ich war doch nicht mehr bei Trost.

Steif und trübe wankte ich in die Werkstatt hoch, in der wir dem Schreiner Verwüstung hinterlassen hatten, halbleere besudelte Schnapsflaschen, einen leeren Plastiktropf, zertrampelte und zerrissene Sargdecken, Kippen in übervollen Aschenbechern und auf dem Boden. Ich hatte ein schlechtes Gewissen, und überhaupt fühlte ich mich gnadenlos schmutzig und erbärmlich. Nur weg hier!

Mein Gott, ich trug immer noch mein blaues Bhagwan-Gewand. Wie blödsinnig!

Ich trank einen großen Schluck aus dem Wasserkran und schlich mich dann aus dem Schreinereitor ins Dorf hinaus. Ich schielte auf den Weg zum Kappesgarten, um dort heimlich durch die Hinterhecke zu unserem Haus zu gehen.

Doch sofort kam mir ein Schwall von Kirchgängern mit Gebetbuch auf der Straße entgegen. Ach du Schreck, mit denen hatte ich doch nicht gerechnet! Ich sprang in eine verdorrte Hecke hinter die alte Schule, bekreuzigte mich aus Versehen und sagte: Bitte, lieber Gott, hilf mir! Hol mich hier raus! Lass mich einfach ungesehen hier wegkommen! Schuldbewusst blickte ich auf meinen Bauch, der langsam aufging wie der Hefeteig meiner Großmutter. Hatte ich etwa die winzige Wasserlinse von Leben riskiert durch meine Eskapaden? Ich war doch bekloppt. Wie lange sollte ich jetzt hier hinter der Hecke sitzen?

Immer, wenn ich glaubte, der letzte Katholik sei endlich an mir vorübergegangen, kam schon wieder ein neues Geschwader aus den Häusern. Da fiel mir ein: Wenn ich hinter der alten Schule durch die Gärten ging, konnte ich mich Theas Grundstück nähern, und vielleicht war sie noch daheim und konnte mich mit dem Auto nach Hause fahren. Vielleicht hatte ich Glück, und sie war noch nicht in der Kirche!

Ich erreichte Theas Garage, und tatsächlich: Da stand ihr Auto! Ich wartete verstohlen zwischen Mülltonne und Rasenmäher. Nach einem Moment, der mir ewig vorkam, erschien Thea – und sie war alleine! Es gab einen Gott!

»Thea!«, winkte ich. »Thea!«

»Herrgott noch mal, Anna!!! Wie hast du mich erschreckt! Wo kommst du denn jetzt her?« Thea griff sich ans Herz wie einstmals Tante Marianne, wenn sie nach den Tropfen suchte.

»Kannst du mich nach Hause fahren? Du gehst doch jetzt orgeln.«

»Nein, ich gehe nicht orgeln! Ich singe doch heute im Chor, in der Stiftskirche, ich habe eine Vertretung!«

Sie öffnete den Wagenschlag und sprang auf den Fahrersitz. Zum ersten Mal hatte ich das Gefühl, ihr auf die Nerven zu gehen, Kunststück, sie hatte es eilig, denn in der Stiftskirche wartete Jo, der Dirigent! Und nun stand ich da, klebrig und stinkig und voller Sägemehl. Vorsichtshalber zog ich mir das blaue Schmidtwan-Gewand über den Kopf und fror lieber in der dünnen Jacke darunter.

Thea ließ den Motor an.

»Komm rein! Rasch! Das fängt in zwanzig Minuten an, wir müssen uns vorher noch bequatschen, und ich bin schon so was von spät!«

»Kannst du mich vielleicht heimfahren?«

»Heimfahren? Jetzt noch?«

Thea schien panisch zu sein.

»Es ist ein Konzert, ich kann nicht noch ins Oberdorf fahren!«

Konzert. Was denn für ein Konzert? Etwa der Canto Generale? Ich wagte gar nichts mehr zu sagen.

»Ja! Du kannst meinetwegen mitkommen und dich unten in die Kirche setzen, Gott, ich bin so aufgeregt!!«

Das Orgelkonzert. Mit Jo, dem Kirchenmusikanten. Ach du Schreck.

»Thea, ich wollte … ja.«

Mein Kopf war wie betäubt. Ich hatte schrecklichen Durst.

»Hast du noch eine Flasche Wasser?«

»Auf dem Rücksitz.«

Thea schien so aufgeregt zu sein, dass sie einfach aus dem Ort fuhr, und ob ich wollte oder nicht, ich musste sie jetzt begleiten, ohne Kaffee, ohne Frühstück und ungewaschen. Aber ausgeschlafen war ich ja eigentlich. Ich versuchte, mich mit dem Selterswasser zu waschen.

»Was hast du denn da für einen blauen Lumpen auf dem Schoß? Und was trägst du für alberne Halsketten?«

Rasch nahm ich den Karnevalsschmuck ab.

»Erklär ich dir später!«

Thea musste sich konzentrieren, denn es sah nach Schnee aus und die Hügel und Täler zwischen den Dörfern waren steil und rutschig.

»O Gott, ich bin froh, dass du mitfährst. Dass du mich da nicht allein lässt. Sag mal, hast du gestern gesoffen? Warst du bei denen in der Schreinerei?«

»Ich habe nicht gesoffen.«

»Aber du riechst so!«

Ich schmeckte auch so, und in meinem Kopf ging es recht durcheinander. Die Hügel und das Auf und Ab konnte ich gar nicht vertragen.

»Hinten liegt noch eine Jacke von meiner Mutter, die hat sie letztens hier vergessen. Zieh einfach die an, die ist viel dicker als deine!«

Ich versuchte irgendwie meine Situation zu erklären, dass ich nämlich nicht wirklich gesoffen hatte, sondern nur so getan als ob, und dass mich die Schmidtwan-Gesellschaft im Sägelmehlkeller vergessen hatte. Aber Thea war so abgelenkt, so neben der Kappe wegen dem bevorstehenden Glanzauftritt mit ihrem Jo. Ich brachte es weder fertig, irgendwo auszusteigen, noch konnte ich die gefütterte gelbe Popelinejacke mit Ziersteppnähten ablehnen, da es mich jetzt gotteserbärmlich fror. Tillys Jacke, die Jacke der frommen und strengen Lehrerin, sie roch nach 4711. Na gut, das Konzert würde ich auch noch überstehen, dann konnte ich wenigstens Theas Gesangskunst bewundern und mir Freund Jo mal von Nahem ansehen. Obwohl, allzu nah ran ging ich wohl besser nicht.

Die Kirche von Linnen war evangelisch, und ich war da noch nie drinnen gewesen. Die letzte evangelische Kirche, in der ich gewesen war, stand in Lemberg, und sie hatte ein Altarbild aus dem 12. Jahrhundert, das sich aufgelöst hat in den grauen Blasen meiner Erinnerung. Die Kirche von Linnen war abgebrannt und wieder aufgebaut und wieder abgebrannt und wieder aufgebaut … nun wirkte sie eher katholisch, traulich und trutzig und von Bäumen umstanden, mit einem vieleckigen Turm und Schieferdächern über den Fenstern.

Ich schlich in Tante Tillys gelber Steppnaht-Jacke hinter Thea in die Kirche.

Thea hatte nur Augen für die bildschöne alte Orgel mit elfenbeinumkleideten Orgelpfeifen und weiß getünchter Schnitzerei, und keine Frage, da stand er, ER, Jo, an der Balustrade! Wie einer der geschnitzten Erzengel mit blonden Locken schaute er von oben in die Kirche, schmal, sensibel und mit einer großen Nase, als wartete er nur auf Thea, nur auf sie!

Und schon entschwebte sie die Treppen hinauf, näher, mein Gott, zu dir!

Verschluckt vom Himmelsvolk.

In der letzten Bank hockte ich mich ans äußerste Ende und büßte eine Weile vor mich hin. Dann wurde ein Taktstock viermal gegen ein Pult geklopft, und es begann ein schwermütiges Lied.

... Este es el árbol, el árbol del pueblo, de todos los pueblos de la libertad, de la Lucha ...

Sie sangen es tatsächlich in Spanisch, vielleicht waren sie in der Volkshochschule in Wällershofen in der Spanisch-AG gewesen. Betäubend und klagend und herzzerreißend fuhr es mir durch Mark und Bein, bis tief in mein winziges, schwimmendes Schatzkästlein hinein. Das war etwas Höheres, etwas ... Grandioses.

Letzte Nacht hatten wir noch gesungen: »Alles hat ein Ende, doch die Wurst hat zwei«. Und nun so was. Der chilenische Urwald war in Linnen angekommen im schönsten und gewaltigsten Konzert, das ich je gehört hatte. Die Seelen und Stimmen und Klänge bäumten sich auf, als liebten sie alle so überwältigend wie Thea und Jo, vielleicht klagten sie auch gerade den Himmel an; bald hob sich womöglich das Kirchendach.

Es war gut, dass ich da war. So erfuhr ich, in welche Welt Thea sich erhoben hatte, ich schielte auf die Empore und sah, wie Jos Körper im Takt der Musik schwang und jedes einzelne Tönchen etwas in ihm vibrieren ließ, als sei der gesamte Canto Generale in verschiedenen Zellen seines Körpers abgespeichert und ließ die Zellen tanzen.

Ich wurde von dem lauten Gesang nüchtern und verzaubert zugleich, legte den Kopf in meine Hände. Der Chor war ein einziger Aufschrei und lateinamerikanisches Stampfen, auch mein Körper wackelte dumpf mit dem Gesang und unwillkürlich hielt ich die Hände auf meinen Bauch, der mir nun wieder schützenswert vorkam; mein kleines Geheimnis, das ich bewahrte vor der bösen Welt, die mich auseinandernehmen würde, sobald es sichtbar wurde.

Neben mir saß eine Frau, die laut gähnte, und als ich mich umdrehte, traf mich beinahe der Schlag. Sie sah haargenau aus wie Herr Ulli-Dieter Aschbrenner, bloß ohne Bart. Aber die gleichen schwarzen Augen, die schwarzen Haare, die Grübchen in den Wangen, in mir erwuchs die Gewissheit – sie war seine Mutter. Ach du Schreck. Was hatte sie hier verloren? Mir fiel ein, dass er einmal erzählt hatte, sie hatte lange Jahre im Ausland gelebt und war ihrem Mann gefolgt, nach Daressalam, nach Algier, nach Damaskus, den kleinen Ulli-Dieter im Gefolge. Was hatte er da wohl erlebt? Schlangenbeschwörer, bunte Gewürzmärkte, Dromedare … vielleicht hatte er darum so etwas Orientalisches, eine Erinnerung an die

Düfte aus dem Morgenland, ein herrliches Lied, das weiter in ihm sang, immer noch?

Kind, dachte ich, da sitzt deine Oma. Fluchtimpuls. Wo war die Tür? Draußen war es kalt, ich hatte keinen Autoschlüssel und Tillys Steppjacke war kein Wintermantel. Ich wollte fortrücken von der orientalischen Oma und wusste doch nicht wohin; gleichwohl war ich gewarnt; wo eine Mutter ist, könnte auch der Sohn umherschwirren, und ich konnte ihm unmöglich wieder in die Arme laufen. Es war Schluss, schlusser als Schluss. Eine gewisse Wehmut durchzog mich im Namen des winzigen und noch durchsichtigen Wesens, dem ich seine Herkunft verschweigen musste, dem ich Mütter und Tanten und Großväter vorenthalten würde; mein Fluchtimpuls ließ nach, und ich begann die Oma zu betrachten. Sie war eine so schöne Frau, und ihr Haar glänzte knatterschwarz und prächtig, wenn auch recht ordentlich gefärbt; sie sah aus wie eine Frau, die Liebhaber haben musste. Aber was redete ich denn da, Thea und ich waren es, die Liebhaber hatten. Oma Aschbrenner gähnte wieder und wälzte sich ein wenig in der Bank, als könnte sie mit der gesamten musikalischen Darbietung nichts anfangen, als sei das alles bloß Kokolores.

Die Kirche war rappelvoll. Der mächtige Gesang erschütterte mich, während mich das im verschwitzten Bhagwantanz angeklebte Sägemehl in Dekollete und Bauchnabel mörderisch zu jucken anfing. Dazu der Geruch von Kirche und Kölnisch Wasser, der sich mit meinem eigenen Gestank mischte. Ich stöhnte leise.

Ich musste aushalten, um meiner Blutsschwester willen und auch wegen der Fahrgelegenheit. Ich konnte sehen, wie Thea ganz Seele und Gesang war und zwischen Jos Taktstößen tief einatmete, so tief, dass ihre Schultern sich hoben wie früher, wenn wir mit elf Jahren immer ohnmächtig spielten, die Luft anhielten und die Augen verdrehten. Theas Augen aber schlossen sich jetzt, und ihr Geist fuhr irgendwo im chilenischen Dschungel überirdisches Riesenrad, oder er sank in einen goldenen Stollen tief in die Anden, oder er schwebte über die Wogen des Pazifischen Ozeans südlich von Feuerland. Sie war an einem Ort, an den ich nicht hinkonnte, den sie jedoch mit Jo teilte. Rilke-Jo, der schreibende, dichtende Mann mit den feinen Händen, der jede Nuance eines Tones so fein wie eine Spinnwebe noch im Traum erkannte, um aus ihnen ein feierliches Konzert zu kreieren.

Als die letzten Töne mein Nervenkostüm zerschlugen, hallte und bebte ich nach wie die alten Kirchenglocken; ich war ergriffen und erlöst in einem. Hoffentlich konnte ich nun endlich nach Hause, mich waschen und auf das Sofa legen! Ich sprang schon mal aus der Kirchenbank, und es sah aus, als wollte ich eine stehende Ovation auslösen, dabei wollte ich nur weg!

Da, oh Schreck, erblickte ich vorne im Chorgestühl den Unhold meines Lebens, Herrn Pfarrer Ulli-Dieter Aschbrenner persönlich, der schillerndste Kirchenfürst zwischen Köln und Frankfurt, versunken, als hätte man ihm den Saft abgedreht, bewegungslos, mit geschlossenen Augen, wie in den Chorstuhl gemalt für die Ewigkeit. Das durfte doch nicht wahr sein! Warum hatte ich ihn nicht gesehen? Was hatte er hier in Linnen verloren? Er gehörte doch in sein Dekanat in Lemberg an der Lem … von ihm war keine Rede gewesen, kein Wort, keine Ankündigung, verdammt, dafür hatte ich jetzt überhaupt keine Nerven!

Natürlich, der Herr Pfarrer war sozusagen der Vorgesetzte von Jo; der liebe Jo hatte zahllose Male für ihn in die Tasten gehauen und seine Messen veredelt; da kam er, um seinem Konzert zu lauschen!

Wie dem auch sei, ich plumpste wie erschlagen wieder in die Kirchenbank neben seine Mutter, die sich offenbar noch niemals so gelangweilt hatte wie heute und im Schlussakkord noch einmal gähnte.

Der gewaltige Beifall, der überbordende, tosende Applaus war meine Gelegenheit, mich aus der Bank zu winden und zu verschwinden.

Denn was sahen meine entzündeten Augen? Déjà-vu, ein schreckliches Déjà-vu! Schon wieder rauschte Herr Pfarrer Ulli-Dieter Aschbrenner nicht zurück in die Sakristei, wo er hingehörte, schon wieder marschierte er freudestrahlend durchs Mittelschiff, und dann krempelte er seinen schwarzen Anzugsärmel hoch, um jedem, aber auch jedem, der aus der Kirche ging, persönlich die Hand zu geben. Verdammte evangelische Sitte! Beim Pfarrer Weide wäre mir das nie passiert! Ich würde es nicht überleben. Ich musste mich im Beichtstuhl verstecken. Ach, die schrecklichen Evangelischen hatten überhaupt keinen Beichtstuhl. Als die letzten alten, hinkenden und lahmen Gottesdiener heranwackelten, schob ich mich dazwischen, damit er hoffentlich nichts Persönliches sagen konnte, und auch Thea und Jo kamen allmählich herbei, sich unterhaltend, flüsternd, mit einem Lächeln, das ihnen kein Mensch und kein Gott von den Lippen wischen konnte. Sie winkten mir zu.

Und dann geschah das Unvermeidliche. Ulli-Dieter Aschbrenner sah mich.

Die funkelnden Augen weiteten sich und es sah beinahe so aus, als wollte er durch die Zähne pfeifen.

»Oh … dass auch Sie sich noch mal in eine evangelische Kirche gewagt haben«, sagte er mit sichtlicher Genugtuung, und es blitzte aus seinen Augen der alte Übermut, er wollte meine Hand gar nicht mehr loslassen, obwohl ich schon längst genug gesegnet war. Verdammt. Er war ein Prachtbolzen. Konnte man nicht anders sagen. Vor dem Altar. Hinter dem Altar. Es war eine großartige Erbmasse, fiel mir ein. Der Mann, der alle Sprachen sprach. Mit dem Recht zu segnen, wen und was er wollte, wenn es sein musste, sogar einen Ehebruch.

Was, wenn das Kind nun genauso aussehen würde wie er? Wenn sich diese starke Erbmasse in jeder Zelle durchsetzen würde, wenn ich einen kleinen Feuerteufel gebären würde, und jeder Blinde mit Krückstock sagen konnte: Der ist doch vom Ulli-Dieter Aschbrenner!

Oh Mann. Ulli-Dieter schüttelte meine Hand dumm und dusselig. Wahrscheinlich dachte er, ich bin gekommen, weil er einfach so schön ist. Und wie immer sah er nicht, wie stinkig ich war und verklebt und schlecht gekleidet, und wieder war es seine Blindheit, die jene unsichtbare Schranke zwischen uns aufzulösen schien. Und doch war ich froh, als Thea kam, die mich abwechselnd zur Sünde verleitete und dann wieder daraus errettete. So war es auch diesmal. Sie schaute Ulli-Dieter an, als sei er der Angebetete und nicht Jo, neugierig und mit schräg gelegtem Kopf, und dann hörte ich sie flüstern mit einem Seitenblick zu mir:

»Sie sollten sich vielleicht noch mal mit meiner Freundin unterhalten …«

Ulli-Dieter nickte und schien zu erbleichen.

Er starrte mich an. Auch Jo sah mich auf einmal an mit einem verklärten, übervollen Blick, als könnte er das Geheimnis seiner Liebe kaum länger bei sich behalten. Die Leute, die noch herumstanden, ließen Jo abermals hochleben, und er verbeugte sich charmant, auch ich verbeugte mich in meiner Not. Was wusste Jo wirklich? Und wusste Ulli-Dieter jetzt auch alles? Ich jedenfalls wusste von allem für heute zu viel, mir war ganz blümerant und mein Kopf schien zu platzen. Ich verbeugte mich nochmals ungelenk und knickste seltsam, drehte mich um und floh.

Wenn mich nicht alles täuschte, hat Ulli-Dieter Aschbrenner noch was gesagt; ich glaube, er sagte »Amen«.

Aber das bildete ich mir wahrscheinlich nur ein.

Ich war geschlagen.

Moralisch. Gesellschaftlich. Finanziell.

Der Blick der Mutter. Der Händedruck vor der Kirche. Der Raubbau an meinem Körper, in dem ein unschuldiges Etwas vor sich hin schimmerte. Meine unwissenden Eltern, mit denen ich am Nachmittag frisch geduscht auf dem Sofa »Traumschiff« sah.

Wenn nun bald alle alles wussten. Wenn mein Bauch unübersehbar wurde?

»Willst du noch einen Erdbeerschilee mitnehmen?«

Wir sagten nicht Marmelade. Es war Schilee.

Gegen Abend stand meine Mutter mit meinem Vater in der Haustür, und sie drückten mir das Glas mit der selbergemachten Marmelade in die Hand, und ich verstaute es in meiner Reisetasche. Der Erdbeerschilee brach mir das Herz. Wie immer blieben sie ewig Seite an Seite in der Tür stehen und winkten mir nach in ihrer Ahnungslosigkeit. Ich hatte sie beschissen. Noch eine Schippe drauf auf meinen Schuldbuckel. Wofür also all die Jahre Elternabend und die Kutschfahrt zu später Stunde in die Tanzstunde Schöffel, wofür all das Kirmesgeld und die Sonderschichten Mathepauken beim Abitur? Damit ich eines Tages mit einem Kind und ohne Mann dastand. Erdbeerschilee.

Kaum war ich den Hügel hinunter und wieder hinauf nach Hellersberg gefahren, kaum fuhr ich von Linnen nach Langdehrenbach durch das schönste Kirschblütental der Welt, brach es aus mir heraus. Die Tränen liefen mir wie Schlossbäche die Wangen herunter, und bis Lemberg war mein inneres Wasserbassin so übergelaufen, dass mein Lenkrad glitschig wurde von Rotz und verheultem Geschmiere. Die Auffahrt auf die Autobahn schaffte ich noch, aber von da an brach die Dunkelheit herein und Regen setzte ein und die Lichter der gegenüberliegenden Fahrbahn schimmerten in Prismen durch meine Windschutzscheibe. Ich fuhr durch die Welt wie durch eine schwarze Waschmaschine; ich sah schon seit längerer Zeit nichts mehr, ich fuhr einfach weiter, nun aber war ich ein schlingerndes Schiff auf hoher See, ich hörte es hupen von überall und wusste nicht mehr, wie alles funktioniert, die Kupplung, die Pedale, ich heulte mich in eine dunkle Hölle hinein. Und da rief ich haltlos und unverdient die Engel, das Licht, das in der Wand erschienen war, ich rief Gott und Jesus und Mutter Maria und alle Heiligen.

Die Reaktion war blitzartig. Sofort. Ich schwöre. Ob du es glaubst oder nicht.

Die Heiligen oder der Himmel oder die Engel griffen augenblicklich ins Lenkrad. Über mich senkte sich ein Schleier unendlichen Trostes, und jemand fuhr für mich in einer seltsam verlangsamten Zeit. Ich war sicher, sah und hörte noch immer nichts, hatte nur dieses Gefühl von Schutz und gewaltiger Liebe, die mich samt Auto in einen Kokon hüllte. Als sei die Luft doppelt so dick, durchsichtig, aber von einer fühlbaren Konsistenz, stark genug, um physisch zu werden und ein Lenkrad zu packen. Ich beruhigte mich. Ich ließ mich einfach fahren. Wir machten keine Pause. Es war alles gut.

Alles gut. Es waren Engel. Es war Mutter Maria. Es war irgendjemand. Das muss mir keiner glauben, mir liegt nichts daran, ob mir jemand das glaubt. Ich fordere auf, es nicht zu glauben. Aber das Etwas konnte Auto fahren. Besser als damals der Omnibusfahrer vom Beul zur Schule. Besser als mein Fahrlehrer, der Herr Willkomm. Ich schwebte sanft wie auf einem Teppich aus Tausendundeiner Nacht. So wie mich als Kind die Möbelmänner getragen hatten, als ich auf dem Sofa eingeschlafen war. Ich ruhte wie in einer selbstgezimmerten Wiege von Scholmerbach. Ich war selber die Wiege, und ich glaubte meinen Bauch zu spüren, aus dem das Lichtpünktchen so sanft und fein herausschimmerte, dass ich ein Laternchen im Bauch zu tragen meinte. Meine Tränen trockneten klebrig, meine Nase war verschwollen, meine Augen verquollen. Ich war so unendlich getröstet von dieser wunderbaren Himmelsfahrt.

Mir konnte nichts Böses geschehen. Das wusste ich nun. Zum Dank wollte ich alles besser machen. Ich wollte mich erkenntlich zeigen. Fleißig lernen. Mein Gesicht waschen und die Haare schön kämmen. Früh zu Bett gehen. Früh aufstehen. Tagebuch schreiben. Rotkäppchen trinken. Malzbier. Ja, Malzbier sollte auch helfen. Ich wollte mich anstrengen im Namen des Herrn.

Ich war so froh, als ich in der WG ankam und Ria in der Küche fand.

»Na, und … wie?«

Sie schien ein wenig mürrisch, weil sie sich den ganzen Sonntag für die Prüfung über das Mysterium Tremendum vorbereitet hatte und ich nicht.

»Ja, bin froh, wieder hier zu sein.«

»Hast du dich vorbereitet, um den Seminarschein zu kriegen?«

»Äh, Mysterium Tremendum. Wollte ich noch machen. Was heißt das noch mal?«

»Das ist, wenn ein Eingeborener seine Gottheit erblickt.«

»Oh ja, ich weiß, es fällt mir wieder ein.«

Mir fiel gar nichts ein, und ich wusste überhaupt nichts. Ich musste das aufholen. Ich wollte eine gute Studentin werden.

»Hier ist Erdbeermarmelade für die WG.«

»Ah, toll! Hast du Schnupfen? Du siehst derart verquollen aus!«

Ich war so froh, Ria zu sehen, ich war in Sicherheit, Licht brannte, die Yucca-Palme im Flur stand so schräg und ein wenig angegilbt, wie immer. Die Märchen der Völker, die Bände aus Litauen und der Mongolei, lagen auf dem Gelsenkirchener Telefontisch, den Onkel Hinz uns aufgebrummt hatte, am Haken hingen jede Menge Wollsachen. Ich war in Heidelberg noch nicht daheim, aber mit Ria hatte ich einen Gutteil von Scholmerbach herübergerettet. Albert kam zu Besuch, der vor seiner verrückten Frau davongelaufen war und nun mit seinem Sohn gegenüber wohnte. Heidi übte mit ihren Medizinfreunden nebenan Blutabnehmen. Wir hatten es geschafft, uns im Provisorium mit Apfelsinenkistenregalen, Oma-Sesseln und ausrangierten Tischen gemütlich einzurichten. Meine Furnierschränke und das Klappbett vom Möbel Franz waren etwas zu schön dafür, aber wenn man es mit ethnologischen Decken behängte, dann ging es. Ich musste damit leben, dass ich mich vielleicht eine Weile nicht nach Scholmerbach trauen konnte. Vielleicht würde das Provisorium für lange Zeit meine Heimat sein und die meines Kindes.

Ich überlegte, in welche Apfelsinenkiste man so ein Kind denn legen könnte. Aber bis dahin war noch so lang, so, so lang. Es würde ein anderes Jahr sein und eine gänzlich andere Jahreszeit, das Kind würde im Sommer geboren werden. Mir genügte es, dass es nun schlummerte in meinem Bauch und nichts Weiteres zu tun hatte, als ein wenig herumzuschwimmen. Etwas in mir kriegte Beinchen und Ärmchen, etwas in mir pulste mit meinem Herzen. Etwas in mir bildete spektakulär ein Nervensystem aus und ein Wirbelsäulchen und ein Köpfchen. Ich würde niemals wieder für mich alleine atmen. Ich hatte etwas zu beschützen. Meine Wunderkugel im Leib. Von nun an passte ich besser auf im Straßenverkehr. Von nun an machte ich täglich Leibesübungen! Von nun an achtete ich auf Obst und frische Luft! Ich würde vorsichtiger die Treppen heruntersteigen und nicht mehr so schwer tragen. Ich würde mich in rauchfreie Zonen setzen. Ich würde nie mehr an Zigaretten ziehen.

Ich gelobte Besserung. Oben und unten und hinten und vorn. Egal was geschah. Wenn ich schon gerettet wurde aus einer rutschigen Hölle vor Tod und Verderben, dann musste ich mich erkenntlich zeigen und verdammt noch mal zusammenreißen.

Albert schlurfte aus der Küche, die am Arm blutenden Mediziner verabschiedeten sich von Heidrun, und Ria suchte nach Wein.

»Wir wollten zusammen Tatort gucken, was meinst du?«

Tatort war großartig. Tatort mit Schimanski, und wenn er fluchen und sich schlagen sollte, dann wollte ich mir die Augen und die Ohren zuhalten, denn Gewalt war nichts für mein Kind! Unsinn, es war überhaupt noch kein Kind. Aber ich wollte nichts anderes, als mit Albert, Ria und Heidi zusammen in den leuchtend roten Kissen sitzen, in denen man immer verrutschte.

Schimanski schrie »Scheiße«, Albert nannte ihn einen Vollproleten, lehnte sich zurück und drückte seinen blonden Zopf in die Kissen. Und schon gab es in Duisburg auf die Fresse, und dann wurden die Weingläser gehoben … in meinem Fall ein Pfefferminztee. Ich fühlte mich wunderbar, heimelig und eigenartig getröstet für alle Zeit.

»Also, es gibt Bundeserziehungsgeld«, sagte Barbara mit der ausgeleierten Dauerwelle am Naturholztisch bei Pro Familia. Ihre Handgelenke steckten in selbstgestrickten Pulswärmern mit Ringelmuster, und sie bot mir ein Nimm-Zwei an.

»Und dann gibt es noch 600 Mark monatlich aus der Heiner-Geißler-Stiftung, die heißt ›Mutter-und-Kind‹.«

Ich war baff. Noch niemals hatte ich Heiner Geißler derart toll gefunden. Ich hatte mir bisher überhaupt keine Gedanken über Heiner Geißler gemacht, der mich nun so überaus großzügig unterstützte. Ich kam also mit dem Bafög auf über tausend Mark, o mein Gott, das war so viel und es war ganz einfach, so einfach. Wenn ich einfach in meinem Zimmer blieb mit dem Kindchen, wenn ich es in eine Apfelsinenkiste steckte … vorerst … Vielleicht heiratete Heidrun irgendwann einen Urologen oder einen Vertreter medizinisch-technischer Geräte oder einen vom Blutspendedienst. Dann könnte ich das Zimmerchen vielleicht dazunehmen … oder vielleicht könnte ja auch ich selbst noch mal … Blödsinn. Mit mir und den Männern war Hopfen und Malz verloren. Das gab nie mehr was.

Unmöglich. Ich war bedient.

»Und dann müssen wir uns ja mal um die Vaterschaftsanerkennung kümmern. Das wird notariell durchgeführt. Das Jugendamt besteht dadrauf. Der muss ja auch was zahlen; da kommt der nicht drumherum.«

»Ach du Scheiße«, sagte ich wie Schimanski. »Das ist … das möchte ich nicht. Ich brauche keine Alimente. Das zahlt jetzt alles Heiner Geißler. Ich bin Heiner Geißler mehr als verbunden.«

Auf dem Tisch von Pro Familia stand ein Uterus aus Plastik zum Auseinandernehmen und an der Wand hing ein Plakat für Kitas in Selbstverwaltung: Eltern gründen eine Initiative. Überall sah man Löwenzahn und Holzspielzeug und Kinderhände aus Fingermalfarben. Gegenüber ein Schild: »Deine Kinder sind nicht deine Kinder. Sie sind der Ausdruck der Sehnsucht des Lebens nach sich selbst. Kalil Gibran.«

»Nun«, sagte Barbara. »Die Mutter-Kind-Stiftung wurde nicht gegründet, damit sich der Herr Vater um die Unterhaltszahlungen drücken kann! Sollte er nicht genannt werden oder nicht bekannt sein, dann muss ja das Jugendamt in Vorlage treten, und die haben überhaupt keine Lust auf solche Sperenzien.«

»Ja gut, dann … dann muss ich das mal überlegen. Eigentlich komme ich auch ohne das Geld aus. Es gibt doch Kindergeld und Bafög und …«

»Das zu entscheiden liegt ja nicht in deiner Macht. Das ist ein Anspruch des Kindes! Stell dir vor, der vererbt mal was. Das geht nicht, dass man das den Kindern vorenthält. Dafür gibt es Gesetze!«

Mir wurde mehr als mulmig. Die Diskussion hatten wir schon mehrere Male geführt. Ich hatte nicht vor, irgendjemandem auf die Nase zu binden, wie ich in die seligen wie unseligen Umstände gekommen war. Ria. Thea. Sie genügten als Mitwisser, und ich hatte sie aufs Dichthalten eingeschworen. Ich hatte genug zu verlieren! Obwohl ich seit dem Namen Heiner Geißler sofort Oberwasser hatte.

»Hör mal«, sagte Barbara. »Wir sind ja hier, um dir zu helfen, die Dinge zu regeln.«

»Ja«, sagte ich. »Und da bin ich so unheimlich dankbar für!«

»Und ich sage dir das als eine, die hier schon einen Haufen Scheiße gesehen hat, und ich war auch drei Jahre lang im Frauenhaus Rhein-Neckar: Wir müssen mal aus unserer weiblichen Opferrolle rauskommen und nicht auch noch diejenigen schützen, die verdammt noch mal kein Kondom benützen können, sich aus allem Schlamassel raushalten und abhauen, wann es ihnen gefällt! So einem Kerl auch noch die lumpigen paar Mark ersparen, hör mal, da sind wir hier strikt dagegen!«

Ich mochte Barbara, und sie hatte es nicht verdient, dass wegen mir die spröden Lockenstränge über den ungeschminkten Augen zitterten. Kleinlaut gab ich ihr recht und wollte den Namen des Vaters noch dreimal nicht sagen.

»Muss man das denn noch vor der Geburt machen, die Vaterschaftsanerkennung?«

»Nee, du brauchst ja die Geburtsurkunde. Aber es wäre sehr hilfreich, das im Vorfeld abzuklären und mal mit dem darüber zu quatschen.«

So verließ ich Pro Familia getröstet und aufgebaut, und gleichzeitig schwebte ein neues Unheil über mir. Vaterschaftsanerkennung. Mit ihm reden! Oh Mann.

Behördengänge ohne Ende standen mir bevor. Das Ausfüllen Tausender Formulare mit Durchschlag von der Matrize. Ärger mit dem Jugendamt. Es ging mir nicht darum, Ulli-Dieter zu schonen. Ich wollte mir Scholmerbach bewahren, und dafür wollte ich gerne auf die lumpigen 200 Mark Alimente verzichten. Der Drecksack. Wieso nannte ich ihn einen Drecksack? Barbaras Einfluss begann offenbar schon zu wirken.

Oje. Wie sollte das nun weitergehen?

Ich hatte eine neue Broschüre von Pro Familia bekommen, und als ich sie aufschlug, blieb ich wie angewurzelt stehen. Ein kleiner Embryo schwamm mir entgegen, orange mit Blutfädchen durchzogen. Es war seltsam anzusehen, Äuglein an den Seiten und Paddelchen mit erkennbaren Fingerchen, so wie: guten Tag.

Es sagte mir guten Tag! Es gab nichts Schöneres auf der Welt! Saumselig starrte ich auf das Bild und stolperte die Treppen herunter, wie man nur bei übernatürlichen Erscheinungen starren kann. Ich fiel auf den Stufen zu Pro Familia in Heidelberg metertief … ins Mysterium Tremendum.

Verliebt. Ich war verliebt in ein Häuflein von zwei Millimetern, verliebt in ein Etwas, das noch nichts war. Auch noch nicht mal schön. Ist doch schnurzpiepe, sagte ich mir. Ist doch schnurzpiepe, was passiert, das Leben sucht sich immer einen Weg, Kalil Gibran, es ist die Sehnsucht des Lebens nach sich selbst. Was brauchen wir Männer, was brauchen wir Dörfer, was brauchen wir Geld? Ich führe jetzt ein lustiges Leben mit dem schönsten aller Menschenkinder, denn schön konnte es ja noch werden, bei dem Vater. Ich erwischte mich bei zärtlichen Gedanken demjenigen gegenüber, der imstande war, in der Totennacht Lebendiges zu schaffen. Jetzt, wo er weg war und nicht mehr bedrohlich, mochte ich ihn. Sollte er doch weiterhin um seinen Altar herumfegen, es war alles gut. Ich würde Mutter werden! Ich hatte Engel, denen daran gelegen war! Sollte er seiner Gemeinde weiterhin die Predigten in die Seelen donnern, dass sie von den Kirchenbänken flogen. Ich war ja keine Schwerverbrecherin. Ich hatte nichts kaputt gemacht. Alle würden was davon haben. Beugehaft, dass ich nicht lache; das Jugendamt konnte mir gestohlen bleiben. Ich hatte meinen Frieden.

So setzte ich mich daheim an meinen Möbel-Franz-Tisch und schrieb:

»Das Mysterium Tremendum – und das Mysterium Faszinosum!

Verbreitet Ersteres Furcht und Schrecken, so handelt es sich bei Letzterem um freudige Verzückung.« Bei meinem Freudentaumel angesichts des Embryos handelte es sich offensichtlich um das Faszinosum und nicht um das Tremendum. Tatsächlich aber war es ja wohl beides. Was ich studierte und was ich erlebte, floss auf wundersame Weise zusammen. Studium war nun angesagt!

Fleißig öffnete ich das verknickte Papier aus dem Handapparat von Professor Rübsam und las die lila verblasste und tausendfach abkopierte Schrift über die Westniloten aus Kenia.

Bis Heidi rief:

»Da ist irgendein Ulli-Dieter am Apparat!«

Ulli-Dieter Aschbrenner. O Gott. Du mein Schreck. Mir wurden gleich die Hände feucht.

Zögerlich griff ich nach der Teetasse und trottete hinüber zum Flurtelefon, das ich mit etwas Mühe unter der Tür zu meinem Zimmer durchzog.

»Hallo Anna.«

»Hallo Ulli-Dieter.«

»Es war schön, dass du mich im Gottesdienst besucht hast. Hätte ich nicht mehr mit gerechnet.«

»Ja, … das war … schon gut, da … der Morgen … Konzert und so … Thea hat gesungen … meine Freundin.«

Es war ein Gespräch, so holperig wie eine Eisenbahn ohne Gleise. Stille.

»Ich kenne deine Freundin Thea, von der Kirche, sie meinte, du hast mir was zu sagen.«

»Ach, na ja …« Ich hatte es nicht eilig. Vielleicht war Ulli-Dieter nicht die geeignete Person, um die Eröffnung einer Vaterschaft entgegenzunehmen.

»Wir können ja … ich bin am Donnerstag in Taunusbad. Wir können ja … uns da vielleicht treffen.«

Taunusbad. Hm. Ja, das ginge. Wollte ich das?

»Da wohnt der Exfreund meiner Mutter, mit dem bin ich früher über die Flohmärkte gezogen.«

»Hm … ah … o. k. …«

Bevor ich mich's versah, waren wir verabredet. Mir war unwohl. Ich wollte mich drücken.

»Also, das ist im Diesterweg, ich bin da um vier Uhr, der Arif ist ein guter Typ, mit dem wirst du dich gut verstehen, er ist seit langer Zeit ein Freund der Familie, sehr tolerant und so.«

Ich war irgendwie zu doof. Ich musste Ulli-Dieter sagen, dass er Vater wird, und verabredete mich bei irgendeinem Flohmarkt-Arif, beim Ex-Lover der Frau Mama. Ich erinnere mich, wie sie in der Kirche gesessen hatte, mit knatterschwarzen Haaren wie ein in die Jahre gekommenes Schneewittchen. Die nun wieder Oma wurde. Es gab nur Schlamassel.

»Ich muss es mir überlegen, Ulli-Dieter. Vielleicht … vielleicht müssen wir das auch nicht machen.«

»Was soll das denn heißen? Was drückst du dich denn so komisch aus? Was ist denn los? Du bist doch nicht …?«

»Doch.«

Endlose lange Atemzüge. Als könnte er das Unfassbare damit wegschnaufen, thermisch an sich vorbeilenken. Schweigen. Vielleicht musste er sich das Gesagte mühsam in den Geist hineindrücken. Telefonstarre. Ich sah ihn vor mir, in Stein verwandelt, wie erfroren. Ich hörte ein unhörbares Seufzen, und es klang besonders evangelisch, und dann rang er sich ein paar Worte ab, sagte:

»Ja, das Leben ist subversiv, und Liebe ist nur ein Agitator.«

»Was … äh … meinst du damit?«

»Sagt Ernesto Cardenal.«

»Ah.«

»Dann müssen wir … wir reden da drüber, ja?«

Ja. Wir mussten reden. Es ging nicht anders. Nach einer gefühlten halben Stunde Stille, in der die Ewigkeit verging, fragte er dann:

»Ja, willst du das Kind denn haben?«

Ich nickte. Er sah es nicht.

Wir verabredeten uns in Taunusbad bei Arif, und ich dachte, es wird sowieso furchtbar, ob im Café Demmer oder beim Waldspaziergang oder auf einem Riesenrad. Das Gespräch wird furchtbar. Ich war ein unbeschreiblich dummes Huhn. Wieso war ich nur so blöd?

Die Westniloten tanzten über das lila Matrizenblatt und drehten mir lange Nasen. Ich verstand sie nicht. Vielleicht, wenn ich ein wenig die Zeilen bekritzelte, konnte ich sie bannen oder ihren Tanz durch die Buchstaben verstehen. Was tat denn dieses Volk, und wie begegnete es der Gottheit, um deretwillen es in Verzückung fiel oder in Schreckensstarre?

Seit Ulli-Dieter am Telefon schreckensstarr geworden war, war auch ich schreckensstarr. Ich saß da, wer weiß wie lange. Heidi begann Nudeln mit Tomatensoße zu kochen, ich hörte, wie sie das Döslein Tomatenmark öffnete und es mit Wasser und Mehl und Butter verrührte und anbrennen ließ. Ich hatte plötzlich überdimensionale Riechdrüsen und roch das angebrannte Mark, als würde es in meiner Nase angezündet; meine Wahrnehmungen waren überscharf. Ich war schmerzhaft durchdrungen vom heftigen Tomatenmark. Ich musste mich hinlegen. Die Geruchswolke vertrieb mich in die Kissen. Ich fühlte das Kind in mir, es war kein Kind, es war ein durchsichtiger Gallerthaufen, einem E. T. ähnlicher als einem Menschen; es war wie das rote Klümpchen an Heidruns Schneebesen. War es nicht unverantwortlich, alle ins Unglück zu stürzen um eines Klümpchens willen? War das Klümpchen in mir nicht ein aufgepumptes Trugbild, weil ich etwas haben wollte, das nur mir gehörte?

Vielleicht war es recht, vielleicht war es nicht recht. Ulli-Dieters zu Tode erschrockenes Schweigen hatte es mir deutlich gemacht. Vor lauter Verquertheit hielt ich mir die Kissen über den Kopf und verschwand im Dunkeln, ich hatte alles falsch gemacht, ich war mir nicht mehr sicher, in nichts war ich mir sicher, ich schloss die Augen und ergab mich dem Rauschen meiner Ohren und der Lähmung, die mich befallen hatte.

Als sei es tiefe Nacht, schlief ich ein, und ich verschlief die Nudeln und die Soße und sah im Traum ein kleines Raumschiff, das endlos in der Ferne umhereierte, es hatte die Form … die Form des Mikroskopausschnittes, so rund und auch so gelb. Nein, es war ein kleiner umhertrudelnder Mond. Doch als ich näher hinsah, war es bewohnt; es war bewohnt von E.T. Einem kleinen Gummiwesen aus roter Erdbeermarmelade. Es schnitt unaufhörlich Frätzchen, es machte »Bäh!« und streckte mir die Zunge heraus und ärgerte mich. Da nahm ich einen Füllfederhalter und machte Anstalten, das rote Gummimännlein zu zerkratzen, aber es entwischte der Feder mit Leichtigkeit und lachte sich kaputt. Es ruderte mit seinen paddeligen Händchen, turnte durch sein ganzes Mondfeld, hob die Fingerchen und machte bllbllbllbll, prustete und spuckte und schien sich köstlich zu amüsieren. Sosehr ich auch den Mond zerkratzte, es turnte übermütig davon und lachte sich kaputt. Es war mir nicht mal böse. Und ich konnte es gar nicht zerstören. Das stand nicht in meiner Macht. Alles war beschlossene Sache, und das winzige Etwas in mir scherte sich keinen Deut um das, was ich wollte.

Der Dezember war kalt, und der Matsch auf den Straßen fror fest. Mein R4 mit seinen albernen Reifchen mühte sich wacker hindurch.

Ich fragte mich, was Ulli-Dieter diesem Arif erzählt hatte. Du, ich hatte da eine Geliebte, da ist was schiefgegangen, das müssen wir klären, in deinem Wohnzimmer. Mir kam alles komisch vor. Da ich mich nun über Nacht anrüchig fühlte und wie eine fragwürdige Gestalt, hatte ich mir noch mehr Mühe mit meinem Äußeren gemacht, jede ausgeleierte Locke an meinem Kopf mit dem Lockenstab nachgebrannt und meine Augenbrauen zu halben Monden gezupft und den selbstgestrickten Pullover angezogen, mit einer Katze oder einem Pinguin oder nein, es waren ganze Häuser vornedrauf, die in knickerig eingestrickten Gräsern ruhten. Mit dieser Häuserzeile auf dem jetzt schon schwellenden Bauch machte ich mich also auf, um den Vater meines werdenden Kindes mit seinem Glück zu konfrontieren, und ich hoffte, dass Arif ein einigermaßen netter Mensch war.

Das Haus hatte ich glücklicherweise gefunden und konnte nun den Falkplan wieder zusammenfalten. Es war eine gewöhnliche Straße in einem gewöhnlichen Ort, aber vor der Tür stand ein Jaguar. Auch Ulli-Dieters Familien-Opel mit Verdeck stand schon an der Ecke. Er hatte also genügend Zeit gehabt, um Arif das Dilemma zu erzählen, und ich wusste nicht, was mir bevorstand. Ob Arif als eine Art Rundfunkmoderator oder der Lebenshilfe-Berater Alexander Borrell aus der Fernsehzeitung Gong im Wohnzimmer zwischen uns sitzen würde. Ich hatte nicht die geringste Ahnung.

Mir öffnete eine Frau mit dezentem, aber teurem Schmuck. Ein teurer Kaschmirpullover, eine helle, perfekt sitzende Hose; es war die Art Kleidung, wie sie reifere Damen kauften in ungewöhnlichen Boutiquen, in die ich noch nie einen Fuß gesetzt hatte. Die Frau war von der Sorte, wie wir in Scholmerbach nur zwei davon hatten: Frau Homer mit bläulichen Haaren, Pelzmantel und lila Lippenstift und die schöne Marikka, die sagte, jede Frau, die nicht einmal im Monat zum Kosmetiker geht, ist eine Schlampe.

Diese Frau duftete auch teuer. In Romanen dieser Zeit hieß es immer: Sie hatte einen unbefriedigten Zug um den Mund. Das war auch hier der Fall.

»Kommen Sie doch herein«, sagte die unbefriedigte Frau, und sie wäre die Lebensgefährtin von Arif. Hatte ich dem Namen nach mit etwas persischem oder sonstwie arabischem Einschlag gerechnet, so sahen sie und Arif brunsdeutsch aus. Er mit mausblonden, trockenen Haaren, zurückgekämmt über einem runden und roten Gesicht, seine Gestalt leicht gedrungen, war er sehr höflich und verbeugte sich, damit er mir nicht in die Augen schauen musste. Nur die zwei großen Ringe an seinem Finger sah man hierzulande selten.

»Tjaaaa«, sagte er bemüht munter. »Da wollen wir doch mal reingehen!«

Er führte mich durch einen Klinkerbogen aus dem Flur in das Wohnzimmer, das im Dezembergrau auch innen grau schien. Ein Fell hing an der Wand und ein Kamin brannte. Da kam auch mein Freund Ulli-Dieter zum Vorschein.

»Na?«, sagte er in einer Art Rührung, als wallte in ihm jäh der Wunsch nach einer liebevollen Wiedervereinigung empor. Und auch in mir kroch Rührung empor. Wir waren fruchtbar gewesen. Etwas hatten wir zustande gebracht, etwas hatte sich verselbständigt. Er roch nach

Tabak. Er war ein toller Mann. Ich spürte verdattert eine Anwandlung, aus der heraus ein Gefühl von Liebe hätte unter Umständen entstehen können. Meine innere Ampel zeigte Gelb. Ich hatte ihn doch gar nicht gewollt. Was war bloß mit mir los?

»Ich habe da mal was vorbereitet«, sagte Arif. Umständlich hatte er einige Gläschen mit Whisky auf einem wenigstens orientalischen Tablett angeordnet.

»Ah«, schnalzte Ulli-Dieter und hob die Flasche: »Jack Daniels!«

Wie, kein »Cognäckchen«?

»Sie können natürlich auch ein Wasser haben oder einen Kaffee!«, sagte Frau Arif zu mir, und ich glaubte, einen gewissen Spott zu hören.

»Ach … nein … doch … Wasser vielleicht?«

»Sie können auch gerne einen kleinen Whisky trinken«, sagte Arif. »Da passiert schon nichts.«

Ich lehnte ab. Die Freundin brachte mir Wasser in einer Karaffe und schüttete es ein in einer Art milder Genugtuung oder kopfschüttelnder Nachsicht. Sie war sieben Jahre Arifs Geliebte gewesen. Wer hatte mir das erzählt? Sie war zu hübsch für Arif, aber in Jahren angezählt.

»Arif war in meinem Leben immer sehr wichtig, weißt du?«, sagte Ulli-Dieter.

»Wir sind in meiner Jugend viel auf Flohmärkten gewesen und er ist: ein Freigeist!«

Freigeist war offenbar notwendig in unserer Situation.

»Er hat sich immer für orientalische Literatur interessiert, für die großen Schriften, er hat mich begeistert für die sufistischen Denker und den Dichter Ibn Arabi!«

Beeindruckt schwieg ich und sie warfen sich Namen zu: Hasan al-Basri und Rabia al Adawiyya, die trunkene Gottesliebende, und sie tranken auf die trunkene Liebende und darauf, wie sie zu Lebzeiten aus der Scherbe eines Kruges getrunken und auf einem Flussstein als Kissen geschlafen hatte. Sufismus, Derwische, Mystiker. Ulli-Dieter und das Mystische waren eins. Alles, was älter war als tausend Jahre, lag ihm besonders.

»Wir lesen bei uns in der WG auch … Märchen der Völker … aus der Mongolei zum Beispiel«, sagte ich.

Wir setzten uns auf die braunen Ledersessel und hoben die Gläser. Die ehemalige Geliebte stellte sich als eine vornehme Elke heraus. Sie ließ sich auf der Lehne von Arifs Sessel nieder und tat, als verlange es sie nach Zärtlichkeit, legte die Hand auf den Arm des dicklichen Mannes und streichelte ihn ohne Chemie. Aus dieser Geste schien nichts zu fließen, nichts drang in ihn hinein, keine Liebesfluid, nichts, so wenig wie aus einem abgebrochenen Ast. Er blies die Backen auf, um die Berührung auszuhalten. Hilfesuchend prostete er mir zu.

»Und … eh … jetzt seid ihr, du und Ulli-Dieter, also … in dieser Situation!«

Ulli-Dieter schien sich zu verfärben. Zwischen dem dunklen Bart und den schwarzen Augen schoss es rot heraus, sein Kiefer zerkaute den Whiskey, die Augen funkelten nicht.

»Es war … es war keine Absicht …«, fing ich an …

Ulli-Dieter fuhr sich über den kurz geschorenen Theologenkopf.

»Aber du weißt schon, dass du mich in eine ziemlich schwierige Lage bringst …«

»Ja, also, ich war da nicht allein beteiligt.«

»Es ist ja nur, versteh doch, das könnte für mich in dieser Konstellation desaströse …«

»Er hätte ja auch Kondome in der Apotheke holen können!«, rief ich. »Aber, ach, ist ja auch egal jetzt.«

»Nun, es ist jetzt nicht angebracht, Schuldvorwürfe zu machen«, sagte Arif und schwitzte. Elke musterte mich mitleidig, und vielleicht erinnerte ich sie ein wenig an sich selbst. »Lasst uns doch erst mal hören …«

»Du hast gesagt, du nimmst die Pille danach!«, sagte Ulli-Dieter.

»Habe ich ja! Aber hat nicht geklappt!«

»Kann ich was dafür, dass an Allerheiligen die Apotheken zu sind?!«

»Du hättest sowieso nicht in die Apotheke gewollt, du wolltest immer ohne!«, schrie ich.

»Hört auf«, sagte Arif.

»Dabei stand für ihn ja viel mehr auf dem Spiel«, brummelte ich.

»Wir sollten doch überlegen … hm … was man aktuell in der Situation tun kann.«

»Ich kenne da einen sehr guten Arzt«, sagte Arifs Freundin. »Der ist diskret und fragt auch nicht. Ich meine … es ist ja noch sehr früh!«

Da wusste ich, wie sehr ich mein Kind wollte. Ich liebte es und ich wollte es unbedingt und unter allen Umständen. Selber schuld, Herr Pfarrer. Mir doch egal, was passiert. Auf Ehebruch wird hierzulande niemand mehr gesteinigt. Ich würde das alles schon aushalten, sollten sie mich doch mit Pech und Schwefel übergießen, sollten sie doch über mich herziehen, ich würde ein schönes Kind kriegen, ein wunderbares, ein Goldkind, auf dessen Hochzeit ich einmal tanzen würde, und bis dahin war alles vergessen.

»Tut mir leid, aber … ich … ich werde es behalten.«

»Jaja«, sagte Ulli-Dieter panisch. »Das sollte ja auch nicht heißen, dass wir hier … dir alle … es ist ja auch schön, dass noch ein Kind kommt. Es ist ja etwas Gutes. Gott allein weiß, was er mit uns vorhat, und er wird uns die Kraft geben, und er wird bei uns sein. Und er wird uns nicht verdammen.«

»Deine Frau wird dich verdammen«, sagte Arif. »Und in die Wüste schicken.«

»Ja. Scheiße«, sagte Ulli-Dieter.

»Ich habe es niemandem gesagt.«

»So was geheim zu halten wird nicht leicht sein«, seufzte Arif.

»Also nur Ria und Thea habe ich es gesagt, aber die halten wirklich dicht!«

»O Gott«, seufzte Ulli-Dieter, und Arif nickte schwer. Sein Blick wanderte über den Teppich, den einzigen orientalischen Hinweis, der seinen Namen rechtfertigen mochte, denn auch wenn Arif dem Sufismus frönte und einen arabischen Namen trug, so sah er doch aus wie ein Oberförster aus Villingen-Schwenningen. Der Liebhaber seiner Mutter. Der Mutter, die nach dem Schmidtwan-Abend in meiner Kirchenbank gesessen hatte mit ihren überaus langen Haaren. Sie sich in Arifs Armen vorzustellen war schwer. Er musste etwas haben, von dem ich nichts ahnte. Schwere, handgefertigte Ledergürtel lagen über einem Tisch. Für den Flohmarkt? Mit ein paar orientalischen Ornamenten?

»Ich handele nicht mehr auf dem Flohmarkt, ich mache Geschäfte auf andere Art.«

Arif deutete auf sein Büro hinter der Glasbauwand. Da sah ich einige Ordner und einen aufgeschlagenen Terminkalender. »Ich habe auch gleich ein wichtiges Telefonat.«

Der Sufismus. Der Terminkalender. Die Ledergürtel. Die Priestermutter-Liebschaft. Schneewittchen und der Oberförster. Flohmarkt. Klinkerbau und Glasbausteine. Ein orientalischer Name.

Ich habe vergessen, warum Arif Arif hieß. Ob seine Mutter einen arabischen Liebhaber hatte? Mir wurde ganz schwindelig beim Versuch, mich irgendwie in dieses Wohnzimmer einzuordnen und wieder auszuordnen. Dies war wohl das Höchste, was ich aus Ulli-Dieters Leben erblicken durfte. Bruchstücke aus seiner Vergangenheit, die ich nicht auf die Reihe kriegte. Und ich passte in diesen Raum, weil hier überhaupt nichts zusammenpasste.

Die unbefriedigte Frau, die womöglich nur wegen dem Jaguar bei dem Oberförster blieb und sich und uns das Schauspiel einer Liebe dargeboten hatte, das niemand glaubte, brachte uns zur Tür. Ob ich noch ein wenig über Sufismus lesen sollte?

»Danke«, sagte ich, und es wollte mir kein rechtes Wort einfallen dafür, dass sie uns in dieser unangenehmen Situation die Tür zum Klinkerhaus geöffnet hatte. Sie sah mich schon wieder spöttisch an, herablassend oder gnädig.

»Tja, alles Gute, sage ich dann mal.«

»Danke, Elke«, sagte Ulli-Dieter.

Auch Arif, schon im Büro mit dem Terminkalender in der Hand, verbeugte sich geflissentlich.

Dann schloss sich die Tür hinter uns beiden.

Da standen wir im Vorgarten. Sollten wir jetzt nach Hause fahren? Ich mit dem R4, der geduldig auf mich wartete? Ulli-Dieter stand vor mir, im roten Sweatshirt und mit der offenen Jacke, er roch noch immer gut, ein wenig nach Tabak, und er war ein richtiger Mann. Hilflos sahen wir uns an. Wir mussten uns in die Arme nehmen. Seine Arme waren stark. Ich sagte es schon. Ich wäre vielleicht bei ihm geblieben, wenn er kein Pfarrer gewesen wäre und nicht verheiratet und keine Kinder gehabt hätte.

»Ich werde für uns beten«, sagte Ulli-Dieter. »Für dich und für mich und das Kleine.«

»Wir werden es bitter nötig haben«, sagte ich.

Er küsste mich links und rechts auf die Wange.

»Ich kann nicht mit dir fahren«, sagte er.

»Ach so, ja ... Habe ich ja auch gar nicht verlangt.«

Aber einen Augenblick lang hatte ich mir gewünscht, er wäre mit mir spazieren gegangen oder in ein Café.

»Ich ... ich möchte ... dich im Arm halten, das möchte ich immer noch ... aber ... ich kann nicht mit dir schlafen, ich kann einfach mit Schwangeren nicht schlafen.«

»Ach, Ulli-Dieter!«

So ein Idiot! Ich war ärgerlich. So was zu sagen. Da hatte er doch diesen Augenblick verbal völlig verbockt.

Aber was hatte ich eigentlich erwartet? Mit meinem lichtvollen, weichen Bauch fühlte ich mich plötzlich schwach und schutzbedürftig; auf einmal war es mir egal, was Ulli-Dieter daherredete. Vielleicht hätte ich ihn doch gerne mitgenommen, einfach so, als starken Mann, der andere verhaut. Einfach nur ein Kerl, der einen beschützt vor den bösen Tieren im Wald. Dafür war er doch gut!

»Ich möchte dir etwas schenken«, sagte er.

»Oh.«

Ich war empfänglich. Ich freute mich. Ich fand es schön, dass er mir was schenkte; irgendwie brauchte ich etwas Freundliches von ihm. Unser gemeinsam begangener Fehltritt und das gemeinsam gezeugte Leben verbanden uns doch auf eine gewisse Weise. Ein Geschenk. Ich war gerührt.

Er zog aus der Tasche ein Amulett mit dem heiligen Christophorus.

»Er soll euch beschützen.«

»Ah.« Ich war verwirrt. Der heilige Christophorus?

Als ich das Amulett in Händen hielt, schien es mir denn doch ein wenig abgeschabt; das Silber, wenn es jemals Silber gewesen war, schien ein wenig Schmodder um Christophorus' klobige Knie und das gesichtslos abgeriebene Jesuskind zu haben. Ein schlecht ziselierter Christophorus, wie er da aus dem Wasser stieg.

Ich hielt ihn in der Hand, als müsste ich ihn wiegen. Er wog nicht sehr viel.

»Ein Christophorus … ist der nicht für … ähm, Reisende … für … Wasserleichen oder so?«

»Christophorus war einmal ein Gottsuchender, der Gott dienen wollte, bis er eines Tages ein Kind übers Wasser tragen musste, und es wurde immer schwerer und schwerer … und es war der Heiland, also, das ist jetzt die Kurzform.«

»Hilft der Christophorus denn auch Schwangeren in Not, oder warum schenkst du ihn mir?«

Ich verstand die Bedeutung nicht recht, aber ich wollte eine Bedeutung haben.

»Na ja«, sagte Ulli-Dieter. »Ich habe es im Haus irgendwo gefunden.«

»Ah … dann … danke auch.«

Ich wusste nicht, wohin mit Christophorus, in die Hosentasche stopfen, in den Gulli gleiten lassen, über meine Häuserzeile hängen, auf der Heimfahrt aus dem Fenster werfen, unschlüssig ließ ich die Kette durch die Finger gleiten und zuckte benommen die Schultern.

So umarmten wir uns noch einmal und trennten uns in überwältigender Ungewissheit, wie es weitergehen würde. Blümerant und mit einem Amulett drittklassiger Heilkraft stolperte ich davon, und jeder von uns knatterte in seinem Auto davon.

Das war es dann für immer mit uns und mit der Krankenkommunion.

Der Schnee fiel.

Es war der erste und einzige Dezember meines Lebens, den ich nicht alleine in meinem Körper verbrachte. Von dieser winzigen, schlafenden Menschenknospe in meinem Bauch geriet ich äußerlich völlig aus dem Leim. Ich wurde breiter und meine Brust schwoll, meine Augen und meine Nase und selbst meine Gedanken schienen zu schwären in meinem aufgedunsenen Hirn. Alles an mir, mein ganzer Leib machte sich bereit, dem Menschlein eine Wiege zu bereiten, ein Wasserbett, ständig drohte ich überzulaufen und rannte ins Bad … ich schlief, wie vor mir kein Mensch geschlafen hat, ich glaubte mein Blut rauschen zu hören, und eines Tages hörte ich das Herzlein des Kindes schlagen.

Es war der Frauenarzt, der verwunderliche, der ein Hörrohr an meinen Bauch hielt, und ich hörte nicht klopf, klopf, klopf, ich hörte Schwäppchen, Schwäppchen, Schwäppchen in einem irren, jagenden Tempo. So sang mir mein Kind sein erstes Lied.

Ich liebte es über alles. Ich war besessen von etwas, das noch gar nicht da war.

Es war dunkel draußen, der ganze Winter war irgendwie dunkel. Ich tapste wieder durch den Schneematsch und sah in die Weihnachtshäuschen hinein, mit Schnitzereien aus dem Erzgebirge und kleinen Krippen mit einem Jesuskind darin. Dieses Jahr hatte ich auch ein Christkind im Bauch. Ich freute mich.

So würde ich es ihnen sagen. Meiner Mutter, meinem Vater. Dass ich ein Christkindchen im Bauch hatte. Nach der Kirche … zur Bescherung … würde ich es ihnen sagen. Frohe Weihnachten. Im Angesicht des geschmückten Christbaumes und in der Feierlichkeit des Abends würden sie weich sein und nicht so hart im Urteil.

Es war unmöglich, an Weihnachten wütend zu sein, es war unmöglich, an Weihnachten eine werdende Mutter zu beschimpfen, unmöglich, dass sie mit Sachen um sich werfen und den riesigen katholischen Zirkus machen könnten. Unmöglich.

Dachte ich.

Vielleicht würden sie sich auch ärgern, aber am Ende würden sie doch vor Freude strahlen, dass sie nun Oma und Opa wurden. Dachte ich. Man kann viel denken, wenn der Tag lang ist und die Nacht dunkel, wenn im Leib und im Gemüt sich alles ändert, wenn die Hormone herumschwappen. Ich könnte auch das Ultraschallbild zeigen, das mir der Doktor gegeben hatte. Gut, man sah nichts drauf, nur ein Schwarz-Weiß-Bild mit Geflimmer. Aber ich liebte das Bild abgöttisch, so wie meinen taubenblauen Mutterpass, in dem schon alles stand, Herztöne messbar, mein Blut und seine Gruppe, eine Wachstumskurve war eingemalt mit jetzt kurz über null … Ich fühlte mich wichtig mit diesem Pass. Mir war noch nicht nach Söckchenhäkeln. Mir war danach, meine Hüften zu wiegen in einem ewigen Schunkeltanz und dem Bewusstsein, nein, dem Unbewusstsein, dass ein blindes Passagierchen vor sich hin trieb im dunklen Weltall meines Leibes.

Weihnachten stand vor der Tür.

Scholmerbach rief mich, und ich verließ Heidelberg und die Uni und Pro Familia und die WG wie einen städtischen Spuk, als hätte es sie nie gegeben, ich musste heim, heim in mein Dorf, wo ich hingehörte, ich hätte nie fortgehen dürfen.

Ria schrieb noch Klausuren, ich aber ließ alles stehen und liegen und fuhr mit dem R4, der unfreiwillig zum Liebeslager geworden war und nun bald ein Kinderwagen werden würde.

Mein Dorf lag unschuldig im Tal, also, unschuldig war es nicht, aber mit seinen weißen Dächern und dem weißen Häubchen auf dem Brunnen, und auf der Bushaltestelle war es geschmückt und verzückt und gerichtet wie eine alte Braut. Ich sah mal wieder alles schöner, als es war. Immer schimpften sie mit mir: Du machst es schöner, als es ist, du siehst wieder was, was gar nicht da ist. Das hatte ich von meinem Vater. Er war ein Schöngeist!

Er verzierte beispielsweise das Linner Sängerfest mit solchen Worten:

»Willst du heut mal was Schönes sehen,
willst du durch sonnige Höhen gehen …
wo kommst du dann hinnen?
Dann kommst du nach Linnen!
Und willst du freundliche Menschen erleben
die auch gerne mal ein Glas mit dir heben …
wo gehst du dann hinnen?
Dann gehst du nach Linnen!«

Mein Vater brachte es fertig, achtundzwanzig Strophen über die Schönheit von Linnen zu dichten, da wäre kein Mensch draufgekommen. Aber natürlich wollte jeder gerne etwas Schönes über sich hören, darum luden sie meinen Vater ununterbrochen ein, um noch mehr Schönes aus der Welt zu quetschen, das ihnen sonst entgangen wäre.

Mein Vater war ein schöner Mann, und ich hatte früher meine Oma gefragt, ob er der schönste Mensch von der Welt sei. Ja, hatte Oma gemeint, doch, das sei er. Ich fragte: aber doch nicht der allerallerallerschönste von der Welt? Doch, sagte Oma. Er sei der allerschönste Mann von der Welt. So wie Gregory Peck oder O. W. Fischer.

Mein schöner Vater, der alles schöner machte, machte auch jetzt einen schönen Christbaum, und das Krippchen, das wir hatten, war in eine Wurzel hineingeschnitzt, die er im Wald gefunden hatte. Er konnte gut Märchen erzählen. Er konnte schön vorlesen. Er konnte sich alles Mögliche erfinden.

Aber auf das, was an diesem Heiligen Abend kam, war er nicht gefasst.

Der Weihnachtsgottesdienst war überfüllt.

Mein Vater stand immer mit dem Kaiser-Hubert ganz hinten unter den Kerzenheiligen, und das Wachs tropfte ihnen ins Genick. Über ihm orgelte wie besessen Thea die mächtigen Engelschöre aus dem Himmel in das Kirchenschiff hinein, der Gesangsverein Halbe Lunge sang, und die Blasmusik erscholl mächtig und gab ein Konzert von Weihnachtsliedern. Pfarrer Weide schlurfte zum Altar und pries die selige Nacht, in der die Jungfrau Maria und Josef Obdach gefunden hatten in einer Herberge.

Scholmerbach war großartig darin, Dinge in Szene zu setzen; aus allem machten sie einen Rausch, in diesem Falle einen Weihnachtsrausch, in dem jedem die Brust schwoll und das Herz aufging. Die Karnevalstanzgruppe Spätlese hatte im Fernsehen einen Lichtertanz in Schweden gesehen, der gefiel ihnen so gut, dass sie jetzt mit Kerzen auf dem Kopf und in den Händen aus dem Dunkel geglitten kamen und stumm und verzaubert durch den Mittelgang schwebten. Stille Nacht, Heilige Nacht.

»Macht ihr auch nächstes Jahr wieder was an Karneval?«, flüsterte mir nach der Kommunion der Schreiner-Benni zu.

»Klar doch!«, flüsterte ich, ohne nachzudenken. Schließlich war ich ein alter Faschingsgaul. Noch nie hatte ich nicht mitgemacht an Karneval, ob Büttenrede, Tanzballett oder Schlagersängerin. Obwohl … dieses Jahr?

»Du musst das Männerballett einüben! Wir haben sonst niemanden!«

»Klar, mache ich!«, hörte ich mich wispern. Ich hatte offenbar den Ernst meiner Lage nicht kapiert. Doch nun hatte ich es Benni versprochen, unter dem Segen der heiligen Christnacht, und was man verspricht, muss man auch halten. Ich rechnete rasch nach, wie dick ich an Karneval aussehen würde und ob ich da auf die Bühne könnte … aber gut, ich konnte ein Kostüm anziehen. Vielleicht war bis dahin auch der Skandal perfekt? Aber an Karneval herrschte eine große verzeihende Stimmung mit allen Sünden dieser Welt. Nirgendwo konnte man dem Dorf besser ein Geständnis machen als an Karneval, wenn alle besoffen waren. Es würde schon irgendwie gehen. Gelobt war der ewige Durst meiner Heimat.

»Gelobt sei Jesus Christus«, sang auch Pfarrer Weide.

»In Ewigkeit, Amen.«

Dann lauschten wir noch der herrlichen Blaskapelle, die tatsächlich ein englisches Lied spielte, nämlich »I am dreaming of a White Christmas«, das war spektakulär und verdammt gut geblasen. Wir drückten und umarmten uns und jeder wünschte jedem »Frohe Weihnachten«. Thea kam lächelnd von der Empore herunter.

»Frohe Weihnachten!«

»Frohe Weihnachten! Hast du es ihnen schon gesagt?«, flüsterte sie.

Ich schüttelte den Kopf, aber ich strahlte. Ich freute mich. Ich konnte mir nicht vorstellen, dass sie die tiefe Freude, die ich empfand, nicht teilen würden. Es war doch so schön, was mir eben geschah. In tausend stummen Worten hatte ich geübt, wie ich es meiner Familie sagen wollte. Gleich nachdem wir um den Baum »Stille Nacht Heilige Nacht« gesungen hatten, wollte ich sagen: »Hier liegt das Christkindchen. Und auch ich habe ein Christkind in mir. Und du wirst Oma und du wirst Opa und ihr werdet Onkels!« So hatte ich es mir vorgenommen. Das war die geplante Wortwahl.

»Zur Bescherung!«, flüsterte ich. »Ich sage es ihnen zur Bescherung!«

Thea sah mich zweifelnd an.

»Na, ob das jetzt … eine schöne Bescherung … ich werde an dich denken!«

Und sie drückte mir die Hände so fest, dass sie mir beinahe die Finger brach.

Ich höre noch den Schrei meiner Mutter.

Spüre, wie meine Brüder mich umarmten, das taten sie sonst nie. Aber der Schrei meiner Mutter übertönte alles. Du wirst Oma und du wirst Opa und ihr werdet Onkel. Es war der einzige Abend, den mein Vater nicht schöner machen konnte, als er war. Die Geschenke blieben liegen. Mutter flüchtete in die Küche und polterte drauflos, es flogen Töpfe und Geschirr, und noch immer hörte meine Mutter nicht auf zu schreien.

»Von wem?«

»Das sage ich nicht.«

In meiner Erinnerung kommt danach eine bizarre Folge von schlecht geschnittenen Bildern. Auf einmal die Suppe mit Markklößchen im Teller, und ich sehe noch heute, wie mein Vater sie stumm löffelt. Es war so, als ob er in die Suppe weinte. Er konnte nichts sagen. Ich weiß nicht, was schlimmer war, das Schreien meiner Mutter oder das Weinen meines Vaters. Die Tochter in Schande. Die Tochter entehrt. So war das damals.

Oft hatte mich mein Vater gegen meine Mutter verteidigt. Jetzt nicht.

»Also ich habe mich gefreut«, sagte Tobias. »Ich finde das schön, dass wir ein Kind dazukriegen.«

»Ach, ihr!«, weinte Mama aus der Küche. »Was wisst ihr denn schon! Was wisst ihr, was es heißt, ein Kind großzuziehen! Alles umsonst! Die Schule! Die Ausbildung. Die Fahrerei immer. Jetzt kannst du dich auf die Bank von den … von den Alleinerziehenden setzen!«

Sie schrie und schluchzte durcheinander. »Und du hättest alle haben können! Die besten Kerle hast du weggeschickt! Jetzt wirst du alleine bleiben! Wer will denn schon ein abgelecktes Butterstück? Keiner!«

Sie war am Ende. Der Weihnachtszauber hatte nicht funktioniert. Es war sinnlos. Mein Vater löffelte und löffelte. Die Markklößchensuppe wird auf ewig, mit diesem

Weihnachtsabend verklebt, in meinem Gedächtnis haften bleiben.

Keiner mehr wagte es, etwas zu sagen, so unglücklich schrie meine Mutter.

Meine Brüder waren nicht wirklich verwundert über meine Schwangerschaft. Sie hatten von mir gar nichts anderes erwartet, als dass ich irgendetwas anstellte, das aus der Reihe fiel. Aber nun mussten sie es mit mir ertragen.

Meine Brüder stupsten mich in die Rippen und grinsten. Ich hatte niemals gedacht, dass sie mal für etwas gut sein könnten, außer für Mathehausaufgaben. Aber nun brauchte ich sie so sehr. Sie hielten mich ganz fest am Arm, als bräuchte ich Krücken.

Es war eine schöne Bescherung.

Meine Eltern litten entsetzlich.

Am Morgen des ersten Weihnachtstages erwachte ich in tiefer Verzweiflung. Noch ewig hielt ich mich in einem Halbschlaf, im Wunsch, einfach nicht zu Bewusstsein zu kommen, in der Hoffnung, ich könnte einfach nicht wach werden. Ich lag immer mit einem Bein angezogen auf der Seite, die Kissen zerstaucht, an irgendeiner Stelle war mein Rücken nicht richtig bedeckt, und ich begann zu frieren. Aber ich konnte mich einfach nicht rühren, zu schrecklich war das, was mich erwartete, wenn ich aufstand. Wie sollte ich je wieder aufstehen?

Katholische Verdammnis, immer noch, sie wirkte bis spät in die Achtziger. Was ein gestandener Katholik ist, der verzeiht nicht. Hölle und Verdammnis. Nun wusste ich, wie es sich anfühlte. Ich dachte an das winzige Etwas in meinem Leib, das meine Verzweiflung ins Fruchtwasser tropfen spürte, aber ich wusste nicht, wie ich ihr hätte entfliehen können. Selbst das Wissen um dieses heilige Dingelchen in mir ließ mich nicht heiterer werden. Ich glaubte, an diesem Tag wohl kein Frühstück zu bekommen, kein liebes Wort, vielleicht warfen sie mir ein altes Brot die Treppe hinauf. Die Laken rochen müffelig, halbkalte Träume aus der Nacht standen im Raum. Es war nicht gemütlich. Es war ein Albtraum, der mit der Nacht nicht vergangen war.

Stunden … Stunden lag ich da … wach und nicht wach.

Da geschah es wieder. Ich konnte es nicht glauben. Aber es drang etwas durch die Wand. Von drauß' vom Walde kam es her … ich wohnte doch am Waldesrand, schon immer, unser Haus schaute auf das Dorf herunter, man sah die Dächer der anderen Häuser, schöner konnte man nicht wohnen. Von meinem Zimmer schaute ich in die Bäume und in den Garten, wo der Zwetschgenbaum meiner Großmutter stand. Von irgendwoher aus dem Zwetschgenbaum musste es durch die Wand gedrungen sein, ein schwächliches, stärker werdendes Licht. Es war tröstlich, es war warm, es sagte mir, dass alles gut wird. Rundlich mit zerfließenden Rändern, und ich sah es mit halb geschlossenen Augen. Allmählich gewöhnte ich mich wohl an überirdische Erscheinungen; sie waren mir auch nicht wirklich neu, schon immer sah ich mitunter aus den Augenwinkeln seltsame Dinge.

Meine Großmutter Apollonia erschien mir noch ewig

nach ihrem Tod im Halbschlaf und in meinen Träumen. Aber sie stand nicht in der Wand. Eine Wand war aus Stein, in einer Wand hatte nichts zu leuchten wie eine Funzel. An diesem Morgen aber war es wieder da, und es schimmerte so tröstlich und wollte etwas sagen. Ich verstand nichts, ich verstand alles.

Das Licht war ein zusammengeschmolzener Engel, es sandte sanfte Schwingungen einer himmlischen Welt in mein Zimmer hinein, es war ein intensiv leuchtender Fleck, der einen überirdischen Trost verströmte und mein Kindchen in seinem schwimmenden Universum von dem Unrat meiner düsteren Verfassung befreite.

Die Wahrheit, die aus dem Licht herausströmte, verwandelte das missratene Weihnachtsfest in eine unbedeutende Gespenstergeschichte.

Ich wusste nun, dass mir nichts geschehen konnte, niemals, und ich war nicht allein. Irgendwie musste ich es also schaffen aufzustehen, und ich wagte es, immerhin ein Bein aus dem Bett zu strecken. Ich hatte mich gerührt. Das war so viel, so unheimlich viel an diesem Morgen.

Der Braten, die Kroketten, die Weincremetorte, nichts schmeckte an diesem Tag. Jeder würgte irgendwie daran herum. Zu schwer wog die Schande, die ich über das Haus gebracht hatte. Tante Hilde, Onkel Willi, alle Verwandten, die kamen, mussten vorerst noch belogen werden, und so herrschte eine schlimme Verstellung, eine verspannte Scheinfröhlichkeit, hinter der es in meiner Mutter kochte und brodelte.

Jedenfalls konnte sie es mit mir nicht aushalten in derselben Küche, demselben Raum, und sie wich vor mir zurück, wie vor dem Albtraum ihres Lebens, unstetes Rangeln um die Besteckschublade, die Brüder sprangen dazwischen, sie sprangen mit ihren blonden Locken durch die Spannungen, die im Raum hingen, schwer wie Abschleppseile. Nie hatte ich ihre Locken so oft um mich gesehen, nie waren sie so vor meiner Nase herumgesprungen.

Als mein Vater sich endlich aus seiner Trauer gelöst hatte, fragte er, ob ich irgendwie Geld brauche. Das schlimmste Weihnachten, das ich jemals erlebt hatte, und es waren meine Brüder, die mich retteten, Tobias, der mich umarmte und sagte, wie er sich freut, dass er Onkel wird.

Brüder und Licht in der Wand, Verdammnis und Verstellung, ein unbeschreiblicher Küchenkessel mit einem außerordentlichen Töpfeschlagen und Suppenlöffel-Malträtieren. Das entfesselte Geschirr tobte an allen Weihnachtstagen, noch heute fühle ich mich furchtbar verdroschen, denn ich wusste, jeder Löffelschlag und jeder Topf, der durch die Küche flog, galt mir, allein mir, erst recht aber die Pfanne.

Na ja, ich habe es überlebt und meine Mutter hat es auch überlebt. Vielleicht ist diese Erinnerung zu schwarz in meiner Seele, darum füge ich auch die Erinnerung an meine Brüder hinzu, ihre Umarmungen und ihr Fratzenschneiden, und auch die seltsame, mauerauflösende Erscheinung in der Wand, meine Erfindung, meine Halluzination, meine Spinnerei, das helle Licht, das doch so tröstlich war und real und mir half durch diesen Reigen von schauerlichen Weihnachtstagen.

Ich floh nach Heidelberg.

In der eisigen Kälte des Januars verkroch ich mich in die WG, unglücklich, war ich doch aus meinem Nest geworfen und konnte nicht recht fliegen. Die WG war noch nicht heimatlich.

Alles war schal. Die Wände des Hauses schienen mir zu dünn, zu kalt, so viele dünne Wände um so viele Wohnparteien, Schuhschachteln aus Beton mit Leuten drin, die ich nicht kannte, nur grüßte. Allein Albert von nebenan mit seinem Zopf und sein Sohn Jan, der sich an sein Bein drückte, Albert war okay. Er sah ein wenig aus wie ein blonder Musketier, den Schnurrbart nach oben gezwirbelt, Gruß an Dalí im Kunstunterricht.

Albert war hier, weil seine Frau ihn buchstäblich aus dem Bett herausgetreten hatte. Das war sehr tröstlich für mich: ein alleinerziehender Vater im Haus. Wenn ich mir also durch den schlimmen Januar helfen wollte, dann war es mit Albert, der immer rüberkam und mit dem wir Suppe kochten oder Nudeln mit Soße und der uns sein Leid klagte über seine verrückte Frau.

Oder mit Frau Schwäbli, die unter uns wohnte und tapfer ihre Einkäufe hereintrug und freundlich vom Balkon winkte. Mit Ria und Heidi, die Mehlwürmer in der Küche entdeckten und eine Mehlwurmparty veranstalteten, um sie zu entsorgen. Und mit Fernsehen. Ich half mir mit Fernsehen durch den Januar. Und mit Theas Briefen.

Und mit den Bildern meines Kindes, die durch eine Flut von Büchern und Broschüren zu mir drangen. Über Monate waren sie ausgebreitet auf meinem Bett und auf dem Boden. Kein Nervlein entging mir, kein Nierchen, kein Wirbelchen, kein Augenlid, kein Kämmerchen seines Herzens und nicht die Papillarlinien, die das Fruchtwasser in seine Fingerchen strömen ließ … Ich sah nur blutrot und orange, ich lebte in meinem eigenen Unterleib, ich trieb mit meinem Kind im Wasser umher. Mochte es ewig dunkel und geborgen bleiben, mochten wir ewig umhertreiben und niemals geboren werden.

Es war alles gut.

»Willst du nicht mal deinen Schein machen??« Ria riss mich aus der Welt des Uterus zurück auf den für unsere WG überflüssig schönen Mosaikparkettfußboden.

»Was? Ach so, ja. Die sororalen Strukturen im alten China.«

Ria trug ein wattiertes Herrenunterhemd und einen Schal um den Hals, an dem sie leicht fror. Wir trugen gerne Herrenunter- und -oberwäsche in dieser Zeit.

»Weißt du überhaupt, was das heißt, eine sororale Struktur?«, fragte sie.

»Ja, wenn die Frau stirbt, darf der Mann alle Schwestern der Toten heiraten.«

»EINE! Wie nennt man das noch?«

»Ähm, Polygamie?«

»Nein!«, sagte Ria. »Polygamie bedeutet viele Frauen oder Männer! Aber beim Sororat, wie heißt das dann?«

Mir fiel nichts ein außer Polyethylen, und Ria konnte nicht mehr abwarten.

»Sororale Polygynie! Und die bedeutet in dem Zusammenhang was?«

»Die Schwestern … die vielen Schwestern …«

»Genau, er heiratet alle Schwestern oder lauter

Schwestern, wenn du so willst. Und wie heißt das Gegenteil von Sororat?«

»Die Frau heiratet alle Brüder auf einmal.«

»Nein, die Witwe heiratet den nächsten Bruder des Toten! Wie heißt das?

»Ähm.«

»Levirat! Und wer hat die Begriffe erfunden?«

»Lévi-Strauss«, riet ich.

»Oh Mann!«, rief Ria. »James George Frazer! Du weißt gar nichts! Keinen Funken! Wie willst du das Studium schaffen? Wie willst du dich mal ernähren? Auf welchen Mann willst du denn warten? Jetzt setz dich doch mal auf den Hintern!«

Ria hatte recht, so recht. Sie hatte recht, weil sie immer die war, die früh aufstand, die Waschmaschine anstellte, die Blumen goss, Ria passte so dermaßen ins Leben. Jetzt räumte sie meine Schwangerschaftsschwarten vom Boden, zog aus meiner Tasche die Kopien von der Uni und flatschte sie mir auf den Schreibtisch. Da! Jetzt lies! Da ist Lévi-Strauss mit der Strukurellen Antropologie. Und da ist der Frazer mit dem Sororat! Jetzt ackerst du das gefälligst durch!«

Ria paukte mich durchs Leben. Ria und Thea. Ich liebte sie sehr. Die wichtigsten Menschen in meinem Leben hatten jeder nur drei oder vier Buchstaben in ihrem Namen.

Es war nicht so, dass mich all die Heiraterei zwischen Brüdern und Schwestern nicht interessierte. Ich konnte mir eine Unmenge von Szenen vorstellen und wie es dabei zuging. Ich würde wohl niemals heiraten.

Aber ich begann, mich darauf zu verlassen, dass Ria

alles regelte und hinter mir her war, und ich konnte von Glück sagen, dass sie das tat, sonst wäre ich noch unter der Brücke gelandet, so verträumt und neben der Kappe wie ich war. Ich machte sie wahnsinnig.

Aber sie schaffte es, dass ich durch dieses erste Semester kam, dank ihr machte ich alle Scheine und kam weiter. Was hätte ich bloß ohne sie gemacht?

Die Dozenten und Professoren der Ethnologie hatten die Völker der Welt gesehen und waren gleichmütig und ein wenig desinteressiert an unseren Noten. Sie hatten andere Wertvorstellungen als die Polizeischule Wiesbaden-Dotzheim. Es war tausendmal leichter, etwas über die Hochzeiten der Völker zu schreiben, als einen Raub mit schwerer Körperverletzung strafrechtlich zu beurteilen. Mal lernte man dies, mal lernte man das, eigentlich war ich dankbar, so viel lernen zu dürfen. Hauptsächlich aber lernte ich die fötale Entwicklung in der 9. bis 12. Woche, und darin war ich erstklassig.

Mein Baby war ausgereift mit Händchen, Füßchen, Äugelchen, Öhrchen; es brauchte nur noch zu wachsen, es wurde ein winziges und vollkommenes Menschlein, es saß fest und entschlossen in meiner Gebärmutter, mir an Kraft und Mut weit überlegen, aber es kam ja auch aus dem gottgleichen Universum und war gesegnet im Augenblick seiner Entstehung.

Meine bequemste und älteste Hose war mir auf einmal zu eng, selbst wenn ich ein Gummi zwischen Knopfloch und Knopf spannte und den Reißverschluss offen ließ.

Es war, als hätte mein ganzer Körper nur darauf gewartet, eine ausladende Fruchtbarkeit an den Tag zu legen, bei der mir die Brust quoll und meine Hüften sich auseinanderschaukelten und mein Gesicht blühte, weißlich und schwer.

Was aber, wenn ich wieder nach Scholmerbach fuhr? Würden sie das nicht alle sehen? Es stand mir von jeher immer alles im Gesicht geschrieben, und diesmal stand da in Großbuchstaben: Sie ist nicht mehr allein! Sie hat einen Kasper in der Schublade! Haha, da ist was unterwegs! Mit fünfundzwanzig ist es höchste Zeit! In Wahrheit konnte ich mir nicht vorstellen, jemals glücklich zu sein in der Liebe; da ging immer etwas schief. Aber ich würde immer stolz sein, Mutter zu sein. Daher musste ich das durchkämpfen. Auch in Scholmerbach. Meinem Scholmerbach.

Ich konnte nicht ohne Scholmerbach sein, aber Scholmerbach konnte auch nicht ohne mich sein, und eines Tages riefen sie an: »Wo bleibst du denn? Es ist doch bald Karneval! Das Männerballett! Wir müssen üben! Was sollen wir tanzen?«

Ach, ich war glücklich. Ich hatte einen schwerwiegenden Grund, wieder nach Hause zu kommen, und das war Karneval. Karneval war sehr, sehr wichtig!

In meiner Seele legte sich ein mächtiger Schalter um, und eine unsichtbare Konfettikanone schoss wirbelnde bunte Wolken in meine Welt, ich erwachte zu neuem Leben.

Der Schreiner-Benni, Schloss Egon, Hobbes Hirschberger, alle die Geschosse waren dabei. Eine Idee schoss mir durch den Sinn: Ich konnte mit ihnen griechische

Götter auf dem Olymp machen! Ich wollte drei Männer vergolden und auf die Säulen stellen, und der Gesangsverein Halbe Lunge sollte »Freude, schöner Götterfunken« singen. Dazu konnten die übrigen Männer als Nymphen um die Säulen tanzen.

Immer machten wir aus jedem Auftritt lächerliche, bunte Opern und lachten uns halbtot dabei. Thea sollte das Lied mit der Halben Lunge einstudieren. Und ich würde schwanger auf die Bühne latschen. Was soll's. Wenn sie alle betrunken waren, dann sollte es mir egal sein. Ich würde warten, bis sie am allervollsten waren. Das dürfte beim Männerballett der Fall sein, denn das kam immer zum Schluss, vor dem Finale.

Ich freute mich wie besessen auf das Ballett der Spätlese und der Scholmerbacher Mädchen und Buben, auf die Sänger und die Büttenredner, auf den ganzen herrlichen, bunten Karnevalshimmel.

Ich telefonierte also wie wild, trommelte die Männer zusammen für nächsten Samstag, rief die Isolierer an, die dicke Säulen bauen sollten, und dann wollte ich kommen, um mit ihnen die Säulen anzumalen. Wir wollten Maß nehmen an den Männern und ihnen Schärpen basteln und ausrechnen, wie viele Pötte Gold wir für die Bierbäuche brauchten. Lorbeerkränze und Weinlaub vom Kaufhaus Schwinn, egal, wir würden alles zusammenkriegen, an Karneval waren immer Wunder möglich.

Und so hatte ich wieder einen Grund, Thea zu besuchen. Thea!

So kehrte ich nach gefühlt ewiger Zeit wieder nach Scholmerbach zurück.

Überglücklich trat ich wieder in Theas kleines Schreibzimmer mit all den Tagebüchern, dem Ballettbild an der Wand und dem Blick ins Dorf hinaus. Wir setzten uns begierig zusammen, die Herzen und den Bauch übervoll, und wir konnten nicht so schnell reden, wie es aus uns herausfloss, unsere Geständnisse, unsere Fehltritte, wir schäumten über von all unseren Geschichten. Stolz hob ich ein wenig meinen Pullover, um zu zeigen, wie bereits der Hosenknopf abgesprengt war.

»Wie soll es denn heißen?«, griente Thea und verschränkte ihre Orgelhände unter dem Kinn vor Vergnügen.

»Ach Gott«, sagte ich. Darüber hatte ich noch nicht nachgedacht. Es war ein Kind! Das Wort Kind dachte ich überhaupt erst seit Weihnachten.

»Hm, Valentin, Victor, Jonathan?«

»Und wenn es ein Mädchen wird?«

Ich dachte, dass womöglich ein kleiner Ulli-Dieter herauskäme, ein wildes Kind, das mir daheim alle Regale umwarf. Ein Junge! Wenn es ein Mädchen werden würde, dann … Magda fand ich schön. Vielleicht Magda.

»Du wirst es so lieben, mein Gott, du wirst es sooo lieben!«

Thea machte Lust auf Schwangerschaften, sie selbst hatte mit der größten Wonne ihre Kinder geboren.

»Und wird dir auch schlecht?«

»Ein wenig, morgens, manchmal auch nachmittags.«

»Dann wird es vielleicht doch ein Junge. Bei Mädchen ist einem immer sehr schlecht.«

»Sieht man es schon? Ich meine, wenn ich aufstehe und du siehst mich so von der Seite?«

Thea betrachtete mich und nickte und lächelte. Unter ihrem Lächeln war noch ein weiteres versteckt, ein größeres, ein breiteres, das sie mitgebracht hatte aus dem Canto Generale, und weil Theas und meine Missetaten grundsätzlich durcheinanderflossen, erzählten wir auch ganz durcheinander.

»Du hast ihn wiedergetroffen!«, flüsterte ich. »Gib es zu!«

Der Kirchenmusiker mit Namen Jo. Er hatte sie um den Verstand georgelt. Ich wusste es.

Thea schlug sich die Hände vors Gesicht.

»Es ging nicht anders …«

Thea und Jo hatten zusammen gespielt, ihre Hände ineinandergelegt, Taste um Taste und Akkord um Akkord, Orgelpfeife um Orgelpfeife war erklungen, und sie hatten ihre Seelen mürbe und schütter gespielt und sie waren sich nahe gekommen, so nahe auf der Empore oder unter der Empore oder hinter dem Beichtstuhl oder sonstwo.

»Auf der Empore rumgeknutscht!«

»O Gott, ich komme in die Hölle, aber es war so schön!«

»Ich komme auch in die Hölle«, tröstete ich sie. Ein Kind von einem Pfarrer, das machte mir so leicht niemand nach. Ich konnte für immer die Trösterin aller Sünder sein.

»Aber ihr könnt euch doch nicht immer in der Kirche treffen, ich meine …«

»Nein!«, flüsterte Thea. »Er hat eine alte Scheune von seinen Eltern umgebaut, und wenn ich ihn sehe, dann treffen wir uns dort! Er hat uns ein Lager gemacht. Es ist so wunderschön, er hat überall Kerzen angezündet, ein Heizöfchen steht da, Lampions, und er hat so eine Decke mit Mustern von Indianern. Ich bin da so glücklich, so glücklich, das glaubst du nicht.«

Jetzt hätten wir normalerweise die siebte Zigarette geraucht, die Scheune wäre es wert gewesen. Aber Thea zündete sich nur noch eine alle anderthalb Stunden an und blies den Rauch aus dem Fenster. Ich wollte so sehr gerne auch rauchen, so sehr, ich schmeckte den Qualm auf der Zunge nach, aber ich rauchte nicht.

Thea ging zu ihrem Schreibtisch und öffnete eine geheime Schublade, darin waren Liebesbriefe. Niemand konnte schönere Liebesbriefe schreiben als ihr Jo. Niemand konnte die Liebe verweigern, der so schöne Liebesbriefe bekommen hatte. Niemand konnte meiner Freundin Thea einen Vorwurf machen, Jo wusste, wie man sich das Herz einer Frau erorgelt. Er war ein Meister der Klaviatur.

»Hier ist … hier ist auch ein Brief für dich!«, flüsterte Thea. Ich weiß nicht, warum wir immer flüsterten, es war doch niemand zu Hause, außer ihrem Sohn und der Kleinen, die unten irgendwo ihre Hausaufgaben machte.

»Oh! Hä? Was?« Ein Brief vom Pfarrer Aschbrenner. »War der hier?«

»Ja. Ich hatte ihn unlängst gesehen auf der Chorprobe und habe ihn gefragt, ob er mal sein Herz ausschütten wollte, und da ist er gekommen, auf einen Kaffee.«

»Ach was! Das sagst du erst jetzt? Und er ist gekommen?«

»Ja! Er war unten im Wohnzimmer, ich habe Kaffee

gekocht, und wir haben uns wirklich prima unterhalten, weißt du? Ich mag ihn!«

Ich war irgendwie erleichtert und erfreut. Thea hatte die Gabe, redend alles zu entwirren, schrecklichste Dinge, unauflösliche Situationen, selbst den seelischen Überdruck eines Vater werdenden Pfarrers.

»Lass sehen!«

Seit er mir den Christophorus geschenkt hatte, war ich nicht mehr so begeistert von ihm. Dieser Anhänger aus einer Rumpelkiste, vermutlich aus einer Schale, in der alte Gummiringe, Glühbirnen und Sicherheitsnadeln lagen. Ich habe den Christophorus niemals getragen, irgendwann hatte er sich entmaterialisiert und war aus meiner Gummiringkiste verschwunden.

»Liebe Anna«, schrieb er.

»Ich habe Dich geliebt! Und wahrlich, dem Prediger Salomon nachempfunden:

›Ich habe mich berauscht an den Fluten der Liebe.
Ich habe gespielt mit dem Chaos der Triebe.
Ich hab mich verzehrt wie die Flamme das Wachs.
Ich habe begehrt, genommen gegeben …
und bin mit Dir gemeinsam eingetaucht ins Leben!‹

Und neues Leben haben wir gezeugt. Sei gewiss, dass ich Dich ›nach Kräften‹ unterstützen werde. Ich denke dabei nicht nur an finanzielles Engagement, vielmehr an die Wahrhaftigkeit meiner Beziehung zu Dir und dem Kind. Ohne Besitzansprüche. Es wird Dein Kind sein, günstigstenfalls werde ich eine Art ›Leihvater‹ sein. Dein Studium kannst Du ganz gewiss zu Ende bringen.

Ach, ich bin so zerrissen wie Gott selber, als er anfing, den Teufel neben sich zu dulden!

Der ganzen Absurdität menschlichen Lebens, mit all seinen Ambivalenzen, Grotesken, Brüchen und Reichtümern ins Auge zu blicken, erst das heißt Mut!

Seid gesegnet, Du und das Kind. Gott wird uns helfen.

Ulli-Dieter.«

»Ja«, sagte Thea. »Der kann sich ausdrücken!«

»Ach, jo«, sagte ich. Leihvater. Chaos der Triebe. Irgendetwas passte mir nicht. Er versuchte fair zu sein. Aber war es nicht alles ein schwülstiger, gestelzter Kappes?

»Also das mit den Ambivalenzen stimmt und wie man so zerrissen sein kann.«

»Ja, aber jetzt haben wir den Salat. Der sagt es bestimmt seiner Frau.«

»Es wird schwer sein, so was geheim zu halten.«

»Sagst du Bernd das mit dem Orgelspieler?«

»Um Gottes willen!«, sagte Thea. »Das darf der nie wissen! Lieber sterbe ich!«

Da saßen wir mit all unseren Geheimnissen und Lügen. Wir fühlten uns beide schuldig, wie immer, wir hätten uns in ein Loch verkriechen müssen oder irgendwie Buße tun, eine öffentliche Buße, bei der jeder sehen konnte, wie sehr wir bereuten, eine Art Pranger vor der Bushaltestelle oder so.

Stattdessen planten wir einen öffentlichen Auftritt, ein pompöses Spektakel, das alles übertrumpfen sollte, was je auf unserer Bühne dargeboten wurde.

Der Scholmerbacher Karneval war der Höhepunkt aller jahreszeitlichen Feste, kein Ostern, kein Waldfest, keine Kirmes, kein Martinsfest, absolut nichts war vergleichbar mit der opulenten, farbenprächtigen Prunksitzung, dem mächtigen, fröhlichen Donnerschlag durch die Narhalla. Kein Mensch, der nicht unseren konfettiregnenden Himmel in Honiels Wirtshaus liebte, abgöttisch liebte! Keine Hausfrau, kein Metzger, keine Zeitungsfrau, kein Schlosser, kein Schreiner, kein fünfjähriges Fünkchen und kein alter Dackel von achtzig, der diesem Spektakel fernblieb; niemand, der sich nicht albern mit Ketten und Luftschlangen behängte, niemand, der sich nicht mit Farben bemalte und mit gewaltigen Nasen und Ohren schmückte, kein weiblicher Bobbes, der nicht verziert war mit rüschenverzierten Spitzenbuxen oder Strumpfbändern oder Netzstrumpfhosen, jedes Dekolletee brach heraus aus schimmernder roter Seide, und alle waren wir Königinnen und Könige in der Faschingsnacht.

Ich verabschiedete mich von Thea und musste nun nach Hause, oh Gott, nach Hause, schrecklich, ich musste meine Tasche in den Flur werfen, ich musste meinen Eltern guten Tag sagen und ein Brot essen, bevor ich zur Probe vom Männerballett ging.

Mein R4chen fuhr ganz still in den Hof. Und still schloss ich die Tür auf. Still legte ich die Tasche in den Flur. Still war es im ganzen Haus, nur die Katzen eilten herbei. Ich fand meine Mutter auf dem Sofa, mit gekreuzten Armen in ihrer rot-weiß gestreiften Strickjacke, die grauen Locken irgendwie zerkämmt, im Fernsehen lief das »Herzblatt«.

»Hallo«, sagte ich.

»Hallo«, sagte sie auch. Sie konnte vom »Herzblatt« nicht wegschauen, doch obwohl Rudi Carell einen Witz machte, lachte sie nicht. Sie war vor dem Fernseher wie eingefroren. Sie kam einfach nicht drüber weg.

»Da steht noch Kaffee, kannst dir noch ein Würstchen von heute Mittag warm machen«, sagte sie. Ich hatte Hunger. Ich konnte das Würstchen nicht essen.

»Wo ist denn der Vater?«

»In der Persilkiste.«

»Aha.«

Die Persilkiste war das Lager von unserem Coop-Laden; da standen die Männer immer herum und tranken Bier. Ich versuchte noch etwas zu sagen, aber auch ich fror ein, und so ging ich in die Küche und machte mir ein Marmeladenbrot, das ich auch dort aß. Nichts schmeckte wie sonst. Nicht das Brot, nicht die Marmelade, nicht der Kaffee. Ich würgte daran. Gottlob kamen mein Bruder Tobi und auch der Kleine mit seinen vierzehn Jahren.

»Oh, du bist schon dicker geworden!«, riefen sie, stießen mir in die Rippen, und ich hörte meine Mutter im Wohnzimmer seltsam ächzen. Es galt, der Mutter kein weiteres Ächzen mehr zu entlocken, am besten sich gar nicht rühren. Und doch mussten wir beieinander sein im selben Haus, sie konnte mich nicht rausschmeißen, und ich konnte nicht gehen, ich brauchte Scholmerbach, und wir einigten uns stumm darauf, uns auszuhalten für die Dauer eines Butterbrotes.

Ich musste wieder verschwinden.

»Ich gehe proben für den Fasching.«

»Jawoll«, sagte meine Mutter. »Wenn dir so lustig zumute ist!«

Überall. Überall war jetzt mein Zuhause. Die Straße von Scholmerbach, die Wirtschaft, Honiels, Thea, Heidelberg, die Seewiese, der Trippelborn, der dicke Baum vom Blitz zerschlagen, die verschneiten Felder vom Kappesgarten. In Wahrheit blieb mir nur die Theke. An der Theke war ich unter meinesgleichen. Säufer und Kartenspieler, der schwule Gunnar, der einsame Rettich, der Vier-Bier und der Klumpen, zwei Fleischwurstweiber, und dann bestellte ich Cola.

Hinter der Theke zapfte die schöne, schwarzhaarige Annike fleißig Bier.

»Na?«, fragte sie. »Schon alles klar für Fassenacht?«

»Wir üben heute, wir müssen in den Saal. Kann ich den Schlüssel haben?

»Der Saal ist auf. Der Kinderkarneval übt gerade.«

»Ah.«

Ich sah mich um. Unsere Kneipe sah aus wie alle Kneipen in den Dörfern, mit einer Musikbox und Fußballern an der Wand und Pokalen hinter der Theke, darauf Ültjes-Erdnüsse und Salzstangen. Ich ging gleich in den Saal, um den Kassettenrekorder auszuprobieren und die von Thea bespielte Kassette mit »Freude schöner Götterfunken« einzulegen. Vorerst aber erklang im Saal noch der »Treue Husar«, zu dem oben das Kinderballett Blaue Funken durcheinandersprang und die dünnen Beinchen im Takt umeinander warf. Ich liebte die Blauen Funken. Ich liebte überhaupt alle möglichen Funken und sie waren mein Trost für alles. Eines Tages würde ich ein kleines Funkenmariechen haben, das auf dieser Bühne seine Beinchen schmeißen sollte. Und wenn es ein Junge würde, musste er ein Trömmelchen …

»Ach, hallo Anna!«, winkte mir Bongos Bärbel zu und drückte mir ein Probenbier in die Hand.

»Jetzt hier hinten etwas schneller! Kathrinchen! Aufschließen … und Yvonne, das Bein noch höher, höher!«, rief sie.

Vorne schwangen sie aufgeregt die Füße in die Höhe, während hinter mir die schweren Geschosse vom Männerballett hereinrollten, der Pfillinger von Heizungen und Sanitär, Uwe der Zimmermann und Schmidtpeters Schorsch, mit ihren prächtigen Bierbäuchen, hervorragend geeignet für unseren Tanz. Ich ging zum Pfillinger und rieb probeweise eine Ladung Gold auf seinen Arm. Wunderbar. Es hielt. Schlosse Gritt kam und nahm mir das Gold aus der Hand.

»Perfekt«, sagte sie. Gritt war Friseurin und hatte schon mal in Wien an der Burg ein Praktikum als Maskenbildnerin gemacht. »Wir werden sie alle vergolden. Alle«, sagte ich.

»Boa«, sagte Gritt. »Das reicht aber nicht. Da brauchen wir Eimer von Gold! Müssen wir die überall einschmieren? Äxbäx, das mache ich nicht.«

»Die sollen sich die Beine einschmieren und wir helfen obenrum.«

»Na, das wird denen gefallen!«

»Bestimmt!«

Sie kamen alle, der Schulze, Hobbes, Edelbart, Doormann, Schreiner-Olli und Schreiner-Benni, Hermis Frank, der ein oder andere noch in seiner Arbeitskluft, und jeder sein Bier in der Hand.

»Was sollen wir denn machen?«, fragten sie neugierig.

»Na ja, ihr seid Götter. Goldene Götter aus dem Olymp. Und wir tanzen auf ›Freude schöner Götterfunken‹. Ihr drei geht auf die Säulen«, ich zeigte auf Schorsch, Hobbes und den Schloß Egon. »Auf die Säulen müssen auf jeden Fall die Schweren. Und ihr anderen tanzt herum.«

Die Männer nickten gutmütig. »O. k., dann sind wir eben Götter. Machen wir.«

Von Tanzen konnte bei unserem Männerballett keine Rede sein. Es waren Fußballer und Feuerwehrmänner, Anmut hatten sie keine, aber dafür viel Kraft. Und Durst. Für ein Bier machten sie alles. So mochte es wohl funktionieren. Es war kalt im riesigen ungeheizten Saal, doch das ermöglichte mir, die Jacke anzubehalten, und so sah niemand meinen kleinen Bauch.

Nach dem Abmarsch der Funken stellte ich drei leere Bierkästen auf die Bühne, und die drei Säulengötter mussten auf die Kisten.

»Pass auf, der Egon kriegt einen Pfeil und einen Bogen, und der Hobbes kriegt einen alten Globus und trägt die Welt auf den Schultern, und du, Schorsch, wirst Weintrauben kriegen, die hältst du hoch.«

Wir hatten nicht die geringste Ahnung von griechischen Göttern, aber das war auch egal, wir machten irgendwas, das wir in Rüdesheim in der Drosselgasse schon mal auf einem Schild gesehen hatten oder sonst wo auf einem Weinfass. Hauptsache, sie sahen schön aus und standen still. Ich spielte Theas nudelige Kassette mit dem Gesang von der Halben Lunge ab und tanzte den Jungens vor, wie sie als Nymphen um die Götter herumtanzen und schweben und Blumen streuen sollten im kalten Saal im kahlen Bühnenlicht.

Unter den Nymphen brach beinahe die Bühne zusammen. Ich hüpfte und tanzte voran, und immerzu drohte mir der Bauch aus der Jacke zu fallen, und ich schwitzte und hatte Angst, vorzeitig die Geburt einzuleiten. Aber ich hatte mir dieses Ballett in den Kopf gesetzt, und jetzt konnte es auch sonst keiner mehr machen; da hätte ich an Weihnachten eben Nein sagen müssen, als sie fragten. Wir übten die ersten Sprünge und Schritte, und es dauerte nicht lange, bis auch die Halbe Lunge mit Thea reinkam unter großem Hallo, um wenigstens einmal zusammen für die Männern zu singen, während diese tanzten.

Helma, die Schneiderin, war gekommen und rollte einen schweren Ballen blauen Tüll aus, wir brauchten etliche Meter Stoff, um dem Chor und den Nymphen blaue, durchsichtige Schleier zusammenzuschneidern, die auch schön flogen. Den Goldstatuen würden wir einfach ein paar alte Badehosen vergolden.

Es war alles schön, es war alles wunderbar, es war alles ein Heidenspaß. Thea blinzelte mir zu und hob die Hand, damit Boonesse, Hauersch, Heens und Gottschalks schön die Stimmen erhoben und vielstimmig ein Chor erklang, der einem richtig Schauder über den Rücken jagte. Keine Frage, das würde eine Mordsgaudi werden, wenn nicht vorher die Bühne zusammenbrach. Und für diesen Abend und für diese Probe, die ich mit Cola und zusammengepressten Lippen am Bierflaschenhals überstand und an dem ich mich leicht übel durch Zigarettenwolken wedelte, vergaßen Thea und ich unsere misslichen Umstände und unsere Lügen; wir mussten nur bis Karneval durchhalten, irgendwie bis Karneval. Denn an Karneval durfte man lügen, man durfte etwas anstellen und auch einen anderen küssen und von all den Küssen dann nichts mehr wissen, und erst Aschermittwoch war alles vorbei. Karneval war eine wunderbare Zeit für Thea und mich. Alle schlugen über die Stränge, die Welt würde sich aus den Angeln heben, und alles ging unter in einem endlosen bunten Regen von Konfetti.

»Mein Gott«, sagte Frauenarzt Dr. Bammers. »Das geht ja bei Ihnen wie geschmiert! Sieht wunderbar aus! Passt, sitzt, wackelt und hat Luft!«

»Ich weiß nicht«, sagte ich. »Ich finde, ich bin so weiß im Gesicht, und mitunter fühle ich mich so schwach.«

»Das ist der Eisenmangel«, sagte Dr. Bammers. »Ich verschreibe Ihnen mal was.«

»Ich hatte letzte Woche ganz seltsame Zuckungen im Bauch«, log ich. »Als krampfte sich alles zusammen!«

»Hm.«

Vielleicht hatte ich zu viel mit dem Männerballett auf der Bühne gehüpft. Aber eigentlich fehlte mir rein gar nichts. Noch immer verfolgte mich der Abend im blauen Bhagwan-Kostüm, an dem ich Bier und Amaretto getrunken hatte, mehr als ich sollte, und ich fühlte mich, als hätte ich dem Winzling damit etwas Schlimmes angetan. Aber das schien meinem Bauch nicht im Geringsten zu schaden; das Kind wuchs wie ein Brot im Ofen und meine Brust schwoll. Ich wollte nur einfach …

»Sollen wir vielleicht noch mal einen Ultraschall machen?«

»Oh ja, bitte!« Ich liebte Ultraschall. Ich ließ mir andauernd etwas einfallen, damit wir noch mal Ultraschall machen konnten.

»Das ist gar nicht so gesund, wenn man das zu oft macht. Diese Technologie ist ja brandneu.«

»Ach, ich vertrage das schon«, sagte ich. »Ich bin doch vom Dorf.«

Dr. Bammers mit seinen hängenden Schultern zögerte ein wenig und riss sich dann zusammen.

»Dann legen Sie sich bitte nebenan auf die Liege.«

Ich freute mich so sehr, dass ich nicht einmal abwartete, bis seine Arzthelferin ein neues Papier untergelegt hatte, sondern schwang mich auf das Plastik.

»Ach«, seufzte ich, »jetzt!«

Und wenige Momente später erschien wiederum durch Zauberhand die kleine Kristallhöhle meines Leibes geheimnisvoll auf dem Schirm … ich sah mein Kindchen sofort, sofort, es hatte so winzige Hände und so winzige Füße, und es strampelte wie besessen, kraulte im Wasser meines Bauches, wie ein Hundchen, das nicht untergehen will; es fuchtelte, es turnte, es tummelte sich, ich war sprachlos.

»Es bewegt sich!«

»Ja«, sagte Dr. Bammers mit einem gewissen Stolz, als sei er der Vater. »Es ist sehr aktiv.«

»Ich dachte, die schlafen nur.«

»Ihres mal nicht.«

Es würde ein Junge werden, der die Regale umwarf. Es würde ein kleiner Männerballetttänzer sein, nein, es würde ein blaues Fünkchen sein, mit einer Spitzenunterbux. In meinem Bauch war schon Karneval; es übte, es freute sich, es wollte tanzen. Tausend Jahre wollte ich es tanzen sehen, ich wollte stumm und andächtig seinen wilden Lebenspuls betrachten, hier im Dunkeln, sollten sie doch alle nach Hause gehen, sollten sie die Lichter ausmachen in der ganzen Stadt, ich würde hierbleiben und das Kindchen tanzen sehen, es kam ganz nach mir, es tanzte und tanzte …

»Sieht ein wenig aus wie ein Fröschlein, nicht?«

Was, Fröschlein! Es ist eine Tänzerin, verdammt! Der Doktor hatte nicht die geringste Ahnung, und dann knipste er auch noch das Licht aus und zwang mich, die Liege zu verlassen; schrecklich, es wurde einem nichts gegönnt.

»Kann ich nicht noch …?«

»Nein. Wir sind in Eile. Das Wartezimmer ist voll. Na gut, ich gebe Ihnen noch ein Bild mit, aber jetzt ist Schluss!«

Ich musste gehen und stolperte doch reich beschenkt hinaus in den Winter, ich hatte ein Bild von meinem Kind, es war mein schönstes Geschenk, mein wertvollstes Geheimnis, ich hatte einen Blick in das Schatzkästlein tun dürfen, und ich war trunken von dem, was ich gesehen hatte. Das winzige Etwas, das herumschrubbte und trat und in mir lebte. Ich hob die Nase in die Schneeflocken und hüpfte über das Eis, und ich war so glücklich, wie man nur glücklich sein, wenn man im Februar mit den Schneeflocken tanzt.

Barbara von Pro Familia hatte mir geraten, zu meiner moralischen Unterstützung in eine Frauenselbsthilfegruppe zu gehen, die sich im Hinterzimmer vom Frauenbuchladen traf.

Das war eine sehr gute Idee gewesen, und obwohl ich doch aufgrund meiner dauernden Lektüre eine revolutionäre Frau sein wollte und auch schon mal eine Schusswaffe getragen und Pionierarbeit im Dienste unseres Landes geleistet hatte, war ich beim ersten Besuch beinahe schüchtern, als hätte ich mich in die rote Zelle gewagt, mit kriegerischen Polit-Amazonen, zu allem bereit! Frauenselbsthilfegruppe!

Wie war ich doch so bürgerlich!

Aber die Frauen schienen ganz normal, unterschiedlich alt, im Kostüm und mit Frisur vom Friseur oder vollkommen selbstbestrickt von oben bis unten oder künstlerisch mit Hochsteckfrisur und aus der Kunstgeschichte-Vorlesung … alle Sorten waren dabei. Wir setzten uns auf Klappstühle und tranken Vanilletee. Auf einmal war mir, als sinke ich in den starken Kreis meiner Schwestern. Als hätten wir hundert Jahre zusammen an einem Brunnen gesessen und die Wäsche gewaschen.

»Wisst ihr, ich kriege ein Kind von einem Mann, der verheiratet ist, aber ich will es alleine großziehen.«

Sie nahmen mich sofort auf, als eine der ihren.

»Ist nicht schlimm. Ich bin die Nele. Wir sagen hier alle du. Weißt, du, einen Mann braucht man überhaupt nicht, ich finde deine Entscheidung großartig. Für so was sind wir hier, damit wir uns gegenseitig unterstützen.«

Alle stimmten ausnahmslos zu, besonders dem Satz, dass man Männer überhaupt nicht braucht.

»Genau«, sagte Gundula. »Scheiß auf die Männer.«

»Scheiß auf die Männer«, höre ich mich noch heute sagen.

»Scheiß auf die Männer«, sagten sogar die älteren Frauen. »Wir haben doch sowieso zu allen Zeiten die Kinder alleine gekriegt und alleine großgezogen.«

»Kennst du einen, kennst du alle«, sagte Else.

»Also, mein Mann ist etwas anders«, sagte Anneliese aus Neckargemünd, aber sie wurde sofort überstimmt. Es war auch nicht ratsam, einer alleinstehenden Schwangeren etwas von glücklichen Partnerschaften zu erzählen. Insgesamt war die Gruppe männermäßig auf Krawall gebürstet und trat ein für eine Lockerung des Paragrafen 218. Vorläufig tat sie alles Erdenkliche, um mir das Leben schöner zu machen. Sie kochte mir einen Karamelltee, und alle schrieben mir Adressen auf von Hebammen, bei denen man alternativ gebären konnte, und eine schenkte mir selbst gesammelte und getrocknete Kamillen zum Aufbrühen, denn Kamille half immer. Da konnte ich mir zur Not noch nach der Geburt ein Sitzbad draus machen.

An der Wand des Frauenbuchladens hing ein Plakat von Kalil Gibran:

»Deine Kinder sind nicht deine Kinder. Sie sind der Ausdruck der Sehnsucht des Lebens nach sich selbst.«

Die mir völlig wildfremden Frauen aus Handschuhsheim, Ladenburg und Heidelberg, organisiert vom Frauenreferat, vermittelt von Pro Familia und der städtischen Frauenberatungsstelle, hatten meistens schon geboren, und es war tröstlich zu hören, wie es ihnen ergangen war. Sie alle waren der Meinung, dass man das Patriarchat aufbrechen muss, und waren entweder ohne Mann oder betrogen ihren Mann oder waren irgendwie Opfer eines Mannes. Marlene aus Kranichstein sagte, ihr Mann betrüge sie nach Strich und Faden, seit Jahren habe er Geliebte und sie wisse nicht, wie sie das ertrüge.

»Lass ihn doch sitzen!«, riefen die einen.

»Tritt ihn in den Hintern!«, riefen die anderen. »Lebe dein eigenes Leben!«

Margitta hatte einen unbefriedigten Zug um den Mund und trug eine Chanel-Kostümjacke, vermutlich hatten sie zu Hause einen Pool im Garten. Sie wandte sich immer ab von der Gruppe, sie sprach nicht gerne mit uns; aus dem violett geschminkten Mund kamen die Worte verhalten und mit Nebengeräuschen heraus. »Ich versuche nur immer, Attraktivität herzustellen, mmm, die Anziehungskraft, damit er mich wieder begehrt … wenn es das … eeeh … ausdrückt.«

Auch ich versuchte sie zu trösten, sie zurückzuholen in das frauliche Geborgenheitsnest, diesen großen Schoß unserer verschworenen Schwesternschaft. In unserer allgemeinen frauenbewegten Offenbarungsseligkeit legte ich los:

»Weißt du, ich bin sicher, dass es furchtbar sein muss, wenn der Mann einen betrügt, mit einer Geliebten. Ich selbst, also, ich war eine Geliebte und es ist furchtbar. Es geht einer Geliebten nicht besser als der Frau. Sie fühlt sich …«

Weiter konnte ich nicht sprechen, denn die verbitterte alte Schachtel stand auf, stieß den Teetisch zur Seite, griff nach ihrem Mantel mit Leopardenkragen und verließ augenblicklich den Buchladen.

»Oh«, sagte ich unglücklich. »Das habe ich nicht gewollt.«

Ich war am Erdboden zerstört. Schon beim ersten Treffen hatte ich etwas Falsches gesagt und eine davongejagt. Zu viel Offenbarung konnte irgendwie auch Unheil anrichten, ich Esel.

»Ach«, sagte Nele und goss sich nun einen Zimt-Tee ein. »Mach dir nichts draus. Sie ist noch nicht bereit, sich zu konfrontieren. Sie will noch leiden und Opfer spielen und den Mann alles machen lassen, das ist die Sorte Frau, die hat sonst nichts, die lebt einfach nur als sein Schatten, und zu sich selbst fällt ihr nichts ein, außer zur Kosmetikerin zu rennen.«

Hinter uns waren die Regale voller Bücher von Doris Lessing, Alice Schwarzer, Alice Miller, Simone de Beauvoir, Marylin French und Robin Norwood, und alle erzählten und sprudelten über von dem, was sie erlebt hatten. »Die Scham ist vorbei!«, prangte über allen Titeln. Unsere schriftstellerischen Schwestern ermunterten uns, den Mund aufzumachen und uns ungehörig zu benehmen und die BHs zu verbrennen und uns nichts mehr gefallen zu lassen, nie mehr! Auch ich wollte mir nichts mehr gefallen lassen, aber als Bullette im Männerberuf mit Schusswaffe und als Ehebrecherin mit einem Pfarrer hatte ich mein Soll übererfüllt, und so wurde ich in der Gruppe nach Strich und Faden verwöhnt und gefeiert. Die Gesellschaft war außerordentlich begeistert, und ich hatte so viel getan, um alles über den Haufen zu werfen. Hier kriegte ich dafür einen Orden und daheim die Hucke voll.

Die Regeln der Gesellschaft zu brechen war eine außerordentlich schwierige Angelegenheit. Wenn ich mich da mal nicht übernommen hatte, mir war ganz blümerant.

Am besten, ich fuhr nach Hause und feierte Karneval.

Meine Mutter gab mir daheim dicke Unterhosen.

»Da!«, sagte sie.

Es waren riesige Dinger, sie reichten über den Bauchnabel, der sich von mir zu entfernen begann, und weit auf die Schenkel. Wir nannten sie »Taunusbomber«, niemand wusste mehr warum. Ich war gerührt, und eine zaghafte Hoffnung erwachte in mir. Sollte ich sie anziehen? Es bedeutete mir schon sehr viel, die Unterhosen überhaupt gekriegt zu haben. Von Zeit zu Zeit nahm ich sie in die Hand, zählte auf ihnen die blässlichen Sternchen und legte sie dann wieder in die Schublade. Meine Mutter hatte mir Unterhosen gegeben, es hat sie so viel Überwindung gekostet, das war schon viel.

Reden konnte sie nicht. Die verschränkten Arme verbarrikadierten sie wie eine Festung.

Mein Vater verbeugte sich nur immer höflich und fragte, ob es mir gut gehe und ob ich Geld brauche. Ich sagte immer Nein.

Ich hatte kein Geld und ich wollte auch keines. Lieber holte ich mir billige Haferflocken und Bananen beim Plus und kaufte mir erst Socken, wenn die alten auseinandergefallen waren, und dann nur im Woolworth. Das Essen war günstig in der Mensa. Ich hatte BAFÖG. Aber ich jobbte nicht. Es war Zeit für meine Hausarbeit, die ich in der Ablenkung der Winterzeit nicht geschafft hatte, und ich beschäftigte mich mit den »Traurigen Tropen« von Lévi-Strauss. Nichts war weiter von mir weg als die Tropen.

Ich hatte mir Arbeit mit nach Scholmerbach genommen, und je mehr ich las, umso mehr wurde auch ich eine traurige Trope. Lag auf meinem Mädchenbett herum und bekritzelte Blätter und das tiefviolette Suhrkamp-Buch; ich kam nicht hinein in die Vororte Brasiliens, ich wollte den Strukturalismus nicht begreifen, auch das Latinum, zu dem mir noch so viele Vokabeln fehlten, der große Cäsar und der Bellum Gallicum, alles musste ich mir in den Kopf hineinstopfen, wie Flusen in einen sehr alten Staubsauger.

»Die Dienerin schmückt Tullia mit einem Kranz.«

Niemand schmückte mich mit einem Kranz. Niemand hatte mir den Schleier zum Altar getragen. Ach, wurscht. Ich vermisste meine Mutter, wie sie war, aber wenigstens hatte ich einen Stoß Unterhosen gekriegt, damit musste ich auskommen. Vorsichtig zog ich nun doch einen Taunusbomber an. Er war sehr weich und warm und fühlte sich so gut an. Dann wieder fühlte es sich an wie: Ich habe es nicht anders verdient, als dass ich das unansehnlichste aller Unterwäscheteile anziehen darf; verschlossen und verschossen sei dein Schoß für alle Zeit. Ich trug die Unterhosen. Dann wieder nicht. Dann nur eine Stunde. Katholische Unterhosenverdammnis. Ich legte sie wieder in den Schrank. Es war schrecklich.

Es war schwer für meine Mutter. Alles war eine übermenschliche Anstrengung. Sie konnte im Augenblick nicht für mich da sein, so musste Scholmerbach meine Mutter sein.

Ich durfte nicht unglücklich sein und keine traurige Trope. Sonst würde das Kindchen in traurigen Wassern schweben, sonst würde es meine Einsamkeit einsaugen und ängstlich durchs Leben gehen. Es war meine gottverdammte Pflicht, so fröhlich wie möglich zu sein.

Und dafür hatte ich nun die schweren Männer von Scholmerbach.

Kein eigener Kerl stand mir bei, aber ich hatte zehn schwere Jungens, mit dem Lebendgewicht von einer Tonne oder doch wenigstens neun Zentnern, und wenn sie lachten, dann rollte das Gelächter wie durch Bärenhöhlen. Wenn sie in den Saal stapften, dann rumpelten sie und polterten, ihre Kreuze waren breit wie Schrankkommoden, sie rochen nach Holz und Öl und Bier und Adidas. Wenn sie sangen, dann stürzten die Wände ein. Was sollte ich mit dem abtrünnigen und auch noch evangelischen Pfarrer, wenn ich diese Männer hatte?

Sie erzählten alberne Witze und sie nannten mich Anne-Gerät und ich liebte sie sehr.

Ich durfte mich nicht beschweren. Das Schicksal meinte es gut mit mir. Wenn ich sagte: »Dreht euch!«, dann drehten sie sich. Wenn ich sagte: »Springt!«, dann sprangen sie. Sie waren wunderbar. Ich fühlte mich beschützt vor allem Bösen dieser Welt. Der Saal war mein Zuhause. Die Luftschlangen mein Geschmeide. Die Saufgesänge mein Wiegenlied.

Mein ganzes Zimmer war voller Lorbeerblätter, ich wand wie Tullias Dienerin Kranz um Kranz für meine griechischen Götter und die Nymphen; die Weintrauben für Schorsch waren vergoldet, Pfeil und Bogen für den Egon standen bereit; der alberne Globus, den Hobbes auf den Schultern tragen sollte, stand glitzernd in der Ecke.

Ich musste Thea anrufen, ob die Schärpen für den Chor fertig waren und ob auch sie ihre Myrthenkränze fertig hatte und ihre Gewänder. Schließlich war morgen Abend die Prunksitzung, und wie immer wurden wir allesamt erst in letzter Minute fertig. So wie bei mir sah es in allen Häusern von Scholmerbach aus. Hier fehlte noch eine Netzstrumpfhose und dort musste eine Rose ans Kostüm genäht werden; überall flog schon der Flitter und wallten glänzende Stoffe. Schnäpschen hier, Schnäpschen da. Jeder trug doch morgen wenigstens ein rosa Hütchen oder einen Paillettenschlips. Aber was sollte ich nur anziehen?

Am besten das Clownskostüm aus dem Faschingsschrank, das war schon abgenudelt, aber schön weit … am liebsten trug ich immer mein rot-weißes Ringelhemd. Allein, ich kriegte die Jeans nicht mehr zu. Mein Bauch fror, wenn ich ihn nicht behängte mit einem weiten Sweatshirt. Also Clownskostüm. Sah blöd aus. Egal. Ich war so oder so in einer blöden Situation, also konnte ich auch blöd aussehen. In Scholmerbach waren wir sowieso alle am liebsten immer blöd.

»Bei mir ist alles fertig. Jeder hat sein Kostüm, jeder kennt die Noten, es ist alles in Ordnung!«, sagte Thea am Telefon. Und doch schien es mir, als ob ihre Stimme ein wenig zitterte.

»Alles klar?«, fragte ich. »In jeder … Beziehung?«

»Die Kostüme sind sehr schön.«

»Kannst du nicht reden?«

Schweigen am anderen Ende. Und unser Telefon stand im Flur, wo es immer kühl war und jeder hindurchlaufen konnte.

»Ist es Jo?«, flüsterte ich.

»Ja«, sagte sie.

»Ist was passiert?? Hat Bernd was gemerkt?!«

»Nein, aber, Scheiße!«, flüsterte sie am anderen Ende in die graue Muschel.

Unser Gespräch zog sich seltsam in die Länge. Wir konnten immer nur dann etwas sagen, wenn keine Mutter und kein Mann und kein Kind in der Nähe waren.

»Ich habe so Angst …«

»Was?«

»Sie hat uns gesehen!«

»Wer?«

»Minchen! Mein Kind! Ich habe so Angst!«

»Was hat sie gesehen?«

»Die Umarmung, im Flur, er war hier. Wenn sie das nun als so eine Art Kindheitserinnerung behält, o Gott, weißt du, wie so ein ewiges, schlimmes Kindheitsbild.«

Scheiße.

Meine Mutter ging vorbei, um Vater im Bad ein frisches Hemd zu holen.

»Die Kostüme sind auch alle fertig. Wenn der Hugo und der Schloss Nobbi das gut spielen können, dann geht alles klar.«

»Verdammt.«

»Vielleicht hat sie es gar nicht gesehen. Vielleicht dachte sie, du hast ihn nur begrüßt! Wie im Chor eben.«

»Und dann hat es der Walter gesehen!«

»Was? Was hat er gesehen?«

»Wie Jo mir den Kirchenschlüssel gegeben hat, hinter der Sakristei. Wir konnten einfach … wir konnten nicht die Hände voneinander lassen, es war zu stark, ich …«

»Ach, der ist doch ein Idiot. Der hat selber auf der Kirmes schon im besoffenen Kopp …«

»Jahaa«, rief Thea. »Da ist Kartoffelsalat und ich mache noch Frikadellen!«

»Vielleicht denken sie sich nichts dabei. Es ist viel schlimmer für dich als für sie!«

»Jetzt wissen sie es! Und Minchen könnte es Bernd sagen!«

Die Frikadellen in Theas Küche brannten an, sie brannten laut durch das Telefon, ich hörte es brennen und zischen, ich roch es, roch es durch das spiralförmige graue Kabel, es zog sich um unser beider Hälse, während wir redeten und während wir schwiegen, und mein Vater kam aus dem Bad und ich sagte:

»Helau. Egal, wie es wird. Am Ende kommt einfach immer … Helau!«

»Ja«, flüsterte Thea. »Helau.«

Die Nacht funkelte auf dem Eis, und die Straßenlampen und die beleuchteten Fenster in allen Häusern von Scholmerbach ließen es aufblitzen überall.

Dann glitzerten sie aus den Häusern heraus in ihrer Faschingsseide mit Strass an den Stiefelchen und Glitter auf den Wangen, mit kunstseidenen Wimpern und funkelnden Kreolen, schiefen Hüten und schimmernden Westen. Es war eine Glitzerprozession zum Honiels Saal hin, und der Glitzer hatte noch alle Winter weggefunkelt und überstrahlt.

Im Eingang quetschten sie sich, und vor dem Zigarettenautomaten drängten die Tanzballette mit schweren Körben die Treppen hinauf. Oben im Stübchen über der Herrentoilette hingen schon die Kostüme, und das Kinderballett, als kleine Vogelscheuchen verkleidet, hampelte aufgeregt herum, der Büttenredner las nochmal seine Rede und der Elferrat trank einen Schnaps. Niemand glaubte mir, dass ich keinen Schnaps trinken wollte, doch ich tat, als hätte ich ihn verschüttet, und goss ihn mir in den Ausschnitt. Beim Karneval wurden wir ohnehin sehr schnell schmutzig und besudelt. Konnte ich auch gleich damit anfangen, in diesem lächerlichen Clownskostüm. Es war schon so lange in unserem Faschingsschrank, dass es stank. Ich wollte ihm nun endgültig den Rest geben. Schon klebte und roch ich nach Korn. Das war in Ordnung.

Thea kam. Meine Blutsschwester. Wir zwinkerten uns nicht zu, wir sahen uns nur an, stumm und verschworen. Der Karnevalsduft von Pistolenknallern und tausendfach vermischtem Parfüm war betörend und erlösend. Bald waren die Leute besoffen und ausgelassen, und dann würden sie weniger über uns richten können, denn jeder beschäftigte sich mit seinen eigenen Sünden. Wir mussten nur warten, bis der Wirt ein Körbchen nach dem anderen auf die luftballongeschmückten Tische stellte und die Papiertischdecken allmählich aufgeweicht und zerrissen waren; dann würden auch die

Leute innerlich und äußerlich aufweichen und aus ihrer sorgsam frisierten und bemalten Form geraten. Die künstlichen Perlenketten hingen dann auf dem Rücken statt auf der Brust, der Lippenstift verteilte sich auf Biergläsern und anderleuts Wangen, das Mastix hielt die schweren, falschen Wimpern nicht mehr, so dass sie an den Brauen hingen wie verirrte Schnaken mit langen Beinen. Auch schwollen überall die Geständnisse aus den feuchten Mündern, man wogte hin und her im Rausch des Schunkelns in die Offenbarung hinein, ein großes, buntes Besäufnis aller, die Verschwörung der Schlechtigkeit und bunten Sünden.

Narhallamarsch!

Der Elferrat marschierte auf. Die Funkenmariechen in ihren prächtigen Kostümen und Spitzenbuxen tanzten den Weg hinauf, die Bühne leuchtete im Rot und Gelb des Narrenschiffes. Wir sangen das Scholmerbacher Karnevalslied.

»Dott es us Scholmischer Karneval,
dee es kän rischtische Scholmer faal,
en aal en jung es off de Baa
do es ach dem Honiels sin Sool ze klaa …«

Wir tanzten und schunkelten und fühlten uns großartig und gedachten dabei Theas Vater, dem Dorfdichter Heens Alwis, der dieses wunderbare Lied geschrieben hatte, und wir sangen aus voller Brust und von ganzem Herzen. Schon warfen die Funkenmariechen die Beine, als ginge es um Leib und Leben. Die kleinen Vogelscheuchen marschierten auf. Ich ging hinauf ins Stübchen, um zu sehen, wie die Chorkleider hingen, die Schärpen und Lorbeerkränze, und ob Gritt mit dem goldenen Topf da war. Es herrschte ein unbeschreibliches Gedränge, weil wir so viele Tanzballette hatten, die sich umzogen, und die Büttenredner und die Sketchemacher und die Trommeljungens standen mittendrin. Es war eine einzige lustige Stripperei, und jeder kaufte sich immer für Karneval eine neue Unterwäschegarnitur, weil doch jeder mal die Unterbuxe von jedem vor der Nase hatte, und dann tummelten sie sich um den winzigen Spiegel über dem Handwaschbecken, um sich zu schminken. Schloss Grittchen stand da und hatte eine Hand im Goldtopf, um den Schorsch anzumalen, der bereits auf der Bank saß und wartete.

»Da wollte ich in Wien an der Burg den Sommernachtstraum schminken und bin hier gelandet, auf dem Scholmerbacher Karneval. Was macht man nicht alles mit.«

Ihr langes Haar war golden und gewellt, irgendeiner hatte immer irgendeine Locke von ihr im Gesicht.

»Aber es wird doch sehr schön, Gritt«, sagte ich und prostete ihr zu und trank nicht. Thea kam herauf und wir stießen auch an.

»Alles klar?«, zischte ich.

Sie nickte.

»Bei dir?«

Ich nickte auch.

Aufgeregt nippten wir an den Bierflaschen und taten, als läsen wir noch mal die Noten für den Gesang der Halben Lunge. Da hörte ich, wie um die Ecke der Büttenredner Hörner-Franz zu irgendeinem sagte:

»Oh, die Thea macht dieses Jahr auch mit an Karneval? Ich habe gehört, sie spielt im Kirchenchor bei dem Dirigenten auf der Flöte!«

Wir zuckten zusammen. Ich wollte dem Hörner-Franz eine auf die Zwölf geben.

»Lass!«, zischte Thea. »Lass ihn! Ist ja auch eigentlich nicht unwitzig.«

Dann fing sie an zu lachen und konnte nicht mehr aufhören.

»Ich spiele bei dem Dirigenten auf der Flöte! Haha!«

Ich schaute sie verdutzt an. Wie konnte das witzig sein? Es war der Dammbruch in der Offenbarung unserer Schlechtigkeit! Oder war es Galgenhumor oder war es: Ist der Ruf erst ruiniert?

»Franz, pass auf mit deiner Rede«, rief ich hinüber. »Verlang bloß nicht wieder dauernd einen Tusch. Das ist nicht witzig! Und zieh die Pointen nicht so in die Länge! Dann lacht keiner mehr!«

Franz zog seine karierte Clownslatzhose hoch und sagte:

»Was denn? Kann man denn mal einen Witz machen, ohne dass ihr gleich die Krallen ausfahrt?«

»Es ist nicht alles witzig, was man an Karneval sagt.«

»Sie wissen Bescheid«, flüsterte Thea. »Jetzt ist es nur noch eine Frage der Zeit, bis mein Mann davon erfährt. Scheiße. Wo ist der Schnaps?«

Vom Saal herauf drang das frenetische Lachen und Applaudieren des Publikums; jemand hatte wunderbar getanzt oder gesungen oder geredet. Alles wurde bejubelt, als sei es die Offenbarung. Im Grunde genommen konnte man nichts falsch machen in Scholmerbach.

»O Gott, nachher unser Auftritt.«

»Wir ziehen das jetzt durch.«

»Ja. Wir ziehen das durch.«

Meine Mutter und mein Vater waren auch da, sie mit einem Federhütchen und Paillettenweste und er mit seinem Strohhut von der Kirmes und einem wild getupften Schlips. Schließlich hatte meine Mutter fünfundzwanzig Jahre lang immer auf der Bühne gesungen wie Margit Sponheimer. Mein Vater war natürlich Büttenredner, was denn sonst? Vor ihnen standen unzählige Biergläser, weil dauernd einer einen ausgab, und das war gut, denn meine Eltern waren für mich betrunken besser zu ertragen als nüchtern.

Vor uns mühten sich der dicker gewordene Pfarrer Weide und der Küster in weißem Hemd und Lederhose mit einem riesigen Herz drauf an der Herrentoilette vorbei in den Saal, und der Sitzungspräsident sagte:

»Begrüßen wir nun unseren lieben Pfarrer Weide und unseren immer fleißigen Küster Friedrich mit dem Programmpunkt ›Herzilein, du darfst nicht traurig sein!‹.«

Die Menge tobte.

Pfarrer Weide und der Küster gingen auf die Bühne und tapsten immerzu von einem Bein auf das andere und hielten ihre Mikrofone fest, während das Lied vom Fredi am Mischpult abgespielt wurde. Pfarrer Weide bewegte die Lippen völlig jenseits vom Text, aber er strahlte über das ganze Gesicht, während er hin- und herschwenkte und sich als Herzilein ganz offensichtlich viel wohler fühlte als vor dem Altar. Herzilein war ein Mordserfolg, und Pfarrer samt Küster marschierten mit den über alle Maßen hübschen Funkenmariechen von der Bühne.

Pinkelpause. Der Trommel-Hugo und am Keybord Schloss Nobbi spielten: »Ich hab' den Vater Rhein in seiner Heia gesehen« als Schunkelwalzer, und die Leute standen in langen Schlangen vor dem Klo an oder holten sich Currywurscht und Pommes frites am Wurstwagen.

»Wieso hast du eigentlich nicht dein Ringelhemd an?«, fragte mich Boonesse Nini.

»Ach, ich wollte mal anders«, sagte ich.

Ja, mein Ringelhemd, meine alte Liebe. Es war zu eng, aber ich hatte es im Korb und ging damit hinauf ins Stübchen. Die Männer waren nun alle golden und betranken sich, ich verteilte Lorbeerkränze, und die Halbe Lunge zog ihre Schärpen fest. Ich sah mein altes Ringelhemd und beschloss, es anzuziehen. Es fühlte sich gut an. So weich. So freundlich. So liebenswürdig.

Auch der Chor war fertig. Sie sahen prächtig aus, ganz nach Olymp, und alle hatten wir einen riesigen Spaß. Schon begannen die Isolierer die handgefertigten drei griechischen Säulen in den Saal zu rollen. Aufgeregt standen die Tänzer und der Chor vor dem Saaleingang.

»Und nun, meine Damen und Herren«, schrie der Sitzungspräsident, der Kaiser-Hubert, »kommen wir zum Höhepunkt unserer diesjährigen Prunksitzung. Holde Närrinnen und Narralesen, begrüßen Sie mit uns eine einzigartige Aufführung aus dem Himmel des Olymps, unser diesjähriges Männerballett! Narhallamarsch!«

Büttenschieber Kolle Hoss und Günther Fritze schoben die Säulen hinein, Hobbes, Schorsch und der Schloss wurden als verhüllte Säulengötter hinaufgetragen.

Thea und ich drückten uns noch einmal die Hand. Thea war eine wahre griechische Göttin. Im Halbprofil wie Kleopatra mit ihren Locken, das goldene Band auf der Stirn, und wie sie ging. Wie auf dem Bild in ihrem Schreibzimmer an der Ballettstange.

»Narhallamarsch!«

Meine wunderbaren dicken Männer mit ihren kräftigen Waden in weißen Strumpfhosen schwebten als Nymphen hinauf, und der Sitzungspräsident musste unter einem Trommelwirbel vom Trommler-Hugo feierlich die Säulen enthüllen. Alle schrien vor Begeisterung, als sie den goldenen Weintrauben essenden Schorsch sahen, den Globus stemmenden Hobbes und den Pfeil schießenden Egon.

Die Halbe Lunge hatte sich stolz in Szene gesetzt auf der linken Bühnenhälfte. Schloss Nobbi trat die Pedale seiner Hammondorgel, der Hugo schlug mit dem Stock auf den Rand der Trommel. Thea hob die Rechte, und schon erklang Beethovens Neunte durch den Faschingshimmel der Narhalla, und die Männer begannen, um die Säulen zu tanzen.

Der Saal tobte, unbändiges Gelächter, das Branden und Rauschen und Wogen, dieser Riesenspaß. Ich liebte Riesenspaß, und als ich sie alle so sah, war mein Herz so weit wie der Himmel über Scholmerbach. Ich stand ganz hinten, vor besagter Herrentoilette mit dem Geruch der Jahrhunderte, und ich liebte den Karnevalshimmel, und doch vergaß ich keinen Moment den kleinen Clown, den ich in mir trug, meinen blinden Passagier. Nur Thea, die erhaben sang, während sie wusste, dass ihr Flötenspiel am Kirchenmusikanten von einem zum anderen durch den ganzen Saal getragen wurde, ahnte wohl, wie es mir ging.

Die Götter tanzten. Verschwitzt und betrunken hüpften sie noch einmal und noch einmal, Männer in Turnschläppchen, als das Publikum nach Zugabe schrie und johlte; man reichte ihnen Schnaps und Bier, und sie tanzten wieder, und in dem ohrenbetäubenden Lärm sah ich den Sitzungspräsidenten auf die Bank steigen, um sich Gehör zu verschaffen:

»... und bitten nun die Trainerin auf die Bühne, unseren allseits erprobten Faschingsgaul.

Unser ANNE-GERÄT!«

Ich hörte und hörte nicht, ich sah Gesichter verschwimmen und Nebel durch den Saal steigen, alles verschwamm im wogenden Brei wie expressionistische Malerei, doch ich erreichte sicher den Bühnenrand und wurde hinaufgezogen zu meinen schweren Jungs. Bützchen, Bützchen, Bützchen. Und dann drehte ich mich um mit meinem Ringelhemd, mit meinem wunderschön prächtig gerundeten und bestreiften Bauch und hielt ihn vor das Publikum.

Beifall brandete auf, und dann stockte er, und dann brandete er wieder auf, und dann stockte er wieder, und alles, was ich hörte, war »Helau!« und »Allmächtiger Gott« und »Isses denn möglich!!« und »... gar nichts gewusst!« und »Prost« und »Heiliger Bimbam!«.

So. Jetzt war es raus.

»Helau!«, schrie ich. Und dann bekam ich einen Orden. Sah unten meine Mutter von der Bank fallen. Las von ihren Lippen: »... schämt sich noch nicht mal!«, und mein Vater griff nach dem Schnaps und meine Brüder waren in der Sektbar verschwunden. Der Sitzungspräsident, der von oben meinen Bauch nicht recht gesehen hatte, schrie weiterhin ekstatisch:

»Und wir bedanken uns bei unserer Trainerin mit einem dreifach donnernden – Helau!«

Fassungslos und neben der Kappe schrie das Dorf unrythmisch:

»Helau!«

Und ich:

»Helau!«

Und das Dorf:

»Helau!«

Und ich wieder: »Helau!«

Und das Dorf wieder:

»Helau!«

So fühlte es sich also an, ein Skandal zu sein. Stumm und bunt und dröhnend gleichzeitig. Ich hatte Sehstörungen. Scholmerbach hatte seinen Faschingsskandal. Thea, die Flötenspielerin, und ich zusammen auf der Bühne; wir Lügenschwestern, die sich einen Glanzauftritt leisteten. Wir brauchten polternde Minuten, wir mussten durchkommen durch die betrunkene Menge, wie ein buntes und verwaschenes Bildnis unserer Seelen. Leute stürzten uns entgegen, und andere wanden sich ab und warfen Kopf und Hände auf die pfützenfeuchten Tische.

Wir sind durchgekommen. Irgendwie sind Thea und ich durchgekommen. Irgendwann hatte uns der Strudel der Menschenmassen durch die Tür gedrängt. Thea landete in der Sektbar, wo sie alsbald wieder Arme und nasse Küsse von ihrem Körper räumte, wie andere Leute

Wäsche aufhängen. Ich aber landete oben im Stübchen auf der Bank neben Pfarrer Weide, der noch immer erschöpft von seinem Auftritt als Herzilein unter den aufgehängten Kostümen der Tanzgruppe Flashdance saß. Er wandte sich mir zu und prostete mit seiner Bierflasche, und sein verschwitztes Gesicht mit zerlaufenen Küssen und Lippenstiftherzen lächelte freundlich. So ein wunderbarer, unschuldiger, einfältiger Pfarrer.

Herzilein hatte er gesungen und mein Herz war offen, mein Bauch hatte Zeugnis abgelegt vor aller Welt, und nun wollte mein Mund sich öffnen. Der Anblick des Pfarrers erzeugte in mir plötzlich und unüberwindlich einen Beichtzwang, wofür war er denn da? Ich konnte nicht mehr an mich halten,

»Herr Pfarrer!«, sagte ich.

»Ja, was denn, Anna?«, fragte er fröhlich und fühlte sich mit den Kostümspitzen um die Schultern offensichtlich unendlich wohl.

»Ich muss Ihnen was sagen!«

»Aber was denn? Ich höre gerne etwas Lustiges!«

»Nun, lustig, ich weiß nicht, also es hat lustig angefangen. Also: Es war einmal ein Feuerwehrfest!«

»Ja, und?«

»Und ein Musikfest. Fünfundzwanzig Jahre Scholmerbacher Musikverein.«

»Ja, ich erinnere mich, da war ich dabei!«

»Und wir waren Ehrenjungfern. Also Festdamen. In Gold!«

»Oh ja«, rief er vergnügt. »Das sah sehr schön aus!«

Ich geriet ins Stocken. Aber ich konnte auch nicht aufhören. Ich holte tief Luft und sagte:

»Und wir haben zusammen an einem Tisch gesessen! Sie und Ria und ich an einem Tisch … mit … mit … Ihrem Amtsbruder!«

»Jaja, wir hatten ein recht vergnügliches Gespräch.«

»Und der Amtsbruder, also Ihr evangelischer Amtsbruder, der hat mich zu sich eingeladen, also in die evangelische Stiftskirche, und ich bin da hingegangen. Und dann …«

Die Schminke auf Pfarrer Weides Gesicht verlief unaufhörlich, und ich spürte, wie ihm unbehaglich wurde und er tief einatmete und anfing, die Bierflasche in seinen Händen zu drehen. Ungemütlich rutschte er hin und her und zog den Kopf ein, als wollte er ihn verschwinden lassen wie eine Schildkröte.

Doch bei mir gab es leider kein Halten mehr, der Damm war gebrochen, und meine Flut ergoss sich ohne Maß und Ziel, um den lieben Pfarrer zu ersäufen.

»… da hat das auf einmal geklingelt und ich kam an die Tür, noch ganz schmutzig, und ich habe noch gestunken, und dann stand der da und …«

Die Beichte wurde lang und länger, sie zog sich wie ein Lindwurm durch die Karnevalsgarderobe. Pfarrer Weide machte Anstalten, sich irgendwie in seinem eigenen Körper zu verschanzen, er schien sich zu verformen wie ein verknautschter Sitzsack, der versucht, sich zu panzern. Doch unbarmherzig erzählte ich weiter, und ich drückte ihm die Beichte auf, mit aller Gewalt. Bei dem Wort »Krankenkommunion« schnaufte er so heftig, dass ich langsam wieder zur Besinnung kam, noch mal das Wort Allerheiligen fallen ließ und dann die Geschichte generalstabsmäßig abkürzte.

»Und deshalb bin ich jetzt schwanger. Werde ich nun exkommuniziert?«

Weide keuchte schwer. Dann sagte er.

»Nein.« Er schüttelte den Kopf.

»Von mir nicht.«

Betreten betrachtete ich mein Machwerk. Den armen Pfarrer Weide so zuzurichten! Ich hatte ihn krankenhausreif gebeichtet.

Ich aber fühlte mich besser, irgendwie besser.

Dann irgendwann kamen mir Arme entgegen, bemalte Arme und reifenklappernde Arme und haarige Arme und verschwitzte und besudelte Arme. Steif getaftetes Glitzerhaar und lange Wimpern vor meiner Nase und der hundertfache Hauch aus betrunkenen Mündern: »Na, wer wird denn der glückliche Vater?«

»Sag ich nicht.«

Auch Pfarrer Weide sagte nichts. Wir versanken in Rauchwolken, Flitter und Gedöns, und dann wurde ich an die Theke im Saal gezerrt.

»Du machst ja Sachen!«, kreischten sie. Und dann »Egaaal« und dann »Hauptsache gesund« und »Der Dings musste damals auch heiraten« und »Das Käthchen hatte damals …« und »Der Hannjokebs Walter, der hatte damals was mit dem Lenchen, und wer der Vater vom Pitt ist, das weiß man ja heute noch nicht«. Und genussvoll ging es an die Theke mit tausend Geschichten von allen Sünden und Sündern von Scholmerbach, und jeder wusste eine andere.

Im Saal sah ich die Leute meine Mutter schubsen und sie betrunken umarmen, bis ihr das Federhütchen aus der Stirn rutschte. »Jetzt komm« und »Stell dich nicht so an«, »Ist doch heutzutage nicht mehr so« und »Jetzt freu dich doch«.

Und meine Mutter weinte und trank einen Apfelschnaps und noch einen, und alles ging unter in Lachen und Heulen, und dann spielte der Nobbi: »Trink, trink, Brüderlein, trink, lass doch die Sorgen zuhaus.« Und dann »Es gibt kein Bier auf Hawaii«.

Thea und ich suchten uns mit Blicken unter dem Karnevalshimmel und halfen uns durchzuhalten. Und schließlich ging alles unter in einem einzigen, kollektiven »Ist doch egaaaaal«. Aus Dankbarkeit für die mordsmäßige Opernaufführung im griechischen Götterhimmel und aus Dank für die neue Sensation wurde ich eingeladen und eingeladen und unter verrutschten Perücken geküsst von Piraten, Esmeraldas und Hula-Hula-Mädchen. Und was sie hinter meinem Rücken sagten, was an der Wurschtbude oder in der Wirtschaft geredet wurde, das wusste ich schon; ich hätte an ihrer Stelle dasselbe gesagt. Doch auch wenn sie mich noch so knutschten, wenn sie sich auch anderswo noch so aufregten – ich sagte den Namen des Vaters nicht.

Alles und jedes sollte untergehen im Rausch dieser Nacht, als ich meine winzige Karnevalsprinzessin im Ringelanzug dem Dorf präsentierte. So sollte ihr der Narhallamarsch in die Wiege gelegt werden, damit sie einmal an derselben Krankheit leiden sollte, die mich immer befiel, in jedem Jahr zum Ende der Winterzeit.

Helau, mein Prinzchen, helau.

Es wurde Frühling.

Der Pfaffengrund von Heidelberg erblühte, und ich fuhr in einer rosaroten Latzhose auf meinem rosaroten Fahrrad an den Weizenfeldern vorbei in die Stadt. Ich eierte ordentlich, als meine Beine gegen das Bäuchlein schlugen, und ich radelte sozusagen breitbeinig. Meine Haare wehten im Wind. So hatte ich mir das vorgestellt und so war es gekommen. Rund und fröhlich radelte und eierte ich durch die Gegend und war so fruchtbar wie die Erdbeeren oder die Apfelbäume. Ich spürte das Kind ordentlich treten und turnen und spürte, wie etwas in mir glücklicher und besser war als ich selbst, und ich fühlte, wie es mich durchflutete.

Ria sagte, wenn wir nun ein WG-Kind bekämen, wäre es gut, wenn wir eine Waschmaschine hätten, denn so ein Kind braucht viel Wäsche und wir könnten nicht ewig in den Waschsalon gehen oder der Mutter die Wäschesäcke auf die Kellertreppe werfen in einem anderen Bundesland. Ria hatte wie immer recht. Umsichtig, rasch und praktisch, weil sie aus der Wirtschaft Honiels stammte, wo sie von früh auf gelernt hatte, flink und tüchtig einen Haufen Arbeit zu erledigen, weil die Kurgäste zum Beispiel einen Berg Wäsche verbrauchten und immer was zu essen oder zu trinken haben wollten. Inzwischen gab es keine Kurgäste mehr, und die Wirtschaft wurde nur noch von Fußballern und Feuerwehrleuten und Dorfleuten besucht, aber Ria hatte das Emsige im Blut. Ich bewunderte sie maßlos. Während ich noch im Bett lag und überlegte, wann ich es schaffen könnte aufzustehen, hatte sie schon die Küche geschrubbt und eingekauft und war unterwegs zur Uni.

Aber ich bemühte mich, ein wenig mehr in den Alltag zu passen und zum Beispiel meine Schuhe aus dem Flur zu räumen, über die jeder stolperte, und meine Trinkgläser nicht überall stehen zu lassen, die Blumen zu gießen und früher aus dem Bett zu kommen. Ria indessen besorgte für mich die Unterlagen für das kleine Latinum und rechnete aus, dass ich die Prüfung noch vor dem errechneten Geburtstermin schaffen konnte. Den Geburtstermin auszurechnen war in meinem Fall kinderleicht: neun Monate nach Allerheiligen.

Die Abende waren heller, als Heidi, Ria, Albert und ich bei der Yucca-Palme in der kleinen Küche zusammensaßen und in der »Such und Find« Waschmaschinen ankreuzten.

»Hier ist eine gebraucht«, sagte Heidi, »hundert Mark.«

»Viel zu teuer«, sagte Ria.

»Wo wollt ihr die denn überhaupt hinstellen?«

»Hier in die Küche, im Keller ist kein Anschluss, und da neben der Spüle können wir den Schrank ausbauen.«

Ich überlegte kurzfristig, ob ich mir nicht Albert zum Freund nehmen könnte, er saß vor mir, er sah gut aus mit seinem Musketierbart, er war intelligent und freundlich und schon Vater.

Auch Ria dachte darüber nach, ob sie sich nicht der Einfachheit halber den Albert nahm. Und Albert dachte vielleicht auch … Aber es ging nicht. Bei ihm nicht, bei mir nicht, bei ihr nicht, wir konnten uns nicht nehmen, auch wenn es praktisch gewesen wäre. Wir saßen zusammen und genossen unsere Gesellschaft, und das war auch schon viel.

»Hier ist ein Toplader, fünfzig Mark«, sagte ich. »Die ist vielleicht ganz gut, da holt man die Wäsche oben raus.«

Ria schätzte kurz die Maße und meinte, die könnte passen.

»Ob die denn gut ist, für fünfzig Mark?«, fragte Heidi zweifelnd.

»Ich kann das pendeln«, sagte ich stolz. Ich hatte mir nämlich im Lichtblick ein Pendel gekauft und übte jeden Abend, in die Zukunft zu sehen und einfache Fragen zu beantworten: Soll ich mir den Albert nehmen? Kann ich mir beim Grosso das Hängekleid kaufen? Wenn sich auf magische Weise das Pendel in Bewegung setzte und einen geraden Strich pendelte, hieß das Nein, und wenn es einen Kreis pendelte, hieß das Ja.

»Oh ja«, sagte Ria. »Pendel mal die Waschmaschine!«

Ich holte das Messingteil an der Kette hervor und ließ es über der Anzeige baumeln.

»Ist das eine gute Waschmaschine und sollen wir die kaufen?«, fragte Ria.

Einen Augenblick lang tat sich gar nichts, während Ria und Heidi sich köstlich amüsierten und Albert alles für Humbug abtat. Schließlich geriet das Pendel in eine Art unsichtbare Vibration, begann über den Inseraten zu wackeln, und langsam, aber sicher entstand eindeutig ein Kreis; die Waschmaschine war für unsere Zwecke geeignet.

»Lass mich auch mal!«, rief Ria.

Wir pendelten sämtliche Waschmaschinen, und die Fünfzig-Mark-Maschine war eindeutig der Favorit unseres Pendels. Auch bei Ria funktionierte das Ding tadellos.

»Ihr wollt doch wohl nicht wegen so einem Scheißding eine Waschmaschine kaufen?«, fragte Albert. »Das macht ihr doch absichtlich mit dem Kreis!«

»Machen wir nicht! Das funktioniert!«

»Ihr bewegt die Kette mit euren Fingern, bewusst oder unbewusst! Oder meint ihr, da sitzt ein Geist drin, der sagt, jou, DIE Waschmaschine muss es sein!«

»Ach, Albert, ist doch egal«, sagte Ria. »Macht doch Spaß.«

»Muss man nicht so ernst nehmen.« Ich glaubte an das Pendel und ich glaubte nicht dran, aber ich mochte es einfach.

»Wo ist die überhaupt?«

»In Ladenburg.«

»Verrückt.«

Aber wir hatten unseren Entschluss gefasst und überlegten, ob so eine Waschmaschine in den R4 oder Rias alte Kutsche von Onkel Hinz passte, aber Albert hatte Gott sei Dank einen stabilen Kombi.

Schon am nächsten Tag waren wir unterwegs nach Ladenburg und parkten vor einer unscheinbaren Doppelhaushälfte mit Blumenbeet. Die Frau, die uns in der Schürze die Tür aufmachte, war erst sehr freundlich, betrachtete sich dann meinen Bauch und fragte:

»Soll die Maschine für Sie sein?«

»Jaja!«, nickte ich freudig; auf einmal sah die Dame betreten und schuldbewusst aus der Wäsche. Aber schon hatte ich ihr die fünfzig Mark in die Hand gedrückt, denn ich wollte die Waschmaschine unbedingt, ich sah mich schon Windeln und Jäckchen und Strampelhosen hineinstopfen und meine Freude überstrahlte jeden käuferischen Zweifel. Der Ehemann kam mit der Sackkarre und hievte den Toplader mit Albert zusammen in einer Art Hebelmechanismus in den Kombi. Er war scheinbar wild entschlossen, das Ding loszuwerden, und schob es in einer Art Befreiungsschlag in das Auto, als wäre es eine offene Müllkippe.

Auf dem Rückweg in den Pfaffengrund fragten wir Albert, ob er denn die Waschmaschine anschließen könnte.

»Was? Ich? Nee, das ist ein bisjen heikel. Das muss ein Monteur machen.«

»Onkel Hinz kann das«, sagte Ria.

»Ja, und jetzt?«

Ria meinte: »Hauptsache, wir haben die Waschmaschine schon mal. Wir stellen sie in den Keller, bis Onkel Hinz kommt.«

»Ja, aber dann müssen wir die Maschine in den Keller tragen und später wieder rauf, die ist doch sauschwer!«, protestierte ich.

»Du trägst sowieso nichts. Das geht schon.«

Ich kam gegen Rias Entschlussfreudigkeit nicht an. Wir hievten also zu dritt die Waschmaschine in das Treppenhaus. Unglücklicherweise trugen alle Birkenstocksandalen. Und während ich die Kellertür aufhielt, ging Albert nach unten, um die Maschine anzunehmen, und dann ging auf einmal alles ganz schnell. Wer als Erster in den Birkenstocks rutschte, ist schwer zu sagen, wahrscheinlich rutschten alle auf einmal, und Albert tat einen Schrei, fluchte und sprang beiseite, und die Waschmaschine stürzte an ihm vorbei, überschlug sich mit Donnergetöse im Keller und landete auf dem Kopf, auf seinem eigenen vielgepriesenen Toplader.

So, das war's dann mit der Waschmaschine.

»Na prima«, sagten wir.

»Und dafür sind wir jetzt nach Ladenburg gefahren.«

»Fünfzig Mark im Eimer.«

Und Alberts Birkenstocksandalen waren an den Fersen ein wenig eingerissen.

»Schöne Scheiße.«

»Aber du hättest tot sein können! Von der Waschmaschine erschlagen!«

»Ja, na ja. So gesehen haben wir noch Glück gehabt.«

»Großes Glück.«

»Da müssen wir einen Wein drauf trinken.«

»Ja, komm, wir gehen Wein trinken.«

Und so landeten wir wieder in der Küche und Ria machte eine Flasche Wein auf, während ich einen ungenießbaren Kinderpunsch kriegte aus Limonade und Himbeersirup. Man hätte nicht meinen sollen, dass Ria aus einer Wirtsfamilie stammte. Aber bestimmt wäre sie eine wirklich hervorragende Polizeibeamtin geworden, ihr wäre kein Ganove entgangen und sie hätte jeden in die Arrestzelle geworfen wie eben die Waschmaschine die Kellertreppe herunter. Der Toplader war restlos kaputt. Aber wahrscheinlich wäre er sowieso nicht richtig gelaufen, schließlich hatte die Ehefrau von Ladenburg so schuldbewusst geschaut.

»Ihr mit eurem albernen, dummen Pendel«, sagte Albert, als sei das Pendel schuld an dem Treppensturz.

Das Thema Waschmaschine verschoben wir erst mal auf später.

Ich ging gerne in die Frauenselbsthilfegruppe im Frauenbuchladen.

Die Wände waren blau und rosa tapeziert, und auf dem Tisch hatten sie eine rosa Decke mit blau gefärbten Strohblumen, selbstgebackene Haferplätzchen aus der Getreidemühle, und diesmal gab es Jasmin-Tee, während über uns lauter Glöckchen im Mobile hingen, die bei jedem Luftzug leise schellten.

Die Frauen gaben mir reichlich Hinweise und wertvolle Ratschläge zur Schwangerschaft und zum Gebären; sie scharten sich um mich wie eine schützende Schafherde oder eine Schar Hexen und weiser Frauen.

Sie rieten mir etwa, wie ich mich auf das Stillen vorbereiten konnte, ich sollte die Brustwarzen mit einer Bürste abhärten oder mit hart gewaschenen Handtüchern. Sie schenkten mir Schachtelhalmtee und Frauenmantel. Sie meinten, es sei gut, wenn ich schon mit dem Kindchen redete. Und sie fragten, ob ich meine »Papiere« in Ordnung hätte.

»Ja, den Mutterpass habe ich. Und ich kriege Geld von Heiner Geißler! Zur Unterstützung! Aus der Heiner-Geißler-Stiftung!«

»Die Vaterschaftsanerkennung!«, sagten die Frauen streng.

»Ach Gott, ja, das …«

Mir wäre es lieber gewesen, wir hätten über die Neuerscheinungen über »magische Frauen im Mittelalter« geredet. Wir konnten auch gerne über Brunhilde reden, ob sie es nun endlich schaffte, ihren Mann zu verlassen, oder über Marie und darüber, wie sie ihre übergroße Schüchternheit überwinden und im Studium ein Referat halten konnte, ohne zu stottern. Wir wollten auch etwas für unsere politische Bildung tun, und es gab einen Marsch für die Erweiterung des Paragrafen 218 mit dem Recht auf Abtreibung. Und dass wir da selbstverständlich mitmarschieren und vielleicht einen Stand machen wollten mit Flugblättern und Teeverkauf. Aber nein.

»Du brauchst die Vaterschaftsanerkennung!«, wiederholte Nele, die Leiterin des Treffens.

»Jaja!«, fielen alle anderen ein.

»Das Jugendamt macht dir die Hölle heiß, wenn du es nicht sagst!«

»Ich kann ja sagen, ich war betrunken und weiß es nicht mehr.«

»Mach das nicht«, sagte Brunhilde. »Das ist nicht gut für dein Selbstbild. Und nur, weil du den ehrenwerten Herrn Vater schützen willst! Der hatte seinen Spaß. Jetzt soll er auch zahlen.«

Dieser Meinung waren alle. Das war ein sehr unbequemes Thema. Ich rutschte in meiner Latzhose und der geblümten Bluse hin und her und trank nun einen Schachtelhalmtee.

»Ich habe es ihm wenigstens gesagt, und wir haben darüber geredet.«

»Und was meint er? Wie steht er zur Vaterschaft?«

»Ja … ja … nun …«, sagte ich und dachte an den Brief, den er mir über Thea gegeben hatte. Chaos der Triebe. »Er hat mir geschrieben und erklärt sich bereit, eine Art Leihvater zu sein; und er will auch finanziell helfen.«

»Hast du den Brief noch? Das ist Gold wert! Den kannst du benutzen, wenn es zum Rechtsstreit kommt!«, rief Barbara.

»Ach nee, Rechtsstreit. Wenn das Kind erst mal da ist …«

»Du kannst nicht warten, bis das Kind da ist! Kümmere dich um die Vaterschaftsanerkennung! Mach es jetzt! Damit ist es nachher im Krankenhaus und überall viel einfacher! Jetzt bist du noch beweglich, kannst überall hin.«

Ach, Mann. Es war meine Entscheidung gewesen, das Kind auszutragen. Es war nicht meine Entscheidung gewesen, den Pfarrer vom Sockel zu stoßen. Ich wollte ihn nicht kompromittieren, nicht vor Behörden zwingen. Nicht seine Familie zerstören. Ich wollte einfach nur … Mutter sein.

»Das geht doch auch so, der Heiner Geißler …«

»Also nee, Anna, das geht so nicht. Das ist blauäugig. Wir Frauen müssen die Verantwortung übernehmen und können uns nicht einfach so treiben lassen, damit ein anderer unser Schicksal in die Hand nimmt.«

Ich wollte dem Pfarrer nicht mehr begegnen. Es war aus. Es war genügend Unheil gestiftet worden. Sollten sie mich doch teeren und federn. Es würde schon so gehen, irgendwie.

»Schreib ihm einfach.«

»Und wenn seine Frau die Post holt?«

»Ja dann, gibt es denn niemanden, der ihn kennt? Der ihm sagen kann, er soll mal bei dir anrufen?«

»Nein.«

Thea. Natürlich. Jo, der Kirchenmusiker. Die brennende Liebe unter den Orgelpfeifen.

»Du musst ihn kontaktieren. Du hast doch mal ein Verhältnis mit ihm gehabt, also bist du irgendwie an ihn gekommen! Hat er es seiner Frau gesagt?«

Diese Weiber waren wie die Beißzangen.

»Überleg's dir! Bis nächste Woche! Dann wollen wir hören, wie du entschieden hast!«

Pro Familia, Frauenarzt, Jugendamt, Frauenbuchladen. Sie steckten doch alle unter einer Decke! Einem so zuzusetzen! Nun, ich wollte mit meinem Bauch reden, und ich fragte das unschuldige Etwas in mir:

»Hey, Kleines! Willst du, dass ich deinen Vater …«

Es trat. Es war so ein unglaubliches Wunder. Wie auf dem runden Mond meines Bauches ein Beulchen herauskam und wie das Beulchen wanderte. Niemals hatte ich etwas Schöneres gesehen. Ich dachte mir, so ein Kind hat ja keine Ahnung und ein Fußtritt kann genauso gut heißen: »Bloß nicht, lass das sein!«

Nur um das Beulchen noch einmal zu sehen, fragte ich:

»Willst du, dass ich deinen Vater in Ungelegenheiten …«

Da trat es noch mal. Was sollte das bedeuten?

»Du musst an das Kind denken!«, sagten die Beißzangen.

»Mein Bauch gehört mir!«, sagte ich.

»Deine Kinder sind nicht deine Kinder.« Hatte Kalil Gibran gesagt. Wer aber war in meinem Bauch? Mein Bauch gehört mir, sagten die Frauen … das Kind laut Kalil Gibran aber nicht? Das Kind war die Sehnsucht des Lebens nach sich selbst. Aber doch ruhte es so sanft in mir, dass ich meinen Bauch immerzu umschlingen musste. Es war mir. Mein Kind.

Abend für Abend legte ich meine Arme um meinen Bauch, wenn wir uns auf dem Balkon trafen, um die Bushaltestelle zu betrachten. Während der Plusmarkt die Markise einzog und man das Obst wegräumte, tranken wir Wein und Tee und hörten uns die Lateinvokabeln ab; wir legten die Füße auf das Geländer und träumten vom Sommer. Ria wollte gerne nach Südfrankreich oder wieder mit dem Rucksack in die Türkei oder vielleicht sogar mit der Freundin nach Japan. Japan! Nichts lag mir ferner als Japan und nichts lag mir näher als Scholmerbach, meine verbotene Heimat. Wieso verboten? Ich durfte heimkommen, ich durfte dort schlafen, aber ich fürchtete mich.

Obwohl der Karneval meine Mutter und meinen Vater ordentlich durchgerüttelt hatte – stellt euch nicht so an, gibt Schlimmeres, freut euch doch –, traute ich ihrer Freude nicht so recht. Zu schwer war meine Sünde in ihren Augen.

So blieb ich mit meinem wunderwunderschönen Bauch, auf dem die zarten Beulchen um den Nabel tanzten, lieber auf dem Balkon sitzen und gab mich zufrieden mit Ria und Heidi und Albert. Doch ich vermisste meine Quark-und-Marmelade-Mutter. Wann war sie wieder normal? Wann würde sie sich abgefunden haben?

»Wenn das Kind erst mal da ist«, sagten Tante Irmela und Onkel Hinz.

»Wenn das Kind erst mal da ist«, sagte mein Vater beim letzten Besuch.

»Wenn es erst mal da ist«, sagte Dr. Bammers, während er etwas in den Mutterpass schrieb.

»Liebe Thea«, schrieb ich auf einen alternativen Briefbogen mit einer tanzenden Hexe.

»Was soll das heißen: Wenn das Kind erst mal da ist? Es ist schon da! Und ich muss mich doch irgendwie vorbereiten. Ich bin nun im fünften Monat. Man könnte das Kindchen vielleicht schon retten, wenn ich jetzt ins Krankenhaus käme.

Ich habe noch kein Jäckchen, kein Hemdchen, kein Deckchen. Ich habe gar nichts für mein Kind. Sogar die Waschmaschine, die wir gekauft haben, ist uns die Treppe runtergefallen. Wenigstens habe ich viel Tee, Rotbäckchensaft und auch ein paar selbstgestrickte Socken für während der Geburt. Aber ich muss einen Kinderwagen kaufen, oder Nabelbinden, oder was braucht man denn da? Ich habe wirklich keine Ahnung.«

Thea zu schreiben war so wohltuend. Noch schöner war es, einen Brief von ihr zu bekommen. Ich brannte darauf zu hören, wie es mit Jo weiterging. Sobald sie von ihm schrieb, funkelten mir an seiner Stelle die Ohren. Sobald ich hörte, wie misstrauisch ihr Mann Bernd geworden war, klopfte mir an ihrer Stelle das Herz, und als ihr Auto an der alten Scheune gesehen wurde, wurde ich ratlos und bange.

»Müsst Ihr Euch denn nicht sehen? Ich weiß doch, wie es ist, wenn das Herz vor Sehnsucht brennt!«

Thea brannte, das Briefpapier roch nach Glut und Rauch, die Schrift war mit einem glühenden Stift geschrieben, ich hielt fünf brennende Blätter in meiner Hand.

»Wir verabschieden uns, dürfen uns nicht mehr sehen, doch wenn wir uns sehen, nehmen wir wieder Abschied voneinander. Jedes Wiedersehen beginnt mit dem Abschied. Jo hielt mich in den Armen und sagte, ich habe geträumt, geträumt, dass wir durch die Straßen laufen und jeder sieht es und ich bin bei dir alle Tage, aber ich sagte, wenn wir beieinander sind alle Tage und alle Nächte, muss ich sterben, denn wenn ich bei dir bin, kann ich nicht essen, nicht schlafen, nicht atmen.«

Noch atmete sie. Noch schrieb sie mir. Welch eine Not.

»In jeder Nacht stehe ich an den Betten meiner Kinder, ich kann sie nicht verlassen, ich darf ihr junges Leben nicht zerstören. Was mache ich denn nur?«

Die Kleinen. So klein waren sie auch nicht mehr.

»Sie würden mit mir gehen, bis ans Ende der Welt. Aber ich kann nicht aus diesem Haus in ein anderes gehen, ich würde es mir nicht verzeihen. Ich muss die Liebe zu Jo verbergen!«

»Wer die Liebe verbergen will, dem kriecht sie aus den Augen heraus!«, schrieb ich zurück.

Unsere Geheimnisse krochen uns aus Augen und Nase. Wir dünsteten sie aus. Thea und ich wurden alsbald von Ahnungen umlagert, die Ahnungen schwebten und webten um uns herum; der Briefträger von Scholmerbach, der die vielen Briefe brachte, Ria, die mir die Briefe auf den Tisch legte, der Turnverein, der sich auf einmal erinnerte, wen ich an der Kirmes und wo in der Sektbar geküsst hatte … erfundene Väter für mein Kind begannen durch Scholmerbach zu geistern, Theas Flötenspiel war im Dorf zu hören, jeder wollte etwas wissen und spürte etwas. Doch wir hätten niemals geglaubt, dass der eigene Mann, Bernd, der stellvertretende Geschäftsführer der Knochschiefelwerke, etwas ahnte. Wir glaubten, er sei ahnungslos, in seine Zahlenkolonnen eingewebt wie mit der Strickliesel und unempfänglich für all die Zwischentöne, die in seinem Haus zum Canto Generale geworden waren. Doch in einer Nacht brach er zusammen unter der Last seines Unwissens. Thea, was ist das? Thea, all die Heimlichkeiten!

Danach wurden Theas Briefe zunächst dünner, dann wieder dicker und schließlich kam ein tränenfeucht gewelltes Schreiben: »Verzeih mir! Verzeih mir!«

Verzeihen? Was denn?

»Verzeih mir«, schrieb sie, »ich habe es Bernd gesagt. Ich habe ihm gesagt, dass Du ein Kind bekommst, von Ulli-Dieter, dem Pfarrer, ich habe es ihm gesagt. Er konnte doch nicht wissen, welche Geheimnisse wir haben, warum wir so viel flüstern, uns so oft schreiben. Deshalb habe ich das Deine verraten, um das meine zu bewahren!«

Ich war wohl ein wenig betäubt von diesen Worten, doch konnte ich Theas Scham und Not nicht aushalten und wollte sie schneller erlösen, als ich selbst mich erholen konnte von dieser neuerlichen Wendung.

»Ach, pff«, schrieb ich zurück. »Ich verstehe das doch.«

Wenn jemand schweigen konnte, dann Bernd; da konnte man mein Geheimnis auch einem Laternenpfahl erzählen. Und wenn es Bernd nun besser ging, dann war es ja gut.

»Er war so erleichtert«, schrieb Thea, »so glücklich, dass es nicht um mich ging, all unser Getue und dieses Versteckspiel, und er sagte, ich soll mich gut um Dich kümmern und Dich am besten mal in Heidelberg besuchen!«

Das war großartig. Es gab für mich nichts Schöneres, als Thea in Heidelberg zu empfangen, und da sie mit Erlaubnis kommen durfte, kamen wir auf die Idee, Jo auch einzuladen, der sich in Scholmerbach nicht mehr blicken lassen konnte und nicht mehr an seiner umgebauten Scheune und überhaupt nirgendwo, nur an seiner Orgel auf der Empore zu Lemberg. So missbrauchten wir Bernds gutes Herz, betrogen ihn abermals, waren so schlecht wie die Todsünde und versuchten, nicht daran zu denken.

»Ja«, schrieb ich, »besucht uns in Heidelberg, Du und Jo, Ihr könnt bei uns sein, da seid Ihr sicher!«

Ich war glücklich, selig, Thea ein Liebeslager anbieten zu können, ein Versteck für ein Stelldichein, weit jenseits ihrer Landesgrenze, an einem Ort, auf den niemand kommen konnte, außer Ria. Mussten wir es nun auch Ria sagen? Wir mussten sie einweihen.

»Sag es ihr!«, schrieb Thea. Und die Zahl unserer Mitwisser stieg. Hatte Ria sich gewundert über die vielen Briefe und Theas vermeintlich übermäßige Anteilnahme an meinem Schicksal, so hatte sie es sich bislang nicht anmerken lassen, sie hatte andere Dinge im Kopf.

»Ria«, sagte ich schließlich, als wir in der kleinen Küche den Abwasch machten.

»Was denn?«, fragte sie.

»Es geht um Thea!«

»Sie hat uns zum Geburtstag eingeladen, oder?«

»Nein, aber, ja … Aber was ich meine, ich habe sie eingeladen, uns mal zu besuchen.«

Ria wirkte erfreut.

»Das ist doch toll! Will sie kommen? Finde ich gut. Immer diese langweiligen Eheleute, ist doch gut, wenn sie mal abhaut. Dann kann sie ja auch mal so ein tolles Orgelkonzert in der Heilig-Geist-Kirche besuchen. Da ist doch Bach-Woche oder so.«

»Ja, kann man überlegen, aber, also ich muss dir noch sagen …«

»Sie will ihre Schwester Nelli mitbringen?«

»Nicht die Schwester.«

»Die Kinder?«

»Nee …«

»Oje. Was heißt das?«

Weiße Prilseifenblasen rannen über die grüne Spüle, während Ria unter dem Boiler herumfuhrwerkte. Wenn erst mal das Kind da war, wäre es schön, eine Spülmaschine zu haben. Ach, Unsinn, eine Spülmaschine, wir sind doch nicht der Onassis, hätte meine Mutter gesagt.

»Thea hat jemand kennengelernt …«

»Ach du Schreck!«, rief Ria. »Bestimmt auf dem Weinfest in Winningen! Immer, wenn die mit dem Kirchenchor oder dem Turnverein nach Rüdesheim oder Winningen fahren, haben die im besoffenen Kopp einen kennengelernt!«

»Es war nicht in Winningen.«

»Na ja, ist ja auch egal. Ist ja wohl nichts Ernstes.«

Ria wusch zwei Teller ab, während ich einen abtrocknete. Und wenn ich an der Spüle stand, wusch ich einen Teller, während sie zwei abtrocknete.

»Es ist so, Ria, sie wollen sich gerne wiedersehen, und sie können sich ja nirgendwo blicken lassen, und deshalb dachte ich, also wenn ich dich frage, ob du einverstanden bist, dass sie sich hier sehen können.«

Ria drehte sich verwundert zu mir um.

»Hier? In der WG?«

»Ähm. Ja.«

»Ja, okay«, sagte Ria. »Wenn du meinst, das wäre romantisch für die? Die arme Thea, ich habe mir schon gedacht, dass sie nicht sehr glücklich ist in der Ehe. Ausgerechnet zu uns will sie kommen! Klar, soll sie machen. Ich werde dichthalten. Wer ist der Typ denn?«

»Du kennst ihn.«

»Ich kenne ihn?«

»Er hat bei uns schon mal die Orgel gespielt und war früher auf unserem Gymnasium …«

»Sag bloss der Dirigent, der Organist, der Jo Hembach? So heißt der doch.«

»Ja, der.«

»Klar«, sagte Ria. »Mit dem kann sie sich natürlich über andere Dinge unterhalten als mit dem Bernd. Oje.«

»Ja, sie haben dieselben Interessen; er ist 'ne Ecke jünger als sie.«

»Wundert mich nicht. Einen tollen Job hat der. Einmal die Woche Orgel spielen. Der Jo hat die Ein-Stunden-Woche.«

Ich war erleichtert, wie Ria es aufnahm. Sehr cool.

Aber nun hatten wir ihr zwei Geheimnisse aufgebrummt, die sie bewahren musste: den Namen meines Kindsvaters und Theas Geschichte mit einem anderen Mann.

Ria würde niemals etwas sagen, niemals, das wusste ich. Sie konnte jedes Geheimnis bewahren, ein Staatsgeheimnis, einen Landesverrat, einen Mord.

Alles würde sie für sich behalten, unsere heimlichen Geschichten, besser, viel besser als Thea und ich.

Die Ahnungen, die uns umschwebten, hatten sich nun für Bernd und Ria in Gewissheiten verwandelt. Doch weitere Ahnungen schwebten auch von Scholmerbach und Heidelberg nach Lemberg und um Ulli-Dieter Aschbrenner herum. Wir wussten nicht, ob er seiner Frau alles gebeichtet hatte oder nicht und wie er sich fühlte, der werdende Vater.

Doch dann ging Theas Orgelspieler Jo mit seinem Chef, Pfarrer Ulli-Dieter, in der Roten Henne einen Wein trinken. Und dann zwei und dann fünf und dann sieben. Männergespräche.

Ich sah Ulli-Dieter im Geiste den Kopf schütteln und dann aufstützen, und dann hörte ich ihn in den Wein hinein schwer seufzen. Jo daneben, mit seinen Erzengellocken und der großen Nase, aufmerksam und stumm und verstehend. Dann hörte ich sie sich gegenseitig hemmungslos offenbaren und alles herausposaunen.

Über dieses Gespräch habe ich niemals Näheres erfahren.

Aber dann schrieb mir Thea: Ulli-Dieter war einverstanden, beim Notar eine Vaterschaftsanerkennung zu unterschreiben. Aha. Ich hatte ihn nicht darum gebeten. Aber Ulli-Dieter hatte sich wohl Gedanken gemacht. Das war ihm doch hoch anzurechnen. Ob es seine Idee gewesen war? Hatte Thea Jo um Vermittlung gebeten? Und war der damit in der Roten Henne herausgerückt? Wie auch immer, der Gedanke, dass ich Fürsprecher hatte an einem Wirtshaustisch unter den tropfenden Kerzen auf Weinflaschen, richtete mich in gewisser Weise auf.

Sein Name auf einer Geburtsurkunde wäre ihm zu heikel, hatte Ulli-Dieter zu Jo gesagt, denn als Vater wüsste er ja, wie oft und wo überall man die Geburtsurkunde vorlegen müsste. Und er sei froh, dass ich eine Freundin wie Thea an meiner Seite hätte, die ihrerseits frei und unabhängig sei und dem Denken keinerlei Schranken auferlege. Und der Herr unser Gott werde am Ende uns Sündern alles verzeihen. Fertig.

Und so wussten im Nullkommanichts Ulli-Dieter, Jo, Thea, Ria und ich von jedem alles und Bernd die Hälfte. Unsere Verschwiegenheit funktionierte nicht so richtig.

Eine notarielle Vaterschaftsanerkennung also.

Wie sollte das denn gehen? Das Thema war mir so unangenehm wie Magenschmerzen. Ich hätte am liebsten sämtliche Formalitäten übergangen und einfach das Kind geboren wie eine Westnilotin irgendwo draußen auf dem Feld. Aber Thea wusste auch hier Rat. Ulli-Dieter hatte Jo gesagt, dass er Thea sagen sollte, dass sie mir sagt, man sollte sich doch vielleicht einmal treffen, um die rechtlichen wie auch menschlichen Aspekte zu besprechen. Und da ihm die Bürde seines Wissens und die allgemeine Situation zu schaffen machten, habe er seine Mutter eingeweiht. Seine Mutter sei seine Vertraute und sehr lebenserfahren, auch sie würde dem Denken keine Schranken auferlegen und verurteile niemanden.

Und es wäre doch gut, wenn man sich vielleicht mal träfe, seine Mutter, er und ich. In einer verschwiegenen Gaststätte, im Hunsrück oder der Eifel.

Die Mutter!, stöhnte ich. Das alternde Schneewittchen, das sich beim Canto Generale in Linnen als so unmusikalisch erwiesen hatte! Oje. Ob das gut ging? Das Schneewittchen vom Sufi-Orientalen Arif, der aussah wie der Oberförster von Villingen-Schwenningen. Ich hegte so meine Befürchtungen.

»Doch, doch!«, riefen eilfertig die Frauen aus meiner Selbsthilfegruppe. »Du musst einen Block nehmen und alles aufschreiben; es muss ja einiges geklärt werden, der Unterhalt, ein Termin auf dem Jugendamt, wie ihr das auf dem Standesamt machen wollt.«

»Wenn es irgendwie im Guten geht, solltet ihr das versuchen«, sagte Anneliese aus Neckargemünd.

Dann zog Gundula aus Ladenburg eine Tüte unter dem Stuhl hervor.

»Ich weiß nicht, ob du das brauchen kannst, aber du wirst ja immer dicker. Ich habe dir mal ein paar Umstandskleider mitgebracht. Ich werde ja, so Gott will, keine Kinder mehr bekommen.«

Sie zog eine zerknitterte, weite Bluse heraus mit lavendelfarbenen Blüten, einen blauen Umstandshänger sowie eine leichte Sommerhose mit Strickeinsatz. Ich fand sie wunderwunderschön. Ich wollte alles sofort mit nach Hause nehmen und waschen und bügeln, obwohl, wir hatten ja keine Waschmaschine. Ich konnte die Sachen ebenso gut mit der Hand waschen. Oder alles in den Waschsalon bringen, die zwei Mark hatte ich noch. Aber so schmutzig waren sie ja nicht, nur zerknittert! Ich freute mich so über die Kleider! Ich wollte duften und blühen wie die Apfelbäume und Birnbäume auf dem Feld, ich wollte schön sein, eine schöne, duftende Schwangere! Es war einfach wichtig, dass sich Frauen was trauten, was sich nicht gehörte. Ich sah im Fernsehen Isabelle Huppert in einer Hippiekommune auf dem Land, und sie zog schwanger über das Feld mit einem Bandoneon, und sie sang über ihren Bauch: »Comme il est beau … le grand balleau!«

Das fand ich noch mal so schön, und ich sang es tagelang über meinen wunderschön wachsenden Bauch immerzu: Comme il est beau …! Il est beau!

Ob es denn ein Mädchen wird oder ein Junge, fragten mich die Leute.

Ich zuckte die Schultern.

»Man muss es nehmen, wie es kommt«, sagte Anneliese aus Neckargemünd.

»Der Frauenarzt kann das herausfinden!«, sagte Nele aus Heidelberg-Mitte.

»Diese Methoden sind sehr unsicher«, sagte Gundula aus Ladenburg.

Doch in der WG hatten Ria, Albert und Heidi schon gewettet, ob es ein Mädchen oder ein Junge werden würde, und Ria schlug auf einmal vor zu pendeln. Das war zwar bei der Waschmaschine schon schiefgegangen, aber egal. Wir pendelten alles Mögliche zum Spaß. Wird

Ria die Klausur bestehen? Soll Heidi mit Fritz ausgehen oder mit Jürgen? Wird Albert die Stelle an der Schule in der Stadtmitte kriegen?

Ria und Heidrun senkten die Köpfe über meinen Bauch, als ich in der Küche quer über den Stühlen hing und Ria das Pendel schwingen ließ.

»Wenn es gerade ausschlägt, kriegst du einen Jungen, wenn es rund wird, kriegst du ein Mädchen.«

Das Pendel schien sich nicht entscheiden zu können; es nudelte ein Oval, und dann riss es wieder aus, als wolle es zu Heidrun hinüberschweben.

»Das wird … das ist … das ist ein Dreieck«, sagte Ria. »Du kriegst einen Frosch.«

Damit war die Pendelsitzung beendet.

Wir hatten ohnehin keine Zeit mehr. Denn wenn Thea an diesem Wochenende mit ihrem wunderbaren Jo in unser frühlingshaftes Heidelberg kommen wollte, um bei uns ein Stelldichein zu haben, dann wollten Ria und ich vorher die Fußleisten schrubben und die Fensterbänke und im Bad jede Fuge zwischen den rosaroten Kacheln. Unsere Wohnung ein Liebesnest für Thea! Wir beschlossen, dass wir dem liebestrunkenen Orgeler-Paar mein Bett anbieten sollten, da es breiter war als Rias und ich auch gewissermaßen stärker in der Pflicht war! Ich konnte in Heidruns Bett schlafen, sie würde am Wochenende zu ihren Eltern fahren. Es lief alles einfach, so einfach, als sollte es so sein, als sei der Himmel nachsichtig mit den Sündern und begünstige sie noch zu seinem Zeitvertreib.

Wir schmückten mein olles Naturholzbett aus dem Möbelum – Kiefer, unbehandelt – mit meiner bunten

Patchworkdecke und legten Blumen darauf. Ria hatte von Onkel Hinz zum Geburtstag eine schlimme Eule geschenkt bekommen, in die man eine Kerze stellen konnte, damit sie aus den Augen leuchtete. Wir stellten alle Kerzen und auch die alberne Eule auf, wir schmückten und schmückten und schmückten und überstiegen uns in den Vorstellungen, wie denn ein Liebesnest aussehen könnte, das dem Grad des Geheimnisses unserer Freundin Thea angemessen war. Schließlich rollten wir das Rollo herunter und zogen die mit aztekischen Männlein versehenen Gardinen vor das Fenster, damit es zauberisch aussah. Ria setzte noch einen drauf und tröpfelte Moschus und Patschuli auf das Bett.

Ich seufzte und dachte, dass das letzte Mal, dass mich ein Mann im Arm gehalten hatte, an Allerheiligen gewesen war. Aber man konnte nicht alles haben.

An einem schönen Tag im Mai im Jahre 1988 kamen also Thea und Jo zu uns, an den feierlich geschmückten Tisch unserer WG im Pfaffengrund, und zum ersten Mal sah ich Jo von Nahem. Ein Novalis-Jünger mit hellen Locken. Wie auf einem Wandteppich eingewoben. Ein Philosoph mit tief gründelnden Gedanken.

»Hallo!«, sagten Ria und ich ehrfürchtig. »Herzlich willkommen.«

Ein Thea-Lachen erklang und sie schüttelte verliebt die Locken.

»Wir haben schon gewartet«, sagten wir und kochten ihnen Kaffee, führten sie herum und zeigten ihnen am Ende ihr Liebeslager.

Jo platzte vor Lachen. Er hatte unsere Herzen gewonnen. Wir fanden ihn charmant und freundlich, aber vor allem lachte er über jeden unserer blöden Witze. Er betete Thea an. Sie waren Romeo und Julia aus Scholmerbach, wir waren stolz darauf, sie bei uns zu haben, und reichten zum Kaffee noch Sandkuchen und Bienenstich. Nichts war so schön wie unsere Geheimnisse. Unsere WG-Küche war erfüllt vom Zauber und schien sich zu weiten, die Wände schienen nicht mehr stabil, Vögelchen setzten sich auf die Fensterbank.

Dann ließen wir Thea und ihre große Liebe mit meinem geschmückten Eulenbett und der Musik von »When a Man Loves a Woman« und »Whiter Shade of Pale« zurück.

Ria ging ihre Kommilitonin Birgit besuchen, mit der sie womöglich nach Japan wollte. Ich aber marschierte in meiner Latzhose zum Frauenbuchladen, wo wir uns der Demo an der Heilig-Geist-Kirche anschließen wollten.

Die Demo war nicht riesig, sie wies Lücken auf, einige Stände von Frauengruppen, »Emma« und Pro Familia waren auch da und verteilten Limo und Fähnchen. Irgendwo saß ein Beamter auf dem Polizeipferd der Reiterstaffel am Straßenrand. Ich konnte nicht glauben, dass ich noch vor einem Dreivierteljahr selbst eine Uniform getragen und die Ablehnung der Demonstranten am eigenen Leib gespürt hatte. Ich hörte wieder die wütenden Sprechchöre: »Haut die Bullen platt wie Stullen« – »Ihr Nazis!« – »Büttel des Staates!« Wie man Hass nicht ignorieren konnte, wie der Hass durch die Uniform gekrochen war, wie ich ihn noch immer nicht vergessen hatte.

War ich richtig hier? Eine Überläuferin? War ich eine linke Bazille geworden?

Ich sah wohl so aus in meiner rosa Latzhose und mit langen Haaren, aus denen die Dauerwelle allmählich herauswuchs. Aber es ging doch um den Paragraf 218 und wie man die Frauen immer noch stigmatisierte und ihnen die Schuld an einer ungewollten Schwangerschaft aufbürdete.

Voller Mut streckte ich meinen Bauch heraus, während Anneliese aus Neckargemünd und Gundula aus Handschuhsheim um mich schrien: »Kein Gott – kein Staat – kein Patriarchat!«, und eine Frau ein Schild hochhielt: »Illegalisierte Abtreibungen enden tödlich!« Und auch ich wollte etwas schreien und schrie:

»Mein Bauch gehört mir!«

Und schon drehten sich alle um und sahen mich an. Es war schon recht warm, und die einen liefen in Häkelkleidern und Strickröcken herum, andere waren punkige Lesben in zerschnittenen Strumpfhosen mit Irokesenschnitt und Piercings. Öko oder Punk oder einfach Frau. Aber was ihnen gemeinsam war – der seltsame, betretene Blick auf meinen stolzen, runden Bauch, den ich freudestrahlend durch die Paragraf-218-Demo trug. Irgendwas wurde unbehaglich.

»Ich kämpfe für das Recht von euch allen, Schwestern!«, schrie ich.

Es war, als könnten sie mir nicht glauben, ich war ihnen ein wenig unheimlich.

»Nur weil ich mich für die Schwangerschaft entschieden habe, kämpfe ich trotzdem dafür, für euer Recht, sich dagegen zu entscheiden!«

Sie musterten mich seltsam, und eine Punkerin in Leder vergaß ihr Kaugummi weiter zu kauen. Nele aus dem Frauenbuchladen legte unsicher den Arm um mich und meinte:

»Vielleicht ist es doch besser, du gehst Kaffee trinken. Oder einen Schachtelhalmtee.«

Verdattert sah ich sie an und wäre beinahe unter das Zaumzeug des Polizeipferdes getrudelt.

»Aber ich wollte doch …«

»Glaub mir, es ist besser …«

»Ich soll Kaffee trinken gehen?«

Nele zog die Schultern hoch.

»Ja, vielleicht. Du solltest Aufregung meiden.«

Ich war völlig neben der Kappe.

»Ja … nun … wenn du meinst. Na ja, dann … ich überlege es mir.«

Schon war ich zurückgefallen, und sie protestierten links und rechts an mir vorbei.

»Wir wissen deinen Einsatz zu schätzen«, sagte Nele, nickte mir noch mal zu und ging mit der Demo in Richtung Marstallhof.

Einsam und allein blieb ich zurück.

»Tschuldige«, sagte ich zu meinem Bauch. »Meine Teilnahme an der Demo war nicht persönlich, sie war politisch.« Und schließlich ging ich unschlüssig am Ufer des Neckars spazieren, hörte von ferne die Rufe der kampflustigen Frauen und wusste nicht, was ich machen sollte. Daheim lag Thea mit Jo auf ihrem Liebeslager.

Dann ging ich eben Kaffee trinken. Auch egal. Die ein, zwei Mark hatte ich noch. Aber war der Kaffee gut für so einen Winzling, den Frosch?

Vielleicht ging ich einfach zum C&A und schaute mir Babysachen an. Die Schühchen, die weißen Hemdchen, bestickte Strampelhosen mit Entchen und Häslein und Bärchen. Es gab so wunderschöne Sächelchen; hätte ich doch nur mehr Geld gehabt, ich wollte alles kaufen. Ach wo, es gab ja auch Gebrauchtes, das war noch wunderbar und schön. Diese kapitalistische Wegwerfgesellschaft. Aber ein Strampelchen konnte ich doch kaufen. Oder brachte das Unglück? Alles duftete, man konnte an der Penatencreme riechen oder an einem Öl, selbst das Puder roch gut, es gab Bürstchen und Badetücher und Windeln zum Auskochen. Ich freute mich so unendlich auf mein Kind.

Und so verbrachte ich wieder ein Wochenende in Heidelberg statt in Scholmerbach. Und es war gar nicht mal so schlecht, auch wenn die Demo missglückt war. Ich konnte einfach herumbummeln und schöne Dinge sehen und meiner liebsten Freundin ein Rendezvous schenken, das ich mir so herrlich und romantisch vorstellte. Ich war so stolz darauf, ihr diese Stunden ermöglicht zu haben, ich träumte und schwelgte über alles und jedes … reichlich beschenkt … mit allem, was sich nicht gehörte. Es war ein herrlicher, blühender, freudestrotzender Frühling.

Ulli-Dieters Stimme zu hören nach all dieser Zeit war seltsam.

Doch wir mussten uns treffen für ein Gespräch mit seiner Schneewittchenmutter. Man konnte ja nicht ewig Stille Post spielen mit Thea und Jo.

Ulli-Dieter hatte mich angerufen, knapp einen Tag

nachdem ich das Liebeslager in meinem Zimmer aufgeräumt hatte, die verblühten Blumen, die ausgebrannte Eule, den ausgetrunkenen Sekt, für den tausendsten glücklichen Abschied. Nun schlief ich selbst wieder in meinem frisch bezogenen Bett, und es machte mir nichts aus, gar nichts, es hatte sich kaum ein Duft herübergerettet, keine verräterische Ausdünstung, keine Flecken, nur so was wie der Zauber ewiger Liebe. Der konnte mich noch ein wenig mitverzaubern, mich daran erinnern, wie es sein konnte, mit einem liebenden Mann. Ich hatte stattdessen ein Hemdchen in der Hand, vom C&A, ein Hemdchen, mit zwei Bändelchen am Hals und Ärmelchen so klein wie zwei Finger meiner Hand. Mit dem Hemdchen und meinem dicken Bauch hatte ich mich in meinem Bett verborgen, noch nie war mein Bett so wertvoll gewesen, ich liebte es sehr.

»Also, ähm, in Hundstadt gibt es so eine Gaststätte, da haben wir beim Durchfahren mal gehalten. Da könnten wir uns treffen«, sagte Ulli-Dieter.

»Ja, gut, okay.« Ausgerechnet Hundstadt.

Ulli-Dieters Stimme klang gedämpft, wie aus Grabeshöhle, als kämpfte er dort mit einem Bären.

»Ich … ich wollte mich erkundigen, wie du zurechtkommst. Wie es dir geht. Ob du das alles schaffst?«

»Ja, es wird schon irgendwie gehen. Es gibt Höhen und Tiefen, aber ich glaube, dass ich das alles gut schaffe.«

»Ich habe mit meiner Frau geredet.«

»O Gott«, flüsterte ich. Ich wollte sterben. Meine Schuld erhob sich vor mir wie eine Wand, es wurde sofort Nacht, und die Wand war ein schwarzer Felsen. »Wie ist es?«

»Hölle«, flüsterte er. »Die Hölle, reden jede Nacht bis zum Morgen, solche Kämpfe; sie versucht … sie versucht ein guter Mensch zu sein, weißt du?«

Oje. Ich schluckte schwer; die Konsequenzen, die wir uns nicht ausgemalt hatten, jetzt kamen sie mit voller Wucht aus dem Nichts. Die Frau, die ich nicht hatte denken können. Der Kreidebrei. Sie lebte, sie war ein Mensch.

»Sie versucht zu akzeptieren, und sie akzeptiert … und kann es dann doch wieder nicht. Wir ringen so.«

Da hatten wir nun, was wir wollten, die Verwirklichung unserer tausend Sprüche:

»Alles geben die Götter, die unendlichen, ihren Lieblingen ganz, alle Freuden, die unendlichen, alle Schmerzen, die unendlichen, ganz.« Goethe.

»Und das ist auch der Grund, warum ich anrufe … es ist so, bevor ich die Vaterschaft anerkenne, ähm, sie hat die Frage, also, wir haben die Frage, wie, ähm, Anna, wie können wir sicher sein, dass das Kind von mir ist?«

»Was?«

Schweigen am anderen Ende der Leitung.

»Wir möchten fragen, ob du sicher bist: Das Kind ist von mir?«

Erschrocken zu Tode, das war ich.

»Na, klar ist das Kind von dir!«

»Weiß ich das wirklich? Du führst ein Studentenleben.«

Ich war außer mir. Damit hatte ich nicht gerechnet.

»Ulli-Dieter, ich bitte dich! ALLERHEILIGEN, ein Tag, eine Stunde, ein Schuss, ein Treffer!«

Wieder Schweigen.

»Meine Frau und ich, wir möchten das klären. Wir haben uns gesagt: Wir wollen in dieser schweren Stunde beieinander stehen.«

Ach Gott. Er und seine Frau wollten das klären. Sie wollten in dieser schweren Stunde beieinander stehen.

»Ist einer gestorben?«, fragte ich.

»Ja«, sagte er. »Tatsächlich. Ich hatte heute eine Beerdigung. Woher weißt du das? Fünfhundert Leute. War anstrengend. Die wollen ja auch die Anteilnahme, und ich bin da im Moment emotional überfordert. Es kommt mir vor, als ob die Trauernden auch … eine gewisse Unterhaltung einfordern. Das Amt erfordert den ganzen Mann.«

Ich wollte Beileid wünschen und wusste nicht, wem.

»Du … du hast geschrieben, du wolltest mich unterstützen.«

»Was brauchst du so monatlich?«

»Es geht mir nicht ums Geld, ich will überhaupt kein Geld, nur … nur die Anerkennung.«

Ich geriet ins Stottern. Er hatte alles seiner Frau gesagt. Ich blöde Kuh, ich konnte doch von Glück sagen, dass sie zu ihm hielt. Wenn da alles auseinandergegangen wäre … o Gott. Ich war nicht geeignet für dieses Telefonat. Er auch nicht.

»Wie soll man da verbleiben?«

Die Anstrengung unserer Hirne war durch den Hörer zu spüren.

»Du hast gesagt, du möchtest eine notarielle Vaterschaftsanerkennung«, sagte ich niedergeschlagen, mit einer Prise Schuld. »Keine Geburtsurkunde. Wir müssten uns also einen Notar suchen.«

Schweigen. Dann sagte er:

»Wenn ich mir aber doch nicht sicher bin. Wie soll ich etwas notariell unterschreiben, wenn ich der Vaterschaft nicht sicher bin? Meine Frau hat mir da noch mal die Augen geöffnet, ich war da vielleicht ein wenig zu blauäugig.«

Ja. Die Frau. Die Gleichung mit der Unbekannten. Ich gestand es ihr zu. Die Rache war auf ihrer Seite. Sie hätte mir genauso gut die Reifen zerstechen und im Päckchen eine Giftbombe schicken können. Ich wurde zur Hexe im Spiel. Und ich musste es mir gefallen lassen.

»Dann sehen wir uns eben vor Gericht«, hörte ich mich sagen. Hatte ich das gesagt? Mit dem Gericht gedroht? Vokabeln aus meiner Polizeivergangenheit.

»Da will ich mit meiner Frau noch mal darüber reden. Wenn das Kind da ist, will ich einen Vaterschaftstest haben.«

Warum nur empörte mich das so? Warum wurde ich auf einen Schlag so wütend, dass ich ihm telefonisch am liebsten die Fresse …? Das hatte ich ja mal gelernt, in die Fresse hauen. Aber was hatte ich denn geglaubt?

Ich war so dumm wie Bohnenstroh.

»Einen Vaterschaftstest. Okay.«

»Wir werden das bereden. Meine Frau und ich.«

Meine Frau, meine Frau, meine Frau. Auf einmal. Aber er saß in der Klemme. Ich verstand ihn und ich wollte ihn trotzdem umbringen. Vielleicht waren es die Schwangerschaftshormone. Sechster Monat. Da tobt's in dir wie ein Orkan, wie beim Sturm der Ozean. Hoppla. Das war mein Blut.

Verdammt.

Hätte ich bloß auf mein Gefühl gehört und ihn einfach vergessen. Die hatten ja alle keine Ahnung! Die Schwangerschaftsberatung nicht. Das Jugendamt nicht. Die Frauenselbsthilfegruppe nicht. Hätten sie uns gelassen, mich und Heiner Geißler, wir wären glücklich geworden!

Vaterschaftstest. Der hatte sie wohl nicht alle! Nächste Station Hundstadt. Ich hatte jetzt schon keine Lust mehr. Gott, war ich sauer.

Ich musste jetzt nach Hause, nach Scholmerbach! Dringend! Es war falsch gewesen, so lange fortzubleiben. Als sei mein Dorf der Tropf, an dem meine Lebenskraft hing, als könnte ich nur dort richtig atmen und mich gut fühlen, den Blütenduft trinken und Brot vom Hanni essen. Ich fühlte mich so gut und wunderbar in Scholmerbach.

Nur, daheim war es immer noch ungemütlich.

»Dein Verhalten!«, hatte meine Mutter gesagt. »Wie du dich verhalten hast!«

Mein Fehltritt, mein Sündenfall, ich hatte alles verletzt, an das sie glaubte aus tiefstem Herzen. Ihren Herrn, ihren Heiland. Die Zehn Gebote. Und wahrscheinlich glaubte sie auch, dass ich mich nicht genügend schämte. So starrte sie weiterhin auf den Fernseher und konnte den Anblick meines dicken Bauches kaum ertragen.

Der Katze war es egal, sie legte sich auf den Schoß meiner Mutter, der weich und gemütlich war, und sie schnurrte gegen ihre Ärgerlichkeit an.

Auf der Eckbank lag der Otto-Katalog, und ich begann darin herumzublättern auf der Suche nach Hemdchen und Mützchen und Strampelhosen für mein Kind. In der Frauengruppe hatten sie gesagt, ich müsste nun langsam eine Tasche packen; es könnte ja sein, dass es früher losgeht oder sonst was passiert. Da müsste man immer eine Tasche haben, falls man ins Krankenhaus kommt. Ich hatte keine Tasche. Ich hatte nur ein einziges Hemdchen für mein Kind. Ich wusste nicht mal, was ich brauchen könnte. Ich wagte nicht zu sagen: Mama, hilf mir. Hilf mir, ein Jäckchen auszusuchen, einen Wickeltisch, sage mir, was ich brauche. Ich brauche zum Kinderkriegen eine Mutter. Ich war nun im sechsten Monat, mein Bauch wölbte sich wunderschön rund, mein Gesicht war gewissermaßen sanft aufgegangen. Meine Freunde sagten: Du blühst, du bist so schön.

Da rührte sich auf einmal im Esszimmer mein Bruder Tobias, der im »Gong« gelesen hatte, so wie er immer alles las, was er fand, jeden Artikel über Wetteränderungen, jede Anzeige für Hühneraugenpflaster, jeden Pfarrbrief und jedes Kuchenrezept. Das nächste bedruckte Papier, das er sah, war mein Otto-Katalog.

»Was schaust du da?«, fragte er. »Oh, was für dein Kind! Stimmt! Wie geht es dir denn?«

Ich wagte nicht, laut zu reden, holte stumm mein verknittertes Ultraschallbild heraus.

»Oooh«, sagte mein Bruder. »Ist das echt? Das Kleine? Gib her!«

Er betrachtete begeistert das schwarz-weiße Geflimmer, auf dem sich nur einige verschattete Kontraste abbildeten mit der Ahnung von einem eierförmigen Gebilde.

»Wo ist denn da oben und unten?«

»Also, ich meine, das hier müsste ein Knie sein, und wenn du da guckst, das ist der Kopf; es liegt also praktisch so auf der Seite, und man kann auch nicht sehen, ob es ein Mädchen oder ein Junge wird.«

Tobias betrachtete das Foto wie ein wissenschaftliches Objekt, immerhin wurde er Physiker und konnte das Bild womöglich besser auswerten mit seinem Röntgenblick.

Dann kam mein Vater herein und warf ebenfalls einen Blick auf das Bild und meinte, es sei was von Tobis Universität.

»Was ist denn das? Sind das eure Experimente mit den Marsfotografien …?«

»Das ist ein Ultraschallbild. Sozusagen eine Fotografie vom Kind im Unterleib«, sagte ich trotzig.

»Ach du liebes bisjen«, sagte vom Wohnzimmer aus meine Mutter.

»Also ich weiß nicht«, meinte mein Vater. »Das ist doch dem Herrgott ins Handwerk gepfuscht.«

»Ein Theater wird da gemacht«, sagte meine Mutter.

Ich packte mein Bildchen wieder in die Ledertasche und schlug den Otto-Katalog zu. Mein Bruder Tobi, der sonst immer nur auf der Eckbank saß und alles las, Tobi, der in all unseren Streitigkeiten nie etwas sagte, blickte einen Augenblick auf die Tischdecke, und dann stand er auf. Als müsste er noch einmal nachdenken, beugte er sich vor, hob dann die rechte Hand wie ein unschlüssiger Dirigent und sagte:

»Hört mal, was ihr macht, ist nicht richtig. Ihr müsst euch auch ein wenig freuen über das Kind! Ihr müsst

Anna das Gefühl geben, dass das Kind im Haus willkommen ist!«

Das hatte gesessen. Mir schossen die Tränen in die Augen.

»Es ist ja nur … das Verhalten! Wie sie sich verhalten hat«, betonte meine Mutter.

»Du gehst jeden Sonntag in die Kirche. Vergebung der Sünden«, sagte Tobias. »Oder?«

Dann setzte er sich wieder und versenkte sich in den »Gong«, als hätte er nie was gesagt. Meine Mutter schwieg bockig, und mein Vater setzte sich und begann ein Kreuzworträtsel.

»Es ist ja …«, sagte er schließlich, »wenn das Kind erst mal da ist, ändert sich das ja.«

»Ja«, rang sich meine Mutter durch. »Wenn es da ist! Bei uns wurde über all das überhaupt nicht geredet! Bis das Kind da war, machte man einfach nicht so einen Zirkus. Tante Rosi hatte sich ein Kleid genäht, da sah man erst im achten Monat, dass sie in den Umständen ist! Da war sie sehr stolz drauf! Heute macht man ein Geschiss!«

Mehr an Aussprache war nicht möglich. Es hatte uns alle übermächtige Anstrengung gekostet. Schluss jetzt. Ich stand auf und rannte ins Dorf.

Ich traf meine Freunde, und mit ihnen war ich so glücklich. Wir wollten alle zum Schreiner-Benni in die Werkstatt gehen, aber das Wetter war viel zu schön, und so setzten wir uns mit einem Kasten Bier auf die Brücke über den Scholmer Bach, wir hängten die Füße hinein, die Frösche quakten und es roch nach Brennnesseln. Es war so ein wunderbarer Abend. Niemand stellte in

Frage, dass ich ein Kind kriegte von irgendeinem. Meine Freunde waren das Nest, in das ich gehörte und in dem ich, wunderbar beschützt, in Ruhe gebären konnte. Hier wollte ich mich vorbereiten. Hier konnte ich gelöst mein Becken wohlig kreisen lassen. Man konnte nun sein Kind im Wasser gebären, hieß es. Aber wenn ich mein Kind im Wasser kriegen sollte, dann nur im Scholmer Bach. Als hätte das Wasser mich gehört, schien es auf einmal stillzustehen, lauschend und wissend, wie das Wasser in meinem Bauch. Die Mücken tanzten. Aus der Ferne hörten wir irgendwo »We will rock you«, und der dicke Baum, der vom Blitz getroffen war, blühte an zwei Seiten und wirkte in der Nacht mächtig und schwer wie ein gespaltener Riese.

In der folgenden Woche ereilte uns alle ein unfassbares Glück.

Tante Huberta war gestorben.

»Wer bitte ist Tante Huberta?«, fragte Ria.

»Tante Huberta«, schrieb Thea auf Himmelspapier mit blassendem Regenbogen, »ist eine Kusine meiner Mutter, um die ich mich immer gekümmert habe, und sie ist jetzt dahingeschieden. Sie hat gottlob nicht leiden müssen und hatte schon vor dem Tod alles geregelt. Aber was ich nicht wusste: Sie hat ausgerechnet MIR alles hinterlassen! Bloß, weil ich sie immer besucht habe!

Bitte, kommt so schnell wie möglich nach Hause, denn ich möchte mit Euch in Tante Hubertas Wohnung gehen, damit Ihr Euch alles rausnehmt, was Ihr für Euer

Studentenleben braucht! Sie hat nämlich, soweit ich weiß, eine sehr gute Waschmaschine!«

Donner und Doria! Wie das Leben so spielt! Der liebe Gott besorgte mir auf Umwegen eine hervorragende Waschmaschine für umsonst und benützte dazu die losledige Tante Huberta, die ihre letzten Jahre munter auf Weltreisen verbummelt hatte. Viel Erbschaft durfte da nicht zu erwarten sein, aber eine Bosch, die weiß, was Frauen wünschen, mit zwanzig Jahren Garantie, die wartete auf uns!

Ich freute mich, mit Ria zusammen nach Wällershofen zu fahren und mit Thea in Hubertas altem Gerümpel herumzukramen, und Ria malte sich schon aus, welche Schätze Huberta für uns haben könnte:

»Bestimmt einen Hirsch, der passt zu unserer Eule. Brokatdeckchen auf dem Fernseher. Eine Heizdecke! Orthopädische Strümpfe! Ein Ölgemälde mit Alpenlandschaft!«

Wir würden in das Leben einer Dame einfallen, die wir nicht kannten, und alles verhohnepipeln, was ihr lieb und wert gewesen war. Wie auf dem Flohmarkt, nur in Originalkulisse.

»Ach, die arme Tante Huberta«, sagte ich.

»Wir können doch am Samstag hinfahren, oder?«

»Thea hat gesagt: so schnell wie möglich, bevor die übrige Verwandtschaft einfällt.«

»Hm.«

Da fiel mir ein, dass ich am Mittwoch in die Eifel musste. Hundstadt! O Gott. Warum dieser blöde Wochentag? Ich hatte keine Vorlesung, stimmt. Die Sache lag mir wie ein Furz quer im Magen. Wie mochte Schneewittchen wohl drauf sein? Eine hyperbewusste Emanze? Eine Ex-Bhagwan-Jüngerin? Eine »Ich gehe mit fünfzig noch in jede Disco«? Oder war sie doch viel normaler oder orthodoxer, als ich sie in Erinnerung hatte? Jedenfalls legte ich mühevoll alle Papiere zurecht:

Die Adresse des zuständigen Jugendamtes. Die Düsseldorfer Tabelle mit den Unterhaltszahlungen. Eine Fotokopie der Gelben Seiten von Heidelberger Notaren. Barbara von Pro Familia hatte mich bestens ausgestattet. Sogar einen Block und einen Kalender und meinen Mutterpass hatte ich eingesteckt und mein abgewetztes Ultraschallbild. Taschentücher, falls ich weinen musste. Eisentabletten und Corodin von Dr. Bammers, falls mir wieder der Kreislauf absackte. Einen Stift und noch einen, falls der andere kaputt ging. Es passte alles in mein Bastköfferchen.

Warum jagten sie mich quer durch die Bundesrepublik? Ja, weil es abgelegen sein musste und man uns dort nicht kannte; womöglich hatte Schneewittchen alles abgegrast im ganzen Land. Warum war ich nur so bösartig? Vielleicht war sie ein wunderbarer Mensch wie Thea, nur stärker gefärbt?

Wie dem auch sei. Tante Huberta musste noch warten, sie lag ja schon mal gut. Eine Waschmaschine konnte Theas Verwandtschaft nicht mir nichts, dir nichts aus dem Haus schleppen. Wenn man überstürzt Waschmaschinen holte, warf man sie nur die Treppe hinunter.

Ich sah in den Spiegel und malte mir Kajal um die Augen. Die Schwangerschaft ließ mich gut aussehen; dieses Blühen, es war das Seelchen in mir, das aus mir leuchtete. Nun, da ich dem Mutter-Sohn-Gespann bald gegenübertreten sollte, wollte ich mir keine Unvollkommenheit erlauben, keine Schwäche, keine Angst, keine Schönheitsfehler. Ich zog Ohrringe an mit Perlchen und Indianerfedern. Ich trug die wunderschöne Bluse von Gundula aus Ladenburg, eine Folkorebluse war das, hell, mit indianischer Stickerei; ich fühlte mich wie eine Squaw, die unter dem Sternenhimmel einen Mond verschluckt hat, niemals hatte ich je so eine Harmonie ausgestrahlt. Ich band mir zwei Zöpfe und tuschte mir hingebungsvoll riesige Wimpern, ich wurde schöner und schöner, und ich wurde es mit voller Absicht, und zwar mit ganz und gar böser Absicht. Es diente dem alleinigen Zwecke, ein einziges trotziges Ätsch zu sagen; die Schönheit war ein Schild, mit dem ich mich gegen Schneewittchen samt Pfarrer wehren konnte und sie notfalls von mir stoßen.

Ich war wirklich nicht ganz dicht. Doch als ich am Mittwochnachmittag ins Auto stieg, gelang es mir nicht, mit einem positiven Gefühl nach Hundstadt zu fahren. Schon musste ich die Beine unter dem Lenkrad ganz schön spreizen, mein Kind fuhr mit, die kleine Kanonenkugel auf meinem Schoß! Ich ratterte mit meinem R4 durch den Taunus und die Eifel wie in den Krieg.

»Lass dich nicht provozieren!«, hatte Thea am Telefon gesagt.

»Lass dir an Ort und Stelle die Vaterschaft unterschreiben!«, hatte Ria gesagt.

»Wenn du längere Strecken fährst, pass auf, weil dein Becken und deine Beine nicht so durchblutet werden; halte besser einige Male an und gehe ein paar Schritte!«

Wieso hatte ich eigentlich Thea nicht mitgenommen?

Wegen Tante Huberta, ach so. Sterbeandacht beten. Und vielleicht gehörte es sich ja nicht, einen Beistand mitzunehmen, ich hatte ja bereits das Corpus delicti buchstäblich im Corpus dabei.

Hundstadt war ein größeres Dorf oder eine kleinere Stadt, wie man wollte, und die Gaststätte war durchaus in die Jahre gekommen. Obwohl wir die späten Achtziger hatten, sah es darin ein wenig aus wie in den Sechzigern, als mein Opa an der Theke Schnaps trank. Dunkle Palisanderholzwände trennten die Tische voneinander, so dass man sich wie in kleinen Wohnzimmern vor der Welt verschanzen konnte. Nirgendwo hätten Ulli-Dieter, seine Mutter und ich mehr auffallen können als in dieser leicht ranzigen Wirtschaft Zum grünen Kranze; sämtliche Thekensteher, der Kerl am Glückspielautomat und die Kartenspieler am Ecktisch drehten sich um, als hätten sie noch nie Gäste gehabt, die sie nicht kannten!

Ulli-Dieter und seine Mutter waren tatsächlich schon da, die Mutter mit den langen Haaren, die sich auflösten in der Palisanderwand, nur ihr Gesicht und die weißen Wolken aus ihrer Zigarette erhellten den dunklen Abgrund, vor dem sie saß. Ulli-Dieter erhob sich, ein wenig feierlich, so wie er sich damals erhoben hatte auf dem Jubiläumsfest von Musik und Feuerwehr in Scholmerbach, sehr aufrecht und den Blick … ähm … getragen. Vielleicht war er noch im Begräbnismodus.

Die Mutter sagte: »Tach-chen, ach so, ja, die Zigarette kann ich ja ausmachen.«

Sie zerquetschte den Stängel in dem großen grünen Aschenbecher für Stammtische und lehnte sich zurück. Sie war kein Schneewittchen. Sie war auch eine Squaw, eine ältere Squaw. Die Ähnlichkeit mit Ulli-Dieter war verblüffend, die breiteren Wangen, die Grübchen, eine gewisse Aufmüpfigkeit. Vielleicht war sie eine Alt-Achtundsechzigerin, aber in 68 war Ulli-Dieter ja schon in der Untertertia, vielleicht war sie Jung-Achtundsechziger, eine Art Uschi Obermaier aus dem Ruhrpott. Wo war eigentlich sein Vater?

Er habe sich verbittert mit seiner ehemaligen Tippse in eine Gartenkolonie zurückgezogen und wollte mit nichts was zu tun haben, hieß es. Der fiel als Opa schon mal aus.

Ulli-Dieter sah ein wenig malträtiert aus; er war offensichtlich durch die Hölle gegangen, Läuterungsstufe sieben, nehme ich mal an. Wir sahen uns an, vorsichtig, uns befremdet wiedererkennend. Die Augen der Mutter wanderten auf meinen Bauch und dann wieder auf Ulli-Dieter und wieder auf den Bauch und dann wieder auf Ulli-Dieter.

»Also ehrlich, mein Junge, man müsste dir da unten das Ding abhacken.«

Was? Hatte sie gerade gesagt, man müsste ihm sein Ding abhacken? War das, was ich sah, eine Pfarrersmutter? Eine Pfarrersmutter hatte ich mir mit ungefärbten kurzen Haaren vorgestellt, die am Sonntag die Pfarrbriefe verteilt und freiwillig in der Pfarrbücherei aushilft. So aber sprach eine Pfarrersmutter nicht, so sprach … einen Augenblick lang schoss mir der Begriff »Lebedame« durch den Kopf. Aus Zeitungen meiner Großmutter unter der Rubrik: »So kam ich auf die schiefe Bahn!« Ich wischte das Wort rasch weg, doch es kam sofort wieder. Ulli-Dieter lachte verlegen, während eine jähe Röte über sein Gesicht flog und wieder verging. Er war derlei Bloßstellungen durch seine Mutter offenbar gewohnt.

»Wir sind hier zusammengekommen«, begann er wie in einer Pfarrgemeinderatssitzung, »um zu überlegen, wie wir den weiteren Prozess der Dinge gestalten.«

Auch Aschbrenners hatten sich vorbereitet und eine Mappe mit Ringbucheinlagen ausgebreitet.

»Ich habe da einen Kumpel, der hat mit mir studiert und der ist jetzt in den Rechtswissenschaften tätig; also, der hat mir bestätigt, dass eine Vaterschaftsanerkennung beim Notar ausreichend ist.«

»Ja, äh …«, stotterte ich.

»Kommst du denn ansonsten klar, ich meine, emotional und so? Hast du Rückhalt in deiner Familie?«, fragte Frau Aschbrenner.

»Ja, also, meine Freunde unterstützen mich, sie besorgen mir gerade eine Waschmaschine und so. Wir werden in einer WG leben.«

»Wird es ein Junge oder ein Mädchen, weiß man das schon?«, fragte Ulli-Dieter.

Ein Frosch, hätte ich beinahe gesagt, doch in Wahrheit hatte ich es mir einfach nicht sagen lassen. Geschlechtsbestimmung, war das nicht dem Herrgott ins Handwerk gepfuscht?

»Ich weiß es noch nicht.«

»Gesundheitlich geht es dir gut?«

»Ja«, nickte ich.

Ich hoffte, dass die beiden meine durch leichte Wassereinlagerungen ein wenig aufgequollene, blühende Erscheinung nicht übersahen, und bemerkte meinerseits, wie schlecht Ulli-Dieter aussah. Er hatte Ringe unter den Augen und war blass; ich wusste nicht, was ihm mehr zusetzte, seine Frau oder seine Mutter oder die ganze Situation.

»Sag mal«, sagte die Mutter jetzt und starrte schon wieder auf meinen Bauch. »War es wirklich nötig, dass ihr es so weit habt kommen lassen? Weißt du, in welcher Situation mein Sohn gerade steckt? Das hätte man doch anders regeln können!«

»Mutter«, sagte Ulli-Dieter. »Bei dir ist auch nicht immer alles konform verlaufen. Als ich geboren wurde, warst du siebzehn. Und wenn ich mich recht erinnere, hast du mir nicht vorenthalten, dass ich nicht gerade erwünscht war.«

»Richtig«, sagte die Mutter ungerührt. »Das stimmt. Ich war einfach zu jung. Ich habe versucht, mit Senfpflaster und Seifenlauge irgendwie die Schwangerschaft abzubrechen, aber dann kamst du auf die Welt und wogst zehn Pfund.«

Daraufhin lachte sie herzlich und schlug auf den Tisch. Ich konnte mir das alles lebhaft vorstellen. Ulli-Dieter schon als Embryo, mit geballten, durchsichtigen Fäustchen, gegen Senf und Seife kämpfend, oder er hatte Senf und Seife gar nicht mitgekriegt und ungerührt weiter in Mutters Schoß geschlummert.

»Auch über meine Zeugung hat sie sich immer ausgelassen«, sagte Ulli-Dieter auf einmal vergnügt. »Ich wurde gezeugt auf einer Mülltonne.«

»Äh … ach wirklich?«

Wir kamen völlig vom Thema ab. Ulli-Dieter gezeugt auf einer Mülltonne. Vermutlich irgendwo am Schuppen hinter der Dorftanz-Tenne. Welch ein fulminanter Beginn für ein Leben, und welche Mutter gab ihrem Sohn diese Perle der Erinnerung weiter? Und welcher Sohn wurde daraufhin Pfarrer?

»Ja, richtig! Das stimmt alles!« Die Mutter lachte wieder los, rau und mit tausend doppeldeutigen Kieksern. Ich war ganz verwirrt von dieser familiären Darbietung. Hatte Uschi Aschbrenner oder … mein Gott, wie hieß sie denn noch? … hatte sie womöglich auch Doris Lessing gelesen und alle anderen Bücher aus »Frau in der Gesellschaft«?

Wir sagen alles, die ganze Wahrheit, ohne Lügen, ohne Verniedlichungen, so schmerzhaft es auch sein mag, wir sind die Revolution.

»Die Unterhaltszahlungen, ähm, werden die automatisch, also auch ohne Eintrag in die Geburtsurkunde …«, versuchte ich es weiter, und ich wollte eigentlich lieber sagen, dass ich nichts brauchte, weil doch jetzt Heiner Geißler für mich sorgte und Ulli-Dieter ja schon genug Schlamassel am Hals hatte. Nur wegen der dringenden Einlassungen von Pro Familia, Thea, Ria und der Frauenselbsthilfegruppe brachte ich es jetzt aufs Tapet, und auch, weil mir zum Thema Mülltonne partout nichts einfallen wollte.

»Jaja«, sagte Ulli-Dieter. »Da stehe ich für ein, nun, da ich mit meiner Frau geredet habe. So muss ich ihr auch nichts erklären, wenn das dann von dem Konto weggeht; es wird dann natürlich in meiner Steuererklärung auftauchen; vielleicht müssen wir uns da noch wegen dem Freibetrag einig werden.«

An dieser Stelle waren wir gemeinschaftlich schon

ganz schwerfällig geworden und hofften alle, das Gespräch wäre bald zu Ende. Auf der anderen Seite fühlte es sich gut an, alles zu regeln und im Ringbuch abzuheften, Blatt für Blatt, Notiz zu Notiz. Wir hatten in der WG alles vorbereitet, die zu erwartende Heizkostennebenabrechnungen, die Verteilung der Telefonkosten, das BAföG, die Kosten für ein Essen in der Mensa … ich war vorbereitet. Ulli-Dieter wollte den Kontakt zu dem Kind vermeiden, um es nicht an sich zu binden und seiner Frau zuliebe. Mir war alles recht. Ein Kind sollte natürlich seinen Vater kennen. Doch ich wollte vor allem mit heiler Haut aus allem rauskommen. Ulli-Dieter gab mir den Namen und die Adresse seines Kumpels aus der Rechtswissenschaft.

»Ich … äh … also … ich meine … bevor wir zum Notar gehen, bestehst du immer noch auf den Vaterschaftstest?«, fragte ich.

»Nein«, sagte Ulli-Dieter und schüttelte in neuartiger Demut den Kopf.

»Nein, ich habe gebetet. Ich glaube dir. Es ist mein Kind.«

Dann sah er mich an, und der Blick in meine Augen und dann auf meinen duftigen, mosaikgeschmückten Bauch und vielleicht auf die Indianerfedern an meinen Ohren schien ihn aus dem Gleichgewicht zu bringen, ihn zu erschüttern in Zeitlupe, seine Schultern sanken herab.

»Danke«, sagte ich, und klappte still und leise mein Ringbuch zu.

Frau Aschbrenner aber war noch nicht zu Ende mit ihren Beiträgen zum Gespräch. Sie sah mich an und sagte:

»Also du weißt ja schon, dass du uns bis zum achtzehnten Lebensjahr 90000 Mark kostest, ja?«

Mir klappte der Mund auf. Das Ringbuch fiel mit einem lauten Knall auf den Boden, so dass sich alle Säufer an der Theke umdrehten. Ich habe das Ringbuch vom Tisch geworfen. Ich bekenne das heute. Ich war böse. Es war der Moment, sich zu erheben, Geld auf den Tisch zu werfen und zu gehen, ohne ein Wort. Wie in einem Spielfilm der Vierzigerjahre mit Katherine Hepburn.

Aber da hörte ich ein Seufzen, nein, es war ein Schluchzen.

Ulli-Dieter hatte den schwarzen Kopf samt Theologenbart in die Hände gesenkt und begann zu weinen. Es schüttelte ihn so sehr, dass er unaufhörlich zuckte und bebte, und durch seine Hände tropfte ein Tränenmeer. Ich war seltsam gerührt und ungerührt in einem. Vielleicht wären wir ewig so sitzen geblieben vor den Palisanderwänden, der weinende Ulli-Dieter, die Mutter und ich, während der Mond einmal um die Erde kreiste. Niemand wagte etwas zu sagen, alle in der Kneipe waren stumm, und nur der Pinball Wizzard mit leuchtenden Zahlen jaulte und fiepte und bot seine Glückszahlen an.

Da drehte sich Mutter Aschbrenner um und betrachtete ihren Sohn ärgerlich und hieb ihn in die Seite.

»Ja, warum weinst du denn jetzt? Kannst du mir das mal sagen? He? Du musst doch jetzt nicht weinen, kannst du mal aufhören damit!«

Vielleicht hätte sie mich fragen sollen, warum er weinte, ich verstand es ja, und wenn er nicht Pfarrer gewesen wäre und nicht verheiratet und keine Kinder gehabt hätte, wäre ich zu ihm gegangen und hätte den

Arm um ihn gelegt, während Frau Mutter in ihrer Ecke die Augen verdrehte.

So aber sagte ich nichts und rührte mich nicht. Endlos lange dauerte das Weinen, es war so heftig, als weinte er sich das ganze Leben heraus, solange es seine körperlichen Kräfte noch zuließen; sein Skelett, seine Muskeln, alle Nervenstränge waren in Aufruhr. Er musste jetzt sein eigener Beichtvater sein; vielleicht hielt ihn gerade sein Gott am Schlafittchen und schüttelte ihn kräftig durch.

Ich verstand und hätte ihn vielleicht auch geheilt. Vielleicht. Oder nicht. Hätte. Hätte.

Betreten betrachtete ich sein Elend. Man musste ein Mitleiden mit ihm haben.

Seiner Mutter hingegen passte das gar nicht. Und wir sprachen kein Wort, bis Ulli-Dieter fertiggeheult hatte und wir gehen konnten, sie stocksauer, ich verlegen und blümerant, Ulli-Dieter fix und fertig, bezahlten wir und schlichen wir an den geduckt blickenden Hundstädtern vorbei aus dem Grünen Kranz heraus, es war bestimmt bald Mitternacht, die Sterne funkelten, doch für mich war, glaube ich, Sperrstunde.

Es war wunderbar, dass ich nach diesem aufwühlenden Abend mein Auto nach Scholmerbach lenken konnte. Feld für Feld und Baum für Baum schob ich zwischen Hundstadt und mein Heimatdorf, zwischen den weinenden Ulli-Dieter und die tröstliche Thea, zwischen das grässliche Schneewittchen und meine gute Freundin Ria.

Ich wollte mich sattessen an frisch gepflückten Erdbeeren und Johannisbeeren, ich wollte die Brennnesseln blühen sehen und Sauerampfer kauen mit meinen Freunden am Scholmer Bach. Bald würden wir einen Ausflug machen mit dem Karnevalsclub. Im Sommer machten wir immer Feste: Waldfest, Brunnenfest, Kirmes, wir kriegten nie genug vom Feiern.

Wenn auch meine runde Wunderkugel sich in meinem Schoß so herrlich in die Welt wölbte und ihr eigenes Fest zu feiern schien, hinderte sie mich doch nicht daran, lange Spaziergänge zu machen durch den Kappesgarten ins Hinterfeld und durch das Tal an den dicken Baum und durch das Urles und die Leh und das Kippchen.

Meine Mutter hatte sich in ihr Schicksal gefügt und nahm die Umstände an, oder vielleicht musste man sagen, sie gab sich geschlagen, so, wie man damit leben musste, dass Onkel Albert kriegsversehrt mit einem Bein herumhumpelte oder mein Großvater der Trunksucht erlegen war. Sie wollte sich nur nicht rühren, nicht aktiv beteiligt sein; es reichte ihr schon, dass ich meinen beträchtlichen Bauch mit einer solchen Freude durch die Gegend trug, dass ihn auch noch der Letzte sah. Ich konnte einfach nicht aufhören, mich zu freuen, auch nicht ihr zuliebe.

Es mangelte mir an Scham und Demut, jawoll.

Wie gut war es da, zu Thea zu gehen; wie gut war es, mit meinen Freunden am Scholmer Bach zu sitzen bei einem Kasten Bier. Und wie schön war es, dass wir jetzt gemeinschaftlich die gute alte Tante Huberta ausplündern würden.

Ria und ich, wir fühlten uns zu Recht ein wenig schäbig, als wir mit Thea nach Wällershofen fuhren, um uns die Hinterlassenschaften von Tante Huberta anzusehen.

»O mein Gott«, sagte ich. »Wir haben sie doch überhaupt nicht gekannt!!«

»Macht nichts«, sagte Thea. »Sie hat ja keinen Menschen sehen wollen, immer nur mich! Und da, wo sie jetzt ist, braucht sie diese Dinge nicht mehr! Aber ihr, ihr könnt noch so einiges brauchen!«

Ich stellte mir Tante Huberta in einem braunen, faltenlosen Rock um einen beleibten Körper vor, mit Waldläufer-Mokassins. Wahrscheinlich hatte sie Blusen mit Volants und Plissee und eine Goldkette mit einem Bernstein um den Hals gehabt. Solcherlei Tanten gab es überall, und das Wort Tante passte in jedem Fall. So wurde sie posthum auch unser aller Tante, die uns fraglos vielerlei vermacht hatte, ohne das zu Lebzeiten auch nur zu ahnen.

Das Mietshaus in Wällershofen hatte fünf Stockwerke, und Tante Huberta hatte im dritten davon gewohnt, hinter einer alten Wohnungstür mit Spion, wie sie in Scholmerbach niemand jemals besessen hatte. Hier wohnten Lehrer oder Aussiedler oder Handelsvertreter. Oder eben Tante Huberta.

Ihre Wohnung war voller kleiner Gemälde mit Goldrahmen wie etwa der Sterbende Jäger oder eine Almhütte in Öl; Rias vorausgeahnte Brokatdeckchen lagen auf alten Ohrensesseln, Fernseher und Vertiko. Die ganze Wohnung schien unter einer gilblichen Wolke zu liegen, als wollte sie sich selbst eintrüben, entfärben und auflösen wie ein altes Bild über dem Wohnzimmersofa. Thea riss die Fenster auf.

»Schon was eingestaubt, also, es sind keine großen Reichtümer hier; seht euch einfach um.«

Ich traute mich kaum durch die Wohnung zu wandern, das Bad mit altrosa Kacheln, dem Handgriff und der rutschfesten Gummimatte in der Wanne, die bräunlichen Furniermöbel, die Standuhr, der Fernsehsessel; in der Ecke eine Trockenhaube, auf dem Regal Porzellantänzerinnen, Andenkenteller aus Bad Tölz und ein Bild von Dürer: die betenden Hände. Wie Diebe und Verbrecher gingen wir durch die entlebte Welt der Tante Huberta.

Da, schwupps, packte Ria einen röhrenden Hirsch und warf ihn in ihre Plastiktüte.

»Tschuldigung, der ist so schön doof.«

»Nehmt euch ruhig, was ihr braucht! Sieh mal, Anna, da sind lauter Handtücher, noch in der Verpackung! Das sind so die Geschenke, die man einer alten Tante macht. Sie hat sie nicht mal ausgepackt! Und du brauchst jede Menge Handtücher nach der Geburt!«

Das sah ich ein. Ich schaute in den Schrank, und tatsächlich hingen dort Blumenblusen mit Rüschen, braune Faltenröcke und taillenlose Kleider wie Kaffeewärmer. Daneben war ein Schrankfach voll Wäsche und Handtüchern. Ich nahm mir einen ganzen Stapel Frotteehandtücher in Bleu und Altrosa mit der Aufschrift »Lingerie aus dem Wäschehaus Ursula«, und aus jedem rutschte mir ein Stückchen alte Lavendelseife entgegen.

»Und hier – hier ist das Prachtstück!« Thea zog mich in die Küche.

»Die Waschmaschine! Eine Bosch, mit Schleuder und vier Waschgängen, die ist noch tipptopp, kaum zwei Jahre alt! Ist die nicht wunderbar!«

Ria pfiff durch die Zähne.

»Kaum zu glauben!! Die muss Onkel Hinz mit uns abholen und nach Heidelberg bringen, der hat doch einen Kombi und kann Waschmaschinen anschließen. Das macht der bestimmt! Boah!«

Andächtig fuhr ich mit der Hand über das mächtige Stück, eine Waschmaschine, größer als mein Leben. Die würden wir nicht die Treppe hinunterschmeißen. Sie war so stabil und so deutsche Wertarbeit, sie würde noch waschen, da waren Ria und ich nicht mehr auf der Welt, aber vielleicht mein Kindchen. Das würde dann schon erwachsen sein und selber Kinder haben. Oder so.

Während ich noch an den Schaltern drehte, die Schubladen für den Weichspüler und das Flusensieb aufzog, fing Ria an, überall die Schränke aufzumachen.

»Tassen, prima! Können wir brauchen. Hier die da, die sind doch noch gut. Und hier: Trinkgläser, jede Menge, dann können wir endlich die Senfgläser aussortieren, da beißt man immer in den dicken Schraubrand.«

»Prima«, sagte Thea. »Was ihr mitnehmt, brauchen wir nicht zu entrümpeln! Keine falsche Scham!«

Ria nahm sie beim Wort und begann praktisch und zielsicher in ganz großem Stil einzupacken: Kochtöpfe, Sieb und Kehrschaufeln, Waschpulver, Schwämme, alles, was noch irgendwie funktionierte und brauchbar war.

Ich fasste schüchtern nach einem Stapel Geschirrhandtücher, wir hatten in der WG nur ein rot kariertes und ein blau kariertes. Ich glaubte, dass der Geist von Tante

Huberta womöglich noch um uns herumschwebte und entrüstet war über diese Grabräuberei, oder wie sollte man das nennen? Ich fühlte mich beobachtet, war aber selig über die Waschmaschine und die Handtücher. Und Ria sorgte vor für unsere weitere Zukunft, denn als sie die Spüle aufmachte, fand sie einen Haufen Konservendosen mit Erbsensuppe, von denen sich schon das Etikett löste wie eine heruntergerutschte Schürze. Ria begutachtete sie mit nur einem Blick und räumte sie allesamt, auch die mit angerostetem Rand, in einen alten Koffer.

»Aber Ria«, sagte ich. »Die können wir doch nicht essen, die gehören einer Toten, die sehen doch nicht mehr gut aus; wie sollen wir die denn …?«

»Dem einen sein Tod ist dem andern sein Brot«, sagte Ria.

So verließen wir am Ende mit randvollen Tüten, Taschen, Koffern und Ranzen das Reich von Tante Huberta, Gott hab sie selig.

»Und stellt euch vor!«, flüsterte Thea. »Ich habe geerbt! So viel Geld! Das gehört nur mir! Da werden wir in Heidelberg mal ganz groß essen gehen, ganz groß! Und ich möchte, dass wir mehr Geld verjubeln als Bernd immer auf seinen Geschäftsessen! Ich will mit euch essen gehen, so teuer wie möglich, das ist es mir wert!«

Wir konnten es nicht glauben. Geld zu verfressen war doch eine sinnlose Ausgabe, wir hätten gerne gesagt: Gib es uns lieber in bar!

Doch Theas Augen glänzten und wir begriffen, dass wir ihr diesen Wunsch erfüllen mussten und dass wir nicht alles verstehen mussten, was in ihr vorging. Dann wollten wir eben Hubertas Erbschaft verjubeln!

Vorerst schalteten wir Onkel Hinz ein, der uns mitsamt Tante Hermi treu und brav die Waschmaschine nach Heidelberg brachte, mit Albert, Ria und Heidi hochschleppte und sie anschloss am selben Tag.

Es war ein Wunder. Unsere Waschmaschine war ein Wunder, das man nicht alle Tage sah. Während wir noch die Eimer mit dem Rohrwasser ausschütteten und die zähen Fasern der Dichtungswolle aufklaubten, begannen wir schon die tausend Löcher in der metallischen Trommel, die stabilen Ecken des massiven Gehäuses zu lieben, im Vergleich zu der wackeligen Spüle und den wackeligen Schränkchen und unserem wackeligen Tisch.

Wir nannten die Waschmaschine feierlich: Tante Huberta.

Tante Huberta hatte niemandem etwas hinterlassen außer Thea, und niemand trauerte groß um sie außer dem Reisebüro und einigen Kreuzfahrtkapitänen. Doch bei uns blieb ihr Name ewig im Gedächtnis, denn alles, was wir von ihr hatten, nannten wir Tante Huberta:

Die Tante-Huberta-Gläser, den Tante-Huberta-Topf, die Tante-Huberta-Handtücher, Tante Huberta ganz allgemein lebte mit uns weiter. Und wenn die Waschmaschine lief, glaubten wir alle, sie zu hören; sobald ihr gewaltiges Waschwerk begann, flüsterte die Trommel durch Socken, Hemden und Geplätscher immerzu: »Huberta-Huberta-Huberta-Huberta.« Mit Hu- wälzte sich die Wäschelawine hoch, mit -ber- stöhnte sie und überschlug sich, und mit -ta- atmete sie erleichtert auf. Huberta, Huberta.

Dem einen sein Tod ist dem andern sein Brot. Des einen Freud, des andern Leid. Ist die Not am größten, ist Gottes Hilf am nächsten. Spare, lerne, leiste was, dann hast du, kannst du, bist du was. Morgen, morgen, nur nicht heute, sagen alle faulen Leute. Wer mit dem Feuer spielt, kommt darin um. Liebe bringt Tränen und das ist gewiss, aber die Tränen der Liebe sind süß.

Thea weinte tausend Tränen. Theas Tränen tropften in Theas tausend Tagebücher. Man konnte einen Zungenbrecher daraus machen. Während ich zufriedener und zufriedener auf dem Balkon in der Sonne saß und schwoll und schwoll, wurde Thea nervöser und nervöser von der Liebeskrankheit und von den aberhundert Abschieden in Scheunen, Wäldern und Studentenbuden. Jedes Mal, wenn ich sie sah, schien sie etwas weniger geworden zu sein, als fielen lauter Schatten über sie her und raubten ihr Substanz, und jeder Abschied nahm etwas von ihr weg.

»Ich funktioniere noch«, schrieb sie auf alternativem Papier mit grünem Schilf. »Doch ich merke, wie ich alles langsamer mache, das Kochen, die Hausaufgaben mit den Kindern, die Orgelübungen. Ich werde langsamer und langsamer. Manchmal sitze ich nur im Bademantel in der Küche und tue gar nichts. Und Bernd fragt: ›Was ist?‹ Und ich sage, ich habe Kopfschmerzen, und wir wissen beide, dass ich lüge. Ich sehe die Angst in seinen Augen, diese unglaubliche Angst.«

Tante Hubertas Tod hatte ein Loch in Theas Alibikette gerissen. Ihr fielen keine Ausreden mehr ein, ihre Lügenkraft war erloschen. Thea ließ die Tagebücher offen liegen, und Bernd stolperte darüber und erblindete, um die von zerrissenen Buchstaben malträtierten Seiten nicht zu sehen. Sie wurde langsamer und langsamer und hörte auf, sich zu bewegen, und kam zum Stillstand wie eine rostige Maschine. Nur über mein Telefon schaffte ich es, zu Thea in die Küche vorzudringen und über ihre lange Strippe etwas aus ihren zähen Gedanken zu entnehmen.

»Es geht nicht mehr … geht einfach nicht mehr.«

»Bei Tante Huberta warst du noch so lustig!«

»Ja, ich halte immer noch die Fassade aufrecht, aber …«

»Bist du immer noch im Bademantel?«

»Ja, mein dicker weißer …«

»Es ist zwei Uhr am Nachmittag!«

»Ja, ich weiß …«

»Wo sind deine Kinder?«

»…«

»Ist irgendwas passiert …?«

Eine Weile kam nichts, ich hörte, wie sie an der Zigarette zog und Qualmwolken ausstieß.

»Jo hat sich getrennt! Von seiner Freundin!«, flüsterte Thea am Telefon. Ob diese Nachricht sie zum Implodieren gebracht hatte, weiß ich nicht. Vielleicht die Angst in Bernds Augen. Vielleicht waren es die vielen himmlischen Gebete, die zu ihr hinauf an die Orgel stiegen, die Macht der Gebetbücher mit den prallen Gewissensspiegeln zwängten sie ein bis zum Stillstand.

Nichts geht mehr. Rien ne va plus.

»Jetzt musst du es Bernd sagen«, flüsterte ich ins Telefon, als hätte ich was zu bestimmen.

»Ich sitze seit drei Tagen in der Küche«, flüsterte sie zurück. »Und Bernd hat den Kindern gesagt, ich bin krank! Sie sind jetzt bei der Oma. Er weiß es, er hat es immer gewusst, sagt er, dass ich gehe eines Tages, dass er mich verlieren könnte.«

»Ihr müsst reden!«, flüsterte ich zurück.

»Das ist es ja, er redet nicht, er kann das einfach nicht. Minchen meint, er kann nicht so gut reden wie ich, dann sagt er lieber nichts, die Kinder sind so klug.«

»Wir haben einfach zu viele Bücher gelesen«, sagte ich.

»Ja«, sagte Thea und lachte und weinte in einem. »Man kann dabei gescheit werden oder blöd.«

»Wirst du dich trennen?«

»Ach Gott«, flüsterte Thea. »Das kann ich doch nicht machen, die schöne Familie, die Kinder, das Haus. Bernd wird sich ins Unglück stürzen, das kann ich nicht verantworten!«

»Aber wenn du dann immer traurig bist? Das wäre doch schade um dich.«

Ich hörte Thea weinen, ich sah förmlich ihre Tränen durch ihre Hände tropfen, sie konnte nicht aufhören zu weinen. Sie klang wie ein kleines Mädchen.

»Sag du es mir! Es ist doch besser, bei Bernd zu bleiben und den Kindern ein glückliches Familienleben zu erhalten, das Haus, und im Dorf wird uns auch niemand schief ansehen. Es ist doch besser, oder nicht, Anna?«

Ich schwieg einen Moment. Dann hörte ich mich sagen:

»Nein.«

»Nein?«

»Jetzt nicht mehr.«

»Nicht mehr?«

»Nein.«

»Nein?«

»Augen zu, Ohren zu und durch!«, sagte ich. Meine Antworten kamen wie aus der Pistole geschossen. Bis auf den heutigen Tag weiß ich nicht, was mich da geritten hat. Welche Anmaßung. Welche Überheblichkeit. Vielleicht war Thea meine persönliche Frauenbefreiung.

»Gut«, sagte Thea. »Gut. Dann mache ich das.«

Ich hatte soeben ihrer Ehe den letzten Tritt versetzt. Bernd würde es mir ewig danken. Was fiel mir bloß ein? Doch ich hörte, wie Bewegung in sie kam und sie in ihrem weißen, dicken Bademantel zum Teekessel schlurfte. Mir war außerordentlich mulmig zumute über das, was ich ihr geraten hatte. Was hatte ich da wieder angerichtet? Aber ich konnte meine Worte nicht zurücknehmen, ich wäre daran erstickt. Wir flüsterten »Mach's gut!«, und Thea legte auf. Unsere Dorfkönigin in Schutt und Asche, in der dunkelsten Stunde ihres Lebens.

Bernd und Thea beschlossen, jeder eine Auszeit zu nehmen. Bernd verabredete sich mit alten Kumpels, und Thea sollte einige Tage nach Heidelberg kommen.

Das war selbstverständlich eine großartige Idee, und mit dieser Idee konnten wir sehr viel anfangen. Endlich würde Thea mit dem frisch getrennten Jo einige Tage in Ruhe verbringen, und vielleicht mussten sie diesmal nicht Abschied nehmen. Und da nun der Ruf völlig ruiniert war und Thea und Jo vor heimatlicher Erschütterung ganz neben der Kappe waren und nicht wussten, ob sie tatsächlich ein offizielles Paar werden sollten, jetzt, wo die Heimlichkeit und all ihre Reize zerstört waren, jetzt, wo ich lustig mit Kind und ohne Mann mich der Gebärphase näherte, jetzt war der Moment gekommen, um Tante Hubertas Erbe zu verjubeln.

»Ich will feiern gehen!«, sagte Thea. »Aber richtig feiern! Sagt mir, wo es schön ist! Sagt mir, wo es richtig was kostet und toll ist! Das muss richtig einmalig sein!«

»Wo es was kostet? So was kennen wir nicht«, sagte Ria. »Aber da gibt es ein Bauchtanzlokal, gegenüber vom Pfaffengrund, das hat so einen bunten Turm am Eingang, und ich habe gehört, wenn man da isst, tanzen einem die Bauchtänzerinnen auf dem Tisch durch das Essen.«

»Da will ich hin!«, rief Thea. »Lasst uns feiern! Wir wollen alles Geld verprassen! Ich bin euch ja auch irgendwie dankbar, wisst ihr das?«

Das wussten wir nicht! Aber wir wollten die Feste feiern, wie sie fielen. Wann würden wir schon erleben, dass die Bauchtänzerinnen durch das Essen stapften?!

Ich konnte mir nicht vorstellen, dass es gegenüber vom Pfaffengrund irgendetwas Bedeutendes geben könnte, doch mitten in einer Anlage mit Betonfirma und Reifengeschäft stand tatsächlich ein außerordentlich orientalisch anmutendes, palastartiges Gebäude mit einem blauen Zwiebeltürmchen und Bogenfenstern wie aus Tausendundeine Nacht. Es hieß Suleika.

Wir saßen in unserer Küche, und Ria hatte ihre frisch gewaschene Vokuhila-Frisur ohne Dauerwellen, jedoch mit leichter Natur nach hinten gekämmt.

»Komm, ich mache dir mal eine Frisur, für heute Abend. Wir müssen gut aussehen im Suleika. Das wird die Feier unseres Lebens!«

»Ach, ich weiß nicht.«

Ria mochte kein besonderes Styling. Schon zu unserer ersten Heiligen Kommunion hatte sie nach dem Friseur getreten, der ihr eine leichte Dauerwelle verpassen wollte, während ich voller Stolz die ganze Nacht auf Lockenwicklern geschlafen hatte. Aber diesmal ließ sie sich breitschlagen. Ich stellte mich hinter ihren Stuhl und baute Schaumfestiger, Rundbürsten, Clipse und Föhn auf. Das Deckhaar von Ria sah bald aus wie die aufblasbare Trockenhaube meiner Mutter. Immer schöner, immer höher, immer prächtiger türmte sich das Haar unter meinen Händen.

»Es fühlt sich komisch an«, sagte Ria.

»Halt still«, sagte ich. Und als die Haare trocken waren, nahm ich den Stielkamm und toupierte ordentlich drauflos.

»Was machst du denn da??«

»Ich toupiere!«

Am Schluss band ich Ria noch ein grünes Tuch in die Haare und fand, dass sie umwerfend aussah.

Heidi und Albert kamen herein, um Rias neue Frisur zu bewundern.

»Großartig«, sagte Albert. »Das steht dir wirklich gut!«

»Sieht schön aus, Ria«, meinte Heidi.

»Na, dann gib mal den Spiegel«, sagte sie, und wir reichten ihn herüber.

Ria war sprachlos. Dann stand sie auf und ging zum großen Spiegel im Flur.

»Bin ich das?«, fragte sie.

Wir nickten alle.

»O Gott, nein, schrecklich«, sagte sie. »Das sieht furchtbar aus.«

»Aber nein«, sagte Albert. »Das steht dir wirklich gut! Lass es doch mal einen Abend so und sieh, wie du dich damit fühlst!«

Ria knurrte.

»Doch, wirklich«, sagte Heidi. »Probiere es doch mal, du musst es ja nicht jeden Tag so machen!«

»Ich weiß nicht«, sagte Ria. »Ich komme mir komisch vor.«

Missmutig trug sie ihre neue Frisur und schimpfte in einem fort.

Als Thea kam, sahen wir alle wunderbar aus – Thea im Gewand der Befreiung, mit einem neuen Lachen, als sei sie soeben aus Trümmern auferstanden, noch etwas wackelig, aber entpuppt und mit neuen, noch knickerigen Flügeln.

»Madame«, sagte der orientalische Herr mit riesigem Schnurrbart und lila Weste, als er uns unter den schweren Kristallleuchtern mit abertausend blinkenden Glastroddeln und den Kandelabern zu den mit Goldornament eingefassten Stühlen brachte. Wir setzten uns und mein Kindchen trat, und ich war fassungslos, dass ich einen Fuß unter den Rippen hatte. Der Fuß zog eine Beule über den ganzen Bauch, und Ria fand, das sähe aus wie in »Alien«, wo Sigourney Weaver einen Außerirdischen gebiert. Aber da es ohnehin ein Frosch werde, sei es ein sehr großer Frosch.

Wir lachten so, dass uns die Augen tränten und wir

uns die Nasen putzen mussten. Wir bemühten uns so sehr, nicht aufzufallen, und es klappte nicht. Das Lächeln der Kellner war unergründlich.

Schon bald servierte man uns wunderschön verzierte Kelche mit dem Saft der Passionsfrucht, man brachte uns Granatäpfel, Feigen und Datteln, und das Hohe Lied der Liebe fiel mir ein:

»Wie der Honig tropft von deinen Lippen … bis der Morgenwind weht und die Schatten fliehen, komm her, mein Geliebter, mein Geliebter ist mir wie eine Zypertraube.«

Ich aß eine Traube und einen Augenblick lang dachte ich wehmütig an Ulli-Dieter, mit dem ich dieses wundersame Seelchen in meinem Leib eingeladen hatte. Ob er noch immer weinte und ob seine Liebste ihm jemals verzieh? Es wäre schön gewesen, mit einem guten Mann die Geburt zu erleben; das Wort Gebären rückte nun näher, mein Kind wuchs prächtig, es schwamm in mächtigen Wassern. »Sie haben viel Wasser«, hatte der Arzt gesagt, und ich musste im achten Monat noch einmal ein neues Umstandskleid kaufen, weil alle anderen mir zu eng waren. Ich fühlte mich trotzdem schön, und wenn ich die Ausmaße eines Öltankers erreichte. Ja, Ulli-Dieter. Was mochte er gerade tun? Der Pfarrer, der so begabt war und der alles falsch machte; ich gestand, dass mir ein sündiger Pfarrer lieber war als ein heiliger. Ich wurde wohl sentimental. Lachen und Weinen sind so nah beieinander.

»Ich habe dir was mitgebracht«, sagte Thea.

»Oh, was denn?«

»Rate mal, wer mich besucht hat?«

»Jo, Pfarrer Weide, Schloss Egon, nee, wer denn?«

»Ulli-Dieter«, sagte sie. »Er hat mir dieses Buch für dich mitgegeben. Er wünscht dir alles erdenklich Gute, und er sorgt sich, wie es dir geht.«

»Kalil Gibran«, las ich. »Der Prophet.«

»Ja«, nickte ich. »Schon gehört.«

Ich blätterte darin und las:

»Deine Kinder sind nicht deine Kinder. Sie sind die Sehnsucht des Lebens nach sich selbst.«

Es war schön, dass Ulli-Dieter an mich dachte. Immerhin, dachte ich. Das wäre die Stelle gewesen, an der ich einen Schnaps gekippt hätte. Aber das mussten an meiner Stelle Ria und Thea tun, und sie taten es reichlich. Wir bestellten Roter Kalif oder den Bauchnabel Suleikas und die Tausendundzwölfte Nacht. Auf prächtig leuchtender Minze und paradiesblauen Pflaumen servierte man uns Orangentaboulé und Halloumi, Kofta und Tajine, Safranreis mit herrlich duftenden Gewürzen, bis der Tisch sich bog.

Als die Bauchtänzerin erschien, waren wir hingerissen von ihren schönen violetten Schleiern und dem wippenden Bauchnabel und ihren grazilen Fußknöcheln mit glänzenden Kettchen. Sie tanzte wie eine Fee und huschte nur einmal kurz über unseren Tisch, um dann bei den Nachbarn ordentlich die Hüften kreisen zu lassen. Unser Tisch war einfach zu voll für jeden Tanz. Wir hatten alles bestellt, was es gab, und konnten nicht mehr.

»Sie ist mir auf die Frikadelle gelatscht!«, behauptete Ria.

»Das sind Falafel«, sagte Thea.

Aber wir mussten schon wieder so lachen und uns mit vorgehaltenen Händen das Prusten verkneifen, dass wir beinahe die Falafel durch die Hände spuckten.

»Wir müssen aufhören, sonst kriege ich eine Frühgeburt!«, sagte ich.

»Wann ist es denn so weit?«, fragte Ria.

»Na, wann wird es denn so weit sein! Neun Monate ab Allerheiligen! Ende Juli natürlich.«

»Das sind nur noch sechs Wochen.«

»Ja.« Wir wurden plötzlich ernster.

»Wen möchtest du denn bei der Geburt dabeihaben?«

Die Antwort auf diese Frage wusste ich schon längst.

»Am liebsten dich, Thea.«

»Ich würde unglaublich gerne dabei sein …«, sagte Thea.

»Und dich, Ria.«

»Ach was, nein, ich kann kein Blut sehen.«

Thea sollte mich begleiten, und den Gedanken fand ich unendlich schön. Jemand aus Scholmerbach. Die andere Dorfdichtertochter. Niemand konnte mir bei der Geburt mehr Kraft geben als sie. Niemand war eine schönere Patin für mein Kind. Sie wusste, wie das Fünkchen in meinen Leib gesprungen war, und sie sollte die Erste sein, die es sah, wenn es die Welt erblickte.

»Abgemacht«, sagte ich.

Hand drauf.

Eine große Beruhigung erfasste mich. Vielleicht gibt es eine Art Schwangerschaftshormon, das einen so ruhig mit breitem Becken sitzen lässt. Vielleicht waren es all die schönen Lichter, die mir erschienen waren in meiner Wand, die mich nun beruhigten und umgaben wie eine

Schutzengelschar. Ich genoss jede Feige und jede Linse und jede Kichererbse und jede Auberginenscheibe, ich trank zitronenduftendes Wasser zu den vielen Wassern meines Leibes hinein.

Thea, die nicht wusste, ob sie daheim je wieder daheim sein würde, die nicht wusste, was sie ihren Kindern sagen sollte oder ihrem Mann, die erwartet wurde im Hotel Royal unter dem Heidelberger Schloss von Jo, ihrem Geliebten, die lustig trank zwischen allen Welten, lachte und trank und erfuhr, dass man auch zwischen diesen Welten leben konnte. Was immer geschehen war, wir starben nicht daran und konnten uns immer noch gut fühlen, zu unser aller Überraschung, wir lebten ja! Prost!

»Auf die Freiheit!«, prostete Thea übermütig.

»Worauf du einen lassen kannst!«, rief Ria.

Und dann tranken wir ein ums andere Mal auf die verblichene Tante Huberta. Noch niemals hatte ich ein Sieben-Gänge-Menu gegessen. Doch Huberta machte es möglich.

Sechshundert Mark haben wir verprasst. Bis auf den heutigen Tag zucke ich zusammen, wie kann man so viel Geld verjubeln an einem Abend! Thea hatte nicht gezuckt, als sie mit einem großzügigen Trinkgeld die Rechnung bezahlte.

»Ich MUSSTE mich auf diese Weise bei euch bedanken, ihr wisst nicht, wie viel ihr mir gegeben habt, wie viel mir das bedeutet …«

Nein, wir wussten es nicht. Und man muss nicht alles verstehen. Ich werde diesen Abend niemals vergessen, und für eine Weile hatte er mir die Schönheit des Orients gezeigt, König Salomons Welt mit den herrlichen Früchten des Paradieses, den Garten Eden, von dem die Bibel sprach, wie herrlich war die Welt, die mein Kind erwartete.

Sechshundert Mark … davon hätte ich gerne einen Kinderwagen gekauft, und es hätte noch gereicht für einen Wickeltisch und drei Strampelanzüge und ein Paket Windeln.

Am nächsten Tag aßen wir wieder Erbsensuppe aus den angerosteten Dosen von Tante Huberta. Uns war allen übel von der Völlerei, und wenn ich auch nichts getrunken hatte, fühlte ich mich ein wenig verkatert. Es war mir, als würde mein Bauch sich eigenartig zusammenziehen, hart werden, kugelrund wie ein Medizinball. Es wurde ernst. Hatte ich die Schwangerschaft eigenartig verbummelt und mein Rundsein friedlich genossen, so geriet ich jetzt doch aus dem Leim und mein Mutterpass wurde dick, verkritzelt und ganz zerfleddert.

»Ihr Bauch hat sich schon entscheidend gesenkt«, sagte Dr. Bammers. Tatsächlich hing mir der Bauch nun irgendwo zwischen den Knien und pumpelte ein wenig hin und her; ich dachte, es wären sieben Geißlein, doch es war ein schweres Wackerkind. Ich konnte kaum noch laufen.

Meine alternative Hebamme machte männerlose Schwangerschaftsgymnastik in selbstgestrickten Stulpen, und ich lernte atmen, als hätte ich noch niemals geatmet.

»Wir atmen«, sagte sie, »im Rhythmus der Natur: Wir

atmen, wie das Meer mit dem Anstieg der Wellen, werdet nur laut, atmet immer lauter und lauter!«

Das atmende Meer im Gymnastikraum einer therapeutischen Praxis erfasste unsere sieben Bäuche von der Sprossenwand bis zur großen, weißen Uhr inmitten einer Wolkenwand mit Regenbögen. Der Himmel hatte es so gewollt, dass diese Hebamme Margit sehr viel Frauenliteratur gelesen hatte und sich um diejenigen kümmerte, die keine mitstöhnenden und mitkreißenden Männer an der Seite hatten. So blieb ich vom Anblick puterroter Kerle verschont, die an der Seite ihrer Frauen das Becken hoben und die Hüfte kreisen ließen.

»Wenn die Welle stärker wird und stärker, so atmet immer lauter und lasst euch tragen von diesem starken Rhythmus der Natur, und im Höhepunkt der Welle atmet schnell, schnell ein und aus, das ist ein natürlicher Schmerzkiller der Natur, seht ihr – so!«

Und Margit legte sich auf den Rücken und begann einen stoßweisen Atem, der klang wie das Windrad aus Plastik auf der Kirmes, rasch und regelmäßig, sie atmete rückwärtsvorwärtsrückwärts; interessant. Ich fand es ein wenig plemplem, aber was macht man nicht alles mit. Ich war ihr so dankbar, dass sie mir und den anderen Müttern eine männerfreie Zone eingerichtet hatte, dass ich ihr zuliebe atmete wie ein Hund.

»Und wenn die Wehe geht, verabschiedet sie mit einem langen, befreiten Ausatmen.«

O. k., dachte ich mir. Mache ich. Alle wollten wir es so machen.

Ich sah mich verstohlen um. So sahen Alleinerziehende aus. Mit ihnen würde ich auf der Bank sitzen müssen, wie meine Mutter an Weihnachten prophezeit hatte. Gabriele und Susanna. One-Night-Stand und einmal Sitzengelassen. Wir brauchten uns nichts zu erzählen. Ungeschminkt, etwas bleich im Gesicht und ein wenig zerdeppert und unbeholfen sahen wir aus. Verschönt durch den Bauch, aber von der Haltung her etwas daneben. Wir fühlten uns verstoßener, als wir waren. Mir fehlte meine Mutter. All die Frauen und Frauengruppen, die mir Tee und Bücher schenkten, Umstandskleider und Gebärsocken, sie waren nicht meine Mutter.

Ich musste allein die Hemdchen und Strampelchen im Kaufhaus aussuchen, und ich musste allein meine Tasche für das Krankenhaus packen, und ich musste alleine den Kinderwagen aus der »Such und Find« holen, mit diesem schweren, großen Ölfleck, an dem ich tagelang in der Badewanne herumschrubbte. Ich darf nicht traurig werden, sagte ich mir. Nicht traurig werden. Ich vermisste Simon Heinz und ich vermisste tatsächlich sogar Ulli-Dieter, ich vermisste Männer in meinem Leben.

»Ich werde das Kinderbett kaufen«, sagte mein Vater.

»Ich baue dir den Wickeltisch über der Badewanne auf«, sagte Albert, mein Nachbar. Es gab ja helfende Männer. Es gab helfende Frauen. Aber ich wollte meine Mutter. Ich darf nicht traurig werden, sagte ich mir. Sonst schwimmt mein Kind im Bauch im Unglück herum.

»Wie geht es euch heute?«, fragte Margit, die Hebamme. »Es ist sehr wichtig, dass wir auf unsere Gefühle achten und gut mit uns umgehen. Also?«

»Na ja«, sagte ich. »Es ist manchmal auch schwer. Das alles allein zu machen. Der Mann, den ich liebte, ist weg, und der Kindsvater … weg … und meine Mutter;

manchmal ist es, ich weiß nicht, im Augenblick sinke ich in ein Tief … dann ist es auch beschissen.«

Meine Aufzählung wurde immer länger, der schmutzige Fehlkauf vom Kinderwagen, den ich alleine hochgeschleppt hatte, die Briefe vom Amt, der Briefträger, der mich heute Morgen angemotzt hatte; das Zimmer, das zu klein war, um ein Kind aufzuziehen; meine dicken Beine …

Ich hatte nicht mitgekriegt, dass ich eine Welle der Empörung losgetreten hatte.

»Hör mal!«, entrüstete sich Margit. »Was ist das für eine Seelenverfassung! Du steigerst dich da in eine Negativität! Das geht nicht!«

»Selbstmitleid ist jetzt nicht angebracht!«, rief Gabriele. »Dann können wir uns ja gleich begraben, wenn wir hier das Jammern anfangen!«

»Man kann auch Einfluss nehmen auf das, was man denkt und tut!«

»Ja, ich weiß«, sagte ich. »Aber man hat doch mal einen schlechten …«

»Man muss auch auf die kleinen Dinge achten!«, rief Margrit, und dann setzte sie noch einen drauf: »Du musst dich auch mal an einem Orangensaft freuen!«

Da hatte ich mein Fett. Von allen Seiten zurechtgerüffelt, fühlte ich mich noch schlimmer. Was machte ich hier? Blöder Laden. Atmen konnte ich auch alleine. Meine Beine brauchten keine übermäßige Dehnung mehr, und mein Becken war genügend breit für alle Gebärstellungen dieser Erde: sitzend hockend, unter Wasser, auf einem Baum, in die Erde, egal. Blöde, dicke schwangere Kühe.

Sollten sie doch alleine weiterstrampeln.

Und als ich ramponiert und gebeutelt die selbstbehäkelte Gruppe verließ, wusste ich mit einem Mal, was mir fehlte. Es war Scholmerbach.

Mir fehlte Scholmerbach so sehr, mit seinen Weibern, deren Lippen von Korn und Gelächter nur so glitzerten, mir fehlten die Dornschlehen und die Brennnesseln, der Kappesgarten und die Linner Höhe, der Bach und meine Freunde und der Glitzerberg, mir fehlten Biggi und Silvie und der Schreiner-Benni mitsamt der Schreinerei, ich wollte Scholmerbach, nur Scholmerbach.

In Scholmerbach wollte ich mein Kind gebären, in unserem alten Kreiskrankenhaus, da, wo ich hingehörte, wo ich daheim war, für immer. Es sollte als Allererstes den Wind meiner Heimat um sein Näschen spüren, und sein erster Atemzug sollte Wäller Luft sein, die es in seine winzige Lungen zog; dort sollten sie mir das Kind aus dem Leib holen, und ich wollte es halten und wiegen für alle Zeit.

Scholmerbach.

Ich war wieder daheim. Die Dornschlehen mit ihren glatten Beeren voll blauem Staub wurden schwarzviolett und glänzten, wenn man sie rieb, und doch konnte man sie nur essen, wenn sie erfroren waren. Sie krochen dornig um den Saum der Buchenwälder hinter unserem Haus, als wollten sie den Wald daran hindern, in das Dorf zu dringen. Doch wenn die Dornschlehen blühten, lockten sie tausend Schmetterlinge herbei, die um die Bäume tanzten wie ein schwebender Kranz um die weißliche Blütenpracht. Die bitteren, stechenden und sengenden Gewächse schienen hier besser zu wachsen als die süßen.

Brennnesselmeere breiteten sich um den Scholmer Bach aus bis in den Sumpf, der Sauerampfer wuchs aus den Bachblättern, Kohlköpfe leuchteten weiß und blau in den Gärten, und Sauerkraut ruhte in einem Fass in manchem Keller.

Die Kirschen, Johannisbeeren und Himbeeren wuchsen, Äpfel und Birnen tauchten unter den Blättern auf. Sie waren sauer. Vielleicht hatte ich sie auch immer zu früh gepflückt.

Ich saß unter unserem Zwetschgenbaum und schwoll mitsamt der ganzen Schöpfung, als meine Mutter mich hineinrief.

»Da ist Besuch!« Meine Mutter schaute verwirrt, weil sie nicht wusste, was ihr jetzt schon wieder bevorstand.

Im Flur standen freudestrahlend Kaisersch Hedi und Kaisersch Judith mit einem mächtigen Karton, den sie mit vier Händen tragen mussten.

»Hallo Anna!«, riefen sie verschmitzt und lachten über das ganze Gesicht. »Wir haben was für dich!«

»Wirklich?«, rief ich verdutzt und freute mich. Hedi und Judith waren aus unserem Konsum, also dem Dorfladen da unten, und nun waren sie gekommen, um mir was zu schenken.

»Da koche ich mal einen Kaffee«, sagte meine Mutter, und ich bat die beiden herein.

Judith hatte einen blonden Kurzhaarschnitt und Hedi Minipli, sie waren beide ein wenig kurz geraten und passten gut auf die Eckbank im Esszimmer. Ich deckte das Service Wildrose. Judith und Hedi freuten sich schelmisch über ihr Geschenk und schubsten sich immer wieder an.

»Ja, was ist es denn?«

»Babywäsche! Wir sind doch mit unseren Kleinen schon durch, und du kannst sie bestimmt brauchen!«

Ich wagte kaum, die Kiste zu öffnen, als Mutter mit der Kaffeekanne hereinkam und einen verstörten Blick auf das Paket warf, als hätten Hedi und Judith Stinkkäse mitgebracht.

»So, aha, ja. Ich habe keinen Kuchen, ich wusste ja nicht, dass ihr kommt, ich kann einen Bienenstich aus der Truhe holen. Der braucht aber ein bisschen, bis er so weit ist.«

»Das macht nichts«, lachte Hedi fröhlich. »Wir haben Zeit!«

Dann stand sie auf und schob die Pappdeckel zur Seite.

»Hier!«

Ich holte andächtig ein rotblaues Samtstrampelchen heraus mit einer Eisenbahn vornedrauf. Noch immer wusste ich nicht, ob es ein Junge oder ein Mädchen würde, aber warum sollte ein Mädchen keine Eisenbahn tragen? Ich war so glücklich über die hübschen Hemdchen, die Mützchen und Schühchen, alles war weich und roch gut, winzige Niedlichkeiten, Judith und Hedi hatten einen ganzen Berg von Babywäsche eingepackt. Eine Schatzkiste, ich stürzte mich darauf, ich kramte und wühlte und warf Höschen und Rasselchen um mich und bedeckte das Wildrosenservice mit Nabelbinden und Tüchern und Stofflämmchen.

»Meine Güte!«, rief ich mit Tränen in den Augen. Ostern und Weihnachten konnten so schön nicht sein, kein Päckchen unter dem Tannenbaum, kein Osternest solche Schätze darbieten; ich fühlte mich so beschenkt, so sehr, sehr, sehr beschenkt.

»Ist doch alles noch wie neu, oder?«, fragte Judith mit ihren riesigen, ungeschminkten, blauen Augen und fischte aus ihrer Handtasche eine HB.

»Hier, das ist von unserem Patrick«, sagte Hedi. »Hat der vielleicht zweimal angehabt, die wachsen ja so schnell! Und hier das Kleidchen ist von der Rosanne, ist es nicht hübsch?« Sie zeigte mir ein grünes Sweatshirtröckchen mit Wölkchen drauf.

»O Gott, nee!«, rief ich. »Ich werde das Kleine den ganzen Tag an- und ausziehen, wie hüüübsch!«

Der Umstand, dass die zwei Dorfleute mich besuchten, um mich vor der Zeit mit Geschenken zu überhäufen, erfüllte mich mit überschwänglicher Freude, und die Freude sank so tief in mich hinein, noch unter mein vom Leben träumenden Kind, dass die Wasser, in denen mein Baby schwamm, gewiss anfingen zu glitzern.

»Ich danke euch so!!«

Meine Mutter schüttete Kaffee nach und brachte einen im Herd angetauten Bienenstich, den sie neben den Aschenbecher stellte.

»Ja, dann ist das jetzt Eistorte.«

Meine Mutter hatte einen Witz gemacht. Immerhin. Ich dankte Gott für Hedis unerschütterliches Naturell, mit dem sie lockenschüttelnd den Unmut meiner Mutter weglachte, und für Judiths Gelassenheit, mit der sie glückliche Wolken in das Esszimmer blies.

»Schnaps?«, fragte meine Mutter und brachte eine Flasche Pfläumchen und Persico.

»Aber nur einen!«, sagte Judith. »Oder höchstens zwei! Wir wollen doch morgen auf den Karnevalsausflug, da müssen wir uns ja nicht heute schon zurichten!«

Meine Mutter trank auch Schnaps, und das war gut so.

»Ihr kommt doch auch?«

»Natürlich!«, riefen meine Mutter und ich.

Niemals würden wir auf dem Ausflug vom Karnevalsclub fehlen. Wie sollte man denn sonst die Zeit bis zum nächsten Fasching überstehen? Da könnte ein Mord passieren oder ich könnte noch sieben vaterlose Kinder kriegen, aber auf jeden Fall wären wir beim Karnevalsausflug dabei.

»Weiß man denn eigentlich schon, wo es hingeht?«

»Na ja, wir machen eine Wanderung über die Linner Höh zum Dapprichter Hof, und am Ende treffen wir uns an der Grillhütte, und da kommt irgendwas vom Zirkus. Eine Überraschung für die Kinder. Das hat Honiels Jutta organisiert.«

»Ach, das wird schön! Kannst du denn so weit laufen?«, fragte Judith.

»Ja, mal sehen, ich denke schon.«

Lieber riskierte ich, mein Kind hinterm Stall vom Dapprichter Hof zu kriegen, als dass ich bei dem Ausflug fehlte. Ich war ja gesund, und frische Luft war auch gut für mein Kind, das atmete schließlich mit. Man ging allgemein langsam, weil an jeder Ecke Bier oder Schnaps ausgeschenkt wurde, und da konnte ich aufholen, mit meinem breitbeinigen Gang, mit dem ich durch den Sommer schaukelte wie ein überladener Donaudampfer.

Ich hätte die samten schimmernden Babystrampler und die weißen Hemdchen am liebsten überall aufgehängt und am Abend mit ins Bett genommen. Mir wäre auch lieb gewesen, wenn die fröhlich plappernde Hedi und die aus tiefster Kehle herzlich lachende Judith einfach dageblieben wären bis zur Geburt, wie zwei rauchende Schutzengel an meiner Seite.

Der Karnevalsausflug begann bunt mit lila Lupinen am Wegesrand, Klatschmohn in Funkenmariechenrot und Glockenblumen so blau wie ein Himmel aus Faschingsseide.

Wir trotteten hinter dem Handkarren voll Schnaps und Fanta her durch die schöne Natur und sangen »Westerwald, du bist so schön«. Wir sangen auch »Wenn die bunten Fahnen wehen« oder »Scheißegal, ob du Huhn bist oder Hahn«.

Schon am nächsten Zaunpfahl war ich die Einzige, die nüchtern war; ich und die Kühe auf Alfonsos Weide. Auch die Kinder schienen im Delirium. Vielleicht konnte die Sonne einen Rausch auslösen, vielleicht war es der Zuckerrausch von zu vielen Hanuta, Nappo und prickelndem Ahoi-Brausepulver, aus der Hand gelutscht. Vielleicht machten auch die vielen Gänsedisteln, die Butterblumen und das Wiesenschaumkraut uns alle betrunken, so wie der Duft vom frisch gemähten Heu. Vielleicht stachen uns die Mücken und der Hafer und die Himbeersträucher, denn niemand konnte geradeaus gehen, entweder sprangen sie auf die umgesägten

Baumstämme oder hüpften durch den Bach oder turnten durch die Weidezäune. Jeder trudelte auf seine Weise vom Wege ab, schloss sich einem anderen an, ging eine Weile rückwärts oder verschwand in den Büschen, weil er mal musste. Mein Dorf war albern, mein Dorf feierte immerzu Karneval, als gäbe es nichts dazwischen. Alle waren da, die mir lieb waren, Silvie und Biggi und Ria und Andrea, Dabbersch Christina, Schloss Grittchen, Kaisersch, Honiels, Egon und Olli und der Schreiner Benni. Thea hielt sich tapfer, aber sehr lose, an der Seite von Bernd, der den Handwagen zog wie mit einer übermäßigen Kraftanstrengung, als sei es ein voller Heuwagen nach einem heißen Sommertag. Er sah Thea nicht an, Ströme von Schweiß liefen ihm über das Gesicht, Thea tat, als sei nichts geschehen, als wüsste niemand, dass sie nun bald die Koffer und die Kinder nehmen würde, um zurück zu ihrer Mutter zu gehen und Bernd in seinem neuen, so leeren Haus zurückzulassen.

Meine Mutter hatte bereits zwei Persico getrunken, und im Handwagen gab es Wacholder und Doppelkorn und Fanta. Der Brombeerschnaps erfreute sich besonderer Beliebtheit, und alle mussten ihn probieren, außer mir. Lärmend und fröhlich trudelten wir über Berge und Täler, machten unterwegs Bockspringen und Ein-Hut-ein-Stock-ein-Regenschirm.

Der Karnevalsclub wollte uns was bieten. Zum Dank für unseren unermüdlichen Einsatz beim alljährlichen Gelingen unserer schönen Fassenacht mit all unseren Aktiven. Und als wir den Dapprichter Hof verließen, um nach einer für mich doch anstrengenden Wanderung bei herrlichem Wetter am Scholmerbacher Grillplatz zu landen, dufteten schon die Würstchen auf dem Grill; der Honiels Didi und Schloss Egon hatten den Zapfhahn ins Fass gehauen, Dorfsheriff Silberlocke sprach ein paar Worte, und Hennegickels Trudi musste sich hinter einem Baum übergeben.

Zur großen Überraschung aber stand auf dem Platz vor der Hütte ein großer, feuerroter VW-Bus mit aufgemalten Seifenblasen und der Aufschrift: »Der lustige Clown Babbel«.

Der Karnevalsclub hatte es sich nicht nehmen lassen, für unser Sommerfest einen Auftritt mit einem Clown zu buchen, für die Kinder, aber auch für die Erwachsenen, die den Kindern immer ähnlicher wurden an Albernheit und motorischen Ausfällen und sich genauso auf eine Darbietung freuten. Ringsumher standen Bänke und Tische, und jeder suchte sich einen guten Platz mit seinem frisch gezapften Bier und einem Schlag Erbsensuppe oder Wurst. Der Tag hätte schöner nicht sein können.

Clown Babbel war eine Sensation. Er trat auf mit einer gelben Wollperücke und einem bunten Regenschirm, mit dem er tanzte wie auf einem Seil; er warf Küsse und Papierblumen und Seifenblasen, sein dick geschminktes Gesicht drohte in der Wärme ein wenig zu verlaufen, das gelb-rot-blaue Hütchen hüpfte auf seinem Kopf, er war zauberhaft. Wir kreischten und lachten und liebten Babbel. Alle waren in der richtigen Verfassung für diesen Clown. Ich war froh zu sitzen in meinem zum Ausflug passenden weiten Zirkuskleid, schwer ächzte und zitterte die Bank unter meinem Gewicht. Mein Bauch lag schwer und tief zwischen meinen Beinen, als wollte er sich von mir lösen wie ein zu schwerer Kuchenteig.

Während mich der wachsende Unverstand und die Entgleisungen meiner Mitmenschen ein wenig erschütterten, bewegte sich Babbel so lieblich und anmutig wie eine Prinzessin in seinen allzu weiten Clownshosen, und die Kinder und der Hund vom Dabbersch Hannes fingen unentwegt Seifenblasen. Es war ein unendlich schöner Sommertag, so schön wie vor einem Jahr, als der große Festzug der Feuerwehr und des Musikvereins in seiner glänzenden Parade durch das Dorf gezogen war, mit Tamtam und Dschinderassassa. Damals hörten wir »Preußens Gloria« und »Ich bete an die Macht der Liebe« zum Zapfenstreich. Hier tanzte Clown Babbel zur Musik von »Salto Mortale« und schlug dann einen Purzelbaum, der mit einem ordentlichen Trommelschlag mit Pauke endete. Es war der Paukenschlag. Vielleicht die lange Wanderung. Vielleicht die wieder frisch ausgebrochene Liebe zu meinem Dorf. Vielleicht mein Kind, das den Clown hörte und sich aufgerufen fühlte, einen Salto Mortale zu schlagen und mit einer spektakulären Ouvertüre ins Leben zu treten. Auf meiner trockenen, warmen Grillplatzbank schoss mit einem Mal mein eigenes Wasser wie ein Sturzbach über Beine, Bank und Gras.

»Was ist?«, fragte Ria.

»Mir ist die Fruchtblase geplatzt!«

»Oh nein, Scheiße, jetzt doch nicht!«

»Aber sie ist geplatzt! So viel Wasser!«

»Ist doch noch zu früh!«

»Ja, es ist zu früh!«

»O Gott!«, riefen meine Freundinnen Silvia, Biggie, Christina. »Wann sollte es denn kommen?«

»In drei Wochen!«

»Egal, passiert! Du bist ja schon so dick wie eine Tonne!«

Der Clown tanzte auf vermeintlichen Regentropfen, und seine rote Nase schimmerte in der Sonne. Doch der Tanz des Clowns in all seiner Poesie wurde seltsam ausgetrudelt durch die Aufmerksamkeit, die sich jetzt über mich ergoss, mich in meiner Pfütze und einer gewissen Unglückseligkeit, vielmehr Freude. Ich freute mich und saß in einer plätschernden Pfütze.

»Was denn jetzt?«

»Du musst dich hinlegen!«

»Du musst aufstehen!«

»Wir müssen ins Krankenhaus!«

Die Karnevalsgesellschaft war ganz durcheinander, und auch Sheriff Silberlocke guckte schräg über seinen breiten Brillenrand. Thea lief herbei, den Mund noch rot vom Himbeerschnaps, Thea, die bei mir bleiben sollte, wenn mein Kind kam, und die abermals ihren Mann stehen ließ, ihren Nichtmehr-Mann, den bleichen, bierzapfenden Bernd, dessen einzige Stütze jetzt der Zapfhahn am Bierfass war.

»Allmächtiger«, sagte Frank, der zukünftige Sitzungspräsident. »Da kann ich als Mann nix zu sagen.«

Schon eilte meine Mutter herbei, das Blut voll Brombeerschnaps.

»Was dann? Ist es so weit? Heiliger Gott. Ei, dann müssen wir fahren!«

»Ich fahre mit!«, rief Silvie.

»Ich fahre auch mit!«, rief Biggi.

»Ich auch!«, rief Ingrid.

»Ich auch«, sagte Thea.

»Aber niemand kann mehr fahren!«, rief ich. Meine Gebärhelfer waren allesamt betrunken. Kein einziges Funkenmariechen mehr nüchtern. Mir war ganz schwindelig. Die Krankenhaustasche war im Elternhaus. Niemand hatte ein Auto. Und mein Leib war wie die Niagarafälle.

Ich weiß nicht, woher auf einmal all die Autos kamen. Sie kamen aus dem Nichts, aus dem Wald und aus dem Himmel. Selbst meine Krankenhaustasche hatte einer geholt. Meine Mutter wankte zum Steuer. Thea am Steuer und Ingrid am Steuer. Wir fuhren in einem Konvoi mit meiner Mama und mir ganz vorne, aus dem laubbeschienenen, lichtglänzenden Tal von Scholmerbach hinauf zur Kreisstraße, die uns durch viele Dörfer hindurch zum Krankenhaus bringen sollte.

»War das denn nötig?«, schimpfte meine Mutter. »Ausgerechnet am Karnevalsausflug!«

Auf dem Rücksitz lagen lauter Geschirrtücher, von Tante Mariannes Goldener Hochzeit, und die stopfte sie mir zwischen die Füße.

»Pass auf!«, rief sie. »Das läuft wie aus Eimern!«

»Is gut«, sagte ich und knäulte die Tücher zwischen die Knie, während ich weiterhin auslief und meine fahruntüchtige Mutter am Ellinger Bahnhof vorbeipreschte.

»Warum musste das ausgerechnet jetzt passieren?«

»Ich habe es nicht extra gemacht!«

»Vor allen Leuten! Dem ganzen Dorf!«

Ich drehte mich vorsichtig um und winkte durch die Heckscheibe den anderen zu, die uns mit einiger Mühe folgend ihrerseits am Bahnhof vorbeischossen.

»Wieso fahren uns die ganzen Autos hinterher?«, schimpfte meine Mutter.

»Das sind meine Freunde!«

»Die haben sie doch nicht mehr alle! Das hier geht keinen was an! Das ist eine Sache der Familie!«

»Wo war denn die Familie die neun Monate?«, schrie ich zurück.

»Ein Theater!«, schrie meine Mutter. »Immer so ein Theater! Bei dir ist immer Zirkus! Nichts ist normal!«

Sie versuchte, nicht in den Straßengraben zu fahren und keine Blechschäden zu verursachen, während sie in schlingernden Bewegungen andere Autos umschiffte, als wollte sie meine Anhängerschaft loswerden wie ein hausfraulicher James Bond. Ich versuchte, mich auf meinen Leib zu konzentrieren und meinem Kindchen beizustehen, das jetzt einen schweren Weg vor sich hatte durch die schmale Furt ins Leben. Mir war ganz blümerant, wenn ich an das bevorstehende Ereignis dachte, drei Wochen zu früh. Ich hörte auf, mit meiner Mutter herumzustreiten, denn jedes Mal, wenn ich schrie, lief eine neue Ladung Wasser in die Handtücher, und ich war überhaupt nicht vorbereitet auf diese bevorstehende Gebärtätigkeit. Was hatte uns die alternative Hebamme in Heidelberg beigebracht? Atmen wie das Meer, in aufsteigenden Wellen. Bestimmt setzten jetzt bald die Wehen ein, und ich musste das Becken entspannen.

Schon bog meine Mutter in die Einfahrt des Krankenhauses ein und ließ mich an der Pforte aussteigen. Schwer wie eine tropfnasse Blei-Ente watschelte ich zur Tür. Thea, Ria, Silvie und die anderen sieben trotteten alsbald hinterher und stellten sich hinter mich an die Anmeldung.

»Ich kriege ein Kind!«, rief ich aufgeregt. »Jetzt gleich! Ich muss in den Kreißsaal.«

»Ja«, sagte der Pförtner und musterte erst mich und dann mein betrunkenes Gefolge.

»Ja, ich schicke Sie dann gleich hoch. Nur eine Frage: Wollen die etwa alle mit?«

»Äh«, sagte ich. »Ja. Die wollen alle mitkommen.«

»Also, ich bitte Sie, die dürfen keinesfalls alle mit in den Kreißsaal.«

Betreten sahen wir uns an.

»Aber dürfen wir denn hier warten?«, fragte Olli.

Der Pförtner zuckte ergeben die Achseln; da konnte er nichts machen. Verstohlen kichernd und noch ein wenig Bier ausrülpsend, schubsten meine Leute sich an und sanken dann auf die Metallrohrsitze in der Eingangshalle. Ich wollte Thea mit hinaufnehmen, aber als meine Mutter mit meiner Krankenhaustasche herbeimarschierte, traute sich keiner was zu sagen. Meine Mutter schaute ärgerlich, als wollte die ganze Welt sie veräppeln. Sie sagte noch mal:

»Macht euch heim! Das wird heute sowieso nichts mehr! Das kann dauern!«

Unschlüssig und schulterzuckend blieben meine Freunde an der Wand kleben und gerieten ins Lungern … und ich liebte sie so sehr, wie sie da saßen mit leichten Anzeichen von Ausnüchterung und Verknitterung, frisierbedürftig und mit Schnapsflecken. Ich wollte sie doch alle mitnehmen, aber das Schicksal nahm seinen Lauf. Eine Krankenschwester eilte herbei und entführte mich mitsamt meiner Mutter durch den Fahrstuhl in ein anderes Stockwerk. Sie brachte uns in ein Zimmer vor dem Kreißsaal mit einer Liege und einer Krepppapier-Unterlage darauf und einem Apparat, der aussah wie der Fernschreiber auf meiner früheren Polizeistation.

Nun hatte ich den Salat. Meine Mutter und ich zusammen beim Gebären. Ich war schon reichlich bedient, bevor es überhaupt losging. Die Krankenschwester klebte mir dicke Saugnäpfe an den Bauch, mit Kabeln, die zu dem Fernschreiber führten, der ein Wehenschreiber war, und meine bockige Mutter suchte nach dem Krankenkassenkärtchen.

»Immer … Zirkus …«, sagte sie mit erlahmender Schimpfkraft und fügte dann nur noch entkräftet hinzu: »Trara. Immer so ein Trara mit dir.«

Der Wehenschreiber, der seine Informationen aus breiten Saugnäpfen auf meinem Bauch lesen wollte, malte auf dem Papier nur einen einzigen, langen Strich.

»Sie haben ja gar keine Wehen«, sagte die Krankenschwester.

»Tja«, sagte meine Mutter betreten.

»Sie können noch ein wenig herumlaufen«, sagte sie. »Wir beziehen Ihnen jetzt ein Bett im mittleren Kreißsaal. Melden Sie sich, wenn die Wehen anfangen.«

»Aber das plätschert ja ununterbrochen«, sagte ich. »Ich habe Angst, dass mein Kind darin austrocknet.«

»Keine Sorge«, meinte die Krankenschwester. »Das Wasser wird unaufhörlich nachgebildet. Es geht Ihrem Kind gut. Nehmen Sie mal einen ordentlichen Stoß Einlagen mit.«

Ich fühlte mich, als müsste ich nun selbst gewindelt werden, und ging breitbeinig über die Linoleumflure. Hier waren hundert Türen, und hinter keine davon gehörte ich wirklich. Ich fing an zu gebären und machte es nicht richtig, ich hatte keine Wehen, ich hatte kein Bett, ich hatte keinen Mann. Aber ich hatte ein halbes Dorf mitgebracht, das unten an der Pforte im Halbkreis saß und mir die Daumen drückte.

»Ich bringe dich nach Scholmerbach«, sagte ich in Gedanken zu meinem beplätscherten Kind. »Da steht ein Zwetschgenbaum hinter dem Haus, und da ist ein Hügel voller Bäume, der heißt Glitzerberg! Und im Frühling, im Frühling wachsen da lauter Kohlköpfe, blaue und weiße und blaue und weiße. Und sie wohnen im Kappesgarten.«

»Sie können gerne nach Hause fahren, und wir rufen Sie an, wenn es so weit ist«, sagte die Krankenschwester zu meiner Mutter.

»Ja …«, sagte sie, »wenn das jetzt hier noch ewig dauert.«

Ich wollte sagen, dass ich ohnehin Thea bei mir haben wollte, doch ich brachte es nicht über die Lippen. Warum brachte ich es nicht fertig? Hatte meine Mutter die letzte Gewalt über mich? Wurde ich mitsamt dem entlaufenden Wasser schwächer wie eine auslaufende Milchtüte? War ich auf dem Karnevalsausflug zu lange in der Sonne gewandert? Meine Mutter sah mich an, und ich kriegte den Mund nicht mehr auf. Wollte einfach nur das Kind kriegen. Mein schönes wunderbares Kind, das so unschuldig war und von nichts etwas wusste.

»Dann mache ich das eben auch allein«, sagte ich zu mir.

Meine Mutter sah derangiert aus und etwas erschöpft. Den Tag hatte sie sich anders gedacht. Ich wollte zu meinen Freunden und watschelte vor ihr her einfach wieder die Treppe hinunter, schwerfällig und undicht auf meinen Birkenstocksandalen. Da saßen sie, vor dem dunkler werdenden Himmel, in der nackten Eingangshalle auf den Rohrstühlen, stumm, verkrumpelt und nach Bier riechend. Sie sprangen auf, vorsichtig, als würde man einer Schwerkranken entgegentreten.

»Wie geht es dir?«, flüsterte Thea, und wir starrten uns wieder so an wie damals auf dem Fischfest, als ich ihr gesagt hatte, dass ich einen verheirateten Mann geküsst hatte, und sie geantwortet hatte: »Ich auch.« Ihre Augen geweitet und die leuchtenden Pupillen unter dem phosphorfarbenen Lidstrich; niemand konnte stumm so viel sagen. Wir unterhielten uns also, und ich erzählte ihr wortlos, dass ich mich nicht wehren konnte gegen meine Mutter, sie war so präsent, und Thea antwortete stumm, verstehe, und ich sagte, zu wem gehst du jetzt nach Hause, zu Bernd? Wirst du dich an seine Seite legen können? Und sie sagte, ich gehe zu meiner Mutter, und ich fragte, ist es endgültig? Ja, endgültig, und ihre Mutter ist auch unglücklich, wir haben unglückliche Mütter, schrecklich. Und sie sagte, wenn dein Kind geboren wird, will ich es halten, ich will bei dir sein, wenn du es windelst und Wäsche wäschst in der Tante-Huberta-Waschmaschine.

»Also, geht das noch nicht los?«, fragte Benni, der Schreiner.

Ich schüttelte den Kopf. »Dauert noch.«

»Ach …«

»Ist euch nicht langweilig, da zu sitzen? Die Nacht ist noch lang.«

»Also ehrlich gesagt«, meinte Olli, »also ehrlich gesagt haben wir ein wenig Hunger.«

»Kohldampf«, meinte Ingrid.

»Also, mich hat die Krankenschwester nach Hause geschickt«, meinte meine Mutter.

»Wärst du, ich meine, würde es dir was ausmachen …«, fragte Biggi, »wenn wir in die Pizzeria gingen?«

»Aber nein!«, rief ich. Die Warterei meiner Freunde hatte mich zu Tränen gerührt, aber ich war nun auch erschöpft und wollte mich gerne hinlegen. Ich konnte mich gar nicht recht aufs Kinderkriegen besinnen, wenn sie warteten und warteten und ich nicht zu Potte kam.

Auf einmal gingen sie alle.

Meine Mutter, Silvia, Biggi, Ingrid, Olli, Carmen, Benni, Christina, Andrea, Ria und wernichtnochalles, Thea war die Letzte, die das Krankenhaus verließ. Ich aber blieb übrig, mit meinem kleinen, mit tausend Wassern überschütteten Kind in meinem wehenlosen Leib, als wüsste es nicht, ob es den Wassern des Lebens ins Leben folgen sollte.

»Wir müssen uns richten«, sagte ich zu dem Kind, das nun bald eine kleine Magda oder ein Jonathan war. Bald würde ich es wissen. »Wir müssen nun erst recht beieinander bleiben und unsere Kraft sammeln, das wird nicht einfach, was da auf uns zukommt.«

Eine Weile sah ich den Scholmerbachern nach, während sie den Weg hinuntertrotteten in ihren Jeansjacken und knuddeligen Hemden und zerstrubbelten Haaren, und ich blieb stehen an der Raucherecke, wo alte Opas im braunen Strickanzug am großen Aschenbecher Reval rauchten.

»Wir bringen Sie in den mittleren Kreißsaal«, sagte Krankenschwester Ursula später. »Irgendwann gehen die Wehen ja los!«

Der Kreißsaal sah im Grunde genommen aus wie ein Krankenzimmer, nur mit Fliesen an der Wand, viel Metall, hellen Lampen und technischem Gerät. Ich durfte mich in ein ganz normales Bett legen und hatte einen Klappnachttisch mit einer Nachttischlampe und einer Flasche Fachinger Wasser drauf. Ja, mein Kind, sagte ich mir mit mulmigem Gefühl. Das machen wir zwei jetzt ganz alleine, und ich sage dir: Das schaffen wir!

Es wurde allmählich dunkler, und ich suchte in der Tasche nach etwas zu lesen und fand nur Khalil Gibran: »Der Prophet«, und Allende: »Das Geisterhaus«. Schwester Ursula gab mir noch ein zerlesenes »Neues Blatt« mit den neuesten Schlagzeilen um die englische Prinzessin Margaret, die nach der Trennung vom skandalösen Lord Snowdon mehr und mehr dem Whisky verfiel. Ich entschied mich für die Geschichte von Margret und Lord Snowdon und begann dann, das Kreuzworträtsel zu lösen.

Dieser Tag schien sich zäh aufzulösen, in die Länge zu ziehen, mitsamt ewigen Schatten in Kreißsaal-Fliesen-Farbe. Er hatte so schön und voller Licht mit Karnevalsfarben begonnen, gerade schien die ganze Welt um mich herum auszunüchtern. Ich kugelte mich ein, um mein Kind vor der schrecklichen, sterilen Kachel-Welt zu bewahren. Ich hätte es gerne geboren, wie die alternative Hebamme aus Heidelberg gesagt hatte, im Meer oder daheim bei Kerzenlicht, während der Mann sanft auf der Gitarre spielte. Was für ein Mann? Da war keiner.

Nur Opas am Aschenbecher in der Raucherecke, und durch die offene Tür meines ereignislosen Kreißsaales sah ich einige Gestalten der männlichen Gattung, Kerle, die hin- und herliefen, als hätten sie einen Brühwürfel verschluckt, gramvoll oder vor Aufregung weiß wie Klatschkäse, die Augen stier, so einen hätte ich ja auch nicht gewollt. Mal ehrlich. Scheißegal, sagte ich mir. Vielleicht sehe ich noch diese Nacht dein liebes Gesichtchen!, dachte ich dann voller Freude. Ich konnte es wirklich nicht abwarten. Aber je mehr Lebenssaft aus mir herausfloss, umso trüber wurde mein Gehirn.

Der Arzt und zwei Schwestern kamen herein und drückten und zapften an mir herum.

»Wir nehmen Ihnen dann mal ein bisschen was ab«, sagten sie. Dann fiel das geheimnisvolle Wort »Leukos«. Auf einmal flüsterten sie. Sie brauchten nicht zu flüstern. Der Hall des sterilen Kreißsaales transportierte jede Silbe in mein Ohr und gab mir das Gefühl, wichtiger geworden zu sein, denn ich hatte jetzt »Leukos!«.

Ich grub meine Nase ins Kopfkissen und hatte die massive Sehnsucht, ein wenig fortzudämmern, zu dösen, ein wenig zu entgleiten aus meinem Leben. Ich sank tiefer mit der Schwere meines Leibes aus der Realität heraus und in eine betäubende, graue Stille hinein. Die Stille schien ein großes Geschenk, mich zu vergessen und einen Moment lang nicht zu existieren.

Aber der Kreißsaal war dafür nicht die rechte Stelle. Denn kaum hatte sich die Nacht über alles gesenkt und mir nur ein winziges Lämpchen über dem Waschbecken angelassen, hörte ich zur Rechten ein Klagen beginnen und stärker werden, das Klagen, so alt wie die Menschheit, die kreißende Frau! Ich hörte sie durch die Wand, deutlicher, als mir lieb war. Da gebar eine im Kreißsaal nebenan! Hellwach, wurde mir wieder bewusst, was die Glocke geschlagen hatte! Und fasziniert lauschte ich, ich meine, wann ist man mal beim Gebären dabei? So wenig wie beim Sterben. Was für Elendslaute! So Töne wollte ich nicht von mir geben, nahm ich mir vor. Es klang wie eine kalbende Kuh! Sie klagte, sie heulte, ein Mann gab unqualifizierte Töne dazu, immer mehr Menschen schienen sich drüben einzufinden. Ein Laut, ein Geschepper von Metall, und auf einmal schien eine Hebamme das Kommando zu übernehmen:

»Jaaa … jaaa! Tief atmen! Jaaa … der Muttermund ist offen … jaaa … es ist so weit!«

Die Frau jaulte.

»Jaaaa … es geht los … jaaa … das sind die Presswehen … pressen Sie! Jaaa! Jaaa! Pressen … pressen … das Köpfchen … ja … man sieht es … jaaa! Nicht aufhören … PRESSEN – PRESSEN … JAAAAH! JAAAAH! JAAAH! – Es ist ein Mädchen!!!«

Huch! Ich tupfte mir den Schweiß von der Stirn. Das war ja schnell gegangen. Ich fühlte mich wie der Voyeur hinterm Schlüsselloch, dabei hatte ich mich um diesen Posten ja nicht bemüht, ich war praktisch zum blinden, akustischen Voyeuren gezwungen. Ich wollte schon Glück wünschen, durch die Tür hindurch, ein wenig ehrlich, ein wenig neidisch; sie hatte es hinter sich. Drüben weinte und heulte alles durcheinander. Uff. Ich legte mich wieder hin und sah draußen den Lichtstreifen, sie hatten die Tür aufgelassen, keine Privatsphäre hier.

Es dauerte nicht lange, dann kam eine Schwester mit einer Schüssel auf einem fahrbaren Ständer an mir vorbei, und in der Schüssel lag eine Art Schappi.

»Das ist der Mutterkuchen«, sagte Schwester Ursula gutmütig und holte aus meinem Zimmer ein paar Nierenschalen. »Die Plazenta. Die wird extra noch mal untersucht!«

»Ah«, sagte ich. Nach dieser Aufregung war ich wach und lauschte in meinen Bauch hinein, ob er nicht von diesen nachbarschaftlichen Tätigkeiten vielleicht angeregt oder angesteckt wurde. Doch mein gebärunwilliger Leib machte keinerlei Anstalten. Ach je, stöhnte ich und blieb liegen mit meinem nassen Kind und meinen nassen Schenkeln. Was sollte man machen? Dann lag ich eben hier herum.

Ich griff noch mal zu Margaret, Snowdon und dem Whisky. Der schwedischen Königsfamilie hatte sich ein Sittenstrolch genähert. Die Palastwächter hatten ihn rechtzeitig überwältigt. Der 37-jährige Smöre Eckholm hatte sein Vorhaben gestanden und war den Sicherheitsbehörden überstellt worden. Sittlichkeitstäter! Ich dachte an den ersten und einzigen Sittlichkeitstäter, den ich selbst gefangen hatte, in Darmstadt, im Marienhospital. Es gab sie offenbar überall, welch eine alberne Laune der Natur. Für mich gab es gar keinen Mann, nicht einmal einen Sittlichkeitstäter.

»Scheißegal«, sagte ich mir. »Das Leben ist kein Wunschkonzert. Was uns nicht umbringt, macht uns nur härter. Alles hat ein Ende, nur die Wurst hat zwei. Mer losse de Dom in Kölle, denn da jehört der hien. Wat soll der denn woanders, dat hätt doch keyne Sinn.«

Am besten, ich döste noch etwas. Ich musste schöne und bekräftigende Dinge denken, wenn schon die Umgebung so einen Touch von einem Albtraum hatte.

Während nebenan die Freude abebbte und die Menschenmenge sich aufzulösen schien und irgendwo in ein Krankenzimmer verschwand, schlief ich wieder ein, um bald darauf auf der linken Seite vom Schrei einer Gebärenden zu erwachen. Es war ein Kreuz, im mittleren Kreißsaal zu liegen. Kurzfristig versteckte ich mich unter dem Kopfkissen vor dem auf und ab brandenden klagenden Gewimmer oder wimmernden Klagen, es gab nicht genug Kopfkissen im Krankenhaus, um den Schrei einer Gebärenden zu überhören.

Es war doch meine Geburt und die meines Kindes, etwas Besonderes, etwas Heiliges, etwas von übermächtiger, überirdischer Schönheit, wenn sich der Himmel in ein Menschenleben hineindrückt … oder so ähnlich. Musste ich mir da jetzt anhören, wie links und rechts im Akkord herumgeboren wurde?

»Pressen!«, schallte es jetzt von links. »Jawoll! Einmal feste … jaaa! Nochmal … FESTE FESTE FESTE FESTE! … Jaaaa … JAAAA … ein JUNGE!!!«

Uff. Jedes Mal machte ich was mit. Ich brauchte doch meine Kräfte für mich selber! Und meine Wut auf die Mitgebärenden links und rechts wuchs, diese Urlaute, dieses Gestöhne, dieses Gepresse, die überflüssigen Laute der mitgeschleppten Kerle …

Ich hatte keine Ahnung, wie viel Uhr es war; die Nacht war endlos, die längste aller Nächte, sie gebaren und gebaren. Vor meiner offenen Tür wurde ein Mutterkuchen nach dem anderen im Blechnapf vorbeigefahren.

Als die nächste Gebärende herbeigestöhnt kam und den rechten Kreißsaal bezog, hatte ich die Schnauze so voll, dass ich aus meinem Gebärbett emporschoss und das Fachinger Wasser samt Glas so vom Nachttisch stieß, dass es in tausend Stücke zerbrach. Schlappen, dachte ich mir, ich muss meine Schlappen suchen, nur weg von hier! Nicht noch mal unfreiwillig mitgebären! Und da ich die Hausschuhe nicht fand, trat ich in die Scherben und stürzte mit blutenden Füßen im wehenden Morgenmantel hinaus. Weg hier! Sollten sie sich da drin um den Verstand gebären, mir doch egal. Wenn sich bei mir schon nichts abspielte, musste ich mir die erfolgreichen Prozeduren der anderen nicht auch noch antun!

Ich irrte plätschernd, blutend, mit offenem Bademantel und wirrem Haar durch das Krankenhaus. Es gab keine Zeit, die Nacht würde niemals vergehen. Wohin nur? Schließlich fand ich mich in der Raucherecke beim Eingang wieder, wo die Opas im braunen Strickanzug beisammensaßen, vereint in ihrer Schlaflosigkeit, ihrer faltigen, schnapsgesichtigen und zerfurchten Existenz, mit Reval und Rothändle, wie sich das gehört. Ich sackte auf einen Stuhl und saß da und saß, während sie pafften, mich seltsam ansahen und ab und zu mit erloschener Stimme sagten, die an der Regierung sind alle Banditen … und der Kohl … und der Strauß … und alle ins Gefängnis und Rübe ab.

Irgendwann fand mich Schwester Ursula und führte mich zurück auf die Station, wo sie meine blutigen Füße wusch und verband, und dann in den unglückseligen Kreißsaal, wo heute Nacht gottlob ringsumher nicht mehr geboren wurde, auch von mir nicht. Ich hielt meine Arme um den Bauch, um mein Kind zu schützen, damit es nichts mitkriegte von der Welt, vor der es kein Zurück mehr gab, sosehr es das auch versuchte.

»So, wir nehmen jetzt noch mal Blut ab. Jaja. Sie können frühstücken! Stärken Sie sich und genießen Sie einen ordentlichen Schluck Kaffee!«

Als wäre nichts geschehen, ging die Welt weiter, lustig rannten in strahlendem Weiß die Krankenschwestern rein und raus, die Sonne schien, und vor dem großen Fenster lagen die Felder von Hunsrück, Taunus und Westerwald. Ich bin nicht sehr gut in Erdkunde, also legte ich mir die Felder vor dem Fenster zurecht, wie es mir gefiel. Es war gut, dass das Krankenhaus auf einem Hügel stand, wie eine Ritterburg; da war man dem Himmel so nahe, und es konnte jederzeit etwas Übersinnliches auf einen herniederschwappen. Lange hatte ich an die Engel nicht mehr gedacht, an das Licht in der Wand, das mich ermutigt hatte, dieses Leben auf die Welt zu bringen. Sie schienen mir mehr mit der Zeugung zu tun zu haben, sie waren mir zu Beginn der Schwangerschaft erschienen und dann nur ab und zu, wenn ich Schwierigkeiten hatte beim Autofahren im schlechten Wetter. Aber jetzt schien es mir ratsam, sie um Hilfe zu bitten.

»Hallo, ihr da«, betete ich. »Mir ist ein wenig blümerant, ihr müsst mir helfen, dieses Kind auf die Welt zu bringen; es rührt sich nicht, es geht nicht weiter. Ich bin wie gerädert nach dieser Nacht. Ich laufe aus wie ein Wolkenbruch.«

Und das stimmte. Es war mir unerklärlich, wie mein Organismus ganze Badewannen voll Wasser produzierte, damit mein Kind nicht im Trockenen saß. Jedenfalls kam erst mal Hilfe in Form einer Infusion mit seltsamen Dingen und einem Antibiotikum, so dick wie eine Brausetablette. Man half mir in die Dusche, und ich fühlte mich besser, auch wenn das Gebären verschoben war, einfach verschoben.

Es war ein wunderbarer Lichtblick, als um elf meine Freundin Silvie hereinkam, wie ein strahlender Engel, groß und mit langen Beinen und ihren langen Haaren, deren Dauerwelle sich langsam aushängte.

»Komm!«, sagte sie. »Wir laufen! Das löst Wehen aus! Komm, steh auf!«

Ich stand sehr, sehr gerne auf. Silvia war aus Scholmerbach, Scholmerbach half, Scholmerbach hatte Wunderkräfte. Silvia auf jeden Fall. Sie hatte schon als Fünfzehnjährige als Einzige den alten Kutschgaul Rex bändigen können, und als ihr die Kuh Lore auf den Fuß getreten war, hatte sie vor Stolz keine Miene verzogen, obwohl ihr Zeh seitdem doppelt so breit war und niemals einen Arzt gesehen hatte. Die Engel hatten mir Silvia geschickt, denn ihre Kräfte und ihre Treue waren ungeheuer, und sie stützte und schob mich jetzt ins Treppenhaus, wo wir ihrer Meinung nach Treppen steigen sollten.

Das Krankenhaus hatte sieben Stockwerke und ich stöhnte vor Erleichterung, als ich mit meinen verwickelten Füßen, dem gewindelten Bauch und meinen achtzig Kilo die Treppe heraufgeeiert war und oben das Schild »Onkologie« sah.

»So, und jetzt gehen wir runter an den Kiosk.«

Also watschelten wir wieder runter. Ich dachte, damit seien wir am Ende unserer Bemühungen angelangt und dürften uns jetzt zur Belohnung ein Eis kaufen. Aber da kannte ich Silvia schlecht. Sie hakte mich unter und zerrte und zog an mir herum wie einst am Kutschgaul Rex und bugsierte mich den lieben langen Tag lang immer wieder hinauf in die Onkologie und hinunter zum Kiosk vor dem Labor und der Pathologie. Immer wieder. Onkologie. Kiosk. Onkologie. Kiosk. Ich stöhnte, ich schnaufte, ich schwitzte, ich eierte, und zum Schluss aßen wir vor der Tür zusammen die Weintrauben, die Silvia mitgebracht hatte. Ich lauschte auf meinen Bauch. In meinen Atem hinein. In die regungslose Stille meines Leibes. Nichts da. Nur der Hauch von einer verirrten Blähung.

Silvia sah ratlos aus. Aber aufgeben kam ihr nicht in den Sinn, und schon feuerte sie mich wieder an, aufzustehen, und voller tränenvoller Dankbarkeit, weil sie so mit mir ackerte und schuftete, ging ich wieder mit und fühlte mich wie ein lendenlahmes Känguru, dessen Beutel, mit Blei gefüllt, herumschlackerte und schlingerte vor den Knien. Wie konnte man so aus dem Leim gehen, sich so buchstäblich in seine Einzelteile auflösen? So schuften. So ackern. Nur mein Kindchen, mein Kindchen regte sich nicht.

So war es wieder Abend geworden und die Sommernacht hatte sich über das Land gesenkt. Ich hatte nichts vorzuweisen, kein Fortkommen, kein Ergebnis, und ich fühlte mich beinahe schuldig. Der klumpige und zerbeulte Bauch war verstockt. Eine Wehe … sagte ich mir … ein sanftes Zusammenziehen … wie atmen … ich war ein Versager. Jäh stürzte meine Stimmung wieder in die Tiefe, und mir wurde schummrig. Nichts klappte normal. Immer war ich nicht normal. Immer dieser Zirkus. Ich war gelähmt und besiegt vom Zirkus, den ich veranstaltet hatte. Ich suchte nach Kalil, dem Propheten.

»Die Kinder kommen durch euch, aber nicht von euch. Und obwohl sie mit euch sind, gehören sie euch doch nicht. Ihr dürft ihnen eure Liebe geben, aber nicht eure Gedanken, denn sie haben ihre eigenen Gedanken. Ihr dürft ihren Körpern ein Haus geben, aber nicht ihren Seelen, denn ihre Seelen wohnen im Haus der Zukunft, das ihr nicht besuchen könnt, nicht einmal in euren Träumen.«

»Möge der Herr Dir beistehen, wenn Du den so schweren wie beglückenden Pfad der Mutterschaft beschreitest.« Ulli-Dieter Aschbrenner.

Ach, dachte ich. Beglückender Pfad. Pappnase. Dummer August. Ich schimpfte mit halber Kraft Halbgemeintes vor mich hin. Wenn das Kind nun geboren wurde, sah es dann aus wie Ulli-Dieter? So dass jeder wusste: Dies kann doch nur das Kind vom Pfarrer Aschbrenner sein? Was, wenn es in nur wenigen Stunden mein Geheimnis verriet mit seinem kleinen unschuldigen Gesicht?

Was, wenn die Nacht nun uns beide begrub in ihrer Schwärze?

Was waren das für Gedanken? Ich war wohl nicht mehr ganz richtig; der Dämmer in diesem Zimmer, das

Hantieren der Schwestern am Medizinschrank, das Flüstern am Handwaschbecken …

»Leukos?«, fragte der Arzt, und die Schwester murmelte »schlechter« und eine Stunde später glaubte ich es noch einmal zu hören: »Leukos?« – »Schlechter«, und wenig später stopften sie mir eine weitere Brausetablette von Antiobiotika. Waren die Wasser meines Leibes trübe geworden und wandelte sich mein Bauch in stehendes, fauliges Gewässer? Ich wusste es nicht mehr, nur dieses Fliehen vor der Welt in ein Dunkel hinein, sehnsüchtiges Fortdämmern, das ist das Einzige, an das ich mich erinnere, und dann Schwärze.

»Aufstehen!«, schrie die Schwester, wie ein Mensch, der alles schon hundertmal gesagt hatte. »Aufstehen!«, und sie zerrte an meinem Arm, riss und schob mich, trieb mich, warf die Bettdecke fort. »Aufstehen!«

Ich weinte, war zu erschöpft, um mich zu rühren. Nur Silvie hätte noch an mir ziehen dürfen, an mir, dem entwässerten Kutschgaul. Ich glaubte kaum, was sie mir antun wollte, sie sah doch, dass ich krank war, dass ich nicht aufstehen konnte, aber ich musste, sonst setzte es Prügel.

»Warum denn?«, weinte ich.

»Sie müssen duschen! Sie müssen sich entleeren! Wir haben Ihnen ein Klistier gegeben! Wir leiten die Geburt ein!«

Ich schaffte es ja nicht mal in den Waschraum. Wie sollte ich denn da gebären? Die Schwester mit rabiat kurz geschorenem Haar trieb mich vor sich her in einem Unverstand, der mich in die Knie gehen ließ; ich weinte ununterbrochen, während sie mich durch die Dusche drangsalierte.

»Stellen Sie sich nicht so an! Wir können nicht mehr warten! Das muss jetzt schnell gehen!«

Es war fünf Uhr in der Frühe. Keine einzige Wehe hatte meinen Bauch auch nur angeweht. Alles Heilige der Geburt war mir vergangen, und dabei war mein Kind doch gesegnet, gesegnet im ersten Augenblick seiner Entstehung. Weinend kehrte ich zurück und legte mich hin, während sie mein Bett in einen Gebärstuhl umwandelten, mir Ledermanschetten um die Arme banden und eine Flüssigkeit in mich hineintropfen ließen. Mein Kind, dachte ich. Mein Kind!

Sofort wurde mir wieder schwarz vor Augen, und als ich erwachte, war es rohe Gewalt.

Eine Wehe ließ meinen Leib in äußerstem Schmerz sich zusammenballen, wie von einem Stromstoß initiiert, als läge ich nicht auf einem Gebärstuhl, sondern auf einem elektrischen; die Wucht, die meinen Bauch zusammendrückte, war von einer Art, als ob ein Mustang sich in mir aufbäumte, der mit mir durchgehen wollte. Es gab keine Vorwarnung, keine Annäherung, kein ruhiges Heranrollen wie eine Meereswelle, von der die Heidelberger Hebamme erzählt hatte. Nun war ich es, die schrie, vor Schmerz und Schrecken. Ich dachte, daran krepiert man doch, und das Krepieren war nahe, ganz nahe.

Da geschah es. Auf einmal saß der Clown an meinem Bett. Ja. Das war die blanke Realität. Es war der Clown vom Karnevalsausflug. Der Clown, der auf dem Seil getanzt hatte mit einem Regenschirm und sich verbeugt nach allen Seiten. Er saß am Fußende mein Bettes, und sofort war ich beruhigt, und meine Schmerzen waren verschwunden; ich war wie getränkt von einem Fluidum, einem schimmernden Allheilmittel, in Substanz getaucht, die … äh … himmlischer Frieden war. Der Clown lächelte und alles war gut. Ich sah ihn so deutlich, sah die Schminke in den Poren seiner Haut, die schmierige dicke Schminke, ich sah ihn so deutlich wie meine eigenen Hände, er saß da. Ich wunderte mich nicht, gar nicht, ich hatte die größtmögliche Geborgenheit, den innigsten Schutz, die Herzenswärme jenseits von dieser Welt. Der Clown sah mich nur an. Alles ist gut, sagte er. Ich schlief ein.

Dann die nächste Wehe! Mit der gleichen Gewalt und dem gleichen Schrecken und dem gleichen Höchstmaß an Schmerz. Ich wusste nicht, wie das möglich war, so ein Schmerz. Es rollte mir alles aus dem Körper, die Plazenta, die Augen, die Zunge, ich wurde umgebracht, von innen. Ich sah nicht die Schwestern und ich sah nicht die Ärzte, doch als die nächste mörderische Wehe an ihrem bauchsprengenden Höhepunkt angekommen war – saß der Clown wieder da; schlagartig waren alle Schmerzen verschwunden und alles war gut. Übermächtig gut. So gut wie auf dem Schoß einer Großmutter. Ich sah seine dicken gelben Wolllocken und den lustigen roten Hut darauf, sein Lächeln mit dem breiten Lippenstiftmaul. Alles, alles war gut, alles diente einem höheren Zweck. Ich war gerettet.

An einem frühen Morgen auf einem Berg über den Feldern von Hunsrück und Westerwald wurde ich hundertmal in Stücke gehauen und hundertmal gerettet und wieder zusammengefügt in eine göttliche Harmonie. Der Clown, der so echt auf meinem Bettrand saß, zurückgelehnt an das Fußende, konnte doch nichts anderes sein als mein Schutzengel. Er hatte sich bloß verkleidet. Und geschminkt! Ich war zum Weinen dankbar, und immer, wenn ich ihm stumm sagen wollte, wie dankbar ich war, kam die nächste Wehe, dass mir das Gebiss aus den Angeln flog. Die Uhr tickte allmählich auf neun Uhr, eine Serie von weißen Kitteln war durch mein Zimmer gezogen, ohne dass ich recht von ihnen Kenntnis nahm.

Plötzlich wurde die Tür aufgerissen und ein Monster kam herein, grün und grün im Gesicht, es schleuderte herein und warf den Verbandswagen um, schepperte gegen den Nachttisch, als wollte es den Clown vertreiben, und nur durch die grauen Löckchen, die dem Monster über den Ohren herausstiebten, sah ich auf einmal: Es war meine Mutter.

Sie hatten ihr einen OP-Kittel angezogen und einen Mundschutz und eine Haube. Niemals war ich so glücklich, meine Mutter zu sehen, und sie riss mich ein zweites Mal ins Leben zurück. Sie nahm mich an der Hand, zum ersten Mal seit meiner Einschulung nahm sie meine Hand, und ich nahm sie und zerquetschte sie in blutige Striemen, als die nächste Wehe aus mir herausgaloppierte wie der sich bäumende Mustang.

»Ich weiß«, sagte sie. »Es zerreißt einen!«

Ich weinte, weil meine Mutter da war, und ich konnte sie nicht loslassen, als die Tortur des schöpferischen Aktes mich heimsuchte. Ich versöhnte mich mit meiner Mutter in dem Augenblick, als ich selbst Mutter wurde.

»Wir können leider die Wehenstärke nicht dosieren«, sagte eine Schwester aus dem Nirgendwo. Meine Mutter ließ sich tapfer die Arme zerquetschen, so wie mein Kind in meinem medizinballharten gebärenden Leib zerquetscht wurde; einmal noch waren wir alle drei zusammen, das Kind, meine Mutter, der Clown und ich … und dann, in einem nahezu erlösenden, befreienden, kraftvollen Akt, stemmte ich das Kind nun wirklich lustvoll durch den Geburtskanal, als müsste ich die ganze Welt gebären.

»Man sieht schon das Köpfchen!«, schrie die Hebamme.

Der Arzt kam hinzu und setzte sich ungeheuerlicherweise auf meinen Leib, aber es half.

An einem Sonntagmorgen um zwölf Minuten vor zwölf wurde mein kleines Mädchen Lisabetta geboren.

Man hörte draußen Kirchenglocken läuten. Die Sonne schien. Mein Kindchen, das ich soeben geboren hatte, lag in den Händen der Hebamme, noch blau verfärbt, zerdrückt und im Gesichtchen verschwollen. Ich sah es an und war so schwach, dass ich es nicht einmal recht sah, ich wollte die Arme heben, um es zu halten, doch meine Arme waren zu schwach und zitterten. Da nahm es meine Mutter und hielt es und wiegte es und sah es lange an. Und sie sagte:

»Was wird dir noch blühen?«

So waren wir lange zusammen, bis meine Kräfte zurückkehrten und ich mich ein wenig aufsetzen konnte, um endlich selbst meine Tochter in die Arme zu nehmen.

»Es ist ein Sonntagskind!«, sagte meine Mutter. »Und es hat Grübchen!«

Meine Tochter wurde geboren an einem Sonntagmittag im warmen Juli, begleitet von zwölf betrunkenen Feen, beschützt von einem himmlischen Clown, umläutet von Kirchenglocken.

Eine Kutschpferd-Dompteurin hat es angefeuert, und die Worte eines Propheten hingen über seinem Bettchen. Vielleicht, denke ich, liebes Lisabettchen, hast du viele Patentanten und Onkel. Dein Leben wurde möglich durch Doris Lessing und Simone de Beauvoir und Charles Baudelaire und Pablo Neruda: Ich bekenne, ich habe gelebt. Die Weisheiten der Sufi mitsamt ihrer Derwische haben sich in meinem Kopf gedreht, als dein Leben in mir begann. Deine Patentanten sind Thea, die schöne Marienliedspielerin auf ihrer prächtigen Orgel, und Ria, die den Namen deines Vaters niemals verriet, selbst die ungekannte Tante Huberta hat vom Jenseits dafür gesorgt, dass du immer saubere Strampelhosen hast.

Manchmal denke ich, es sind Worte gewesen, die zu deinem Leben geführt haben.

»Wenn Sie kein Pfarrer wären« oder Theas »Geh hin!«. Es war der Satz vom Feuerwehrmann, Schloss Egon: »Wir haben da bald ein Fest.« Und der Commersausschussvorsitzende Peter Holperen vom Musikverein: »Die Pfarrer sitzen da ganz allein.« Ja, es waren die Feuerwehr und der Musikverein, wegen ihnen bist du auf der Welt. Du bist da, nur wegen Scholmerbach.

Als ich aus dem Krankenhaus kam mit dir auf dem Arm und dich nach Scholmerbach brachte, wo du hingehörst, um dir den Zwetschgenbaum zu zeigen hinterm Haus und die Dornschlehen und Brennnesseln im Tal, da haben sie schon auf uns gewartet.

Der Schreiner-Benni hatte dir mit Olli eine Wiege geschnitzt, und alle, die mit mir Ehrenjungfern gewesen waren, haben uns die Wiege gebracht und dir ein Bäumchen gestellt. Sie kamen aus dem ganzen Dorf, um dir etwas zu schenken, ein Häschen oder ein Hemdchen oder eine Spieluhr. Meine Brüder schenkten einen Teddybär und Thea ein Märchenbuch, und der alte Bauer Pitschen, der an Allerheiligen mit uns auf der Empore gesessen hatte, drückte mir verschämt zehn Mark in die Hand. Ein ganzes Zimmer voller Geschenke haben wir bekommen, ein ganzes Zimmer voll.

Nach sieben Wochen hat Ulli-Dieter es nicht mehr ausgehalten, er musste sein Kind sehen. Wir trafen uns bei Thea im Haus ihrer Mutter, in dem sie nun wohnte mit ihren beiden Kindern. Er war stolz, sehr stolz und behauptete, das Kind sähe ihm ähnlich. Es hatte schwarze Haare und seine Grübchen, doch nach wenigen Tagen fielen die Härchen aus und es wurde blond und sah aus wie ich.

Er ging mit dem Kind auf und ab und auf und ab und wünschte ihm das Schönste und Beste im Leben und meinte: »Es wird bestimmt einmal etwas ganz Besonderes.«

Getauft hat es dann aber der katholische Pfarrer Weide, und der ist ordentlich um den Altar herumgeschlurft und hat gesagt: »Gelobseijesuschrissus«, während Thea die Orgel spielte.

Thea blieb mit ihrem Erzengel-Organisten vierzehn Jahre zusammen, und dann trennten sie sich. Sie hat jetzt den Holger, und der ist ihr treu.

Mein Kind ist etwas ganz Besonderes. Mein Wunsch, es möge einmal eine Karnevalsprinzessin werden, hat sich auf wunderbare Weise erfüllt, denn es wurde ein prächtiges Funkenmariechen, das mit siebzehn die Beine warf, so hoch, bis in den Faschingshimmel von Scholmerbach. Wenn sie nur einen einzigen Ton hört im Radio, fängt sie an, zu singen und zu tanzen. Sie schreibt Tagebücher, sie versprüht ihren Zauber, und sie ist eine richtige Dorfdichtertochter.

Mein Kind hat die wunderbarsten Großeltern der Welt. Sie lieben es über alles. Die Oma nähte ihr schöne Kleidchen, kochte tausendmal Griesbrei und sang mit ihr: »Am Rosenmontag bin ich geboren.« Der Opa schnitzte ihr Weidenflöten, sie machten Kreuzworträtsel und er brachte ihr bei, wie man schöne Buchstaben malt. Vor allem aber lehrte er sie, die Welt immer schöner zu sehen, als sie manchmal war.

Wie das alles gekommen ist, habe ich nun erzählt, ohne Not. Aber aus Freude an meinem wunderbaren Kind. Du wolltest wissen, wie du geboren worden bist.

Nun habe ich es dir erzählt, und nur wegen dir habe ich das alles aufgeschrieben.

Was soll man nur sagen am Ende der Geschichte?

Was auch alles geschehen ist – man muss immer denken:

Aber Hauptsache, es war schön.